Mission 11 :
VANDALES

www.cherubcampus.fr
www.casterman.com

Publié en Grande-Bretagne par Hodder Children's Books, sous le titre : *Brigands M.C.*

© Robert Muchamore 2009 pour le texte.

ISBN 978-2-203-02432-8
© Casterman 2010 pour l'édition française
Achevé d'imprimer en Espagne par Edelvives.
Dépôt légal : octobre 2010 ; D.2010/0053/267
Déposé au ministère de la Justice, Paris (loi n° 49.956 du 16 juillet 1949
sur les publications destinées à la jeunesse).

Robert Muchamore

CHERUB

MISSION 11
VANDALES

Traduit de l'anglais
par Antoine Pinchot

casterman

CHERUB est un département spécial des services de renseignement britanniques composé d'agents âgés de dix à dix-sept ans recrutés dans les orphelinats du pays. Soumis à un entraînement intensif, ils sont chargés de remplir des missions d'espionnage visant à mettre en échec les entreprises criminelles et terroristes qui menacent le Royaume-Uni. Près de trois cents agents vivent au quartier général de CHERUB, une base aussi appelée « campus » dissimulée au cœur de la campagne anglaise.

Ces agents mineurs sont utilisés en dernier recours dans le cadre d'opérations d'infiltration, lorsque les agents adultes se révèlent incapables de tromper la vigilance des criminels. Les membres de CHERUB, en raison de leur âge, demeurent insoupçonnables tant qu'ils n'ont pas été pris en flagrant délit d'espionnage.

Rappel réglementaire

En 1957, CHERUB a adopté le port de T-shirts de couleur pour matérialiser le rang hiérarchique de ses agents et de ses instructeurs.

Le T-shirt **orange** est réservé aux invités. Les résidents de CHERUB ont l'interdiction formelle de leur adresser la parole, à moins d'avoir reçu l'autorisation du directeur.

Le T-shirt **rouge** est porté par les résidents qui n'ont pas encore suivi le programme d'entraînement initial exigé pour obtenir la qualification d'agent opérationnel. Ils sont pour la plupart âgés de six à dix ans.

Le T-shirt **bleu ciel** est réservé aux résidents qui suivent le programme d'entraînement initial.

Le T-shirt **gris** est remis à l'issue du programme d'entraînement initial aux résidents ayant acquis le statut d'agent opérationnel.

Le T-shirt **bleu marine** récompense les agents ayant accompli une performance exceptionnelle au cours d'une mission.

Le T-shirt **noir** est décerné sur décision du directeur aux agents ayant accompli des actes héroïques au cours d'un grand nombre de missions. La moitié des résidents reçoivent cette distinction avant de quitter CHERUB.

La plupart des agents prennent leur retraite à dix-sept ou dix-huit ans. À leur départ, ils reçoivent le T-shirt **blanc**. Ils ont l'obligation — et l'honneur — de le porter à chaque fois qu'ils reviennent au campus pour rendre visite à leurs anciens camarades ou participer à une convention.

La plupart des instructeurs de CHERUB portent le T-shirt blanc.

PREMIÈRE PARTIE

1. Une affaire d'honneur

Le Vandales Motorcycle Club a vu le jour en 1966. Fondé en Californie par un braqueur récidiviste nommé Kurt Oxford, ce n'était alors qu'une bande de motards parmi des dizaines d'autres, un gang qui se livrait à diverses activités criminelles et terrorisait les populations.

Ce n'était ni le plus important, ni le plus redouté, ni le plus célèbre de ces groupes. Aux yeux des observateurs, la mort de Kurt Oxford lors de la répression d'une émeute pénitentiaire en 1969 condamnait le Vandales M.C. à la disparition. Pourtant, au lieu de se dissoudre ou d'être absorbé par une organisation plus puissante, il n'a dès lors cessé d'étendre son pouvoir.

Lorsqu'il sillonnait les autoroutes de Los Angeles sur sa Harley-Davidson, Kurt Oxford n'imaginait pas une seule seconde que son club compterait un jour soixante-dix chapitres — ou succursales — de par le monde, des États-Unis à l'Australie en passant par la Scandinavie. En 1985, outre ses trois mille membres adoubés, il comptait trente mille associés et sympathisants.

Seuls les motards ayant suivi toutes les étapes du rituel d'intégration sont autorisés à arborer les couleurs du club : un logo brodé représentant un bandit de grand chemin portant une cape et brandissant un fusil à canon scié.

(Extrait de *Sur la route avec Kurt et les Vandales*, par Jane Oxford.)

∴

Les Vandales du South Devon figuraient au deuxième rang des onze chapitres britanniques, juste derrière celui de Londres. Ils avaient établi leur quartier général dans deux vieilles granges bâties sur un terrain de six hectares, à proximité de la station balnéaire de Salcombe. Par beau temps, les caméras de surveillance placées sur la clôture rouillée permettaient d'observer les yachts pour millionnaires qui mouillaient dans la marina.

Dante Scott avait huit ans. Son père, Scotty, était le vice-président des Vandales du South Devon. Dante était un petit garçon coriace qui n'hésitait pas à corriger ceux qui osaient chercher des poux dans ses cheveux roux. Il aimait venir au club-house du chapitre le mercredi et le vendredi soir, lorsque sa mère se rendait à Plymouth pour assister à son cours de yoga.

Les bikers, qui passaient leur temps à jouer au billard, à boire, à fumer de l'herbe et à brailler des insultes, n'aimaient pas le voir traîner dans leurs pattes. Nul n'avait jamais pris la peine de nettoyer le terrain environnant. C'était une décharge jonchée d'éclats de verre et de morceaux de métal rouillé. La mère de Dante lui avait défendu d'y jouer, mais il ne s'était jamais blessé, et son père lui permettait d'agir à sa guise pourvu qu'il le laissât mener ses activités sans le déranger.

Dante s'asseyait au volant de l'épave d'une Ford et faisait semblant de conduire, ou construisait une rampe à l'aide de planches pourries afin de faire rouler des fûts de bière vides en bas de la colline. D'autres enfants hantaient ce lieu sinistre. Le sol étant trop accidenté pour jouer au football, ils disputaient des parties de cache-cache armés de lampes torches. Mais ce qu'ils préféraient, c'étaient les leçons que leur dispensait Teeth sur le ring de boxe.

Les Vandales n'étaient pas précisément des enfants de chœur, mais Teeth était le plus effrayant de tous. Grand et bardé de muscles, il portait des bottes équipées d'éperons western et un jean sale retenu par une chaîne de moto dont il se servait de temps à autre pour corriger ceux qui lui manquaient de respect.

Il ne possédait plus que quelques molaires brunâtres sur ses mâchoires désertées. Il n'évoquait jamais les circonstances dans lesquelles il avait perdu ses dents. Lorsque Dante l'avait interrogé à ce sujet, il s'était contenté de répondre : « Tu aurais dû voir l'état de l'autre mec. »

Condamné à de nombreuses reprises pour trafic de drogue, Teeth était videur dans une boîte de nuit, mais il avait toujours rêvé de devenir catcheur professionnel. En dépit de sa participation à des spectacles dans des clubs de vacances et de quelques apparitions lors de combats télévisés, sa carrière n'avait jamais décollé. Les magazines spécialisés dont Dante raffolait n'évoquaient jamais son nom.

Certains soirs, Teeth rassemblait les petits garçons égarés aux quatre coins du terrain vague dans une salle où était dressé un vieux ring aux cordes élimées et au plancher gondolé. Il avait initié Dante aux principes de la boxe et du karaté. Scotty avait formellement interdit à son fils d'en parler à sa mère.

Chaque mercredi soir, les Vandales se devaient d'assister à « la messe ». Les femmes et les petites amies des seize membres adoubés du chapitre préparaient le dîner et se soûlaient au bar pendant que les hommes s'isolaient dans « la chapelle », un petit bâtiment annexe.

Joe était toujours présent, ces soirs-là. C'était le fils du Führer, le président du club. Il était dans la même classe que Dante, et les deux garçons s'entendaient à merveille.

Ce mercredi-là, ils s'étaient empiffrés d'ailes de poulet, de saucisses cocktail et de chips, le tout arrosé de litres de

Coca. Par jeu, ils avaient jeté une fille prénommée Isobel dans une flaque de boue, un acte de méchanceté gratuite qui leur avait valu une bonne paire de claques et un torrent de menaces.

Après avoir harcelé Martin, le frère de Joe, un garçon âgé de onze ans qui tentait tant bien que mal de se concentrer sur la lecture d'un roman, ils se pourchassèrent et se bagarrèrent amicalement autour du ring.

La messe achevée, les Vandales retrouvèrent leurs compagnes et leurs sympathisants au club-house. Teeth contourna la table de billard et la machine à sous, puis il ouvrit la porte de la salle de boxe.

— Alors, comment vont mes petits champions ? lança-t-il en dévoilant ses mâchoires édentées.

Les deux garçons étaient couverts de crasse et de poussière. Leurs visages étaient écarlates, leur front perlé de sueur.

— Dis, tu nous montres de nouveaux trucs ? haleta Joe, assis jambes ballantes au bord du ring.

Teeth hocha la tête.

— Ce soir, c'est kick-boxing, dit-il.

Les enfants émirent un grognement de déplaisir.

— C'est *tellement* ennuyeux, gémit Dante. Apprends-nous des trucs cool, comme ce coup spécial dont tu nous as parlé. Tu sais, quand tu frappes un type à l'arrière de la tête et que ses yeux giclent de son crâne.

— Vous êtes beaucoup trop jeunes et inexpérimentés, ricana Teeth. Une botte secrète ne suffit pas à faire un bon combattant.

Il retira ses bottes puis suspendit son blouson orné des couleurs du Vandales M.C. à un poteau d'angle du ring.

— Vous allez me montrer ce que vous savez faire, dit-il en se glissant sous les cordes, un bouclier en cuir rembourré à la main. Si je suis convaincu, je vous expliquerai comment déboîter l'épaule d'un ennemi.

Pendant un quart d'heure, Dante et Joe bourrèrent de coups le bouclier de Teeth. Deux filles pénétrèrent dans la salle. À bout de souffle, les garçons, adossés aux cordes, regardèrent l'instructeur leur enseigner une manœuvre propre à décourager tout individu aux mains un peu trop baladeuses.

— Te fatigue pas, Sandra, lança Dante. Vu ta tronche, tu ne risques rien.

— Monte sur le ring et répète-moi ça droit dans les yeux, répliqua cette dernière, une jeune fille de treize ans aux cheveux tirés en arrière. Je vais t'arracher la tête, minus.

— Dante dit n'importe quoi, gloussa Joe. Ma cousine raconte que tu as déjà couché avec la moitié des mecs du lycée.

— Ah! vraiment? dit Sandra en posant les mains sur les hanches. Eh bien, elle peut parler, celle-là, avec tous les types qu'elle s'est…

— Hop hop hop! du calme, les enfants! interrompit Teeth. Si vous continuez sur ce ton, je retourne me soûler au bar. Compris?

L'œil espiègle, Dante souffla un baiser à Sandra. Joe se dirigea vers le centre du ring et s'empara du bouclier.

— On reprend l'entraînement? demanda-t-il à son camarade.

— Je suis claqué, répondit Dante en jetant un œil à la pendule fixée au-dessus de la porte. Allons boire un coup.

Au moment où les garçons quittaient le ring, leurs pères, Scotty et le Führer, firent irruption dans la salle. Ils étaient demeurés une heure en tête à tête dans le bureau du club-house à l'issue de la messe.

Scotty était un homme de trente-quatre ans taillé comme une armoire à glace, à la mâchoire carrée, dont les cheveux roux en bataille étaient semblables à ceux de son fils. Le Führer avait vingt ans de plus. Il était trapu, ventru et partiellement chauve. Il portait une petite moustache rappelant celle d'Adolf Hitler. Ses bras étaient couverts de tatouages.

— Vous savez où se trouve Martin ? aboya le Führer.

Les veines et les tendons de son cou palpitaient sous l'effet de la colère.

Teeth secoua la tête. Dante trouvait la question incongrue, car Martin répugnait à monter sur le ring, et ce fait était connu de tous.

— Je lui avais pourtant donné l'ordre de venir te voir, gronda le Führer avant de quitter la pièce au pas de course.

Joe adressa à Dante un sourire entendu puis chuchota à son oreille :

— Mon geek de frère va encore se prendre une rouste.

Le Führer déboula de nouveau dans la salle. Il tenait son fils aîné par le col de sa chemise d'uniforme scolaire.

— Qu'est-ce que je t'avais demandé, espèce de petit con ? gronda l'homme.

— De me présenter à Teeth… mais j'ai oublié.

Le Führer plaqua Martin contre le mur.

— Et qu'est-ce que tu as fait, au lieu de t'entraîner ?

Il arracha le livre que son fils tenait serré contre son torse.

— Harry Potter ! cracha-t-il avec mépris. Tu passes ton temps à lire ces histoires de tapettes, et tu te plains de te faire casser la gueule ? Bon sang, qu'est-ce qui ne tourne pas rond chez toi ?

— Je ne veux pas me battre. On ne répond pas à la violence par la violence.

Le Führer administra à Martin une claque magistrale, puis il se tourna vers Teeth et Scotty.

— Hier, j'ai trouvé ce petit merdeux dans la cuisine en train de chialer dans les jupes de sa *mère*, parce qu'il se fait racketter au collège. Vous croyez ça, vous ? Mon fils, un souffre-douleur ! Je l'ai fait venir ici ce soir pour que Teeth lui apprenne quelques coups efficaces, et lui, qu'est-ce qu'il fait ? Il bouquine !

Joe semblait se réjouir de la situation dans laquelle se trouvait son grand frère.

— Il n'y a rien à faire, papa, ricana-t-il. C'est une victime.

Teeth se montra plus compréhensif.

— Ça n'a rien de sorcier, Martin. Cinq ou six leçons, et je te garantis que tu sauras te faire respecter. Si tu veux, je suis prêt à t'aider, les jours qui te conviennent, après les cours.

— Je *ne veux pas* apprendre à me battre, cracha le garçon. Je me débrouillerai à ma façon.

— Et c'est quoi, ta façon ? rugit le Führer. Pleurnicher dans les bras de ta maman ? Donner aux salauds qui te rackettent ce qu'ils demandent ?

— Je suis un pacifiste, expliqua Martin, le regard sombre. Je ne suis pas comme toi. Il est hors de question que je massacre mes adversaires à coups de barre de fer, comme ce type que tu as laissé dans une chaise roulante.

Le Führer secoua énergiquement son fils avant de le pousser de nouveau contre le mur.

— C'est toi qui vas finir dans une chaise roulante, si tu refuses d'obéir. Et la prochaine fois que je te trouve en train de lire, je te fais bouffer ce foutu bouquin.

Sur ces mots, il le souleva dans les airs et le précipita sur le ring.

La hanche de Martin heurta violemment les planches, lui arrachant un gémissement. Attirés par les cris du Führer, plusieurs bikers accompagnés de leurs petites amies se glissèrent dans la salle de boxe.

— Si tu descends de là avant que je t'en aie donné l'ordre, je te tords le cou !

Martin posa une main sur sa hanche douloureuse, boita jusqu'au poteau de ring où Teeth avait suspendu son blouson et cracha sur le logo du club qui y était brodé.

Dante en resta bouche bée. Pour les Vandales, ce symbole revêtait une dimension sacrée. Des hommes avaient été battus pour l'avoir frôlé accidentellement dans un bar bondé. Martin avait dépassé les bornes. Si un adulte s'était permis de commettre un tel sacrilège, il aurait sans doute été purement et simplement liquidé.

— Voilà ce que je pense de ton club à la con ! hurla le garçon avant d'adresser un doigt d'honneur à son père.

— Espèce de petit enfoiré, gronda le Führer.

Il saisit la corde supérieure à deux mains et se hissa sur le ring.

— Oh, tu es vraiment un héros, répliqua Martin. Il en faut du courage pour tabasser son fils de onze ans en public.

Joe n'était pas très attaché à son frère, mais la situation semblait désormais hors de contrôle, et il redoutait de le voir mourir devant ses yeux.

— Ferme-la, Martin ! supplia-t-il. Papa va te tuer !

— Toi aussi, tu peux aller te faire foutre. Tu n'es rien d'autre que le clone de ce salaud.

Les motards continuaient à affluer dans la salle. Les nouveaux venus, informés du sacrilège accompli par Martin, étaient scandalisés.

Teeth, qui n'ignorait rien du caractère volcanique du Führer, craignait de le voir commettre un acte irréparable. Il le saisit par la taille et le tira contre les cordes. Il le dominait de la tête et des épaules, mais il dut mobiliser toutes ses forces pour le maîtriser. Scotty vint lui prêter main-forte.

— Ce n'est qu'un gamin, chef, plaida ce dernier. Calme-toi. Tu sais bien que tu n'as pas vraiment l'intention de lui faire du mal.

— Ce n'est pas mon fils ! hurla le Führer en tendant un index menaçant vers Martin. Toi, quand je t'attraperai, tu regretteras d'être venu au monde.

Teeth n'était pas enchanté par le traitement que le garçon avait fait subir à son blouson, mais de son point de vue, il méritait une bonne paire de claques, pas d'être expédié dans l'autre monde.

— C'est moi qu'il a offensé, annonça-t-il, et c'est à moi de laver l'affront. Mais il n'est pas question de passer un enfant à tabac.

— On ne peut pas le laisser s'en tirer comme ça, dit le Führer, qui avait cessé de se débattre. Il sait très bien l'importance que nous attachons à nos couleurs.

— Dans ce cas, trouvons un adversaire à sa taille. Eh, Dante, ça te dirait de défendre l'honneur du club ?

Joe et Dante s'étaient retranchés dans un angle de la salle.

— Qui, moi ? s'étrangla ce dernier.

Teeth marcha d'un pas décidé dans sa direction, le saisit par l'épaule puis le poussa vers le ring en chuchotant à son oreille :

— Martin fait une tête de plus que toi, mais il est maigre comme un clou. Tu n'en feras qu'une bouchée. Je te demande juste de lui donner une bonne leçon, pour lui apprendre à respecter nos couleurs.

Dante était indécis. Il appréciait Teeth. En règle générale, il lui obéissait au doigt et à l'œil, mais cet ordre-là lui semblait singulièrement tordu. Un adulte responsable ne pouvait exiger qu'un enfant en tabasse un autre.

— On doit faire quelque chose pour satisfaire le Führer, ajouta son père à voix basse. Tu connais son tempérament. Si on le laisse s'occuper de Martin, il risque de l'envoyer à l'hôpital.

Dante considéra Teeth d'un œil anxieux.

— Si c'est juste pour le calmer, je peux y aller mollo ?

Son interlocuteur secoua la tête.

— Ce petit con a craché sur mon blouson. Il mérite de souffrir. Je cherche juste à éviter le pire.

Dante n'avait pas le choix. Teeth et son père, les deux hommes qu'il admirait le plus au monde, lui avaient donné un ordre, et il n'était pas question de reculer.

— Très bien, je vais lui flanquer une raclée.

Martin, adossé au poteau d'angle, était terrorisé.

Teeth fit tinter la cloche. Quarante membres et sympathisants du club étaient désormais rassemblés autour du ring.

— Mesdames et messieurs, annonça-t-il, nos couleurs ont été gravement insultées, et c'est une offense que nous ne pouvons accepter. Dieu merci, nous avons su garder la tête froide. Nous avons décidé de laisser un adversaire à la mesure du coupable laver l'honneur des Vandales. J'ai nommé, Dante Scott !

La plupart des spectateurs étaient ivres morts. Ils manifestèrent bruyamment leur enthousiasme lorsque le petit garçon grimpa sur le ring. Son père scandait son nom. De sa position élevée, il éprouvait un désagréable sentiment d'isolement.

— Tue ce minable ! hurla Sandra. Arrache-lui la tête !

— En garde, Martin ! cria Joe. Arrête de te comporter comme une fillette.

Ce dernier gardait les bras ballants. Les pensées se bousculaient dans l'esprit de Dante. D'une part, il ne portait ni gants, ni protège-dents, ni casque, ni coquille, et les règles du combat n'avaient pas été établies. D'autre part, son maître d'école lui avait maintes fois répété qu'on ne réglait pas les problèmes par la violence, et il avait fini par intégrer ce principe.

Il avait le sentiment d'évoluer dans deux mondes parallèles. Celui de sa mère et de l'école, où il était formellement interdit de jurer et de se bagarrer, sous peine de lourdes sanctions, et celui des Vandales, dont les membres vendaient de la drogue, poignardaient les mouchards, se soûlaient, volaient des voitures et estimaient parfaitement normal qu'un enfant en corrige un autre pour lui apprendre à respecter le logo de leur club.

— Vas-y, Dante ! s'exclama le Führer. Écrase cette lavette !

Dante se plaça au centre du ring. Martin n'avait jamais boxé de sa vie. Il demeurait dos au poteau d'angle, la pire position qu'un combattant puisse occuper. Il leva timidement les mains devant son visage.

Dante se porta à son contact et lui adressa un coup de poing. Voyant son adversaire esquiver l'attaque avec une rapidité surprenante, il se prit à penser — à espérer — que l'affrontement serait moins déséquilibré que prévu. Il enchaîna par un *mawashi geri* à l'abdomen. Martin tituba latéralement sous les hurlements sauvages de la foule. Il heurta les cordes élastiques et fut ramené contre son gré vers l'intérieur du ring.

Dopé par l'enthousiasme des spectateurs, Dante sentit ses réticences se dissiper. Une pluie de coups s'abattit sur le visage et le ventre de Martin, puis un ultime direct lui brisa le nez. Ses jambes se dérobèrent, et il tomba à genoux.

Son T-shirt dégoulinait de sang. Le public était en transe. Dante rayonnait de puissance animale. Au premier rang du public, Sandra s'époumonait :

— Finis-le ! Défonce-lui le crâne !

Dante considéra ses poings sanglants avec un mélange de répugnance et de fascination, puis il se tourna vers sa victime. Le pauvre Martin était en pleurs. À l'évidence, en dépit des insultes et des menaces dont il était la cible, il n'était pas en état de reprendre le combat.

Teeth brandit son blouson et fit sonner la cloche.

— L'honneur du club a été lavé ! lança-t-il avant de s'adresser directement à son chef. Tu es satisfait ?

Le silence se fit.

— Il a eu ce qu'il méritait, répondit le Führer. Ça suffit.

Teeth poussa un discret soupir de soulagement.

— Quelqu'un pourrait-il aller chercher de la glace pour le nez de Martin ?

Le Führer accueillit Dante à sa descente du ring.

— Un vrai petit pitbull, gloussa-t-il avant de le serrer brièvement dans ses bras puis de glisser un billet de dix livres dans la paume de sa main. Un jour, j'en suis certain, tu porteras les couleurs des Vandales.

Les autres membres du club se rassemblèrent autour de leur héros pour lui serrer la main et lui adresser leurs félicitations.

Teeth aida Martin à se redresser sur le plancher maculé de sang, puis il pressa un mouchoir sur sa lèvre fendue. Le pauvre garçon, reconnaissant envers celui qui l'avait tiré des griffes de son père, répétait mécaniquement le mot *merci*.

Dante s'éloigna du ring. Joe lui emboîta le pas.

— C'était *mortel*, dit-il, débordant d'enthousiasme. Quand le nez de mon frère a éclaté… Oh, j'aurais donné n'importe quoi pour être à ta place.

Sans dire un mot, Dante franchit les portes de la grange puis s'arrêta devant la longue ligne de motos stationnées dans le terrain vague.

— Tout va bien ? demanda Joe, intrigué par le silence de son camarade. Il ne t'a pas touché, au moins ? C'est cool que mon père t'ait filé un petit billet.

— Tu ne peux pas la fermer une minute ? lança Dante sur un ton cassant.

Il leva les yeux vers le ciel étoilé. Assailli par des sentiments contradictoires, il sentit une boule grossir dans sa gorge.

Il aurait voulu être seul.

Il aurait voulu qu'on le laisse pleurer toutes les larmes de son corps.

2. Pulsion animale

Dante et son père quittèrent le club-house aux alentours de vingt-trois heures. Le petit garçon boucla son casque et passa les bras autour de la taille de son père. Ce dernier fit rugir le moteur V2. Certains membres du club possédaient des motos aux peintures personnalisées et aux chromes rutilants. Scotty préférait les véhicules au look *rat*.

Sa Harley-Davidson Softail était sortie des chaînes d'assemblage vingt et un ans plus tôt. Elle comptait deux cent quatre-vingt-dix mille kilomètres au compteur. Elle était peinte en gris mat et piquée de rouille. Le cuir craquelé de la selle laissait entrevoir les ressorts. Seul l'amour que lui portait Scotty permettait à cette moto de poursuivre son périple. Compte tenu des innombrables pièces de rechange dont il avait dû faire l'acquisition pour la maintenir en état de rouler, il aurait été plus économique de s'offrir un modèle neuf.

La famille Scott vivait au beau milieu de la campagne, à un quart d'heure de route du club-house. Dante aimait rouler en compagnie de son père, surtout lorsqu'il venait le chercher à la sortie de l'école. Il exhibait fièrement son casque et son blouson de cuir. Ses camarades, eux, devaient s'entasser dans des breaks familiaux.

Il était épuisé. D'ordinaire, il se couchait vers vingt et une heures. La route était déserte, le paysage monotone. Durant tout le chemin du retour, il craignit de s'endormir et de tomber.

Soucieux de ne pas réveiller ses trois autres enfants, Scotty coupa le contact et vint s'immobiliser en roue libre à l'entrée du garage, près des vélos entassés contre le mur. La maison n'avait pas eu droit aux mêmes attentions que la Harley-Davidson. Les mauvaises herbes envahissaient l'allée. L'une des vitres de la cuisine, pulvérisée l'été précédent lors d'une partie de cricket, avait été remplacée à la va-vite par une planche de bois.

Dante mit pied à terre, ôta son casque et lâcha un bâillement.

— Il y a encore de la lumière dans la cuisine, dit Scotty. Ta mère nous attend. Elle doit l'avoir mauvaise. Surtout, ne lui parle pas du combat.

Le petit garçon fit glisser la fermeture Éclair de son blouson.

— Je sais, papa, dit-il en haussant les sourcils. Je ne suis pas débile.

— Oh ! s'exclama son père en apercevant le T-shirt de son fils. Tu t'es foutu du sang partout. Enlève-le, vite !

— Mais il gèle, gémit Dante.

— Magne-toi, bon Dieu. Si on s'attarde, elle risque de venir à notre rencontre.

Dante s'exécuta à la hâte puis, n'ayant pas de poche assez profonde pour y fourrer le vêtement, il le jeta derrière un buisson.

Scotty fit tourner sa clé dans la serrure et se glissa dans le vestibule.

Carol, la mère de Dante, était plantée dans l'encadrement de la porte de la cuisine. Elle portait une robe de chambre et des pantoufles roses. Un tatouage représentant des serpents entremêlés courait de sa cheville à son genou gauche. Cette marque était le symbole de son appartenance au milieu des bikers.

— Ne me fais pas de scène, par pitié, soupira Scotty avant

même qu'elle ne prononce un mot, tandis que Dante entrait à son tour dans la maison.

Malgré la colère qui l'habitait, Carol s'efforça de parler à voix basse afin de ne pas réveiller Holly, sa fille de onze mois, qui dormait dans la chambre de ses parents au premier étage.

— Une scène ! siffla-t-elle. Tu ne manques vraiment pas d'air. Dante a huit ans, nom d'un chien, et il doit aller à l'école demain matin. Est-ce que tu t'imagines seulement le mal que je vais avoir à le tirer du lit ?

— Je suis désolé, répondit Scotty. J'avais une réunion importante avec le Führer. Ça s'est un peu éternisé.

— Va aux toilettes, brosse-toi les dents et mets-toi au lit, lança Carol à l'adresse de Dante. Et ne fais pas de bruit. Tout le monde dort, là-haut.

— Je peux prendre un verre d'eau ? demanda le petit garçon.

— Je te l'apporterai. Qu'est-ce que tu as fait de ton T-shirt ?

Dante se creusa vainement les méninges à la recherche d'une explication plausible. Son père vint à son secours.

— Il a passé la soirée à courir comme un dératé. Il était en nage, alors il s'est mis torse nu. On a cherché son T-shirt partout avant de partir, mais comme il faisait sombre, pas moyen de remettre la main dessus. J'y retournerai demain matin pour bricoler sur ma bécane. J'en profiterai pour jeter un œil.

Carol tendit un ongle orné de vernis rose fluo sous le nez de son fils.

— J'en ai *marre* que tu perdes tes affaires, Dante. Si on ne retrouve pas ton T-shirt, tu le rembourseras sur ton argent de poche.

Impatient d'aller se coucher, le petit garçon ne fit aucun commentaire.

— Bon sang, Scotty, insista Carol. Tu es complètement

irresponsable. Même pas fichu de le ramener à la maison à une heure décente.

Dante gravit l'escalier puis pénétra dans la petite salle de bain aux murs écaillés. Les vêtements sales et les serviettes humides abandonnés par sa sœur Lizzie et son frère Jordan, respectivement âgés de seize et treize ans, jonchaient le carrelage. Une tenue de rugby incrustée de boue était posée sur le rebord de la baignoire. Des flacons de déodorant et des produits de beauté étaient entassés sur la tablette du lavabo.

Il se vida la vessie, se brossa les dents puis s'engagea dans le couloir étroit menant à la chambre qu'il partageait avec son frère. Ce dernier ronflait comme un sonneur. L'un de ses pieds pendait dans le vide. Sa couette recouvrait son visage.

Jordan n'avait pas bon caractère. Craignant de le réveiller, Dante rejoignit son lit en silence. Il ôta ses chaussures et ses vêtements, enfila un pantalon de pyjama, redressa son oreiller puis se glissa sous les draps.

...

Tiré du sommeil par les mouvements insolites du lit, Dante trouva Jordan penché au-dessus de lui, un genou sur son matelas. Il tenait les rideaux écartés et regardait à l'extérieur de la maison.

— Qu'est-ce que tu fous ? marmonna Dante, encore tout ensommeillé. Dégage de mon plumard.

— Tu as déjà vu cette bagnole ? demanda Jordan sur un ton inquiet.

Dante enfonça le bouton commandant le projecteur du radio-réveil. Les chiffres 02:07 apparurent au plafond. Des voix masculines résonnaient au rez-de-chaussée. C'était l'écho d'une vive dispute.

— Si ça se trouve, c'est la police, dit-il d'une voix tremblante en se postant devant la fenêtre aux côtés de son frère.

Les lumières de la cuisine et du salon éclairaient les abords de la maison. Une Ford Mondeo et une Harley-Davidson Sportster étaient garées devant la porte.

— C'est la moto du Führer, dit Dante.

— Non, je ne crois pas. Il conduit une Sportster, mais ce n'est pas exactement la même.

Dante était fier d'en savoir plus long que son grand frère à ce sujet.

— Mais si. Tu te souviens du *run* vers Barcelone, l'été dernier ? C'est cette moto qu'il conduisait, parce que le moteur de sa Sportster orange avait lâché.

— Ah oui, t'as raison. Et j'ai déjà vu cette bagnole stationnée devant le club-house.

Les éclats de voix qui parvenaient aux oreilles des deux frères étaient inintelligibles.

— Je vais sortir de la chambre et m'approcher discrètement pour essayer d'entendre ce qu'ils disent, dit Dante en sautant du lit.

Jordan le retint par le bras.

— Ne fais pas ça. Si papa découvre que tu l'espionnes, il va péter un câble.

— T'inquiète, le rassura Dante en désignant la table de nuit où trônait le radio-réveil et une boîte de Kleenex. Maman oublie toujours de nous laisser de l'eau. Si je me fais choper, je dirai que je crève de soif.

Jordan hocha la tête. Au fond, il brûlait lui aussi de connaître la nature du différend qui opposait les hommes rassemblés au rez-de-chaussée.

— Fais gaffe, dit-il. Et ne traîne pas.

Lorsqu'il eut progressé à pas de loup jusqu'à la plus haute marche de l'escalier, Dante reconnut les voix de son père, du Führer et d'un membre du club que tout le monde appelait Felicity en raison de sa ressemblance avec l'un des personnages de *The Good Life*, une vieille série télévisée de la *BBC*.

Les trois hommes se disputaient à propos de l'avenir du club-house. Dante, en dépit de son jeune âge, comprit que la propriété aiguisait les appétits financiers. Le Führer et ses partisans souhaitaient raser les granges pour édifier des boutiques, des restaurants et une résidence d'habitation. Un groupe minoritaire mené par Scotty était déterminé à laisser les lieux en l'état et se déclarait opposé au réaménagement du terrain.

Parvenu en bas de l'escalier, Dante courait le risque d'être aperçu depuis le salon. Il se glissa dans la cuisine, déplaça le grille-pain, se hissa sur le plan de travail puis se contorsionna afin d'observer la scène au travers de la grille d'aération située au-dessus de la machine à laver.

Son père, assis devant la petite table de la salle à manger parsemée de documents, lui tournait le dos, à moins de cinquante centimètres de son point d'observation. Felicity faisait face à Scotty. Le Führer jonglait nerveusement avec un stylo-bille.

— Tu ne peux pas tout bloquer contre l'avis général, lâcha le Führer sur un ton glacial. Il ne manque plus que ta signature. Magne-toi.

— L'avis général ? répéta Scotty. Tu oublies les résultats du vote : neuf voix pour, quatre contre et deux abstentions. Selon nos statuts, ton projet ne peut pas être adopté à une si faible majorité.

— Peu importe. Ceux qui ont voté contre sont tous de *ton* côté. Si tu changes d'avis, ils te suivront. Et puis, au fond, on se fout des résultats. Tout ce dont nous avons besoin pour conclure l'accord, c'est des signatures du président, du vice-président et du secrétaire.

Le Führer haussa sensiblement le ton.

— Tu sais combien de pattes j'ai dû graisser pour obtenir les permis de construire, Scotty ? La moitié des élus du conseil municipal ont pu rénover leur maison gratuitement. La femme du maire porte une montre à trois mille livres.

Tout ce fric est sorti des caisses de mon entreprise de bâtiment, pas de la poche des membres.

— Tu ne penses qu'au fric. Et le club dans tout ça, qu'est-ce qu'il devient ? On va tirer un trait sur trente ans de tradition et attendre la construction du nouveau club-house en 2011 ? Tous nos gars vont se barrer, et le chapitre disparaîtra.

Le Führer leva les yeux au ciel. Pour Dante, cette expression évoquait l'attitude de son maître d'école le jour où il avait renversé un pot de colle liquide sur ses genoux.

— On louera une salle paroissiale ou un gymnase. Et quand le projet sera terminé, nous posséderons le plus grand club-house d'Angleterre, sans doute du monde.

— Ces granges ont une histoire, plaida Scotty. Oh, bien sûr, tu peux coller des néons aux quatre coins du terrain, mais tout ton fric ne suffira pas à lui rendre son âme.

Felicity prit la parole :

— Scotty, on est nombreux à tirer sur la corde. Big Ted et moi, par exemple, on rame pour boucler les fins de mois. Cette opération peut rapporter deux cent mille dollars à chacun des membres.

— Bon Dieu, regarde autour de toi, Scotty, soupira le Führer. Tu vis dans un trou à rats. Tu n'arrives ni à régler les traites, ni à financer les réparations, ni à te payer une bécane digne de ce nom, et tu n'as toujours pas de quoi emmener tes gosses à Disneyland.

Dante avait maintes fois entendu Scotty exprimer son avis sur la question : dès le club-house transformé en piège à touristes, les membres récupéreraient leur mise avant de disparaître dans la nature. Pourtant, en entendant le mot *Disneyland*, le petit garçon prit le parti du Führer et de son complice. Quand son père allait-il enfin saisir le stylo et signer les documents qui lui étaient présentés ?

Mais ce dernier repoussa sa chaise, se leva et jeta un œil à sa montre.

— Il est deux heures du matin, bâilla-t-il. Nous avons eu cette discussion dix fois, vingt fois, je ne sais plus au juste… Vous connaissez tous mon point de vue, et je n'ai aucune intention d'en changer. Maintenant, je vais me coucher.

Dante fit la grimace. Le voyage en avion et la rencontre avec Mickey Mouse dont il avait toujours rêvé venaient de s'envoler. Soudain, une main le saisit fermement par le poignet et le força à descendre de son poste d'observation.

— Espèce de sale petit fouineur, lança sa mère en le poussant sans ménagement vers le réfrigérateur. Tu devrais être en train de dormir. Je te préviens, tu n'as pas intérêt à traîner au lit, demain matin.

Dante scruta son visage. Lorsqu'elle se mettait sérieusement en colère, il valait mieux lui obéir au doigt et à l'œil, mais elle ne semblait pas prendre l'affaire très au sérieux.

— Tu as oublié de me laisser de l'eau.

La femme sortit un verre du placard, le remplit sous le robinet puis le lui tendit.

— Voilà. Maintenant, file.

Au moment où Dante atteignit le couloir, ce fut comme si l'enfer se déchaînait dans le salon. Son père poussa un hurlement inarticulé, puis on entendit le choc sourd produit par la chute d'une table.

— J'ai investi du temps et de l'argent dans ce projet ! tonna le Führer. Je ne quitterai pas cette baraque avant d'avoir obtenu ta signature !

— Tu oses me menacer ? répliqua Scotty. Tu ne sais donc pas qui je suis ? Sors de chez moi immédiatement, espèce de nabot.

Sur ces mots, il contourna la table et vint se planter devant le Führer, le dominant de la tête et des épaules. À la grande fierté de Dante, il semblait en mesure de le casser en deux d'une simple pichenette. Alors, Felicity glissa une main sous son gilet et brandit un pistolet automatique.

— Signe ces papiers, ordonna le Führer avant de jeter le stylo aux pieds de Scotty.

— Tu emploies la manière forte ? gronda ce dernier, incrédule. Après toutes ces années ? Je crois que tu ferais mieux de me tuer, parce que je pense que tu as largement dépassé les bornes. Je vais parler de ton attitude aux autres membres, appeler à un vote et te faire virer du club.

Le Führer esquissa un sourire.

— Mes comptables ont découvert des irrégularités en épluchant les comptes de l'année dernière, lorsque tu étais secrétaire. J'en ai déjà parlé avec le président national et le chapitre de Londres. Ils ont décidé de me laisser régler le problème discrètement, pour le moment, mais tu risques d'être convoqué à une audience disciplinaire et d'être exclu définitivement.

— Tu sais parfaitement que mes comptes étaient propres. Combien cette combine t'a-t-elle coûté en pots-de-vin ?

— Un paquet de fric, ricana le Führer. Tu n'as pas besoin d'en savoir plus.

Alertés par les éclats de voix et le fracas causé par la chute de la table, Lizzie et Jordan avaient quitté leur chambre puis s'étaient postés au sommet de l'escalier. De sa position, Dante bénéficiait d'une vue imprenable. Dans la cuisine, il vit sa mère grimper sur un seau retourné, se hisser sur la pointe des pieds et s'emparer du fusil dissimulé dans un sac-poubelle posé au-dessus du placard.

— Dante, file à l'étage, ordonna-t-elle avant d'actionner la pompe de l'arme et de s'engouffrer dans le salon.

Elle pointa le canon vers Felicity.

— Je pense qu'il est temps de se dire bonne nuit, lâcha-t-elle.

Affolé, Scotty tendit lentement la main en direction de sa femme.

— Carol, fais attention. Il est chargé.

— Je sais.

Dante, qui se trouvait au milieu de l'escalier, s'immobilisa puis fit volte-face.

— Je me fous royalement de vos magouilles immobilières, mais il est deux heures du matin, poursuivit sa mère. Je ne peux pas aller me coucher, mes enfants ne peuvent pas dormir, alors je veux que vous vous tiriez sans discuter. Est-ce que je me fais bien comprendre ?

Le Führer considéra la bouche noire du fusil et sourit.

— Carol, tu veux bien poser ce flingue, s'il te plaît ?

— Tu sais quoi ? lança Scotty à l'adresse du Führer. Au fond, j'en ai plus que ras le bol de tes conneries. Je vais signer ces papiers et ramasser mes deux cent mille livres. Moi, j'ai juré appartenance à une confrérie, pas à une société commerciale. Tu peux aussi prendre mon blouson aux couleurs du club et te le foutre où je pense.

Lorsque la mère de Dante abaissa son arme, son père s'accroupit pour ramasser le stylo. Le Führer redressa la table puis demanda à Felicity de rassembler les documents éparpillés sur le sol et de retrouver les pages où Scotty devait apposer sa signature.

Carol jeta un œil en direction du couloir.

— File au lit ! cria-t-elle. Et ne me force pas à monter !

Dante gravit deux marches, mais son frère et sa sœur restèrent plantés sur son passage.

— Et c'est valable pour vous trois, précisa leur mère.

— Ils ne me laissent pas passer, protesta Dante.

Lizzie lui lança un regard noir. Au même instant, les cris d'un bébé résonnèrent dans la chambre des parents.

— Voilà, vous avez gagné, tempêta Carol en se retournant vers les hommes rassemblés dans le salon. Ça va me prendre une heure pour la rendormir.

— Je vais m'en occuper, dit Lizzie. Nom de Dieu, quand je pense que j'ai une interro d'espagnol demain matin…

Sur ces mots, elle poussa la porte et se dirigea vers le berceau.

Les documents avaient retrouvé leur place sur la table. Felicity, pistolet au poing, ne quittait pas son chef des yeux.

— OK, dit le Führer, la moustache frétillante de satisfaction. Il faut signer en bas des pages marquées par des *Post-it*.

Scotty était résolu à parafer les documents, mais le sourire de son rival, associé au martèlement insolent de ses Doc Martens sur la moquette, le mettait hors de lui. Au fond, il éprouvait pour les Vandales un attachement comparable, sinon supérieur, à l'amour qu'il portait à sa famille. L'idée de restituer ses couleurs et de brûler son tatouage d'appartenance le rendait malade.

Mû par quelque pulsion animale, il planta son stylo dans le cou de Felicity. Un jet de sang sous haute pression jaillit de la blessure. Dante et Jordan descendirent mécaniquement l'escalier afin de savoir ce qui provoquait les cris épouvantés de leur mère.

— Descends-le, Carol ! hurla Scotty.

La femme redressa son arme. Felicity tituba puis s'adossa au mur le plus proche. Le stylo était resté planté dans sa gorge. Il se noyait dans son propre sang, mais il parvint à lever le bras qui tenait le pistolet.

Carol et Felicity pressèrent la détente avec une parfaite simultanéité.

Une longue flamme orange jaillit du canon du fusil, criblant de chevrotine non seulement le visage et le torse de l'homme, mais aussi la paroi qui le soutenait. Le pistolet produisit un son plus mat. Avant de rejoindre ses ancêtres pour de bon, Felicity n'était pas parvenu à lever le bras à l'horizontale, si bien que le projectile pénétra dans la rotule droite de Scotty selon un angle inattendu, pulvérisa une bonne partie du péroné, sectionna une artère puis ressortit par l'arrière du mollet.

Scotty s'écroula lourdement sur la moquette puis tendit désespérément la main dans l'espoir de s'emparer de l'arme de Felicity. Mais le Führer, qui avait plongé sous la table, rampait dans la même direction. Carol tira la pompe du fusil. La cartouche vide voltigea sur sa gauche.

Elle connaissait le chef des Vandales depuis son adolescence. Dès quatorze ans, après avoir fugué du domicile parental, elle avait commencé à traîner au club-house à la recherche d'herbe gratuite. Cet épisode de sa vie était sur le point de s'achever. Si elle laissait le Führer s'en tirer, il ne lui ferait aucun cadeau.

Elle ne craignait pas les conséquences de son acte. Elle devait protéger ses enfants. Mais lorsqu'elle repoussa la pompe de l'arme, elle ne sentit aucune résistance, puis la culasse rendit un son creux.

Le fusil était déchargé.

3. Coup de massue

Carol pivota sur les talons, jeta un regard sauvage à Dante et Jordan restés figés au milieu de l'escalier, puis hurla :

— Courez ! Fuyez cette maison !

Elle lâcha le fusil et se précipita vers le vestibule.

Jordan se lança à sa poursuite. Dante s'apprêtait à l'imiter lorsque le Führer, réfugié sous la table, enfonça la détente du pistolet de Felicity. Il n'avait pas pris le temps de viser. La balle traversa le mur et termina sa course dans l'une des casseroles empilées dans le placard de la cuisine.

Il écarta la table d'un coup de pied, se redressa d'un bond et prit calmement Carol pour cible. Le deuxième projectile l'atteignit dans le dos, au moment où elle s'apprêtait à tourner la poignée. Elle s'écroula sur place, rendant dès lors impossible l'ouverture de la porte. Jordan battit en retraite dans le couloir.

Le Führer franchit le seuil du salon. La semelle de ses chaussures, souillée par le sang de Scotty qui s'était rapidement répandu sur la moquette, laissait des empreintes écarlates.

— Viens ici, Jordan ! supplia Dante avant de reculer vers le palier du premier étage puis de se ruer vers la chambre de ses parents.

Mais Jordan ne pouvait pas courir plus vite qu'une balle. Il savait que sa vie ne tenait plus qu'à un fil, et il était déterminé à tenter l'impossible pour sauver son frère et ses sœurs. Il saisit le premier objet qui lui tomba sous la main, un porte-parapluies en cuivre, et se précipita vers son ennemi. Avant de se retrancher dans le salon, ce dernier fit feu, atteignant Jordan à l'abdomen.

L'adolescent s'effondra sur le sol carrelé, parmi les parapluies éparpillés et les briques Duplo de Holly. Le Führer avança de deux pas dans sa direction et lui fit froidement sauter la cervelle.

Dante s'engouffra dans la chambre, claqua la porte derrière lui et tourna la clé dans la serrure. C'était une pièce extrêmement exiguë. Des vêtements étaient empilés devant une armoire aux portes cassées. Le berceau de Holly, onze mois, était calé entre les lits jumeaux et le radiateur. Le bébé, étendu sur le dos, battait des jambes en se mordant le poing.

Lizzie se tenait près de la fenêtre ouverte. Dès qu'elle avait entendu les premières détonations, elle avait envisagé de sauter du premier étage et de courir chercher de l'aide, mais elle n'avait pu se résoudre à effectuer une manœuvre aussi périlleuse avec la fillette dans les bras.

Le Führer enjamba le corps inerte de Jordan puis s'engagea dans l'escalier.

Lizzie se précipita vers Dante et le poussa vers la fenêtre.

— Par ici! cria-t-elle avant de se hisser sur la pointe des pieds, de saisir le sommet de l'armoire et de tirer de toutes ses forces.

Les cintres métalliques produisirent un fracas assourdissant. Les valises rangées au-dessus de l'armoire dégringolèrent en soulevant un nuage de poussière. Dans un concert de craquements et de grincements, le meuble bascula devant la porte.

— Si vous sortez de là immédiatement, gronda le Führer, je vous tuerai rapidement.

Une détonation retentit. Dante et Lizzie plongèrent entre les lits jumeaux. La balle traversa le panneau supérieur de la porte et alla se ficher dans le plafond. Terrifiée par ce vacarme, Holly se mit à brailler à pleins poumons.

— Qu'est-ce qu'on va faire ? hurla Dante tandis que le Führer tentait de faire céder leur barricade improvisée à grands coups d'épaule.

— Tu te souviens de la fois où tu t'es tordu la cheville en sautant par la fenêtre, juste pour prouver à Jordan que tu en étais capable ? Tu crois que tu pourrais refaire ça sans te blesser ?

La serrure se brisa sous les assauts du Führer. L'armoire se déplaça de quelques centimètres vers l'intérieur de la chambre.

— C'était il y a deux ans, dit Dante. J'ai grandi, depuis.

— Très bien. Descends en premier. Je te ferai passer Holly, et je sortirai la dernière.

— OK.

Le Führer se jeta de nouveau contre la porte. L'espace entre l'encadrement et l'armoire grandissait à chaque assaut. Bientôt, il pourrait se glisser à l'intérieur de la chambre. Dante enjamba le rebord de la fenêtre et laissa pendre l'une de ses baskets dans le vide. Alors seulement, il remarqua la tache sombre qui s'élargissait autour de sa braguette et réalisa qu'il avait mouillé son pantalon de pyjama sous l'effet de la terreur.

— Vas-y, le pressa Lizzie.

Trois mètres le séparaient de la pelouse humide et mal entretenue. Il ne parvenait pas à chasser de son esprit le souvenir douloureux de sa précédente tentative, deux étés plus tôt. Il resta hésitant jusqu'à ce qu'un nouveau coup ébranle la porte.

À l'instant où ses pieds touchèrent le sol, une douleur aiguë se propagea jusqu'à ses hanches. Il s'étala de tout son long, une épaule dans la boue, se redressa péniblement et leva les yeux vers la maison. Lizzie, penchée à la fenêtre, tenait Holly à bout de bras. Le bébé hurlait et battait les airs de tous ses membres.

— Tu es prêt ? demanda l'adolescente.

— Je crois, répondit Dante.

Il était dressé sur la pointe des pieds, les mains tendues, mais il n'était pas convaincu de pouvoir saisir sa petite sœur au vol.

Un fracas retentit à l'intérieur de la chambre. Dante comprit que le Führer avait triomphé de la barricade de Lizzie.

— Attrape-la et cours ! hurla-t-elle. Ne m'attends pas !

Emporté par le poids de Holly, Dante trébucha vers l'avant, si bien que la tête de la petite fille heurta le vieux mur de pierre. Elle poussa des cris perçants et se débattit avec une telle énergie qu'il eut toutes les peines du monde à ne pas la laisser choir. Enfin, il parvint à la serrer contre sa poitrine.

Le Führer débagla dans la chambre. Dès lors, Lizzie ne pouvait plus rejoindre Dante et Holly sans compromettre leur fuite. Elle devait faire face, pour leur permettre de gagner du temps. L'homme la saisit par le bras.

— J'aurais préféré m'amuser un peu avec toi, gloussa-t-il en la tirant à l'écart de la fenêtre.

Lizzie lui porta des coups de pied et de coude, mais elle n'était pas de taille à lui résister. Son visage heurta violemment le miroir suspendu au-dessus de la commode, puis elle sentit le froid de l'acier contre sa nuque.

Une détonation résonna en écho dans la campagne environnante. Dante, ignorant les cris de sa petite sœur, s'élança dans l'obscurité. Le vent glacial cinglait son torse nu.

Il osa un coup d'œil par-dessus son épaule et aperçut le Führer qui le tenait en joue depuis la fenêtre du premier étage. Il se trouvait en espace découvert, mais il faisait sombre, et son adversaire n'avait rien d'un tireur d'élite.

Deux coups de feu claquèrent dans la nuit. La première balle se perdit parmi les arbres. La seconde siffla aux oreilles de Dante et se ficha dans l'humus, au bout du jardin. Puis plus rien. Dante comprit que le Führer se trouvait à court de munitions.

Lorsqu'il atteignit la palissade qui marquait les limites de la propriété, il plongea sous une planche disjointe et détala dans un champ en jachère appartenant au fermier voisin.

— S'il te plaît, Holly, supplia-t-il en caressant les cheveux de sa sœur. Tiens-toi tranquille...

Mais la petite ne cessait de pleurer et de se tortiller. Des gouttes de sang perlaient au sommet de son crâne. Il se souvint des avertissements de sa mère : ne jamais toucher la tête du bébé, ne jamais le secouer. *Sa fontanelle est si fragile.* Avait-elle subi des dommages irréversibles lorsqu'il l'avait cognée contre le mur ?

Sous ses pieds, le sol était détrempé. Il courait en chaussettes, et Holly pesait lourd entre ses bras. Il lui restait trois champs à traverser avant d'atteindre la ferme de Mr Norman. Si le Führer s'était lancé à sa poursuite, il n'avait guère de chance de lui échapper.

Dante avait joué sur ces terres depuis son plus jeune âge. Il connaissait mille cachettes, mais sa petite sœur ne cessait de hurler à pleins poumons. Il envisagea de l'abandonner afin d'être libre de ses mouvements et de courir chercher de l'aide. Le Führer n'avait rien à redouter de Holly. Il n'avait aucune raison de la tuer, mais lorsqu'il était hors de lui, il perdait tout sens commun. Dante était à bout. Il aurait voulu se laisser tomber dans la boue et pleurer jusqu'à l'épuisement. Il avait vu mourir sa mère, son père, son frère et sa sœur aînée. Les rejoindre était sans doute la seule issue possible. Mais quelque chose en lui se refusait à laisser le Führer triompher.

— Chut... ça va aller, murmura-t-il à l'oreille de sa petite sœur.

Il s'accroupit derrière un buisson en bordure du champ et la berça doucement. Pris d'une soudaine inspiration, il

essuya son petit doigt sur la partie la plus propre de son pantalon de pyjama puis en introduisit l'extrémité dans la
bouche de Holly. Le bébé, qui faisait ses dents, le mordit si
fort qu'il faillit en avaler sa langue, mais, comme il l'espérait,
elle cessa aussitôt de pleurer. Bientôt, elle se calma, au grand
soulagement de Dante qui put envisager de poursuivre son
périple plus confortablement.

Derrière lui, une lampe torche balaya le jardin puis se posa
brièvement sur le buisson derrière lequel il avait trouvé
refuge. Le Führer s'immobilisa et sortit un téléphone
portable de sa poche.

— Non, ce n'est pas Scotty, dit-il. C'est moi. Je ne peux pas
utiliser mon propre mobile. Ferme-la et écoute attentivement. C'est un vrai bordel, ici. Je veux que tu te ramènes en
vitesse. Apporte de l'essence. Il faut foutre le feu à la
baraque... Je ne peux pas te donner de détails pour le
moment. Fais ce que je te demande sans discuter. De mon
côté, je dois trouver son enfoiré de fils avant qu'il ne me
balance aux flics. Magne-toi.

Dante considéra froidement la situation. Il n'avait aucune
chance de fuir à travers les champs d'oignons sans s'exposer
au faisceau de la lampe du tueur. Il pouvait espérer rejoindre
la route, mais aucun véhicule n'y circulait au milieu de la
nuit. Il n'irait pas très loin avec Holly dans les bras, et la seule
personne qu'il risquait de croiser à cette heure était l'homme
de main avec lequel le Führer venait de s'entretenir.

Tout bien considéré, il lui fallait trouver un moyen de
locomotion, et l'un des vélos entreposés dans le garage ferait
l'affaire. Son BMX ne convenait pas, car il n'était pas adapté à
la route et ne disposait pas de porte-bagages. En revanche,
celui de Lizzie était idéalement équipé, avec les deux
sacoches en vinyle dans lesquelles elle transportait ses
affaires de classe et son matériel de hockey.

Ça n'avait rien d'un plan particulièrement lumineux, mais

c'était la seule stratégie réaliste. Le Führer s'approcha de la clôture derrière laquelle il avait vu Dante disparaître deux minutes plus tôt. Ce dernier progressa à couvert dans la végétation qui bordait le champ puis courut jusqu'à la construction où étaient rangés les véhicules de la famille.

Les bicyclettes étaient posées les unes sur les autres contre un mur de parpaings, près de la Harley de Scotty. L'ampoule qui éclairait le garage était restée allumée. Dante contempla ses chaussettes et le bas de son pantalon de pyjama maculés de boue. Le reste de son corps en était moucheté. La tache d'urine s'était étendue jusqu'à ses genoux. Il imagina machinalement les moqueries que Jordan lui aurait fait subir s'il avait appris qu'il s'était oublié sous l'effet de la frayeur. Ce n'est qu'à cet instant qu'il réalisa que son frère ne lui ferait plus jamais de remarque. *Plus jamais.* Cette pensée lui fit l'effet d'un coup de massue.

Il jeta un œil à l'extérieur et constata avec soulagement que le Führer s'était engagé profondément dans le champ d'oignons. Le mur du garage lui offrait une couverture visuelle, mais si Holly se remettait à pleurer, tout était perdu. Hélas, il avait besoin de ses deux mains pour déplacer le vélo de course de Jordan et s'emparer de la bicyclette de Lizzie.

Il s'accroupit avec un luxe de précautions, plaça une main derrière la tête de sa sœur et l'écarta lentement de son épaule. Jusqu'alors, il ne l'avait guère portée plus loin que de la maison à la voiture. Elle lui semblait terriblement lourde.

— Tu es mignonne, chuchota-t-il.

Alors, il réalisa qu'une large tache de sang s'était formée dans le dos de la fillette. Elle resta silencieuse lorsqu'il la déposa sur le sol de béton. Il replaça son petit doigt dans sa bouche.

Elle demeura immobile, les yeux clos, le front perlé de sueur. Elle respirait, mais elle restait aussi raide et pâle qu'une poupée de cire.

— Je suis désolé de t'avoir fait mal, murmura Dante.

Il dégagea le vélo de Lizzie et défit l'attache Velcro de l'une des sacoches. Après en avoir ôté un manuel d'histoire et un classeur de sciences, il souleva Holly, l'y installa aussi confortablement que possible puis replaça le rabat en prenant soin de laisser un interstice pour qu'elle puisse respirer.

Dante était beaucoup plus petit que Lizzie. Lorsqu'il essaya de se mettre en selle, il constata que ses pieds ne touchaient pas le sol. Du coude, il dut maintenir la bicyclette inclinée contre la paroi du garage pour pouvoir donner le premier coup de pédale. Il zigzagua sur quelques mètres puis, ayant rectifié sa trajectoire, remonta l'allée bordée d'arbres qui menait hors de la propriété.

Craignant de se retrouver confronté au complice du Führer, il ralentit à l'approche de la chaussée goudronnée. Il regarda à gauche et à droite, se pencha en avant pour actionner le bouton commandant le feu avant du vélo, et s'élança sur la petite route de campagne.

4. Les ténèbres et la douleur

Salcombe n'était pas réputé pour son taux de criminalité. Lorsqu'ils ne réglaient pas des problèmes de stationnement, les policiers locaux passaient le plus clair de leur temps à enquêter sur des cambriolages ou à mener la vie dure à de modestes revendeurs de drogue. Même les Vandales, soucieux de ne pas se faire remarquer par les autorités, adoptaient un comportement irréprochable lorsqu'ils se rendaient en ville.

La découverte de cinq corps dans une maison incendiée constituait l'affaire de la décennie. L'officier de police Kate McLaren, vingt-six ans, n'avait jamais été confrontée à un tel événement. Le bâtiment n'avait pas brûlé intégralement. Dès les premières constatations, il était clairement apparu que la femme retrouvée dans le vestibule avait été tuée par balle. Selon les membres de la brigade de sapeurs-pompiers, l'incendie était d'origine criminelle.

Les journalistes avaient rapidement investi les abords de la scène de crime et le parking du poste de police de Kingsbridge, à six kilomètres de là. Voitures et fourgons équipés d'antennes satellites étaient stationnés en double file. On parlait d'une conférence de presse imminente.

Les autorités n'avaient pas fait de déclaration officielle, mais les rumeurs allaient bon train, et chacun tenait pour acquis que deux des victimes appartenaient aux Vandales. La plupart des journalistes en tirèrent la conclusion que le drame était la conséquence d'une vieille querelle entre Vandales et Zombies, un gang régional sans grande envergure.

Le témoin clé n'avait pas prononcé un mot. Il se trouvait dans une petite salle d'observation équipée d'un miroir sans tain et d'une caméra de surveillance. Le sol était jonché de coussins, de jouets et de poupées anatomiques dont se servaient les enquêteurs pour recueillir le témoignage des enfants victimes de sévices.

En tant que seule femme en service, Kate McLaren avait été désignée pour prendre soin de Dante. Elle l'avait aidé à ôter ses vêtements avant de les transmettre au laboratoire de la police scientifique. Elle l'avait réconforté pendant l'examen médical puis l'avait conduit jusqu'aux douches du premier étage. Elle avait ordonné au directeur de la grande surface la plus proche de lui ouvrir ses portes au petit matin afin de se procurer un caleçon, des chaussettes et une paire de baskets au rayon enfants. Puis elle l'avait installé dans la salle réservée aux jeunes témoins. Quatre heures durant, il était resté muet.

Kate pénétra dans la pièce surchauffée. Dante s'était littéralement enterré sous un amas de coussins et de peluches. Lorsqu'il entendit la porte se refermer, il sortit furtivement la tête avant de se cacher à nouveau. La femme examina le plateau posé sur la moquette.

— Tu n'as rien mangé, dit-elle d'une voix douce.

Ignorant tout des goûts de Dante, elle y avait placé du lait, du jus de fruit, du Coca, deux sandwiches, un paquet de cookies, des fruits frais, des chips et des barres chocolatées.

— Qu'est-ce qui te ferait plaisir ? Je peux te procurer tout ce que tu désires. Fish and chips, sandwich au bacon, Happy Meal ?

Dante émit un grognement. Kate, qui pensait enfin être parvenue à briser la glace, esquissa un sourire.

— Happy Meal, alors. Qu'est-ce que tu préfères ? Burger ou McNuggets ?

— Est-ce que ça me rendra heureux ?

À l'idée des scènes abominables auxquelles l'enfant avait assisté, Kate éprouvait un sentiment de culpabilité irraisonné. Elle avait réussi à le sortir de son mutisme, mais elle n'était pas psychologue, et elle ignorait de quelle façon elle pourrait bien poursuivre la conversation.

— Je collectionnais les Schtroumpfs, quand j'avais ton âge, dit-elle. Mes parents accumulaient les points de fidélité à la station-service. Il en fallait dix pour obtenir une figurine.

Dante ressentait confusément l'embarras de Kate. Il se trouvait bien cruel de laisser ses questions sans réponse, mais son âme et son cœur étaient noirs comme la nuit. Jamais il n'avait éprouvé un tel sentiment. Tout était douloureux : les couleurs, les sons, l'odeur de ses nouvelles baskets, l'étiquette au col de son T-shirt. Il aurait voulu s'exprimer, mais l'idée de devoir bouger les lèvres l'emplissait de terreur.

— Tu préférerais parler à quelqu'un d'autre ? demanda Kate. À ta maîtresse d'école, peut-être ? Ou à un homme ? Parce qu'on ne veut pas te bousculer, Dante, mais on aimerait beaucoup que tu nous aides à comprendre ce qui s'est passé.

Dante pensa à son père. À sa naissance, on l'avait laissé sortir de prison afin d'effectuer les formalités administratives, puis il était retourné purger les dix-huit mois dont il avait écopé pour agression et possession de drogue. Selon lui, les flics avaient fabriqué les preuves et manipulé les témoignages. Ces types étaient pourris jusqu'à la moelle, tout comme les balances et les informateurs. Mieux valait régler ses problèmes sans faire appel à ces salauds.

Mais Dante n'était qu'un petit garçon. Il lui faudrait attendre une éternité avant de pouvoir se venger du Führer à coups de couteau ou de revolver. Devait-il le dénoncer sur-le-champ ou attendre d'être assez grand pour accomplir ce projet ?

Dante roula sur le flanc et ressentit une brûlure à la vessie.

— J'ai envie de faire pipi, lâcha-t-il avant de se dresser d'un bond.

Ours en peluche et coussins roulèrent sur la moquette. Pour quelque raison inconnue, ces mouvements le terrorisèrent. Il se figea, ses yeux gonflés et fiévreux braqués sur Kate.

Elle le guida dans le couloir aux murs défraîchis. Les toilettes pour hommes étaient situées à l'autre extrémité du poste de police, à deux pas de la sortie de secours.

Dante poussa la porte puis se soulagea dans un urinoir. L'une des fenêtres, blanchie par le givre, était ouverte à l'espagnolette. Il voulait profiter de l'air frais, retarder le moment de retourner dans la petite pièce surchauffée et à son amas de coussins.

Il tourna le robinet du lavabo, actionna à plusieurs reprises le distributeur de savon, puis joignit les mains, envoyant des filets de liquide rosâtre dans toutes les directions.

Il éprouvait du soulagement à frotter ses paumes l'une contre l'autre sans penser à rien, à regarder la mousse s'épaissir, à répéter ce geste comme un automate. Il pensa à sa mère qui l'observait, sans doute, depuis le paradis.

Elle qui lui avait maintes fois expliqué qu'il était indispensable de se laver les mains chaque fois qu'il se rendait aux toilettes, jouait dans les champs ou caressait le golden retriever de Mr Norman, comme elle devait être fière de lui ! S'il avait obéi strictement à ses ordres, il aurait passé sa vie collé au robinet. Son père, lui, se moquait de ces choses-là. Il se mettait à table, après avoir travaillé dans le garage, sans passer par la salle de bain. Au grand désespoir de sa femme, il se contentait d'essuyer ses mains pleines de cambouis sur son jean avant de dévorer ses sandwiches.

Lequel d'entre eux avait raison ?

Quelqu'un tira la chasse d'eau dans l'une des cabines

situées derrière Dante, puis un colosse portant un costume bon marché assorti d'une cravate rouge en sortit. Il posa un exemplaire du *Times* sur le rebord du lavabo et lui adressa un sourire oblique.

— Bonjour, jeune homme, lança-t-il sur un ton enjoué.

Dante resta muet. Il ne quittait pas ses mains des yeux. Il revivait la nuit qui venait de s'écouler. La correction qu'il avait été contraint d'infliger à Martin. Il pensait au fossé qui séparait le monde de sa mère, cet univers où l'on devait dire *s'il vous plaît, merci*, et se laver les mains trente-sept fois par jour, de celui de son père où se battre, insulter, roter en public et vendre de la drogue étaient jugés parfaitement acceptables.

— Je m'appelle Ross Johnson, poursuivit l'inconnu. Je viens d'arriver de Londres. Je suis lieutenant de police, mais aussi psychologue. Ma spécialité, c'est de recueillir le témoignage des enfants, et de les aider dans les moments difficiles. Je parie que tu es Dante Scott. Je me trompe ?

Mais le petit garçon, perdu dans ses pensées, continua à se frotter les mains sous le robinet. Son père. Il l'avait toujours laissé faire ce qui lui passait par la tête. Sa mère, elle, était stricte et autoritaire. Mais si tout le monde avait appliqué ses consignes, Dante n'aurait jamais assisté à sa mort, ni à celles de Jordan et de Lizzie, et Holly ne se serait jamais cognée la tête et...

— Quand on mène l'enquête, il faut veiller à ne pas laisser refroidir les pistes, insista Ross Johnson. Ton témoignage a bien plus de valeur aujourd'hui que demain.

Ces mots captivèrent enfin l'attention de l'enfant. Il ferma le robinet puis leva les yeux vers l'homme en costume. Ce dernier lui tendit une serviette en papier.

— Mon père n'aimait pas la police, dit nerveusement Dante en s'essuyant les mains. Il m'a toujours interdit de parler aux flics si jamais ils débarquaient à la maison. Mais je crois que ma mère n'était pas de son avis. Le Führer et Felicity se sont pointés au milieu de la nuit. Ils voulaient que mon père signe des papiers. Comme il refusait, Felicity a sorti un flingue.

Ross leva une main pour lui intimer le silence.

— Dante, nous devons nous rendre dans une salle spéciale où je pourrai enregistrer ton témoignage. Est-ce que tu es d'accord ?

Lorsque Ross tira la porte donnant sur le couloir, Kate constata avec étonnement que son petit protégé avait retrouvé la parole. Elle ne fit aucune remarque, mais elle était profondément contrariée qu'un inconnu rencontré par hasard dans les toilettes soit parvenu à recueillir les confidences de Dante.

— Je veux un cheeseburger et des frites de chez *Bay Burgers*, avec plein de ketchup, lui glissa l'enfant à l'oreille tandis qu'elle le raccompagnait vers la salle d'observation.

Ross Johnson les suivait à deux pas de distance.

Dante venait de prendre conscience de l'importance capitale que revêtait son témoignage aux yeux des policiers. Son esprit fonctionnait désormais à cent à l'heure, et une énergie nouvelle en avait chassé tout sentiment de terreur.

— Je ne veux pas retourner dans cette horrible pièce, ajouta-t-il. Il fait trop chaud, j'ai l'impression d'étouffer.

Soudain, il se figea.

— Holly ! Ma petite sœur ! Comment va-t-elle ?

Kate sourit.

— Nous l'avons conduite à l'hôpital. Comme elle a perdu pas mal de sang, elle y restera quelques jours, mais rassure-toi, elle n'est pas en danger.

Lorsqu'elle ouvrit la porte de la salle d'observation, Dante refusa d'avancer. C'était comme si les sensations atroces qu'il avait éprouvées six heures durant lui sautaient au visage.

— Je déteste cette pièce, dit-il.

— Tu n'y resteras pas plus de cinq minutes, le temps que nous trouvions un autre endroit, expliqua Kate.

— Un endroit avec des fenêtres qui s'ouvrent, précisa Ross Johnson. Tu pourras déguster ton cheeseburger pendant que je prépare la caméra.

En fermant les yeux, Dante vit apparaître les visages de sa mère et de son frère. Il avait l'impression de se trouver au bord d'une falaise. Il redoutait que les murs de la pièce ne se referment sur lui, qu'ils ne ravivent les ténèbres et la douleur.

— Je ne peux pas y retourner, bredouilla-t-il avant de fondre en sanglots. Je veux ma maman. Pourquoi est-ce que toutes ces choses m'arrivent à *moi* ?

Kate posa un genou à terre et prit tendrement Dante dans ses bras. L'enfant s'accrocha à son cou comme si sa vie en dépendait, puis enfouit son visage baigné de larmes au creux de son épaule.

5. Hôtel Bristol Park

Trois heures plus tard, Ross Johnson, le visage tendu, quitta la salle d'interrogatoire et s'engouffra dans la salle de réunion contiguë. L'inspecteur en chef Jane Lindsay était chargée de l'enquête sur le triple homicide. Postée près de la fenêtre, elle observait la foule de reporters et de techniciens qui patientaient sur le parking.

— Ils peuvent attendre toute la nuit si ça leur chante, soupira-t-elle, je ne ferai pas d'autre déclaration.

Ross jeta à son tour un œil par la fenêtre. La plupart des journalistes étaient assis sur le muret qui délimitait le parc de stationnement. Il reconnut une envoyée spéciale de la *BBC*, une femme de haute stature vêtue d'un long manteau au col relevé. Micro en main, elle répétait pour la énième fois les informations communiquées par la police. Planté derrière le caméraman, le correspondant de *Sky News* s'échinait à la déconcentrer en lui adressant des gestes obscènes.

— Alors, demanda l'inspecteur Lindsay, est-ce que notre témoin tient le coup ?

— Dante est en état de choc. Il est victime d'un syndrome maniaco-dépressif : il traverse des moments d'euphorie, puis il éclate en sanglots et réclame sa mère. Mais au bout du compte, je suis parvenu à recueillir un témoignage crédible.

— Pensez-vous qu'il pourra témoigner devant la cour ?

— Il n'a que huit ans, mais je suis confiant. Je me suis entretenu brièvement avec son enseignante. Selon elle,

Dante est l'un des meilleurs élèves de sa classe. Il est polyvalent, confiant et sociable. Seul ombre au tableau, il a une légère tendance à régler les problèmes à coups de poing, mais rien d'alarmant. D'autres fils de bikers fréquentent l'école, et ils se comportent tous de la même façon. Ils idéalisent leur père et singent leur comportement macho.

— Nous aurons besoin d'un témoin solide, dit Lindsay. Le Führer a disposé d'une demi-heure pour nettoyer la maison avant que Dante ne nous contacte depuis la cabine téléphonique. La police scientifique estime qu'il est arrivé à ses fins. Les corps sont complètement calcinés, et ce qui n'a pas brûlé a souffert de l'intervention de la brigade anti-incendie.

— Et à l'extérieur de la maison ? demanda Ross. Pas de traces de pneu, de bidons d'essence ou de témoins oculaires ?

— Rien pour le moment, mais nous gardons espoir. J'ai enquêté sur plusieurs affaires mettant en cause les Vandales. Le Führer aura sans doute incinéré ses vêtements et ses chaussures, puis fait fondre les armes.

— A-t-il été interrogé ?

Lindsay hocha la tête.

— Nous pensions qu'il se mettrait au vert pendant quelques jours, mais il semble confiant. Nous l'avons questionné à son domicile et lui avons fait savoir que nous souhaitions examiner sa moto. Il a accepté sans faire d'histoires, mais lorsque les techniciens sont entrés dans son garage, ils ont trouvé le véhicule démonté en cent dix-sept morceaux. En outre, les pneus étaient neufs, ce qui rend toute identification impossible.

— Et merde, gronda Ross. Et les autres Vandales ? Ils savent sans doute quelque chose.

— Ils ne collaborent pas avec la police.

Ross haussa les sourcils.

— Je sais que c'est contraire à leurs principes, mais la situation est particulière. Deux d'entre eux ont perdu la vie, ainsi qu'une femme et deux enfants…

— Ils ont l'habitude de régler leurs différends en interne, et il est possible que nous découvrions d'autres cadavres liés à cette affaire dans les prochaines semaines. Pour le reste, si aucun témoin ne se manifeste et si le service d'investigation scientifique ne fait pas de découverte spectaculaire, toute l'accusation reposera sur les épaules de Dante. J'espère simplement qu'il dit la vérité.

— Sa déposition est crédible, affirma Ross. Sauf pour le T-shirt taché de sang.

— Quel T-shirt ?

— Les techniciens l'ont découvert dans un buisson, près de la scène de crime. Il lui appartient. Lorsque je l'ai interrogé à ce sujet, il a prétendu que Joe, l'un de ses camarades, avait saigné du nez tandis qu'ils chahutaient ensemble, au club-house des Vandales.

— Vous avez vérifié ?

Ross lâcha un soupir.

— Joe est le fils cadet du Führer. Ils sont dans la même classe, à l'école locale. Le problème, c'est que les taches de sang ne correspondent pas à une simple hémorragie nasale. Et Kate m'a informé que Dante avait du sang séché sous les ongles lorsqu'il a été conduit ici. l'équipe médicale a réalisé des clichés et des prélèvements.

— Qu'est-ce que vous en déduisez ?

Ross haussa les épaules.

— Je suppose que Dante et Joe se sont bagarrés, mais qu'il préfère se taire par crainte d'être puni.

— Oui, c'est probable. Mais ce mensonge relativise la crédibilité de son témoignage.

— Ce n'est qu'un détail. Sa déposition a duré plus d'une heure, et elle fourmille de précisions. Un enfant de huit ans ne peut pas échafauder un mensonge aussi sophistiqué.

— Croisons les doigts, dit Lindsay.

— Que va-t-on faire de lui, à présent ? Avez-vous trouvé un membre de sa famille qui puisse s'en occuper ?

La femme secoua la tête.

— Scotty est né de père inconnu, et sa mère est décédée. Dante a bien un oncle, mais il est incarcéré à la prison de Wandsworth, si bien qu'il ne faut pas compter sur lui avant 2011. Du côté maternel, nous n'avons déniché qu'une grand-mère internée en hôpital psychiatrique. À part ça, personne.

— La poisse.

— Je ne m'inquiète pas vraiment pour lui. Deux enfants frappés par une terrible tragédie ne resteront pas longtemps privés de parents adoptifs. Je sais que c'est triste, mais sur le long terme, il est sans doute préférable qu'ils ne soient pas élevés par un criminel obsédé par les motos.

Ross hocha la tête.

— Justement, j'essaie de penser à court terme. Dante est le seul témoin de la tuerie. Le Führer va tout mettre en œuvre pour l'éliminer. On ne peut pas le garder au poste de police, mais il faut lui trouver un endroit sécurisé.

— Vous pourriez peut-être le garder avec vous jusqu'à ce que nous trouvions un foyer d'accueil dans une autre région du pays ? Vous êtes la seule personne à qui il a accepté de se confier. Un hôtel fera très bien l'affaire, pour le moment.

— C'est d'accord. De toute façon, je ne vais pas rentrer à Londres de sitôt. Il faut que je trouve une solution d'héberge-ment, moi aussi. Mais il faut rester prudents. Dénichez-moi un établissement situé à au moins une heure de route. J'aurai aussi besoin d'un peu d'argent. Ce pauvre enfant ne possède plus rien d'autre que les vêtements qu'il a sur le dos.

⋮

À son réveil, au troisième matin de son séjour à l'hôtel *Bristol Park*, Dante se prit à espérer qu'il avait fait un mauvais rêve, qu'il était étendu sur son lit, dans sa chambre au sol jonché de vêtements et de détritus, en compagnie de Jordan.

Rien ne pouvait compenser la perte de sa famille, mais l'établissement de luxe offrait quelques dérivatifs : service d'étage, minibar, vidéo à la demande et piscine chauffée.

La famille de Dante ne roulant pas sur l'or, il n'avait jamais séjourné dans un hôtel et n'avait porté que des vêtements trop étroits pour son frère. Désormais, chaque matin, il sortait une paire de chaussettes et un caleçon neufs d'un sac *H & M*, puis en ôtait consciencieusement autocollants et étiquettes. Avec l'argent que lui avait remis la police du Devon, il s'était offert un survêtement Adidas, deux jeans, quelques pulls, une parka camouflage et une paire de chaussures de skateboard Etnies, les plus chouettes baskets qu'il ait jamais portées.

Il se glissa hors du lit et franchit la porte ouverte qui séparait sa chambre de celle de Ross Johnson. La télévision diffusait un programme du matin. Dans la salle de bain, le policier était en train de se raser.

— Bonjour, lança-t-il lorsqu'il aperçut le reflet de son protégé dans le miroir. Tu as bien dormi ?

Dante lui adressa un sourire timide.

— Ces pilules sont magiques. J'en avale une, et BING, je dors jusqu'au lendemain matin.

— Je vais sans doute devoir réduire les doses. Tu ne te sens pas un peu groggy ? Tu n'as pas mal à la tête ?

— Non, ça va.

Dante s'assit sur le lit et jeta un œil à l'ordinateur portable posé sur une console.

— Ils ont parlé de nous aux infos ?

Ross s'essuya le visage à l'aide d'une serviette puis rejoignit le petit garçon.

— Je ne sais pas trop. Je me suis levé il y a dix minutes, mais je crois que ça s'est un peu tassé.

Dante était déçu. Quatre jours après la disparition tragique de sa famille, les journalistes étaient déjà passés à autre chose. Lui, même s'il mourait centenaire, ne pourrait chasser de sa mémoire les scènes dont il avait été témoin.

— Ça a l'air d'aller mieux, ce matin, dit Ross. Tu sais, ne te sens pas obligé de dissimuler tes émotions. Je suis ici pour t'aider.

— Je sais bien.

Dante s'étendit sur le lit défait et contempla les moulures du plafond.

— Mais je préfère ne plus trop y penser, ajouta-t-il.

— Dirais-tu que les choses s'améliorent ?

Dante secoua la tête.

— C'est bizarre. Tout est tellement différent. Lundi, on ne se connaissait même pas. Aujourd'hui, vous êtes mon seul ami.

Un large sourire illumina le visage de Ross.

— Dans deux jours, tout au plus, on te trouvera une famille d'accueil.

— Vous faites ça souvent, de vous occuper de garçons ou de filles comme moi, à qui il est arrivé quelque chose d'horrible ?

— Oui, dans toute l'Angleterre. J'aide les témoins à surmonter le choc et à tenir le coup lorsqu'ils sont appelés devant le tribunal. Je reste à leurs côtés quelque temps, s'ils ont besoin de mon aide. Mais la plupart des enfants de ton âge ont une grand-mère ou une tante pour veiller sur eux. C'est seulement la troisième fois que je me retrouve à l'hôtel avec un témoin.

Dante sourit à son tour.

— Alors je suis quelqu'un de spécial.

Ross éclata de rire.

— Oui, spécial, comme tous les autres enfants dont je me suis occupé. Bon, je vais commander le petit déjeuner, puis nous irons piquer une tête dans la piscine. Ça te dirait ?

— Oh oui, se réjouit Dante. Je vais me préparer.

Il se rua dans la salle de bain pour enfiler son maillot de bain encore humide. Lorsqu'il regagna la chambre de Ross, il tomba nez à nez avec une photo du Führer diffusée sur l'écran de télévision. Sur le cliché en noir et blanc, il paraissait beaucoup plus jeune.

Il s'empara de la télécommande sur l'oreiller et monta le volume.

« ... *Ralph Donnington a été appréhendé à l'aube. Le président des Vandales du South Devon, qui aime à se faire appeler Führer, devra s'expliquer sur son implication dans le meurtre de quatre membres de la famille Scott, dans une ferme des environs de Salcombe, mercredi dernier.* »

Dante n'avait pas revu le visage de l'assassin depuis la nuit des meurtres. Cette vision le glaçait d'horreur.

— Tout va bien ? demanda Ross.

— Oui, mentit Dante. Quand sera-t-il jugé ?

L'homme posa une main sur l'épaule du garçon.

— Dans six mois, au moins. Sans doute davantage.

— Ça fait longtemps !

— La justice a une fâcheuse tendance à prendre son temps.

Dante observa un long silence.

— Vous avez laissé la boîte de pilules sur ma table de nuit, hier soir, dit-il enfin. Un instant, j'ai pensé à les avaler, pour rejoindre Jordan et Lizzie. Mais si je mourais maintenant, le Führer ne pourrait pas être condamné.

— C'est juste, dit Ross.

Puis, craignant que Dante ne s'effondre, il ajouta :

— Bien ! Si nous voulons être de retour au moment où on nous servira le petit déjeuner, nous ferions mieux de filer sans tarder à la piscine.

6. Joyeux anniversaire

DEUX MOIS ET DEMI PLUS TARD

Dante et Holly vivaient désormais dans une famille d'accueil de Guildford, à trois cent vingt kilomètres du clubhouse des Vandales du South Devon. En trente ans, Donald et Linda Graves avaient abrité plus de cent enfants dans leur vaste maison individuelle disposant de huit places d'hébergement. Certains n'y avaient séjourné que quelques jours, d'autres des mois ou des années.

La chambre de Dante se trouvait au premier étage. Comme tous les matins, dès son réveil, Holly s'y précipita. Dès qu'il vit la poignée de la porte tourner, manipulée de l'extérieur par les doigts malhabiles de sa petite sœur, il plongea sous la couette et fit semblant de dormir. La fillette bondit sur le lit et tira sur la housse de toutes ses forces.

— Laisse-moi dormir, gloussa Dante.

Holly parvint à se glisser contre lui. Elle plaqua une main poisseuse contre son ventre.

— Ante, Ante ! lança-t-elle.

Dante enfouit sa tête sous l'oreiller. La petite poussa des cris joyeux puis colla son visage contre celui de son grand frère.

— Lève-toi ! cria-t-elle en tentant vainement de le pousser hors du lit.

Dante se redressa.

— Tu es complètement folle ! s'esclaffa-t-il avant de plaquer un baiser sur sa joue.

Son regard se posa sur le lit inoccupé à côté du sien, sur l'uniforme scolaire et le sac à dos gisant sur le sol, puis il aperçut le garçon en chaise roulante qui se tenait dans l'encadrement de la porte.

Carl, treize ans, vivait avec Donald et Linda depuis sa plus tendre enfance. Il souffrait d'une forme sévère de paralysie cérébrale. Des mouvements involontaires secouaient ses mains et son visage. Il poussa sur le joystick du fauteuil et entra dans la pièce.

— Joyeux anniversaire ! lança-t-il en brandissant maladroitement un paquet cadeau.

Linda pénétra à son tour dans la chambre. Petite et potelée, elle portait d'énormes lunettes. Ses cheveux permanentés viraient au gris. Ses vêtements étaient démodés et délavés.

Dante s'assit au bord du lit puis examina avec un certain amusement le papier froissé et parsemé de longs morceaux de bande adhésive qui recouvrait son cadeau. Il était touché par les efforts que Carl avait accomplis en dépit des difficultés que lui posaient les activités manuelles les plus simples.

— Merci, c'est cool, dit-il avant de déchirer l'emballage.

Il découvrit un jeu d'échecs de voyage. Il ouvrit le boîtier qui, une fois déplié, faisait office de plateau, et observa les pièces rangées dans des emplacements de mousse thermoformée.

— Il est aimanté, expliqua Carl. Comme ça, je ne risquerai plus d'envoyer balader les pièces.

— On fera une partie quand je rentrerai de l'école, dit Dante. Même si c'est toi qui m'as appris les règles, je finirai bien par te battre un jour.

Carl se fendit d'un large sourire.

— Tu peux toujours rêver !

Linda posa un sac en plastique *Woolworths* sur les genoux de Dante.

— Ce n'est pas grand-chose, dit-elle. Juste des bonbons et quelques bêtises. Surtout, ne laisse pas Holly jouer avec le sac.

Aussitôt, la petite fille y glissa le bras puis en sortit un album WWE[1]. C'était l'édition de l'année précédente soldée à quatre-vingt-dix-neuf *pence*.

— C'est celui que tu cherchais, non ? demanda Linda.

Dante hocha la tête avec enthousiasme.

— Je l'avais, avant l'incendie. Il y a toute une partie consacrée à Goldberg.

— Le catch, c'est nul, dit Carl. Tout est truqué.

— C'est toi qui es nul, répliqua Dante. Ces types sont super balèzes. Ils pourraient te sortir de ce fauteuil d'une seule main et t'envoyer valser à l'autre bout de la chambre.

— Mais je pourrais tous les massacrer aux échecs, sourit Carl.

Holly ouvrit l'album et le plaça sur sa tête, comme s'il s'agissait d'un chapeau.

Linda se pencha pour ramasser la paire de chaussettes sales, le pantalon et la chemise tachée d'encre que Dante avait abandonnés par terre.

— Allez, à la douche, dit-elle. Et tu me feras le plaisir d'enfiler des vêtements propres. Qu'est-ce que les gens vont penser de moi si je t'envoie à l'école couvert de boue et de marques de stylo ?

Dante aimait la façon dont Linda s'inquiétait pour de menus détails, comme un lacet défait ou une égratignure sur le visage. Parfois, cette habitude le bouleversait, car elle employait les mêmes expressions que sa mère.

---

1. *World Wrestling Entertainment* : société spécialisée dans l'organisation de combats de catch et la vente de produits dérivés (NdT).

Constatant que Holly était toujours en pyjama, il lui demanda :

— Tu veux venir te laver avec moi ?

Jouer avec la petite fille dans la baignoire était le moyen le plus simple de la persuader de faire sa toilette, mais Linda gardait un œil sur la pendule.

— Tu vas te mettre en retard, dit-elle. Je lui donnerai un bain quand tu seras à l'école.

Holly lui lança un regard noir. Lorsque Dante s'engagea dans le couloir, serviette sur l'épaule, elle se mit à pleurnicher.

Comprenant qu'elle était sur le point de piquer une colère, Carl lança :

— Une petite promenade, mademoiselle ?

Holly courut jusqu'au fauteuil roulant puis se hissa sur le repose-pieds. Carl se pencha en avant et souleva la petite fille jusqu'à ses genoux. Il roula jusqu'à l'escalier, actionna le bouton commandant la plate-forme hydraulique qui lui permettait d'accéder aux étages, puis il descendit au rez-de-chaussée.

∴

Au sortir de la douche, Dante enfila un caleçon neuf puis se peigna soigneusement. Lorsqu'il regagna sa chambre, il constata que Linda avait fait son lit et déposé un uniforme propre et repassé sur la couette. Après s'être vêtu, il rassembla ses baskets, son pantalon de survêtement, ses protège-tibias et une bouteille d'eau minérale dans son sac de classe en prévision de l'entraînement de football de l'après-midi. Enfin, alléché par une bonne odeur d'œufs brouillés, de bacon et de galettes de pommes de terre, il épaula son sac et dévala les marches en sifflotant *Joyeux anniversaire*.

Parvenu au rez-de-chaussée, il jeta machinalement un coup d'œil par la baie vitrée. Aussitôt, son sang se glaça dans ses veines. Une énorme Harley-Davidson était stationnée à l'entrée de la propriété. Un homme portant un blouson de cuir remontait l'allée d'un pas décidé. Compte tenu de la distance à laquelle il se trouvait, Dante ne pouvait le reconnaître, mais le logo peint sur son casque ne laissait planer aucun doute sur son appartenance au club des Vandales.

La sonnette retentit. Abby, une fille d'une douzaine d'années qui se trouvait dans l'entrée, ouvrit la porte.

— Appelle la police ! hurla Dante. Ne le laisse pas entrer !

— Bonjour, lança l'inconnu.

Linda se précipita sur lui afin de l'empêcher de pénétrer dans la maison.

Dante trouva refuge dans la cuisine. Il lança un regard affolé à Holly, qui babillait tranquillement, assise dans sa chaise de bébé. Il envisagea de s'emparer d'un couteau dans le tiroir du plan de travail puis se ravisa, préférant rejoindre sa chambre afin d'y récupérer son téléphone portable.

En tant que témoin sous protection, il était censé le conserver vingt-quatre heures sur vingt-quatre, même à l'école, par autorisation spéciale du directeur. Chaque soir, Donald s'assurait qu'il était correctement chargé. Il avait été programmé pour permettre de joindre la cellule d'urgence du poste de police local par simple pression prolongée de la touche zéro.

Il suivit la procédure puis porta l'appareil à son oreille.

— Foutez le camp ! gronda Linda au rez-de-chaussée.

Le motard s'exprimait avec un accent néerlandais. Dante avait la conviction d'avoir déjà entendu sa voix.

— Qu'est-ce qui t'arrive ? demanda Ed, un pensionnaire âgé de onze ans, posté au pied des marches. Pourquoi tu te planques ? Ce type a un cadeau d'anniversaire pour toi.

— Je t'écoute, Dante, dit une femme à l'autre bout de la ligne.

Grâce au numéro qui s'était affiché sur l'écran de contrôle

du terminal téléphonique, elle savait qui était son interlocuteur. Il lui exposa brièvement la situation.

— Surtout, ne te montre pas, dit-elle. Je vais avertir la voiture de patrouille la plus proche. Elle sera sur place dans cinq à dix minutes.

Dante songea à prendre la fuite, mais le motard se trouvait toujours sur le seuil, et le jardin était ceinturé d'une haute clôture censée dissuader les adolescents fugueurs. Il rejoignit discrètement la cuisine où il retrouva Abby, Ed et deux autres garçons. Ses camarades, penchés dans le couloir, observaient avec curiosité la scène qui se déroulait devant la porte de la maison.

Le Hollandais à la barbe grisonnante était parvenu à pénétrer dans l'entrée. Il portait des bottes, un jean et des lunettes miroir.

— Je sais que c'est l'anniversaire du gamin, expliqua-t-il d'une voix apaisante. Vous savez, nous ne sommes pas tous des brutes. Je suis désolé de ce qui est arrivé à Scotty et à sa famille.

Dante reconnut le visage de l'homme. Il répondait au surnom de Doods, un mot qui signifiait *mort* en néerlandais. Il l'avait rencontré lors d'un festival d'été et d'une excursion en Allemagne avec les Vandales. Il semblait alors proche de Scotty, et multipliait les signes de sympathie à son égard.

— J'ai un cadeau pour lui, expliqua Doods. N'ayez pas peur, madame. Son père était comme un frère pour moi. Croyez-moi, nous sommes nombreux à regretter ce qui est arrivé à sa famille. Je suis venu lui souhaiter un joyeux anniversaire, c'est tout. Je n'ai aucune intention de vous causer des ennuis. Prenez ce paquet, et je m'en irai sans faire d'histoires.

Linda était folle d'angoisse. Nul n'était censé savoir où Dante avait trouvé refuge. En outre, il était inscrit à l'école sous un nom d'emprunt.

— Reste où tu es, Dante ! ordonna-t-elle en voyant son protégé s'avancer dans le couloir.

Mais le petit garçon se sentait rassuré. Compte tenu de sa stature, Doods se serait depuis longtemps débarrassé de Linda s'il en avait eu l'intention.

— Ah, te voilà, gamin ! s'exclama le motard en tendant un grand sac *Toys'R'Us*. Je tenais à te souhaiter un bon anniversaire. Tu es trop jeune pour te souvenir, mais j'ai raté un virage, en Suisse, il y a quelques années. Ton père m'a sorti de la barrière de sécurité. Il m'a fait du bouche à bouche, puis il a placé un garrot pour éviter que je me vide de mon sang. Je lui dois une fière chandelle, Dante. C'est pour ça que je suis venu te voir aujourd'hui.

Doods posa le sac et fit trois pas en arrière.

— Comment saviez-vous que je me trouvais ici ? demanda Dante.

— Le Führer a laissé échapper l'information. Je ne sais pas comment il a été mis au courant, mais je peux te dire que tu n'es pas en sécurité, ici. Il a ordonné à un Vandale du chapitre de Mexico City de te liquider.

Au loin, une sirène de police se fit entendre.

— Quant à moi, ajouta-t-il, il faut que je file avant de me faire choper par les flics.

Sur ces mots, il tourna les talons et courut jusqu'à sa Harley. Il se lança sur la route quelques secondes avant qu'un véhicule de patrouille ne s'engage dans l'allée. Linda se précipita à la rencontre des policiers en battant des bras. Dante en profita pour jeter un œil au contenu du sac.

Le cadeau n'avait pas été emballé. C'était une paire de Hummers radiocommandées, accompagnée d'une barre chocolatée géante et d'une carte d'anniversaire.

— Génial, dit Ed. Mets-les à charger avant de partir à l'école. Ce soir, on se fera une petite course dans le jardin.

7. Mabel

Donald avait effectué trois voyages pour conduire ses pensionnaires à leur établissement scolaire. Deux policiers en uniforme avaient assuré la protection de Dante et de Holly en attendant l'arrivée de Ross Johnson.

— Je vais devoir déménager ? demanda Dante en se laissant tomber sur le pouf du salon.

Donald et Linda étaient installés dans le sofa, Ross dans un fauteuil. Holly, allongée sur le ventre, jouait avec des boîtiers de DVD devant la télévision.

— Oui, admit Ross. Si tu restais ici, il te faudrait une surveillance policière vingt-quatre heures sur vingt-quatre, mais nous n'avons pas assez d'effectifs.

Dante s'était habitué à la vie chez les Graves en compagnie de leur ménagerie d'enfants à problèmes. Il était triste, mais nullement surpris, car il avait conscience de n'avoir guère le choix.

— Je voudrais que nous parlions de ce Doods, dit Ross en sortant un classeur de son attaché-case. Connais-tu son véritable nom ?

Dante secoua la tête.

— Non. C'est comme ça que ça fonctionne, chez les Vandales. Mon père connaissait sans doute l'identité des membres du South Devon, mais pour le reste, ils n'utilisent que des surnoms.

— En résumé, nous savons qu'il est hollandais, mais tu

n'as observé aucun signe distinctif indiquant à quel chapitre il appartient.

Ross ouvrit l'épais classeur et le tendit à Dante.

— Jette un œil à ces visages, et dis-moi si l'un d'eux te dit quelque chose.

Le petit garçon passa en revue les portraits des Vandales néerlandais. C'était un mélange hétéroclite de photos anthropométriques et de clichés volés par les équipes de renseignement de la police lors de concentrations, de concerts et de runs, ces événements qui se déroulaient principalement de Pâques à septembre et réunissaient des motards venus du monde entier.

Certains rassemblements étaient réservés aux seuls Vandales. Les autres étaient ouverts à tous, des voyageurs solitaires aux membres des gangs internationaux les plus sulfureux. Ces concentrations importantes rameutaient jusqu'à dix mille participants. À certaines occasions, les Vandales du South Devon louaient des autocars afin de permettre à leurs femmes, petites amies, enfants et sympathisants de participer à ces festivités.

Dante gardait des runs un souvenir ébloui. Une semaine durant, on le laissait se couvrir de boue sans jamais exiger qu'il se lave, il dormait sous la tente, se régalait de nourriture cuite sur le feu de camp et effectuait d'innombrables trajets à moto, les bras serrés autour de la taille de son père. Les adultes, soûls du matin au soir, laissaient les enfants jouer à leur guise.

Feuilleter le classeur lui inspirait un profond sentiment de malaise. Il était devenu ce que les bikers haïssaient le plus au monde : une balance. Sur les clichés, ils adoptaient des postures provocantes, bandaient leurs muscles, faisaient des grimaces obscènes ou montraient leurs fesses aux photographes de la police.

Dante sentit les larmes lui monter aux yeux en reconnaissant une petite fille blonde accrochée à la jambe de son père.

Son copain Joe et lui s'étaient liés d'amitié avec elle, quand ils avaient quatre ans. Ils avaient comparé leurs anatomies respectives et commis les pires bêtises sur le terrain des Vandales.

Holly, qui ne songeait qu'à s'emparer de tout ce que Dante tenait entre les mains, essaya de se saisir du classeur.

— Ce n'est pas pour toi, dit-il. Je jouerai avec toi dès que j'aurai terminé.

Holly émit des couinements indignés. Donald la prit dans ses bras et la reposa devant le poste de télévision.

— Ce que je ne comprends pas, dit Linda, c'est comment ils sont parvenus à localiser Dante.

— Il y a dû y avoir des fuites, expliqua Ross. Selon nos informations, les Vandales ne comptent que seize membres adoubés dans le South Devon, mais ils ont au moins soixante sympathisants. En outre, les Dogs of War et le Monster Bunch sont des groupes vassaux, soit une cinquantaine d'hommes supplémentaires. Tous ces types ont des épouses, des copines, parfois des enfants. Comment savoir ce qui s'est passé ? Il suffit qu'une seule de ces relations ait été employée comme agent de nettoyage au poste de police de Kingsbridge ou comme secrétaire à l'ancienne école de Dante, pour avoir accès à son dossier.

Dante roula des yeux épouvantés.

— Vous voulez dire que je ne suis en sécurité *nulle part* ?

Ross semblait mal à l'aise.

— La situation nous a échappé, et nous avons sans doute sous-estimé la menace qui pesait sur toi. Nous allons devoir nous montrer plus prudents et te fournir officiellement une nouvelle identité, en faisant disparaître toute trace administrative de ton ancienne vie. Comme ça prendra un peu de temps, je vais proposer aux services sociaux que tu vives chez moi.

— Les choses se calmeront sans doute lorsque le Führer sera derrière les barreaux, ajouta Donald.

— C'est lui! s'exclama Dante en reconnaissant Doods, perdu dans une foule de motards arborant les couleurs des Vandales.

Canette de bière en main, ils observaient d'un œil torve une stripteaseuse qui s'effeuillait sur un podium.

— Photo numéro huit cent quatorze. Le troisième en partant de la droite.

Ross consulta l'index.

— Tu es certain de ce que tu avances? Selon mes sources, ce type est connu sous le surnom de Robot. Il s'appelle Jonas Haarden.

Dante hocha la tête.

— Mon père lui a sauvé la vie après un accident de moto. Il a des plaques en fer dans les jambes. Ça doit expliquer son surnom.

Linda était impressionnée par la faculté du petit garçon à garder la tête froide malgré la situation.

— Les motards peuvent changer de surnom? demanda-t-elle.

— Parfois, en fonction des événements, répondit Dante. Un accident spectaculaire ou une bagarre bien sanglante.

Ross joignit l'un de ses collègues par téléphone. Il lui demanda de lui adresser par e-mail toutes les informations disponibles concernant Jonas Haarden et de lancer un avis de recherche auprès de la police et des autorités douanières.

— Mais ce Doods... dit Donald. Il aurait pu se présenter ici avec une arme à feu ou un couteau, et Linda et moi n'aurions rien pu faire pour l'arrêter. Pourtant, il nous a mis en garde contre les projets du Führer.

— En effet, admit Ross, mais je tiens quand même à l'interroger. Lui seul peut nous dire comment les Vandales ont retrouvé la trace de Dante et de Holly. Et s'il avait juste l'intention de vous alerter, pourquoi aurait-il tenu à le faire en personne? N'aurait-il pas été plus simple de décrocher son téléphone?

— Mon père lui a sauvé la vie, répéta Dante. Il voulait me remettre un cadeau pour mon anniversaire, parce qu'il avait de la peine pour moi.

— J'aimerais que tu aies raison, mais je persiste à penser qu'il y a anguille sous roche.

À cet instant précis, le téléphone de Ross se mit à sonner. Il le porta à son oreille.

— Johnson à l'appareil… Quoi ?… Tu plaisantes ?… Non, attends. Je crois qu'il n'a pas été ouvert… *Merde* ! OK, OK, je te rappelle tout de suite.

— Il y a un problème ? demanda Donald.

— Où sont les voitures que Doods a apportées ?

— Dans l'entrée, répondit Dante. J'allais ouvrir la boîte, mais les policiers m'ont ordonné de ne pas y toucher avant que les empreintes ne soient relevées.

— Nous devons tous partir d'ici *immédiatement*, dit Ross en se dressant d'un bond.

Linda fut la première à deviner ce qui se passait.

— Vous voulez dire qu'il y a une bombe chez nous, n'est-ce pas ?

— Je n'ai pas de certitude, mais dans le doute, je ne veux prendre aucun risque.

Donald prit Holly dans ses bras puis suivit Linda jusqu'à l'entrée. Lorsque cette dernière se fut assurée que les deux enfants étaient correctement couverts, tous les résidents contournèrent le sac plastique contenant les jouets et quittèrent la maison.

— La police locale a déjà été avertie. Ils vont établir un cordon de sécurité afin de permettre à l'équipe de déminage d'intervenir. Le dispositif devrait être en place dans moins de vingt minutes.

— Qu'est-ce qui vous a fait penser à une bombe, comme ça, si soudainement ? demanda Dante.

— Doods, Robot, peu importe son nom, était membre du

chapitre des Vandales de Rotterdam. Il a été impliqué dans une guerre de territoire opposant cette organisation à un gang ennemi. L'affaire s'est terminée par l'explosion du club-house rival et la mort de quatorze motards. Doods est soupçonné d'avoir placé le dispositif. Il figure sur la liste des suspects les plus recherchés par les autorités néerlandaises. Il s'est volatilisé depuis plus d'un an.

— Mais pourquoi s'est-il donné le mal de fabriquer une bombe pour éliminer un enfant ? interrogea Donald, tandis que Holly lui tordait sauvagement l'oreille.

— Pour se ménager un alibi. Un engin explosif peut être déclenché depuis l'autre bout du monde par un simple SMS.

...

La maison de Donald et Linda Graves était située dans l'une des rues les plus aisées de Guildford. La plupart de leurs voisins, retraités, cadres ou directeurs de florissantes sociétés londoniennes, vivaient dans l'opulence.

Les enfants hébergés par Donald et Linda semaient la perturbation dans ce petit monde parfait. Ils étaient fréquemment accusés – non sans raison – de commettre des actes de malveillance, de la dégradation des boîtes aux lettres à l'attaque d'un chihuahua de concours à l'aide de pétards.

Cependant, en trente ans d'activité, c'était la première fois que la rue se trouvait bouclée par un cordon de police. Toutes sirènes hurlantes, les quatre spécialistes de l'équipe de déminage investirent les lieux à bord d'une Land Rover de l'armée et d'un camion au pare-brise équipé d'un grillage antiémeute.

Ross leur brossa un tableau de la situation à l'écart de la foule de retraités qui venaient d'être évacués de leur domicile et avaient été rassemblés sur le trottoir, à la limite du périmètre.

Le conducteur de la Land Rover descendit du véhicule, enfila calmement une épaisse combinaison de protection intégrale, puis s'approcha de la maison armé d'une sonde semblable à un microphone fixé au bout d'une perche.

Une femme portant le grade de caporal vint à la rencontre de Dante et lui posa des questions concernant le paquet. L'avait-il secoué ou cogné contre un mur ? Lui avait-il semblé plus lourd ou plus léger que ce que son contenu pouvait laisser supposer ? Avait-il remarqué des marques sur l'emballage indiquant qu'il avait été ouvert ?

Le petit garçon répondit docilement à cet interrogatoire puis demanda :

— C'est quoi, ce truc que tient votre collègue ?

— Un détecteur d'explosifs, expliqua la femme. Il peut révéler la présence de traces microscopiques de produit, bien plus efficacement que les scanners des aéroports. Il est équipé d'une caméra miniaturisée. Le lieutenant et le sergent vont surveiller les images à distance, sur l'écran de contrôle, puis communiquer les ordres par radio.

Si Dante s'émerveillait de ce miracle de technologie, Linda et Donald, eux, étaient sous le choc. L'idée de s'être trouvés, une heure et demie durant, assis à quelques mètres d'un objet qu'un démineur aguerri n'osait approcher que vêtu d'une armure en titane leur causait un effroi rétrospectif.

Ricardo remonta l'allée puis franchit prudemment la porte de la maison. Une poignée de secondes plus tard, il parcourut le chemin en sens inverse, à la vitesse la plus élevée que lui permettait son encombrante tenue. Le sergent quitta son poste d'observation à l'arrière du camion et cria :

— Identification positive ! Du plastic, sans doute du C4, vu la signature chimique. Sortez Mabel.

Dante, qui était jusqu'alors resté persuadé que Doods lui avait remis le cadeau en mémoire de son père, dut se rendre à l'évidence : on avait bel et bien tenté de l'assassiner.

La femme caporal ouvrit le coffre de la Land Rover et fixa une petite rampe métallique au-dessus du pare-chocs. Mabel était un robot démineur compact, équipé de quatre chenilles en caoutchouc pivotantes qui lui permettaient de gravir les escaliers, de capteurs chimiques, d'un bras mécanique articulé et d'un tuyau relié à un réservoir contenant quatre cents litres d'eau sous très haute pression.

Tandis que Ricardo ôtait sa combinaison, l'engin descendit la rampe puis s'élança sur la chaussée. Découvrant Dante planté à l'arrière du camion, les yeux étincelants de curiosité, le sergent l'invita à monter à bord.

Le petit garçon grimpa dans le véhicule et contempla les innombrables claviers et écrans d'ordinateurs. Malgré la porte arrière laissée ouverte, cet appareillage électronique produisait une chaleur infernale. Le lieutenant, installé dans un confortable fauteuil pivotant, manipulait le joystick contrôlant les mouvements de Mabel.

— Alors, mon garçon, que penses-tu de notre petit jouet ? demanda le sergent.

— Vous n'avez pas peur que la bombe explose ? répondit Dante.

— Si ça se produit, seule Mabel en subira les conséquences. Il m'arrive d'avoir la trouille, lorsque je me trouve sur un chantier de Londres, face à une bombe de la Seconde Guerre mondiale découverte dans une tranchée inondée trop profonde pour que notre robot puisse y descendre. Ou dans le désert, lorsque je dois sectionner un fil métallique sans savoir si un paquet de TNT va me sauter au visage ou si un sniper irakien attend que je me mette à quatre pattes pour me tirer comme un lapin.

— Vous pensez que cette bombe est facile à neutraliser ?

— Rien ne me rend plus heureux que de trouver un engin explosif dans un endroit sec et facile d'accès.

Dante suivait la progression de Mabel sur l'écran de contrôle. Le lieutenant positionna le bras articulé au-dessus des poignées du sac.

— Tu l'as secoué ? demanda-t-il.

— Pas trop. Mon copain Ed voulait que je les mette à charger pour qu'on puisse jouer en rentrant de l'école. J'allais ouvrir la boîte quand la police a débarqué. Ils m'ont interdit d'y toucher tant que les empreintes ne seraient pas relevées.

— Dans ce cas, nous allons essayer d'épargner la moquette de Mrs Graves.

Dante ne comprenait pas où le lieutenant voulait en venir.

— Mabel est équipée de huit gicleurs, expliqua le policier, des petits trous ressemblant à ceux que l'on trouve sur un pommeau de douche. Seulement, l'eau jaillit avec une telle puissance qu'elle pourrait traverser un corps humain comme la lame d'un couteau. Les quatre cents litres d'eau compressée contenus dans le réservoir vont être libérés en un quart de seconde. Ce jet va pulvériser les composants sans laisser à la bombe le temps d'exploser.

La pince de Mabel se referma sur les poignées du sac *Toys'R'Us*. Le robot le souleva, rebroussa chemin puis s'immobilisa au milieu de la rue.

— Armement, dit le sergent.

Il ôta le capuchon de sécurité qui recouvrait un gros bouton rouge encadré de bandes jaune et noir, puis abaissa deux interrupteurs surmontés de l'inscription DANGER. C'était exactement le genre de procédure digne d'un film de guerre que Dante avait toujours rêvé d'appliquer.

La femme caporal ordonna à la douzaine de personnes rassemblées à la limite de la zone de sécurité de tourner le dos au robot afin de se protéger d'éventuelles projections de pièces métalliques.

Le lieutenant hocha la tête.

— À toi l'honneur, mon garçon.

Dante enfonça le bouton. On entendit un claquement assourdissant, puis un son comparable à celui d'une soudaine averse. L'onde de choc produite par la destruction de la bombe déclencha toutes les alarmes des environs.

Dante descendit du véhicule pour observer les dégâts. Ricardo et sa collègue se précipitèrent pour ramasser les morceaux de l'engin explosif qui menaçaient d'être emportés dans les égouts par l'eau qui s'écoulait dans les caniveaux. À l'intérieur du van, le lieutenant inspecta les débris de plastique et de métal. Il localisa le boîtier éventré d'une télécommande et découvrit un rectangle d'explosif semblable à de la pâte à modeler, fixé à la trappe des piles à l'aide de ruban adhésif.

Il manœuvra le zoom pour s'assurer que le jet d'eau avait neutralisé le détonateur, puis il fit signe au sergent d'approcher.

— Voilà notre plastic, dit-il.

— Il n'y a même pas de quoi faire exploser un pneu de voiture.

— C'est vrai, mais il faut penser à la façon dont Dante aurait tenu cette télécommande, contre son ventre, à vingt centimètres de son visage. Je parie que le dispositif était programmé pour exploser après quelques minutes d'utilisation.

— Bien vu, admit le sergent. Il est maintenant clair que quelqu'un est déterminé à liquider ce pauvre gosse…

8. Un petit accident

Les deux semaines suivantes, Dante fut hébergé dans l'appartement londonien de Ross Johnson. Holly, elle, fut confiée aux soins d'une autre famille d'accueil, à quelques kilomètres de là. Ross était divorcé, mais sa fille Tina, une étudiante d'une vingtaine d'années, passait les vacances de Noël chez son père.

Échaudée par la tentative de meurtre dont avait été victime son témoin principal dans l'affaire du quintuple meurtre, la police prit les mesures qui s'imposaient. La nouvelle école de Dante se trouvait à une dizaine de kilomètres de son domicile. Elle avait été choisie en raison de son emplacement particulier, au fond d'une impasse.

Son chauffeur, un policier lourdement armé, l'y accompagnait tous les matins. Il surveillait les allées et venues à l'entrée de l'établissement jusqu'à midi, heure à laquelle un collègue prenait la relève. Ce dernier raccompagnait Dante à l'appartement et assurait sa protection jusqu'à ce qu'il se mette au lit. Un troisième homme montait la garde toute la nuit.

C'était une vie bien solitaire pour un petit garçon de huit ans. À l'école, il était Kevin Drake. Il se fit deux copains, mais les autres élèves formaient de petites bandes auxquelles il était difficile de s'intégrer.

Les mesures de sécurité imposées par son statut particulier lui interdisaient la plupart des loisirs chers à ses camarades de classe. Il n'était pas question de participer aux réunions de boy-scouts, car le parking de la salle paroissiale, très mal éclairé, possédait trois accès. La moindre invitation à une fête d'anniversaire exigeait la mise en place d'un dispositif de sécurité digne d'un chef d'État, contraignant Ross Johnson à remplir des tonnes de paperasse et à négocier auprès de la police du Devon le paiement des heures supplémentaires effectuées par les membres de l'escorte de Dante.

Ce dernier avait toujours été indiscipliné, turbulent et chahuteur. Désormais, il passait le plus clair de son temps à dévorer des magazines consacrés au catch, à penser à la mort et à passer en revue les mille et une façons dont il envisageait de massacrer le Führer. Il semblait satisfait de voir le monde tourner sans lui. Seules ses visites à Holly le sortaient de sa torpeur. Il lui apportait des bonbons, lui confectionnait toutes sortes d'animaux en origami, et multipliait les clowneries pour la faire rire. La mère de substitution de la petite fille les emmenait au parc de jeux. Dante s'efforçait d'être le grand frère idéal, en dépit de la présence permanente du policier en civil qui l'accompagnait.

Les enseignants de l'école ignoraient tout de son passé. Ils pensaient qu'il avait juste besoin de temps pour s'adapter à son nouvel environnement. Ross, lui, était psychologue de profession. Il savait que Dante traversait une grave dépression, mais il ne parvenait pas à l'en tirer.

Il avait adressé des e-mails à plusieurs collègues renommés. Tous avaient confirmé ses conclusions : Dante devait commencer une nouvelle vie, avec Holly, dans un endroit sûr. Ce n'était pas un remède miracle, mais il finirait par se faire des amis et par développer d'autres centres d'intérêt. Avec le temps, il parviendrait à dépasser le chagrin lié à la disparition de sa famille.

Mais Dante ne pourrait pas mener une existence ordinaire

tant que le Führer restait en liberté. La date de son procès n'avait pas été fixée. Il n'avait même pas été formellement mis en examen. Ross s'efforçait d'être gai et enthousiaste en présence de son protégé, mais il redoutait que ce dernier ne soit condamné à une vie triste et chaotique pendant deux ou trois années.

∴

Dante enfonça le bouton de son radio-réveil à projecteur. C'était l'un des rares objets qui avaient réchappé de l'incendie. Malgré une coque légèrement fondue et une lentille grossissante déformée, l'appareil projeta les chiffres 00:17 au plafond.

Aussi loin que remontaient ses souvenirs, il avait toujours dormi comme une marmotte. Avant le drame, il se couchait à l'heure où l'exigeait sa mère, se laissait tomber sur son lit et ronflait jusqu'à l'aube, si bien qu'il pouvait regarder des dessins animés pendant une heure avant de prendre son petit déjeuner, ou tout simplement paresser au lit. Désormais, il luttait chaque nuit pour trouver le sommeil et se réveillait plusieurs fois, hanté par d'effroyables cauchemars.

Dante plongea sous la couette, puis remonta les genoux contre sa poitrine, en position fœtale. Il ferma les yeux et imagina qu'il se trouvait dans un bunker souterrain équipé d'épaisses portes métalliques et de caméras de surveillance. Il avait un arsenal à sa disposition. Sa propre musculature était celle d'un catcheur professionnel. Il était célèbre. Une armée de gardes du corps assurait sa sécurité. Ils étaient prêts à battre à mort tout individu constituant une menace.

L'un des policiers toussa dans le salon, arrachant Dante à sa rêverie. Il appréciait la présence de ces hommes jeunes toujours prêts à chahuter et à jouer aux jeux vidéo. Seul l'agent Fairport, qui passait son temps le nez plongé dans ses manuels à réviser son examen de sergent, voyait d'un mauvais œil cet innocent désordre.

Dante se retourna dans son lit pour la énième fois. Il détestait la texture de son oreiller. La position qu'il avait adoptée vingt secondes plus tôt lui était désormais insupportable. Il enfonça à nouveau le bouton du radio-réveil. 00:19. Il s'était couché à vingt et une heures et n'était pas parvenu à rester endormi plus de quelques minutes.

Son esprit tournait en boucle. L'objet posé sur la table de nuit lui rappelait sa mère. Il se souvenait avec tristesse de ses fausses colères, de ses menaces lancées avec un demi-sourire. Elle n'avait levé la main sur lui qu'à deux ou trois reprises, pour punir des bêtises particulièrement graves, comme ce jour où il s'était levé aux premières lueurs de l'aube pour remplir de boue le cartable de Jordan.

．．．

Dans son cauchemar, Dante était enfermé dans la cave du club-house des Vandales du South Devon. Les membres du gang, regroupés devant le bar, s'apprêtaient à lâcher leurs chiens sur lui, lorsqu'il se réveilla.

Il appuya de nouveau sur le bouton. 01:07. Il n'avait même pas dormi une heure. L'une de ses cuisses rencontra une surface froide et humide. Lorsqu'il souleva la couette, une odeur d'urine assaillit ses narines.

— Espèce d'idiot ! lâcha-t-il sans desserrer les dents, avant de boxer furieusement le matelas.

Il n'avait jamais souffert de ce problème auparavant, ni lorsque ses parents étaient en vie, ni lorsqu'il demeurait chez les Graves. Depuis la découverte de la bombe, il mouillait ses draps une nuit sur deux.

La première fois, il avait ressenti un tel choc, une telle humiliation, que ses sanglots avaient réveillé tous les occupants de l'appartement. Ross lui avait expliqué que ce n'était pas sa faute et que c'était parfaitement compréhensible, après les épreuves qu'il avait traversées. Malgré ces explications, Dante éprouvait une honte indicible. Pour le dispenser d'avoir à déranger tout le monde en pleine nuit, Ross lui avait procuré des couettes et des draps de rechange, plusieurs pyjamas et une alèse plastifiée.

Dante défit son lit puis se rendit dans la salle de bain. Il fourra draps et pantalon de pyjama souillés dans le panier à linge, tira le verrou, puis se nettoya à l'aide d'une lingette et lâcha une giclée de déodorant. Soudain, il réalisa qu'il n'avait pas emporté de bas de pyjama de rechange. Nu comme un ver, il débarqua dans le couloir, sprinta jusqu'à sa chambre et poussa la porte, tout content de ne pas avoir croisé âme qui vive.

Mais Tina, la fille de Ross Johnson, se trouvait près de son lit. Elle n'était pas bien grande, et les plis de sa chemise de nuit laissaient deviner une silhouette un peu ronde. Elle avait déjà remplacé l'alèse, le drap-housse et la couette.

À sa vue, Dante manqua de s'étrangler. Il tira sur son haut de pyjama afin de dissimuler son bas-ventre.

— Ne fais pas l'idiot, gloussa Tina. J'en ai vu d'autres.

Elle lui lança un pantalon de pyjama bleu. La couleur ne convenait pas avec le haut. Chacun, au matin, le voyant dans cette tenue, saurait qu'il avait eu ce qu'il était convenu d'appeler *un petit accident*, mais il n'osa pas protester. Il enfila le vêtement à la hâte.

— Je t'ai réveillée ? demanda-t-il.

Tina fit gonfler les oreillers.

— Non, sourit-elle. Je n'arrivais pas à dormir.

— Je suis désolé pour tout ça. J'aurais pu me débrouiller tout seul. Tu n'étais pas obligée de te lever.

— Viens par ici, dit la jeune femme en s'asseyant sur le lit. Tu as l'air tout triste. Tu as besoin d'un petit câlin.

Le visage éclairé d'un sourire lumineux, le petit garçon ne se fit pas prier. Les bras de Tina se refermèrent sur lui. Il enfouit son visage dans son cou et respira son parfum. Les larmes lui montèrent aux yeux. La douceur de la peau, la longueur des cheveux... tout lui rappelait sa grande sœur disparue.

— J'ai toujours rêvé d'avoir un petit frère, dit Tina. J'aurais voulu qu'on l'appelle Barnaby.

— C'est nul, comme prénom. Il se serait fait tabasser, à l'école.

— Je l'imaginais en costume marin, chaussé de souliers vernis. J'avoue que je n'étais pas très réaliste, quand j'étais petite.

— J'aimerais rester ici pour toujours, soupira Dante. Et que Holly vienne vivre avec nous.

Tina lui ébouriffa les cheveux puis souleva un angle de la couette.

— Tu ferais mieux de te mettre au lit. Tu dois te lever tôt demain matin.

— Si j'étais mort, je n'aurais pas besoin de dormir, dit Dante. Je n'aurais pas peur qu'une bombe explose. Je n'aurais pas peur de me réveiller dans des draps trempés.

Tina lui frotta affectueusement le dos, puis déposa un baiser sur sa joue.

— Tu es courageux et intelligent, Dante Scott. Où qu'ils se trouvent, ton papa et ta maman préfèrent que tu sois en vie. Ils veulent que tu grandisses, que tu deviennes un adulte heureux et équilibré. Et crois-moi, tu as tout pour réussir.

Le petit garçon respira une dernière fois le parfum de Tina.

— Allez, au lit, maintenant, lança-t-elle. Et je te défends de te faire du souci. Si tu as besoin de moi, je suis dans la chambre d'à côté.

Dante se glissa entre les draps. Dès que la jeune femme eut éteint la lumière et quitté la pièce, il laissa son esprit vagabonder. Quand il serait grand, il aurait une petite amie qui lui ressemblerait. Bercé par cette pensée réconfortante, il ne tarda pas à trouver le sommeil.

Mieux valait imaginer le futur que de se retourner sur le passé.

9. Au-delà de tout doute raisonnable

Au matin, Ross demanda à Dante de passer une chemise et un pantalon de toile en vue de leur déplacement dans le Devon. Ils effectuèrent le trajet à bord d'une voiture de police banalisée. Ross était au volant. Steve, le garde du corps, était assis à ses côtés. Dante passa près de cinq heures à jouer à la Gameboy et à dévorer les deux magazines consacrés au catch que lui avait procurés son protecteur.

Vers onze heures et demie, ils firent halte sur l'aire de Bridgwater pour déjeuner dans un restaurant *Burger King*. Au grand ravissement de Dante, Ross lui offrit un *whopper*. Sa mère avait toujours refusé qu'il commande cet énorme sandwich, car elle était persuadée qu'il serait incapable de le finir.

— Ce n'est pas un peu trop gros pour toi, mon garçon ? demanda le garde du corps lorsqu'ils se furent attablés.

Dante sourit. Il était ravi que Steve ait été désigné pour l'escorter. De tous les membres de l'équipe, c'était de lui qu'il se sentait le plus proche. Ils avaient joué à la Playstation pendant des heures. Le samedi précédent, ils avaient préparé un gâteau à l'orange.

— On s'est arrêtés ici, il y a longtemps, avec les Vandales. On revenait d'un run en Écosse. Ce jour-là, un motard surnommé Pigeon s'était fait renverser. Moi, j'étais dans le camion...

— Quel camion ? demanda Steve.

— Celui où on entassait les bagages et les pièces de rechange. On ne peut pas transporter grand-chose, sur une Harley. Il y avait aussi un autocar pour les mères et les enfants, mais moi, je préférais rouler dans le camion. Donc, une voiture avait renversé Pigeon, alors les Vandales l'ont suivie, histoire de le venger. Mais le conducteur a réalisé qu'il avait des bikers aux fesses, alors il a appelé les flics… pardon, la police depuis son portable. Il s'est garé ici, où l'attendaient deux voitures de patrouille. Quand mon père et ses potes ont débarqué, les policiers leur ont demandé ce qu'ils faisaient là. Ils ont prétendu que j'étais malade et que je devais aller aux toilettes.

— Donc, il ne s'est rien passé ?

— J'ai dit que je me souvenais d'être venu ici. Je n'ai jamais prétendu que j'avais quelque chose d'intéressant à raconter.

— Tu as l'air joyeux, aujourd'hui, fit observer Ross.

— C'est parce que l'enquête a l'air d'avancer, même si personne ne veut m'expliquer en détail ce qui se passe.

— Il me semble pourtant avoir été parfaitement clair.

Dante haussa les épaules.

— Alors disons que je ne comprends toujours pas cette histoire de procurateur.

— De *procureur*, rectifia Ross. Tu as déjà vu des procès, dans les films ? Tu sais ce qu'est un avocat ?

— La personne chargée d'aider l'accusé à prouver son innocence ?

— Voilà. Eh bien, le gouvernement a un avocat, lui aussi, qui est au contraire chargé de prouver la culpabilité de l'accusé. C'est le procureur, qui travaille pour le ministère de la Justice. Dans une affaire compliquée comme celle de ta famille, la police et le ministère opèrent conjointement. C'est à eux que revient la responsabilité d'estimer s'ils possèdent assez de preuves pour inculper un suspect. Le procureur et son équipe informent la police des éléments dont ils ont besoin pour obtenir une condamnation. Ils interrogent les témoins avant le procès pour s'assurer que leur déposition influencera favorablement les jurés.

— C'est pour ça qu'on se trouve dans le Devon, j'imagine.

Une femme filiforme d'une soixantaine d'années poussa la porte du restaurant. Avec son attaché-case et son tailleur lavande à boutons dorés, elle ne semblait pas dans son élément. Pourtant, lorsqu'elle aperçut Ross, elle lui adressa un sourire éclatant.

— Salut, mon grand ! lança-t-elle avant de l'embrasser chaleureusement sur les deux joues. Ça remonte à quand, la dernière fois qu'on s'est vus ? Il y a deux ans, à Leeds, à la conférence sur le développement de l'enfant ?

— Trois ans, précisa Ross. Je n'ai pas assisté aux deux dernières éditions.

À cet instant précis, Dante comprit que cette rencontre n'était pas fortuite.

— Voulez-vous que j'aille vous chercher quelque chose ? demanda Steve à la femme.

Cette dernière afficha une moue dégoûtée. À l'évidence, elle aurait préféré mâcher les semelles de ses chaussures que de goûter à un whopper.

— Juste un thé, dit-elle. Deux sucres, pas de lait, merci.

Lorsque Steve eut quitté sa chaise, l'inconnue s'assit à côté de Dante puis détacha les boutons de son tailleur.

— Dante, je te présente Jennifer Mitchum, expliqua Ross.

— Je suis ravie de faire ta connaissance, dit Jennifer.

Elle tapota brièvement le poignet du garçon, puis chipa une frite sur le plateau de Steve.

— Ross et moi avons échangé de nombreux mails à ton sujet, mais je suis contente de te rencontrer en chair et en os.

Dante chercha vainement une réponse, mais il réprouvait le larcin auquel la femme venait de se livrer.

— Steve va être furieux, fit-il observer.

— Jennifer est psychologue, expliqua Ross. Sa spécialité, c'est d'aider les enfants dans ton cas à repartir du bon pied.

Parfois, Dante éprouvait la désagréable sensation d'être un animal abandonné, recueilli par charité, puis passant d'un maître à l'autre, sans qu'aucun d'eux ne s'attache réellement à lui.

— Je m'en doutais, dit-il, sans chercher à dissimuler son amertume.

— Je ne te laisse pas tomber, affirma Ross. Mais je suis un policier. Je dois parcourir le pays de long en large pour recueillir la déposition d'enfants témoins de crimes. Lorsque Tina sera retournée à l'université, je ne pourrai plus m'occuper de toi.

∴

Les bureaux du procureur du Devon se trouvaient à proximité d'Exeter, à cinquante kilomètres de l'ancienne maison de Dante. On le photographia, on lui établit un badge d'accès, puis on l'invita à franchir un tourniquet en compagnie de Jennifer et de Ross.

Une assistante du procureur prénommée Vanessa leur serra la main et les conduisit jusqu'à son bureau, au bout d'un couloir aux parois percées de portes en verre dépoli. Aux yeux de Dante, son regard troublant et sa poitrine généreuse évoquaient les stripteaseuses dont les Vandales s'offraient les services pour pimenter leurs soirées les plus sauvages.

La pièce était petite mais fonctionnelle. Dante s'installa sur le canapé, entre Ross et Jennifer. Vanessa s'assit sur un coin de table et saisit un épais dossier.

— Mr Johnson t'a-t-il expliqué qui j'étais ?

— Un peu, répondit Dante. Vous êtes la personne chargée de l'affaire. Vous êtes censée étudier les preuves présentées par la police et décider si elles sont assez solides pour condamner le Führer.

— Exactement, sourit Vanessa. Notre problème, c'est que les preuves biologiques, comme les empreintes et les traces ADN, ont disparu dans l'incendie de ta maison. Nous n'avons rien trouvé. Ni arme, ni fibre. Aucun indice matériel.

— Et pour la boue ? Le Führer a marché dans le champ, derrière chez moi. Il a dû laisser des traces.

— En effet, nous avons effectué des moulages de Doc Martens correspondant à la pointure du Führer, mais de nombreux motards portent ce modèle, et la pointure en question est la plus répandue chez les hommes adultes.

— Alors, ça ne sert à rien ? demanda Dante.

— Non, pas à rien, expliqua Vanessa, mais c'est loin d'être suffisant. Le jury doit se prononcer *au-delà de tout doute raisonnable*, et il nous faudra davantage qu'une empreinte de botte. Pour le moment, nous ne pouvons compter que sur ton témoignage concernant la nuit des meurtres et ta déposition devant le tribunal.

Dante hocha la tête.

— Vous l'avez déjà inculpé ?

— Non. Nous devons encore passer en revue les éléments dont nous disposons. Nous prendrons une décision dans un jour ou deux. J'ai tenu à te voir aujourd'hui parce que j'ai des questions importantes à te poser concernant ton témoignage.

— Eh bien, je suis là, vous pouvez m'interroger.

Vanessa lui adressa un sourire embarrassé.

— Je dois t'avertir que certaines questions risquent de ne pas te plaire. Tu dois comprendre que le Vandales Motorcycle Club possède un compte officiel sur lequel chacun de ses membres, dans le monde entier, verse plusieurs centaines de livres par an. En conséquence, le Führer a de quoi se payer les meilleurs avocats et experts. Tout le dossier repose sur la crédibilité de ton témoignage aux yeux des jurés. Il suffit que la défense fasse naître le moindre doute dans l'esprit de l'un d'entre eux pour que la cour prononce l'acquittement.

Dante voyait parfaitement de quoi il était question. Les Vandales du South Devon étaient fréquemment inquiétés par les autorités en raison de leurs activités illégales. Pourtant, ces affaires s'achevaient presque toujours par un acquittement général et une grande fête au club-house.

— Nous avons deux problèmes, poursuivit Vanessa. Le premier, c'est que tu ne seras pas le seul témoin. D'autres personnes seront appelées à la barre pour jurer que le Führer se trouvait avec eux à l'heure des meurtres.

— Mon père a couvert deux Vandales, une fois, confirma Dante. Il a prétendu qu'ils buvaient un coup avec lui dans un bar de Salcombe, alors qu'ils étaient à Londres, en train de dépouiller une femme de ses bijoux.

— On ne peut pas faire grand-chose contre les faux témoignages. L'essentiel, c'est que le tien soit rigoureusement exact. Et j'avoue que nous avons un petit souci de ce côté-là.

— Pardon ?

Vanessa sortit du dossier un cliché du T-shirt sanglant abandonné derrière un buisson, le soir du drame, puis lut à haute voix un extrait de la déposition de Dante :

— *Je jouais avec mon copain Joe quand il s'est mis à saigner du nez. Ça lui arrive tout le temps. C'est comme ça que je me suis taché.* Le hic, c'est que les spécialistes de la police scientifique ont analysé ces traces. Tu vois la façon dont elles sont réparties ? Ce sont des projections.

Dante hocha la tête.

— Ce n'était pas vraiment un saignement de nez, n'est-ce pas ? demanda Vanessa.

— Non, répondit le garçon, les yeux baissés en signe de soumission.

— Nous avons aussi analysé le sang. Ce n'est pas celui de Joe. À qui appartient-il, Dante ?

Il jeta un regard coupable à Ross puis haussa les épaules.

— À Martin Donnington, le fils aîné du Führer.

— Alors, que s'est-il vraiment passé ? insista Vanessa.

— Et surtout, pourquoi as-tu menti ? ajouta Ross.

Dante se recroquevilla dans le canapé.

— Je m'étais battu, et j'avais peur de me faire gronder. Mais tout le reste est vrai. C'était avant les meurtres, de toute façon. Ça n'a pas beaucoup d'importance.

Vanessa brûlait de s'abandonner à la colère, mais son témoin n'était qu'un petit garçon. Elle inspira profondément et essayer de lui expliquer calmement la situation.

— Nous avons besoin d'éléments confirmant ton témoignage. Prenons un exemple : lorsque David Beckham marque un but pour l'équipe d'Angleterre, personne ne le conteste, car les spectateurs présents dans le stade et les images vidéo suffisent à le confirmer ; en revanche, lorsque tu établis un record à un jeu sur Playstation et que tu éteins la console sans sauvegarder, tu n'as plus aucun moyen de le prouver.

— Je vois.

— Et le problème, c'est que tu as menti au sujet du seul élément vérifiable que nous possédions. Et ce mensonge, qui va inévitablement figurer au dossier d'instruction, risque de décrédibiliser tes déclarations aux yeux du jury.

— Vous êtes en train de me traiter de menteur ? gronda Dante.

— Non, répondit Vanessa. Je dis simplement que si tu n'as pas dit toute la vérité sur un point, les jurés auront davantage de difficultés à te faire confiance sur le reste. Et le tribunal va leur demander de se prononcer sur la culpabilité d'un homme soupçonné de meurtre en se basant sur tes seules déclarations. C'est une lourde responsabilité.

L'air boudeur, le petit garçon contempla la pointe de ses baskets.

— Alors j'ai tout fait rater.

Ross passa un bras autour de ses épaules.

— Tu as fait une petite erreur, parce que tu étais fatigué et bouleversé. Ce n'est pas ta faute.

Vanessa hocha la tête.

— Peux-tu me raconter ce qui est réellement arrivé à ce T-shirt ?

En deux minutes, Dante détailla les événements survenus au club-house, le soir des meurtres : l'outrage aux couleurs du club, la colère incontrôlable du Führer, et la correction que Teeth l'avait forcé à infliger à Martin afin de lui épargner une punition plus radicale.

Vanessa ne dissimula pas sa surprise. Le récit semblait trop alambiqué pour avoir été échafaudé par Dante, mais il lui semblait à peine croyable que des hommes adultes encouragent des enfants à se battre jusqu'au sang.

Lorsque le petit garçon acheva sa déclaration, il régna dans la pièce un silence embarrassant.

— Je jure que c'est la vérité, ajouta-t-il. Mais vous ne trouverez pas un Vandale pour confirmer ma déposition. Ils vous diront que j'ai tabassé Martin afin de passer pour un dur.

Vanessa glissa une main dans ses cheveux.

— Très bien, soupira-t-elle. Si tu le veux bien, nous allons nous rendre immédiatement en salle d'interrogatoire afin d'enregistrer un rectificatif à ta déclaration initiale.

— Est-on vraiment obligés de conserver le premier rapport ? demanda Dante. Si nous le faisons disparaître, les avocats du Führer n'auront aucun moyen de savoir que j'ai menti.

Vanessa lâcha un éclat de rire nerveux.

— Malheureusement, nous devons respecter la procédure. Toute personne qui comparaît devant un tribunal a le droit de se défendre. Dès que le Führer aura été officiellement inculpé, il aura accès au dossier et pourra en examiner toutes les pièces.

— C'est bien ma chance ! s'exclama Dante en tapant furieusement du pied.

Vanessa lui adressa un regard sombre.

— Je veux que tu relises ta première déposition et que tu me signales la moindre inexactitude. Compris ?

Dante n'en croyait pas ses oreilles. De son point de vue, le mensonge concernant le T-shirt était sans importance, à tel point qu'il n'en avait gardé aucun souvenir jusqu'à cette réunion.

— Je suis nul. Je suis désolé.

— Il n'y a pas de quoi dramatiser, dit Ross. Tu es encore très jeune. Les jurés comprendront sans doute les raisons qui t'ont poussé à dissimuler cette histoire de bagarre. Et puis, nous te trouverons un bon avocat, ne t'inquiète pas.

Vanessa ouvrit la porte du bureau.

— Je te remercie, Dante. À présent, je dois m'entretenir avec Ross en tête à tête. Pourrais-tu patienter dans la salle d'attente en compagnie de Jennifer ?

10. *Une seule* preuve

Dès que le garçon eut quitté la pièce, Vanessa se laissa tomber dans son fauteuil, puis elle enfouit sa tête entre ses mains.

— Selon toi, quelles sont nos chances de l'emporter devant le tribunal ? demanda Ross.

— Entre vingt et trente pour cent. Dante a dénoncé le Führer quelques heures après avoir démoli son fils à coups de poing. On peut difficilement faire pire. De plus, son dossier scolaire ne plaide pas en sa faveur. Il s'est forgé une réputation de bagarreur et de petit tyran.

— Ça ne fait pas de lui un criminel.

— Je sais bien, mais les avocats vont avoir la preuve qu'il a menti. Ils le dépeindront comme un enfant violent, perturbé, traumatisé par les scènes de meurtre dont il a été témoin, autant de troubles expliquant ses dépositions contradictoires et le caractère suspect de son témoignage.

— Et la tentative d'attentat à la bombe, qu'est-ce que tu en fais ?

— Le juge ne laissera pas l'accusation en faire mention tant que l'implication du Führer n'aura pas été démontrée.

— Je garde confiance. Dante est intelligent. Il fera bon effet, à la barre, et il existe de nombreuses preuves indirectes confirmant sa description des meurtres, comme l'emplacement des impacts de balles et la position des corps dans la maison.

— Je sais bien. Personne ne pourra nier qu'il a assisté au drame, mais ça n'empêchera pas les témoins de la défense de défiler pour confirmer l'alibi du Führer. Ils présenteront des experts psychiatres prêts à jurer qu'un enfant de huit ans ne peut assister à la mort violente de ses proches sans subir un énorme traumatisme, un choc si profond qu'il altère radicalement sa vision de la réalité.

— Alors, vas-tu demander son arrestation ?

Vanessa secoua la tête avec lassitude.

— Je le ferais si je possédais *une seule* preuve pour confirmer le récit de Dante. L'arme du crime, l'une des bottes du Führer, des résidus de poudre sur un vêtement, n'importe quoi. Mais les Vandales ont disposé d'une demi-heure pour nettoyer la scène du crime, et ils ont fait un sacré bon boulot.

— Donc, ce salaud va rester en liberté, soupira Ross.

— Pour le moment. Nous n'allons pas clore un dossier de quintuple homicide après seulement trois mois d'enquête, mais nous n'aboutirons pas sans élément nouveau. Et plus nos investigations traînent en longueur, plus les pistes refroidissent...

— Il n'y aurait pas une piste que le service scientifique pourrait approfondir ?

— Non. Seul un nouveau témoin pourrait nous tirer d'affaire. L'idéal, ce serait d'arrêter un Vandale en flagrant délit et de lui proposer une relaxe en échange d'informations utiles concernant les meurtres. Avec un peu de chance, quelqu'un se présentera au poste de police avec une arme ou un vêtement récupéré sur les lieux du sinistre. On ne sait jamais.

— Pauvre Dante. C'est un chouette gamin. Il a peu de chance de se reconstruire si nous ne parvenons pas à lui rendre justice, en jetant cette ordure derrière les barreaux pour le restant de ses jours.

...

Vanessa demanda à Dante et à Ross de ne pas quitter le bâtiment jusqu'à nouvel ordre, puis elle s'entretint avec les pontes du bureau du procureur et les enquêteurs chargés de l'affaire.

Au bout du compte, Dante se contenta d'enregistrer son second témoignage et patienta jusqu'à la fin de la réunion, aux alentours de dix-huit heures. Ross estima qu'il était trop tard pour regagner Londres.

Il préféra louer deux chambres dans un hôtel anonyme situé près de la bretelle d'autoroute. Steve et Jennifer s'installèrent dans l'une d'elles. Ross insista pour veiller sur Dante. Il le fit entrer dans l'établissement par la porte de service et lui ordonna de se cacher dans la salle de bain lorsque le garçon d'étage vint livrer le dîner.

Ross et Dante dégustaient leur riz au poulet, assis côte à côte sur l'un des deux lits doubles. Jennifer avait laissé Steve se reposer dans l'autre chambre. Elle avait posé ses lasagnes sur une étroite console.

— Alors, Dante, comment te sens-tu ? demanda-t-elle.

Dante appréciait la compagnie de Ross. Non seulement il se désolait de l'intrusion de la psychologue, mais il n'en comprenait pas le motif.

— Je n'ai pas envie d'en parler avec vous, lança-t-il. Occupez-vous de vos affaires.

Ross lui adressa un regard sombre, mais Jennifer lâcha un bref éclat de rire.

— Malheureusement, je suis payée pour ça.

Dante leva les yeux au ciel.

— Je pourrais manger en paix ?

— Jennifer est ici pour t'aider, dit Ross. Elle doit d'abord apprendre à te connaître.

— Bon, si vous insistez, soupira Dante. Comment je me sens ? Assez mal. Parce que j'ai découvert que la vie était injuste. Le Führer a tué ma mère, mon père, mon frère et ma sœur, puis il a essayé de me faire exploser. Malgré ça, il est toujours en liberté, et il va sans doute le rester, parce que plus personne ne me croit à cause d'un tout petit mensonge.

— Le bureau du procureur n'a pas baissé les bras, précisa Ross. Il leur faut davantage de preuves, voilà tout.

— Bla, bla, bla.

Dante posa son plateau sur la table de nuit.

— Je n'aurais jamais dû parler aux flics, poursuivit-il. Les Vandales, au moins, ne perdent pas leur temps à organiser des réunions ou à chercher des preuves qui n'existent pas. Ils prennent des décisions, et ils passent à l'action.

— Tu as parfaitement le droit d'être en colère, dit Jennifer.

— Vous êtes tous plus inutiles les uns que les autres ! hurla Dante. Quand je serai grand, je me payerai une moto et un fusil à canon scié, je me pointerai chez le Führer et je lui ferai sauter les genoux. Ensuite, je le suspendrai à un croc de boucher, et je le regarderai se vider de son sang.

Il sentit les larmes lui monter aux yeux.

— Bientôt, tu iras mieux, assura Jennifer.

— Mon cul ! cria Dante. Je n'en peux plus que tout le monde essaye de fouiller dans mon cerveau. Je veux qu'on me laisse tranquille !

Sur ces mots, il jeta son assiette au visage de la femme puis fondit en larmes. Le projectile frôla la psychologue et se brisa contre le mur, déversant son contenu sur la moquette.

— Je ne suis même pas capable d'envoyer une assiette à la figure d'une grand-mère ! sanglota-t-il avant de se précipiter dans la salle de bain, de claquer la porte, puis de pousser le verrou.

Il considéra son visage écarlate dans le miroir, arracha le rideau de douche, piétina la trousse de toilette de Ross puis lança la poubelle de toutes ses forces contre la fenêtre en verre dépoli. Contre toute attente, l'objet rebondit et l'atteignit à la tête.

Dante poussa un cri perçant et se laissa tomber à genoux. Ross tambourina à la porte.

— Ouvre, gronda-t-il. Ça ne rime à rien de te mettre dans un tel état. Tu vas finir par te blesser.

— Va te faire foutre ! répliqua le petit garçon en donnant un violent coup de pied dans le coffrage de la baignoire.

Alors il vit la lame d'un canif apparaître dans l'interstice séparant la porte du mur, puis soulever habilement le verrou. Lorsque le panneau de bois pivota sur ses gonds, Dante eut la surprise de trouver Jennifer plantée sur le seuil de la salle de bain.

Il se précipita tête baissée vers la femme, déterminé à la frapper à l'abdomen. Contre toute attente, elle esquiva la charge, effectua une manœuvre fulgurante qui le força à se retourner, puis elle lui tordit le bras derrière le dos. Elle le maintint dans cette position inconfortable, le tira vers la chambre et le coucha d'autorité sur l'un des lits.

— Calme-toi, dit Jennifer d'une voix très douce. Je te lâcherai dès que tu auras cessé de te débattre.

Mais Dante, qui pleurait et jurait comme un possédé, semblait avoir perdu la raison. La psychologue se tourna vers son collègue.

— Maintiens-le pendant que je vais chercher ma trousse médicale, dit-elle.

Ross l'immobilisa d'un bras en lui caressant doucement le dos de l'autre, dans l'espoir de l'apaiser.

Jennifer traversa le couloir, ouvrit la porte de sa chambre à l'aide d'une carte magnétique, puis réapparut armée de son attaché-case.

— Le Führer ne peut pas s'en tirer comme ça, sanglota Dante. Il a massacré toute ma famille. Il faut trouver d'autres preuves. D'autres preuves, je vous en supplie...

En dépit de ses efforts pour demeurer professionnel, Ross s'était profondément attaché à Dante. Le désespoir de son petit protégé lui brisait le cœur. Son regard se brouilla et de grosses larmes roulèrent sur ses joues.

Jennifer inspecta son matériel médical.

— Dante, mon chéri, dit-elle en ôtant l'enveloppe stérile d'une seringue. J'ai besoin que tu te tiennes tranquille pendant deux secondes.

L'enfant se tourna vers elle et vit briller une aiguille de cinq centimètres.

— Non ! hurla-t-il.

— Ross, empêche-le de bouger, ordonna-t-elle.

Elle tira sur l'élastique du pantalon de survêtement de Dante afin de dénuder la partie supérieure de sa fesse gauche, puis elle y appliqua une compresse imprégnée de liquide désinfectant.

— Il ne peut pas s'en tirer comme ça ! répéta le garçon. Laissez-moi tranquille. Qu'est-ce que vous me faites ?

Ross pesa sur lui de tout son poids afin de l'immobiliser pendant que Jennifer enfonçait la seringue. Elle tira sur le piston et aspira quelques gouttes de sang avant d'injecter le sédatif.

Aussitôt, Dante sentit ses muscles se relâcher et sa vision s'altérer. Vingt secondes s'écoulèrent avant qu'il ne cesse de pleurer. Sa respiration retrouva un rythme normal, puis il sombra dans un profond sommeil.

À bout de forces, Jennifer s'épongea le front d'un revers de manche.

— Voilà, il est inconscient.

Ross étendit Dante sur le dos et contempla avec tristesse son visage baigné de larmes.

— Tu sais, Jennifer, je n'arrive toujours pas à croire toutes les choses que tu m'as racontées à propos de cette organisation…

Jennifer esquissa un sourire.

— À son réveil, je te garantis que lui non plus n'en croira ni ses yeux, ni ses oreilles.

11. Je ne parle pas aux *Orange*

Lorsqu'il recouvra ses esprits, Dante crut qu'il se trouvait toujours à l'hôtel. Il jeta un regard circulaire à la pièce et en effectua un rapide inventaire : un grand lit, un poste de télévision fixé au mur, une bouilloire électrique, un téléphone filaire et un petit réfrigérateur. La dernière chose dont il se souvenait, c'était d'avoir marché vers la réception de l'hôtel en compagnie de Ross et Jennifer Mitchum.

Il était nu, à l'exception d'une couche de grande taille destinée à prévenir tout problème d'incontinence. Il en souleva l'élastique et constata avec soulagement que son bas-ventre était parfaitement sec.

— Ross ? lança-t-il.

Il s'assit sur le lit et regarda par la fenêtre.

La chambre se situait au sixième étage, à l'angle d'un immeuble. Une grue s'élevait à quelques centaines de mètres. Son conducteur disposait de grands panneaux de verre sur le chantier d'une étrange construction en forme de banane. Devant cette structure s'étendaient des pelouses, un parking et deux héliports. Dante vit avec stupéfaction un groupe d'enfants vêtus de T-shirts rouges et de pantalons de treillis quitter l'immeuble. L'un d'eux poussait un chariot où étaient entassés des arcs, des flèches et des cibles.

En s'écartant de la fenêtre, il remarqua les vêtements posés sur le sol. Ils étaient à sa taille : des chaussettes blanches et un caleçon ; un T-shirt orange et un pantalon militaire semblable à ceux que portaient les garçons et les filles qu'il venait d'observer ; une paire de rangers neuves.

Le T-shirt était orné d'un logo représentant un ange assis sur un globe terrestre surmonté de l'inscription CHERUB.

Dante supposait qu'il avait atterri dans une sorte de pensionnat. C'était un soulagement, car il avait craint quelques instants être tombé aux mains des Vandales. Entendant la porte de la chambre grincer discrètement sur ses gonds, il pivota vivement sur les talons.

— Salut ! lança une petite fille en passant prudemment la tête à l'intérieur de la pièce.

Elle mesurait à peu près sa taille. Elle aurait pu être plutôt jolie, mais ses yeux étaient cerclés de noir, comme si elle avait été sévèrement battue. Elle portait des rangers, un T-shirt orange et un pantalon de treillis. Dante, qui n'avait pas ôté sa couche, était au comble de l'embarras.

— Salut, répondit Dante.

Il aurait voulu se jeter sur le lit et se couvrir de la couette, mais il éprouvait une telle gêne qu'il resta figé sur place.

— Est-ce que... Où est-ce qu'on est ?

La petite fille haussa les sourcils.

— Je ne sais pas, dit-elle. Je viens de me réveiller dans la chambre d'à côté. Et puis je t'ai entendu crier *Ross*. Je n'en sais pas plus...

— C'est quoi, la dernière chose dont tu te souviens ?

— J'étais au centre Nebraska, un foyer d'accueil. J'avais rendez-vous avec la psychologue, mais elle m'a fait patienter une heure dans la salle d'attente. Finalement, un éducateur est passé pour m'annoncer qu'elle devait se rendre dans le Devon pour une affaire urgente et qu'elle reportait la séance au lendemain.

— Dans le Devon, répéta Dante, intrigué. Cette psy, elle ne s'appellerait pas Jennifer, par hasard ?

— Si, c'est ça. Jennifer Mitchum.

— Je la connais. Qu'est-ce qui ne va pas chez elle ? C'est une kidnappeuse professionnelle ou quoi ?

— Ça m'étonnerait. Cet endroit a l'air plutôt sympa. Il y a des courts de tennis et des enfants qui courent dans le parc. Au fait, je m'appelle Lauren. Lauren Onions.

Le petit garçon hésita quelques secondes avant de prononcer son prénom.

— Moi, c'est Dante. À quoi ressemble ta chambre ?

Lauren ouvrit la porte de communication et le laissa y jeter un œil.

— Exactement la même, dit-elle. La seule différence entre toi et moi, c'est que je ne portais pas de couche quand je me suis réveillée.

Dante rougit jusqu'à la racine des cheveux.

— Je ne sais pas pourquoi ils m'ont mis ça, mentit-il. Bon, qu'est-ce qu'on est censés faire maintenant, à ton avis ?

— Déjà, je pense que tu devrais t'habiller. Ensuite, on explorera l'immeuble. On finira bien par trouver un adulte.

Après avoir revêtu son uniforme, Dante retrouva Lauren dans le couloir tapissé de moquette. L'une des portes de l'étage étant restée ouverte, ils inspectèrent une chambre laissée en désordre.

— Vu la taille des vêtements, je pense que ce sont des adolescents qui vivent ici, dit la petite fille.

Elle jeta un œil au réveil posé sur la table de nuit.

— Dix heures moins le quart. Je suppose qu'ils sont tous en cours, en ce moment.

— Qu'est-ce qui est arrivé à tes yeux ? demanda Dante lorsqu'ils se furent remis en route.

— Ça, c'est un coup de mon père. Un soir, il est rentré à la maison en pétard. Je lui ai dit que j'avais besoin d'un peu d'argent pour faire des courses, alors il m'a frappée.

— Bon Dieu.

— Attends, là, ça a eu le temps de dégonfler. Tu aurais dû

voir ma tête, juste après… J'étais à moitié aveugle, le lendemain, et j'ai eu du mal à trouver l'école. Mon maître a appelé
la police, et c'est comme ça que j'ai fini au centre Nebraska.
James, mon demi-frère de douze ans, était censé se trouver
là-bas, lui aussi, mais il a dû fuguer, car personne ne sait où
il est passé…

— Si ça se trouve, il est ici, suggéra Dante.

— Ah oui, peut-être. Ça ne m'était pas venu à l'idée. C'est
un crétin, mais on s'aime bien, et puis on se serre les coudes.

Au moment où ils atteignirent la cage d'escalier située au
centre du bâtiment, une jeune fille d'une quinzaine d'années
déboula dans le couloir, les bras chargés d'un carton à dessin
et d'une pile de livres sur Picasso. Elle portait l'uniforme en
vigueur assorti d'un T-shirt bleu marine constellé de taches
de peinture.

— Bonjour, dit poliment Lauren. Tu peux nous aider, s'il
te plaît ? On est un peu perdus.

— Je n'ai pas le droit de parler aux *Orange*, dit l'inconnue
d'un ton ferme.

Dante et Lauren n'en crurent pas leurs oreilles. Ils
suivirent l'adolescente jusqu'à l'ascenseur. Cette dernière,
encombrée par ses livres et son matériel, était incapable
d'appuyer sur le bouton d'appel.

— Tu montes ou tu descends ? demanda Dante.

— Je descends, répondit la jeune fille avec une moue
contrariée.

— Pourquoi tu ne peux pas nous parler ? Tout ce qu'on
veut, c'est qu'on nous dise où aller.

— Désolée. Mais vous n'avez pas idée des ennuis que je
pourrais avoir si on me surprenait en train de parler à
quelqu'un portant un T-shirt orange. Ne vous faites pas de
souci. Ils vous gardent à l'œil grâce aux caméras de surveillance. Mac vous contactera le moment venu.

— Mac ? répéta Lauren.

— Et si j'enlevais mon T-shirt ? demanda Dante. Rien ne t'empêcherait de discuter avec moi.

L'adolescente éclata de rire puis leva les yeux vers l'écran LED situé au-dessus de la cage d'ascenseur. Lorsqu'elle découvrit que la cabine ne bougeait pas du rez-de-chaussée, son visage s'assombrit.

— Bon, eh bien, je vais descendre par l'escalier ! marmonna-t-elle. Je déteste ces foutus ascenseurs. C'est à cause d'eux que je suis tout le temps en retard.

Avant de se mettre en route, elle se tourna vers les deux enfants à la mine anxieuse.

— Vous verrez, c'est un endroit formidable. Vous n'avez aucune raison de vous en faire.

Dante et Lauren échangèrent un regard interdit puis ils haussèrent les épaules.

— Ce qui est sûr, s'exclama Dante, c'est que c'est sans doute le jour le plus bizarre de toute notre vie.

— À ta place, je ne parierais pas là-dessus, objecta sa camarade.

La cabine entama son ascension dès que l'inconnue se fut engagée dans la cage d'escalier. Lorsque les portes s'écartèrent, ils tombèrent nez à nez avec une femme aux longs cheveux bruns dont le ventre rond trahissait une grossesse avancée.

— Montez, dit-elle. Je vais vous faire visiter le rez-de-chaussée.

— Vous êtes Mac ? demanda Dante lorsque les portes se furent refermées.

— Non. Mac est notre directeur. En général, c'est lui qui présente le campus aux recrues, mais il est alité à cause d'une infection pulmonaire. Il se trouve dans un tel état que sa femme lui a interdit de mettre un pied hors du lit. Je m'appelle Zara Asker, et je suis contrôleuse de mission en chef.

— Mon frère est ici ? interrogea Lauren en sortant de l'ascenseur.

Elle découvrit le hall d'accueil et le guichet de la réception. L'air inquiet, un garçon d'environ sept ans vêtu d'un T-shirt CHERUB rouge patientait assis sur un banc, devant une porte close.

— Oui, James est au campus, répondit Zara. Si vous voulez bien m'excuser une minute...

Elle marcha vers le petit garçon au visage anxieux et lui parla sur un ton ferme :

— Jake Parker ! Encore convoqué chez le directeur ? Mais quelle surprise !

Son interlocuteur se leva.

— C'est pas ma faute, madame. C'est pas moi qui ai commencé. C'est juste que...

Zara l'interrompit.

— C'est ton jour de chance, Jake. Le directeur est malade, alors tu peux retourner en classe. Et essaie de te comporter comme un être civilisé, ça te changera.

L'enfant baissa la tête en signe de soumission.

— Je croyais que vous deviez rester absente jusqu'à la naissance du bébé.

Zara sourit et posa les mains sur son ventre.

— Il n'est pas pressé de sortir. Je ne resterai que quelques heures, le temps de faire visiter le campus aux deux petits nouveaux. Maintenant, file.

Heureux de s'en tirer à si bon compte, Jake détala.

— Une vraie petite terreur, celui-là, gloussa Zara.

— Où est mon frère ? demanda Lauren.

— Il suit le programme d'entraînement initial. Tu peux le voir, si tu y tiens, mais tu ne pourras pas lui parler pour le moment.

— C'est quoi, cette histoire d'entraînement ? interrogea Dante.

— Écoutez, les enfants, je ne sais pas trop par où commencer... Qu'est-ce que vous diriez de faire le tour du campus ?

Ça me permettra de vous expliquer point par point qui nous sommes et quelles sont nos activités.

Zara les guida à l'extérieur du bâtiment. Les enfants descendirent cinq marches puis se postèrent devant la fontaine surmontée d'une statue représentant l'ange et le globe qui figuraient sur leurs T-shirts. Une voiture de golf à moteur électrique était garée le long du trottoir.

— Mon ventre est tellement énorme que je ne tiens plus derrière le volant, dit la femme. L'un de vous aimerait-il prendre les commandes ? Ça n'a rien de sorcier.

Au comble de l'excitation, Dante prit place sur le siège du conducteur. Le maniement du véhicule était des plus simples : un levier avant-arrière, une pédale d'accélérateur et une pédale de frein.

— Ces voitures ne sont pas aussi lentes qu'il y paraît, alors je te demande de ne pas dépasser les quinze kilomètres-heure, car il y a beaucoup d'enfants dans le parc, avertit Zara en s'installant dans le siège du passager avant.

Lauren s'assit à l'arrière. Dante enfonça la pédale d'accélérateur.

— Nous venons de quitter le bâtiment principal, expliqua la femme. C'est là que se trouvent le réfectoire, ainsi que les chambres des agents opérationnels et des membres du personnel. Il abrite aussi les services administratifs, les archives et le centre de contrôle, établi au dernier étage.

Lauren leva les yeux vers le toit de l'immeuble.

— Un centre de contrôle ? répéta-t-elle. Comme à la NASA ?

Zara laissa échapper un bref éclat de rire. Dante franchit un dos-d'âne à une vitesse excessive. Elle lui intima l'ordre de ralentir et d'emprunter la première allée à gauche en direction du centre du campus.

— Nous ne lançons pas de fusées, dit-elle. Nos missions sont d'une tout autre espèce. Nous menons des opérations d'infiltration. Les agents de CHERUB sont des espions âgés de dix à dix-sept ans.

Persuadé qu'elle se moquait de lui, Dante scruta longuement son visage. À l'évidence, il se trompait.

— Pour quelle raison ? demanda Lauren. Quel est l'intérêt d'employer des enfants espions ?

— Tourne à droite, lança Zara.

La voiture contourna le bâtiment principal, traversa un bosquet, puis longea des courts de tennis. De cette position, on pouvait voir l'ensemble du campus, les terrains de football et de rugby, une douzaine de constructions d'aspect et de taille variables, de la cabane de jardinier à la chapelle gothique. Au loin, au-delà d'une zone boisée, un lac miroitait sous le pâle soleil de décembre.

— Nous faisons appel à des enfants parce que personne ne les soupçonne, expliqua la contrôleuse de mission. Mac prend toujours le même exemple. Imaginez qu'un adulte frappe à la porte d'une vieille dame au milieu de la nuit. Elle se méfie, forcément. S'il la supplie de le laisser entrer, il y a fort à parier qu'elle refuse. Même s'il prétend être gravement malade, elle appelle les secours, mais ne le laisse pas pénétrer chez elle. Maintenant, imaginez que cette grand-mère découvre un petit garçon éploré sur son paillasson. *Nous avons eu un accident de voiture. Mon papa a perdu beaucoup de sang. Je crois qu'il va mourir.* Croyez-moi, elle ouvre grand sa porte. Rien n'empêche alors un complice adulte de jaillir des buissons et de piller la maison. Les criminels et les terroristes utilisent cette astuce depuis toujours. CHERUB emprunte leur propre stratégie pour les jeter en prison.

Le visage de Dante s'illumina d'un sourire.

— En fait, les enfants sont de meilleurs criminels et de meilleurs espions que les adultes.

— D'une certaine façon, tu as raison. Parce que personne ne les soupçonne.

Elle désigna un bâtiment.

— Ça, c'est notre centre de natation et de plongée. Vous aimez nager ?

Lauren et Dante hochèrent la tête avec enthousiasme.

— Mais je ne suis pas souvent allée à la piscine, précisa la petite fille. Ma mère était très grosse, alors elle était gênée de se montrer en maillot de bain. En plus, mon frère est un trouillard. Il a peur de l'eau.

— Je sais, confirma Zara. Et il a dû apprendre à nager avant de pouvoir passer le programme d'entraînement initial. Je n'ai pas suivi personnellement sa formation, mais on m'a dit que ça n'avait pas été facile.

Lauren en resta bouche bée.

— Vous voulez dire que James sait *nager* ? Mais c'est un miracle !

Dante ralentit aux abords d'une mare de boue qui avait envahi la chaussée devant le terrain de football, afin de permettre la traversée d'un groupe d'adolescents aux traits tirés qui portaient des disques de fonte de quinze kilos au-dessus de leur tête. Un instructeur les traitait de tous les noms.

— Nous appliquons une discipline plutôt stricte, expliqua Zara. Ces agents ont introduit quatre-vingts canettes de bière dans l'enceinte du campus, ont organisé une fête clandestine et ont été testés positifs à la marijuana. Chez nous, c'est tolérance zéro en ce qui concerne les drogues.

— Où est-ce que vous voulez en venir ? demanda Lauren. Vous nous proposez de rester ici ?

— Vous avez été conduits ici pour des raisons différentes, mais Jennifer Mitchum estime que vous correspondez à nos critères de recrutement. Nous pensons que vous avez de bonnes chances d'obtenir la qualification d'agent opérationnel.

— Ah ? Et pour quelles raisons ? interrogea Dante.

— Nos agents sont exceptionnels dans tous les domaines. Ils doivent être endurants sur le plan physique, mûrs d'un point de vue émotionnel et supérieurement intelligents. Mais je suis certaine que vous souffrez également de quelques lacunes. Si vous choisissez de vous engager...

— Ah, parce qu'on a le choix ? s'étonna Lauren.

— Absolument. Nous vous avons fait venir ici d'une façon un peu... particulière, parce que l'emplacement de ce campus est un secret d'État. Si vous ne souhaitez pas rejoindre notre organisation, il suffit de nous le faire savoir, et nous vous raccompagnerons là où nous vous avons trouvés.

— Mais dans ce cas, nous pourrions parler de cet endroit à tout le monde, fit observer Dante.

— Et qui vous croirait ? Vous ne savez même pas où nous nous situons. Quelle preuve pourriez-vous avancer ? En fait, si j'étais à votre place, je me montrerais extrêmement prudente, car si vous commencez à crier sur les toits que des inconnus vous ont proposé de devenir agents au sein d'une organisation secrète, il y a de fortes chances pour qu'on vous prenne pour des fous.

Ces arguments plongèrent les deux enfants dans un abîme de perplexité.

— Pour en revenir à nos moutons, poursuivit Zara, nous sommes persuadés que vous avez les capacités requises pour devenir agents de CHERUB. Cependant, nous devrons tout d'abord prendre la mesure de vos faiblesses. Vous commencerez par vous mettre à niveau sur le plan physique, puis vous suivrez une formation intensive en langues étrangères et en techniques de combat. Vous serez étonnés par les résultats que vous permettront d'obtenir nos méthodes d'entraînement, mais je ne vous cache pas que vous devrez accomplir des efforts considérables. Devenir un agent est sans doute l'épreuve la plus difficile que vous traverserez au cours de votre vie. Dante, ralentis et prends la prochaine à gauche, derrière les arbres. La route du camp d'entraînement est un peu accidentée, et je n'ai aucune envie d'accoucher prématurément à cause des secousses.

— Vous avez d'autres enfants ? demanda Dante.

Zara secoua la tête.

— Non. C'est mon premier, et mon dernier, je peux vous l'assurer, après cette grossesse infernale. Il s'appellera Joshua.

Lauren sourit.

— Vous lui avez déjà trouvé un nom ?

— Oui. Mon mari Ewart et moi sommes tombés d'accord. Nous nous sommes décidés le jour où nous avons appris que ce serait un garçon.

— Tout à l'heure, vous avez dit que mon frère passait le programme d'entraînement initial. Vous pouvez nous expliquer ?

— Attention, Dante ! s'exclama Zara. Dix kilomètres à l'heure, pas plus !

Le petit garçon éprouvait un vif plaisir à conduire la voiture. Les paroles de Tina lui revinrent en mémoire : *ton papa et ta maman préfèrent que tu sois en vie. Ils veulent que tu grandisses, que tu deviennes un adulte heureux et équilibré. Et crois-moi, tu as tout pour réussir.*

— Tous les résidents de dix ans ou plus jugés physiquement aptes suivent le programme d'entraînement initial. C'est un stage de cent jours au cours duquel leur corps et leur esprit sont constamment poussés à leurs limites. À l'issue, il permet d'obtenir le T-shirt gris et la qualification d'agent opérationnel. Dante, arrête-toi. D'ici, nous pourrons regarder les recrues effectuer leurs exercices de combat derrière le grillage.

Dante immobilisa la voiture au bord du sentier puis il aida Zara à descendre du véhicule.

— Par ici, dit-elle.

Ils progressèrent discrètement dans un bosquet et se postèrent à trois pas de la haute clôture métallique qui marquait les limites du camp d'entraînement.

— Parlez à voix basse, ordonna Zara en consultant sa montre.

À trente mètres de leur position se tenait un colosse à la moustache épaisse, vêtu d'un T-shirt blanc orné du logo CHERUB. Devant lui, six enfants aux pieds nus répartis en binômes répétaient inlassablement un enchaînement de quatre mouvements de karaté. Ils portaient un T-shirt bleu ciel au dos floqué d'un numéro, mais ces inscriptions, maculées de boue, étaient indéchiffrables.

— Je vous présente Norman Large, chuchota Zara. Ce n'est pas exactement l'instructeur le plus apprécié du campus, mais il n'a pas son pareil pour former les agents.

Ce n'est qu'au bout de quelques secondes que Lauren reconnut son frère. Non seulement il était d'une saleté repoussante, mais ses cheveux blonds avaient été rasés à blanc et il avait beaucoup maigri. Un pansement crasseux sur la joue, il enchaînait coups de pied et coups de poing avec une rapidité surprenante.

— Où est ton frère ? demanda Dante.

— Au centre. Avec la petite Chinoise.

— C'est pas juste. Il est plus grand et plus musclé qu'elle.

— Cette fille se prénomme Kerry, dit Zara. Et ne vous faites pas de souci, elle sait se défendre.

Norman Large donna un coup de sifflet. Aussitôt, les partenaires d'entraînement se firent face. Kerry se jeta au sol pour esquiver la première attaque de James, se détendit comme un ressort, le souleva du sol, le fit rouler sur son dos et le projeta à plat ventre dans la boue. Enfin, elle écrasa un talon entre ses omoplates puis l'immobilisa au moyen d'une clé de bras.

Sidérée, Lauren ouvrit des yeux ronds et plaqua une main

sur sa bouche. James lâcha un cri de douleur puis frappa le sol boueux du plat de la main pour avertir Kerry qu'il s'avouait vaincu.

— Cette fille est fantastique ! lança Dante. Comment s'y prend-elle ?

Zara posa une main sur son épaule.

— Il paraît que tu te passionnes pour le catch. Lorsque tu prendras ta retraite d'agent, avec toutes les choses que tu auras apprises, tu pourrais bien devenir catcheur professionnel. Qui sait ?

Les six recrues reprirent leur position initiale pour un second combat d'entraînement. Dante souriait de toutes ses dents. Pour la première fois depuis la mort de ses parents, il parvenait à envisager un futur sans sa famille.

12. Deux spécimens

Après avoir achevé leur visite du campus, Zara, Dante et Lauren se rendirent au réfectoire pour prendre un petit déjeuner tardif. L'immense salle pouvait accueillir trois cents personnes aux heures réglementaires des repas, mais les agents et les membres du personnel étaient susceptibles de venir se restaurer à n'importe quel moment. Un cuisinier de permanence était chargé de servir des repas chauds à toute heure du jour et de la nuit.

Lauren et Zara prirent un bol de soupe pour se réchauffer. Dante commanda un sandwich à la dinde et au bacon, en souleva la tranche supérieure et y vida trois sachets de ketchup.

Il rayonnait de joie à l'idée de rejoindre CHERUB. Lauren était plus réservée.

— Courir et se battre dans la boue… marmonna-t-elle en rompant un petit pain tout chaud. Je suis plutôt du genre garçon manqué, mais ça a vraiment l'air dur, cet entraînement.

— C'est l'enfer, dit Dante. Mais quand ton frère aura terminé ce programme, il sera indestructible. Il pourra casser la gueule à tous ceux dont la tête ne lui revient pas.

— Il sera surtout capable de *se défendre*, rectifia Zara. Tu sais Lauren, nous n'exigeons pas que vous vous engagiez de façon définitive. Nous aimerions que vous vous installiez ici à l'essai, pour voir si vous vous plaisez. Vous irez en classe, vous suivrez des séances de remise en forme et vous recevrez des cours d'initiation au combat. Tu n'es pas la première fille à prendre peur en découvrant notre organisation, mais une fois que tu te seras adaptée à cette vie et que tu te seras fait des amis, je crois que tu réviseras ton jugement. Et si, tout bien réfléchi, tu décides de nous quitter, nous te trouverons une famille d'accueil dans les environs afin que tu puisses demeurer auprès de ton frère.

— Si j'accepte, que deviendra Holly ? demanda Dante.

— Elle pourra venir vivre sur le campus. Nous disposons d'une excellente unité pour enfants en bas âge. Tu pourras la voir tous les jours. Dès l'âge de quatre ans, elle commencera à recevoir des cours de langue et d'arts martiaux. À dix, si elle remplit nos critères, elle pourra à son tour passer le programme d'entraînement initial et devenir un agent.

— Et si l'un d'entre nous n'arrive pas au bout du programme ? s'inquiéta Lauren. Et mon frère ? Que lui arrivera-t-il s'il échoue ?

Zara se tortilla nerveusement sur sa chaise.

— Parfois, deux ou trois tentatives sont nécessaires, mais les échecs définitifs sont extrêmement rares. Lorsque des frères et des sœurs ne connaissent pas la même réussite, nous faisons en sorte qu'ils puissent se rencontrer fréquemment. J'insiste sur le fait que nous ne forçons jamais nos agents à agir contre leur volonté. Ils restent libres d'interrompre un exercice d'entraînement, d'abandonner une mission et même, s'ils le souhaitent, de quitter le campus et de retourner à la vie civile.

Cet argument sembla apaiser les craintes de Lauren. Dante, lui, était ravi de pouvoir retrouver sa sœur. En outre, même s'il lui faudrait attendre neuf ans, il se réjouissait qu'on lui donne à son tour la chance de devenir une espionne.

— Alors ? Êtes-vous d'accord pour passer à l'étape suivante ?

— Quelle étape ? demanda Dante.

— Tests d'aptitude et examen médical.

— D'accord, dit Lauren.

Dante, qui avait la bouche pleine de miettes et de ketchup, se contenta de hocher joyeusement la tête.

•••

Une heure plus tard, Zara conduisit les deux enfants au centre médical du campus. Un médecin allemand aux cheveux gris nommé Kessler leur demanda de ne conserver que leur slip et leur T-shirt, puis il leur fit passer une radio complète et recueillit des échantillons sanguins.

Après les avoir assurés que la biopsie n'était pas douloureuse, il appliqua sur leur cuisse un tube pointu équipée d'un ressort de façon à prélever un minuscule fragment de muscle. Lauren et Dante subirent l'opération sans broncher.

— Vous êtes très courageux, dit le médecin. Nous allons examiner ces fibres au microscope afin d'adapter votre formation à la composition de votre organisme. Nous saurons de quoi vous êtes physiquement capables, ce qui nous permettra de doser la difficulté.

Kessler invita les recrues à pénétrer dans une salle équipée de deux tapis roulants et de divers appareils destinés à mesurer l'acuité visuelle, les réflexes et la coordination.

Dante et Lauren subirent une batterie de tests. Bientôt, il apparut que Dante disposait d'une force physique exceptionnelle pour son âge, tandis que Lauren brillait par sa précision et son sens de l'équilibre.

Ils achevèrent l'examen par trente minutes de course sur tapis roulant, masque à oxygène sur le visage et cellules de monitoring collées sur divers endroits du corps. Les machines étaient programmées pour modifier leur vitesse et leur degré d'inclinaison en fonction du niveau d'épuisement des enfants. Kessler exigea d'eux qu'ils repoussent les limites de la douleur et n'actionnent le bouton d'arrêt d'urgence qu'en cas de perte de connaissance imminente.

Au grand soulagement des recrues, les tapis roulants ralentirent progressivement puis s'immobilisèrent. Lauren, victime d'un violent point de côté, se courba en deux, les mains sur les côtes, et tenta de reprendre son souffle. Son visage était baigné de sueur, son T-shirt maculé de taches sombres. Dante semblait encore plus éprouvé que sa camarade. Il tituba vers un angle de la pièce avant de vomir son sandwich dans le seau placé à cet effet par une infirmière, au début de l'épreuve.

Ils purent se reposer pendant l'examen dentaire. Les dents de Lauren étaient en parfait état, mais Dante apprit qu'il devrait se faire poser un plombage et subir l'extraction d'une molaire cariée. Enfin, ils allèrent retrouver Zara dans la salle d'attente.

Vingt minutes plus tard, le docteur Kessler leur communiqua les résultats.

— Nous avons là deux spécimens en parfaite santé. Dante aura sans doute besoin de lentilles de contact pour la lecture, mais ce défaut de vision n'a rien de rédhibitoire. Lauren souffre d'un léger surpoids dû à la sédentarité, et elle n'est pas dans une forme éblouissante, mais elle ne suivra pas le programme d'entraînement initial avant dix mois, ce qui nous laisse amplement le temps de reprendre les choses en main.

Zara installa Dante et Lauren dans une salle de classe inoccupée du bâtiment principal, afin de les soumettre aux tests d'évaluation scolaire. Quatre-vingt-dix minutes durant, ils effectuèrent des exercices de mathématiques et d'anglais, répondirent à des questions de culture générale, passèrent des tests psychotechniques, puis achevèrent l'épreuve par une courte rédaction où ils durent décrire les qualités et les faiblesses qui, selon eux, influeraient sur leur travail d'agent à CHERUB. Le niveau était élevé, et l'épuisement dû aux efforts physiques qu'ils venaient de fournir ne favorisait pas leur concentration.

Zara renvoya Dante et Lauren au réfectoire puis s'enferma dans son bureau pour corriger les copies. Il était quinze heures passées, et les T-shirts rouges, dont aucun n'avait plus de dix ans, venaient d'achever leur journée de cours. Trente d'entre eux, qui ne participaient à aucune activité périscolaire, s'étaient rassemblés dans l'immense salle à manger pour partager leur goûter et faire leurs devoirs.

Dante ne se sentait pas à sa place en compagnie de ces enfants qui semblaient se connaître comme les membres d'une même famille. Ils bavardaient joyeusement, lançaient des blagues, avaient les uns pour les autres des gestes d'affection et se prêtaient de bonne grâce gommes et crayons, mais ils n'avaient pas le droit de parler aux *Orange*. Tout bien pesé, la perspective de s'installer pour de bon dans cet endroit, dont il ignorait les codes et où il n'avait aucun ami, le rendait extrêmement anxieux.

— Tu penses que tu as réussi le test scolaire ? demanda Lauren.

— Oui, je crois, répondit-il en haussant les épaules. À part ce sujet de rédac... Je n'avais pas grand-chose à dire.

À cet instant précis, une boulette de mie de pain frôla le visage de la petite fille, rebondit contre le mur le plus proche et atteignit Dante au milieu du front.

Les six T-shirts rouges âgés d'environ huit ans, installés à quelques tables de là, éclatèrent de rire. Dante leur lança un regard noir. Jake Parker, le garçon qu'ils avaient aperçu devant le bureau du directeur, contemplait le plafond d'un air faussement innocent. Ce comportement était un aveu de culpabilité.

Dante bondit de sa chaise et rugit :

— Eh, le nain, tu as un problème ?

Sans l'ombre d'une hésitation, Jake quitta la table et vint à sa rencontre.

— Tu es plus grand que moi, sourit-il, mais je suis

ceinture noire de judo et de karaté, alors si j'étais toi, je surveillerais mes paroles.

L'un de ses camarades le tira par la manche.

— Tu n'as pas le droit de parler aux *Orange* ! Tu vas encore récolter une punition !

C'était la voix de la sagesse. Jake recula de trois pas.

— Espèce de trouillard, lança Dante.

C'était plus que Jake ne pouvait tolérer. Il se planta à deux mètres de son adversaire, pivota sur ses hanches et lança un coup de pied circulaire. Dante esquiva l'attaque d'extrême justesse, bousculant tables et chaises dans la manœuvre. Le petit garçon en T-shirt rouge continua à avancer en posture de combat, prêt à porter un coup de poing dévastateur.

Mais avant qu'il ne puisse passer à l'attaque, une fille aux cheveux bruns surgit de nulle part et le saisit à la taille. Elle le souleva par l'élastique de son pantalon de survêtement et l'assit d'autorité sur une table.

Profitant de cette situation inattendue, Dante tenta de frapper Jake, mais Lauren l'attrapa par les épaules et l'entraîna à l'écart.

— Calme-toi, ordonna-t-elle. Tu t'assieds et tu ne bouges plus.

Les T-shirts rouges formèrent un rempart entre Jake et Dante.

— Arrêtez ça immédiatement ! cria l'un des cuisiniers qui se tenaient derrière le comptoir.

— Pauvre crétin ! lança la fille aux cheveux bruns à l'adresse de Jake, avant de lui porter un violent coup de poing à l'épaule.

Le petit garçon poussa un cri perçant. Soudain, comme par miracle, chacun regagna sa chaise et observa le silence. Zara venait d'entrer dans le réfectoire. Elle savait qu'il s'était passé quelque chose de louche, mais tous les suspects présents dans la salle affichaient un air angélique.

Jake se tourna vers la fille qui l'avait maîtrisé et émit quelques grognements inintelligibles.

— Bethany, dit Zara. Je croyais t'avoir ordonné de ne plus te battre avec ton frère.

— C'est rien du tout, répondit-elle. On chahutait un peu, rien de plus. N'est-ce pas, Jake ?

Ce dernier lui lança un regard assassin, frotta son épaule douloureuse, puis confirma le témoignage de sa sœur en hochant piteusement la tête.

— Puisque tu débordes d'énergie, Bethany, poursuivit Zara, j'aimerais que tu conduises les deux nouveaux au bâtiment junior. Tu leur trouveras un lit, des vêtements de rechange et des serviettes de toilette. Ils ont eu une journée plutôt chargée, et j'imagine qu'ils sont impatients de prendre une douche.

Elle tendit aux recrues deux T-shirts rouges sous emballage plastique. Bethany caressa amicalement l'épaule de Lauren.

— Bienvenue à CHERUB, dit-elle. Si ça te dit de partager ma chambre, il y a un lit disponible.

Dante et Lauren saluèrent Zara, puis Bethany les conduisit à l'extérieur du bâtiment.

— Tous les T-shirts rouges sont installés au bâtiment junior. C'est plutôt cool. On a nos salles de classe, un cinéma et, si vous aimez les animaux, il y a un local rien que pour eux, avec des cochons d'Inde, des hamsters, des grenouilles, toutes sortes de bestioles…

— Je suis désolé pour ce qui s'est passé avec ton frère, dit Dante. C'était juste une boulette de pain. J'aurais mieux fait de l'ignorer.

— Il vaut mieux que tu évites la bagarre avant de t'être entraîné pendant quelques mois, avertit Bethany. Mais tu n'as pas à t'excuser. Jake est un imbécile heureux.

DEUXIÈME PARTIE

Quatre ans et demi plus tard...

13. Dans ma tribu à moi

Sealclubber, chef des Vandales de Londres, avait la quarantaine bien tassée. Il arborait une barbe grise, une impressionnante galerie de tatouages et de nombreuses bagues en argent. Il ne semblait pas à sa place au sous-sol du *Starbucks* de la gare de King's Cross.

Lorsqu'un jeune homme d'origine indienne ou pakistanaise, vêtu d'un débardeur, vint s'asseoir devant lui, sac à dos entre les jambes, Sealclubber consulta sa vieille montre Seiko.

— Le café coûte plus cher qu'une pinte de blonde, ici, grogna-t-il. Et ça fait vingt minutes que je poireaute. Alors, j'espère que je ne me suis pas déplacé pour rien.

L'individu, âgé d'une vingtaine d'années, posa sur la table un *mocha frappuccino* à la framboise.

— Toujours les mêmes problèmes avec le métro. Mais je crois que vous ne serez pas déçu.

Les tables voisines étaient couvertes de miettes et de gobelets vides, et le client le plus proche pianotait sur son ordinateur portable à cinq mètres de là.

Sealclubber déchiffra la feuille de papier que lui tendait l'Indien : *70 fusils d'assaut AK47, 12 caisses de 24 grenades de l'armée suisse, 40 revolvers .357, 20 pistolets mitrailleurs H & K, 18 000 munitions de type M43, 5 000 munitions de calibre .357. Prix : £632 000, livraison au Royaume-Uni, à l'endroit convenu.*

— Vous préparez la Troisième Guerre mondiale ou quoi ? demanda Sealclubber. Parce que ça fait un sacré paquet de pétoires. Mes collègues du Devon ne sont pas habitués à traiter des commandes aussi importantes. La plupart de leurs clients sont des dealers ou des videurs de club qui craignent pour leur sécurité. De leur point de vue, *dix* flingues, c'est déjà une grosse affaire.

Le visage de son interlocuteur trahissait une profonde déception.

— Vous pouvez livrer ce matériel, oui ou non ? Les dix pour cent d'avance peuvent être déposés à votre club-house dans les heures qui viennent.

Sealclubber était partagé : il aurait aimé conclure la transaction sur-le-champ et empocher la commission sans même procéder à la livraison, mais il ignorait tout de l'identité et des activités de l'Indien. La somme colossale qu'il se proposait de verser en échange des armes laissait supposer qu'il faisait partie d'une importante organisation criminelle. Mieux valait agir prudemment.

— Je dois parler à mes gars, dit-il. Mais ne vous inquiétez pas, il est inutile de vous tourner vers un autre fournisseur. Simplement, je suis un homme d'affaires, et je ne veux rien vous promettre sans savoir si je pourrai tenir mes engagements.

— Vous devriez saisir cette offre, insista l'inconnu. Vous achèterez sans doute ces armes aux États-Unis à dix pour cent du prix que nous vous proposons.

Sealclubber fit craquer ses phalanges.

— Évidemment, on pourrait se procurer la plupart de ces flingues dans des armureries américaines, ou même se fournir en AK47 chez des petits receleurs de banlieue, pour moins cher que ce foutu café. Mais au cas où vous n'auriez pas remarqué, ce pays applique les lois les plus sévères du monde en matière de contrôle des armes à feu. Ne comptez pas passer une centaine de pétoires et vingt-trois mille cartouches par le ferry, planquées sous votre blouson.

L'Indien s'accorda quelques secondes de réflexion. Il régnait dans la salle dépourvue de fenêtres une chaleur étouffante. Il avala un tiers de son frappuccino en trois longues gorgées.

— J'apprécie que vous ne me fassiez pas de fausses promesses. Quand serez-vous en mesure de me donner une réponse définitive ?

— Je mène mes affaires d'homme à homme, droit dans les yeux. Il serait trop risqué de communiquer par téléphone. Je vous ferai signe dès que possible, dans cinq jours, grand maximum, pour vous donner un nouveau rendez-vous.

— Parfait, dit l'inconnu avant de repousser sa chaise et de ramasser son sac à dos.

— Ah, une dernière chose. J'espère que vous n'êtes pas une saloperie de terroriste.

— Rassurez-vous. Une guerre de territoire est sur le point d'éclater à Birmingham. Des histoires de drogue et de racket. Lorsque l'affrontement se produira, je vendrai ces armes et ces munitions à tous ceux qui seront prêts à passer à la caisse.

— Ça me plaît, sourit Sealclubber. Revendez cette camelote aux Pakis, puis mettez-vous à l'abri pour regarder les balles voler.

L'homme tressaillit.

— Ne le prenez pas mal, reprit Sealclubber, un peu gêné. C'est comme ça qu'on appelle les types dans votre genre, dans ma tribu à moi.

— Pas de problème. Vous pouvez bien m'appeler comme bon vous semble, pourvu que vous me trouviez ces armes.

Sealclubber regrettait de ne pas disposer d'une calculatrice. Il était incapable d'estimer de tête sa commission, s'élevant à quinze pour cent de la transaction, mais il savait qu'il était sur le point de remporter le gros lot.

L'Indien termina son frappuccino, jeta son gobelet dans la poubelle, gravit l'escalier puis quitta le *Starbucks*. Il héla un taxi et se glissa sur la banquette arrière.

— À la piscine de Hornsey Road, lança-t-il à l'adresse du chauffeur.

Ce dernier le déposa à l'adresse indiquée après vingt minutes de trajet dans les rues encombrées de Londres.

— Vous allez vous baigner ? demanda le chauffeur. Vous avez de la chance. Il fait une chaleur infernale dans cette bagnole.

Lorsque le taxi se fut éloigné, l'Indien traversa la rue et s'engouffra dans le poste de police de Hornsey.

Dès qu'il le reconnut, le sergent de permanence actionna le bouton commandant la porte donnant accès aux services administratifs. L'homme emprunta l'ascenseur jusqu'au troisième étage et pénétra dans le vaste bureau de la Cellule de lutte contre les groupes de criminels motorisés (CLGCM). Un nom un peu pompeux pour un service qui ne disposait que de onze membres, de deux véhicules de service et d'un budget si maigre qu'il ne permettait pas le paiement des heures supplémentaires.

Tout le personnel se tourna vers l'Indien.

— Je crois qu'il a mordu à l'hameçon, sourit ce dernier. Il ne se méfie pas. Il ne m'a même pas fouillé. J'aurais pu porter un micro ou une arme sans me faire pincer.

— Bien joué, Georgie, dit une femme.

Deux de ses collègues manifestèrent leur enthousiasme en tambourinant sur leur table et en poussant des cris perçants.

— En plus, il m'a traité de Paki, ricana George. Dès qu'on lui passe les menottes, je le soigne à coups de Taser.

L'inspecteur en chef Ross Johnson se trouvait à la tête du CLGCM depuis neuf mois.

— Comment s'est passée la rencontre, George ? demanda-t-il en surgissant de son bureau.

— Pas trop mal. Il a un peu tiqué quand il a vu la commande. J'espère qu'on n'a pas poussé le bouchon trop loin.

Ross sourit de toutes ses dents.

— Je te prendrais bien dans mes bras, si tu n'étais pas trempé de sueur. Même si le Führer n'arrive pas à livrer la quantité demandée, il essaiera de nous refourguer tout ce qu'il peut rassembler. Il va exploiter ses réseaux au maximum. Avec un peu de chance, il sera obligé de faire appel à notre agent infiltré, à l'autre bout de la chaîne.

— Et avec un peu de malchance, gloussa George, on perdra un demi-million de livres, notre taupe se fera buter et on sera tous mutés à la circulation jusqu'à la retraite.

14. Superstar

Lauren Onions — désormais rebaptisée Lauren Adams — sortit de l'ascenseur et foula la moquette du huitième étage du bâtiment principal. Elle portait le T-shirt noir. Son amie Bethany Parker, qui l'accompagnait, portait le T-shirt bleu marine, obtenu l'année précédente à son retour d'une mission de huit mois au Brésil.

— J'ai un devoir de maths à terminer, gémit cette dernière. On devrait faire circuler une pétition pour réclamer l'abolition des devoirs les jours d'anniversaire.

— Tant qu'à faire, on pourrait exiger la suppression de tous les devoirs. Et exiger une glace au caramel par élève au début de chaque heure.

— Et réclamer que les profs soient remplacés par des sosies de Rafael Nadal qui feraient cours torse nu.

Lauren éclata de rire.

— Je soutiens cette proposition à mille pour cent.

Bethany ouvrit la porte de sa chambre. Une déflagration lui déchira les tympans, puis un éclair bleu la contraignit à fermer les paupières. Elle recula vers le couloir et vit des étincelles orange et vertes flotter devant ses yeux. Un sifflement assourdissant se fit entendre, mêlé à des chocs sourds à faire trembler les murs.

— Qu'est-ce que c'est que ce foutoir ? s'étrangla Lauren.

Jake, douze ans, et son camarade Kevin Sumner, de quelques mois son cadet, jaillirent de la chambre située de l'autre côté du couloir pour filmer le feu d'artifice sur leur téléphone portable.

— C'est fantastique ! s'exclama Jake.

— Espèce de petit con ! grogna Bethany en agitant vainement les mains pour dissiper la fumée. Regarde dans quel état tu as mis ma chambre ! Ça va empester pendant plusieurs jours. Et tu as pensé aux risques d'incendie ?

— Oh, ça va. C'était juste quelques feux d'artifice placés dans une boîte en fer-blanc. En plus, on avait un extincteur à portée de main.

Bethany traversa la pièce au pas de course et fit coulisser la baie vitrée donnant sur le balcon. Soudain, des bras puissants se refermèrent sur sa taille, lui causant une seconde frayeur, puis elle sentit un baiser sur sa nuque.

— La surprise ne t'a pas plu ? demanda Andy Lagan, son petit ami, un garçon âgé de quatorze ans. Qu'est-ce que tu dirais si tu avais été à l'intérieur, comme moi. J'en ai les oreilles qui sifflent.

— Bien fait pour toi, répliqua Bethany.

Andy ôta ses lunettes de protection. La porte de la salle de bain s'ouvrit et une nuée d'agents débaula dans la chambre en braillant *Joyeux anniversaire !* Tous, filles et garçons, étaient au rendez-vous, même Rat, le petit copain de Lauren.

James Adams, seize ans, se planta au milieu de la pièce et exhiba un gâteau au chocolat dont le glaçage était orné du nombre quatorze. Andy décrocha le téléphone pour avertir la réception qu'aucun incendie ne s'était déclaré et que la sirène s'était déclenchée accidentellement.

— Je vous déteste tous ! gloussa Bethany.

Elle plongea deux doigts dans la pâtisserie, traça une longue traînée brune sur la joue de James, puis les porta à sa bouche.

— Mmmh, c'est délicieux, dit-elle avant de serrer dans ses bras ses amies, une à une.

— Pourquoi personne ne m'a prévenue ? protesta Lauren.

— Parce que tu es incapable de tenir ta langue, répondit Jake.

James plaça le gâteau sur le bureau puis y disposa des fourchettes en plastique et des assiettes en carton. Pendant ce temps, les convives déposèrent leurs cadeaux sur le lit.

Rayonnante, Bethany posa pour une photo souvenir entre Andy et Jake, les bras passés autour de leur cou.

— Mon crétin de copain et mon crétin de frère, dit-elle gaiement. Je vous ai déjà dit que je vous adorais ?

∴

Huit étages plus bas, Dante Welsh, anciennement Dante Scott, treize ans, s'entretenait avec Zara Asker, qui avait remplacé McAfferty à la tête de CHERUB deux ans plus tôt et se trouvait enceinte de cinq mois. Des photos de son fils Joshua et de sa fille Tiffany étaient placées en évidence sur le bureau et le rebord de la fenêtre à laquelle elle tournait le dos.

— Tu es content d'être de retour ? demanda-t-elle.

— Je me sens un peu bizarre, répondit Dante, avec un léger accent de Belfast, en passant les doigts dans ses cheveux longs.

— J'ai étudié les statistiques, dit Zara en se dirigeant vers l'armoire de classement située près de la cheminée, à l'autre bout de la pièce. Trente-quatre mois. C'est la deuxième mission la plus longue de notre histoire, et le record absolu des agents actuellement en service.

— L'opération était censée durer sept semaines. J'ai rencontré des gens sympas, mais je ne regretterai pas la cité de Belfast où je vivais, vous pouvez me croire.

— Et ta main ?

Dante leva le pouce, exposant une profonde cicatrice cerclée de traces laissées par des points de suture.

— J'ai retrouvé presque toutes mes sensations. Le chirurgien qui a remis ce doigt en place a fait un travail super.

— Eimer, ton contrôleur de mission, m'a dit que tu avais fourni des efforts considérables pour te maintenir en forme.

— Je ne voulais pas qu'on me livre à ce bon vieux Large pour un programme de remise en forme à mon retour au campus. Alors je me suis procuré des haltères, j'ai continué à faire mon footing, et j'ai répété mes enchaînements d'arts martiaux avec Eimer.

— C'est bien, dit Zara. Je suis agréablement surprise que tu te sois imposé une telle discipline aussi longtemps. Mais sache que tu n'as plus à rien à craindre de Norman Large. Il ne fait plus partie de l'organisation.

— Ça, c'est une sacrée bonne nouvelle ! s'exclama Dante. Je suis bien content de ne plus jamais revoir ce malade. Tant de choses ont changé depuis mon départ. Je n'arrive pas à croire que Holly est en train de skier en Nouvelle-Zélande. On s'est parlés par webcam chaque semaine, et on a passé quelque temps ensemble à la résidence d'été l'année dernière, mais j'aurais tellement aimé la retrouver en chair et en os...

— Ta sœur est une petite fille intelligente et pleine de vie, dit Zara. Joshua, mon fils aîné, a commencé sa scolarité sur le campus. Si j'en crois ce qu'il me raconte, elle est sûre d'elle, dominatrice et passe son temps à donner des ordres à ses camarades.

— Vos enfants vont devenir des agents ? Mais je croyais que ce n'était pas permis.

— Le ministre des Services secrets a accepté de modifier cette règle il y a trois mois. Nous avons toujours des difficultés à trouver de nouvelles recrues. Nous avons effectué un petit sondage informel, et nous avons constaté qu'une majorité d'anciens de CHERUB seraient heureux de voir leurs enfants reprendre le flambeau.

— Du coup, un jour, les miens pourraient devenir agents ? s'amusa Dante.

Zara hocha la tête.

— Seulement, selon les nouvelles dispositions, seuls les enfants dont les deux parents travaillent sur le campus ou ont fait partie de l'organisation sont admissibles.

— Pas de problème. Il y a plein de filles mignonnes pour faire des petits, par ici, sourit Dante.

— Je te conseille *gentiment* de te tenir tranquille pendant quelques années, répliqua Zara sur un ton tranchant. Tiens, puisque nous parlons règlement, tu sais que je ne suis pas autorisée à t'accorder le T-shirt noir, malgré le travail extra-ordinaire que tu as accompli pendant presque trois ans ? Seuls les agents comptant plusieurs missions à leur actif peuvent recevoir cette récompense.

— Je sais. Ce n'est pas grave. Je n'ai que treize ans.

— Cette règle est absurde. J'aimerais la faire modifier, mais il me faudrait obtenir l'accord du ministre et du comité d'éthique. Très franchement, j'ai d'autres priorités. Cependant, les membres du comité m'ont demandé de te confier une mission supplémentaire. Je te préviens, ce ne sera pas une partie de plaisir : j'ai égaré un marqueur vert, quelque part dans ce bureau. Ta mission, si tu l'acceptes, consiste à le retrouver puis à le replacer dans ce pot à crayons. La dernière fois que je l'ai aperçu, il se trouvait sous ta chaise.

Dante baissa les yeux vers la moquette et ramassa le feutre qui se trouvait entre des pieds.

— C'est ça que vous cherchez ?

— Alors ça, c'est que j'appelle un *acte héroïque*, et je m'y connais ! lança joyeusement Zara avant de sortir de l'armoire un T-shirt noir sous enveloppe plastique. Toutes mes félicitations !

Dante ne savait pas s'il devait éclater de rire ou fondre en larmes sous le coup de l'émotion.

— Vous ne pouvez pas savoir à quel point j'étais désespéré quand je suis arrivé ici, il y a presque cinq ans, dit-il. Ce qui m'a sauvé, ce sont les efforts que j'ai dû faire pour être au niveau du programme d'entraînement, et le soutien de mes nouveaux amis. Sans CHERUB, je ne sais pas ce que je serais devenu, ni même si j'aurais pu tenir le coup.

— Lève-toi, ordonna Zara.

Dante s'exécuta. Elle contourna le bureau puis le serra dans ses bras.

— Si tes parents étaient encore là, ils seraient drôlement fiers de toi. Allez, file. Va retrouver tes copains.

Dante épaula son sac à dos et tira sa valise à roulettes jusqu'à l'ascenseur. Il disposait d'une chambre au dernier étage, mais il n'y avait passé que deux mois après avoir obtenu sa qualification d'agent opérationnel.

Au fond, il se sentait plus proche des gens qu'il avait côtoyés à Belfast que des résidents du campus. Il redoutait que ces derniers ne l'aient déjà rayé de leur mémoire.

Le couloir du huitième empestait la poudre.

La veille, Zara avait chargé un employé d'entretien de nettoyer sa chambre et de faire le lit. Plusieurs uniformes neufs étaient disposés sur la couette. Les vêtements civils rangés dans son armoire n'étaient plus à sa taille depuis longtemps. Dante considéra les posters de catch qui décoraient les murs et les figurines alignées sur l'étagère. Il éprouvait un sentiment complexe, où la nostalgie le disputait à l'embarras.

Il contempla son reflet dans le miroir de la penderie. Il aimait ses cheveux roux tombant jusqu'aux épaules et son torse musclé, mais la pâleur de sa peau lui déplaisait. Il se tourna et constata avec horreur qu'un bouton avait poussé sur son omoplate. Ne pouvant résister à l'envie de passer son T-shirt noir, il le tira de la poche ventrale de son sweat-shirt.

— Je vais chercher l'aspirateur ! cria une fille dans le

couloir. On peut encore sauver la moquette si personne ne marche dessus.

Dante sentit son cœur se serrer. Cette voix familière le ramenait à son premier jour au campus. Il tourna la poignée de la porte et jaillit de la chambre. Surprise, la jeune fille poussa un cri aigu.

— Oh! mon Dieu! un fantôme! bredouilla Lauren en posant les mains sur son cœur. Dante! Où diable étais-tu passé?

— Loin d'ici, sourit-il. Et sacrément longtemps.

— Mais... qu'est-ce que c'est que cet accent irlandais?

— Après trois ans passés à Belfast, c'était inévitable. Toi, tu sens meilleur que la dernière fois.

— De quoi tu parles?

— Tu avais passé la journée à récurer un fossé d'évacuation parce que tu avais massacré Large à coups de pelle. Tu étais couverte de boue et tu empestais la bouse de vache.

— C'était horrible, gémit Lauren. J'avais même des taches indélébiles sur les cheveux. Tu peux le croire, ça?

— Quelques jours plus tard, tu as recommencé le programme d'entraînement, et ils m'ont envoyé en Irlande du Nord avant que tu n'obtiennes la qualification opérationnelle. Vu la couleur de ton T-shirt et ton joli sourire, j'ai l'impression que tout s'est plutôt bien passé en mon absence.

Lauren se sentait flattée.

— Oh, quel charmeur, gloussa-t-elle. Toi, tu as pris du muscle. Tu veux toujours devenir catcheur pro?

Dante éclata de rire.

— Depuis que j'ai appris que les combats étaient truqués, je suis un peu moins emballé.

Lauren, qui avait oublié ce qu'elle était venue chercher, lui prit la main et l'entraîna vers la chambre où se déroulait la fête.

— C'est l'anniversaire de Bethany, dit-elle. Viens, tout le monde est là. Ça va leur faire un choc !

Dante fit son apparition devant la foule d'agents, torse nu, son T-shirt noir à la main.

— Regardez qui j'ai trouvé ! s'exclama Lauren.

Certains convives, comme Rat et Andy, avaient rejoint CHERUB après le départ de Dante pour Belfast. Les autres l'avaient brièvement fréquenté, mais trois ans s'étaient écoulés, et la plupart eurent un peu de mal à mettre un nom sur son visage.

— Oooh, un *chippendale* pour mon anniversaire ! lança Bethany en s'approchant du nouveau venu. Tu vas enlever le reste, j'espère ?

— Je… j'étais en train de me changer quand Lauren m'a kidnappé, bégaya Dante.

— Eh bien, jusqu'ici, tu es mon plus beau cadeau, sourit sa camarade.

Rat, Andy et James se trouvaient sur le balcon.

— Je n'aimerais pas être à votre place, ricana ce dernier. Ce beau gosse va vous piquer toutes vos copines.

— Ferme-la, James, gronda Andy.

— S'il ose poser ses sales pattes sur Lauren, je le démonte, ajouta Rat.

Dante distribua à ses camarades des tapes dans le dos et serra plusieurs filles dans ses bras. Bethany remarqua qu'il tenait un T-shirt noir.

— Mets-le, mets-le ! cria-t-elle, au comble de l'excitation. Oh ! mon Dieu, tu es une superstar !

Sous les yeux d'une petite bande de groupies, Dante ouvrit l'emballage avec les dents puis enfila le T-shirt. Quelques applaudissements retentirent. Lauren déposa un baiser sur sa joue gauche. Bethany embrassa sauvagement la droite.

Rat et Andy affichaient des mines sombres. James se pencha à leur oreille.

— Oh, ce Dante est tellement craquant ! murmura-t-il d'une voix haut perchée. J'aimerais tellement qu'il arrache mes vêtements !

Andy lui lança un regard noir.

— Je t'ai demandé de la boucler.

Rat, dont l'accent australien revenait au galop chaque fois qu'il était contrarié, ajouta :

— Je ne connais pas ce Dante, grogna-t-il, mais je sais déjà que je ne peux pas le voir en peinture.

15. Un message clair

Les Vandales de Londres forment le chapitre le plus important du Royaume-Uni, avec trente-neuf membres adoubés, mais celui du South Devon, dirigé par Ralph Donnington alias « Le Führer », est le plus riche et le plus influent. Les projets immobiliers conduits aux environs de Salcombe ont fait la fortune de Donnington et de ses associés.

Bien que leur chapitre ne compte que dix-neuf membres à part entière, ils régentent officieusement deux autres clubs : les Dogs of War, basés à Exeter, et le Monster Bunch, une organisation disposant de trois chapitres entre le Devon et la Cornouaille. En tenant compte de ce partenariat, les Vandales du South Devon disposent de plus d'une centaine d'hommes et de plus de trois cents sympathisants.

En dépit des importantes sommes générées par la reconversion de leur quartier général de Salcombe, les Vandales n'ont pas renoncé à leurs anciennes sources de profit. Les autorités locales estiment qu'ils gardent la haute main sur le trafic de drogue à l'échelle régionale. Ils possèdent des sociétés écrans spécialisées dans la sécurité, qui fournissent les videurs de tous les pubs et discothèques du South Devon. En outre, la plupart des membres des clubs vassaux sont défavorablement connus des services de police en raison de leur implication dans diverses activités illégales, de la prostitution au vol à main armée.

Au cours des dernières années, la région a acquis une réputation de plaque tournante du trafic d'armes et de munitions. C'est là que se fournissent les criminels du nord du Royaume-Uni, de Glasgow à Newcastle. Selon les informations dont nous disposons, ce marché clandestin serait contrôlé par des membres des Vandales.

Les enquêtes concernant ces agissements ont été contrariées par les difficultés à pénétrer le cercle très fermé du gang. En outre, la police du South Devon, habituée à opérer en milieu rural, ne dispose pas des moyens nécessaires pour s'opposer à ces activités criminelles de grande envergure.

Au début de l'année 2006, les autorités ont pris la décision d'infiltrer un agent au sein du Monster Bunch. Il a été intégré au club après une période d'essai de trois mois. Dix mois plus tard, il est parvenu à se faire élire trésorier du chapitre de Salcombe. Son objectif est désormais d'être adoubé par les Vandales.

(Extrait du rapport confidentiel rédigé par l'inspecteur en chef Ross Johnson à l'intention du ministère de l'Intérieur britannique, mars 2008.)

∴

Le sergent Neil Gauche, vingt-huit ans, opérait depuis deux ans sous l'identité de Neil Smith. Il pilotait sa Harley-Davidson comme un biker expérimenté, s'était laissé pousser les cheveux et portait un tatouage de vingt centimètres sur l'épaule gauche. La police l'avait aidé à renforcer sa crédibilité en lui permettant de prendre part à un important échange de drogue et de mettre sur pied une fausse attaque de fourgon blindé.

Neil, qui vivait dans le mensonge depuis deux ans, avait fini par s'habituer à la fréquentation des membres du Monster Bunch et des Vandales, mais pas à celle du Führer.

Les deux hommes se trouvaient sur la banquette arrière d'une Mercedes AMG. Le véhicule quitta la route de campagne tous feux éteints et s'engagea sur un sentier vicinal. Teeth était au volant. Il coupa le moteur. À l'exception du discret ronronnement du système de refroidissement, il régnait un silence sépulcral.

Le Führer brandit une lame de rasoir. Neil s'efforça de dissimuler le sentiment de terreur qui l'habitait. L'homme avait beau avoir les cheveux gris et une brioche gonflée par l'abus de bière, il le savait capable de saigner un ennemi sans l'ombre d'un scrupule lorsqu'il s'était enivré plus que de raison.

— Alors comme ça, tu veux devenir un Vandale ? demanda le Führer.

Son élocution était difficile et son haleine empestait les chips au vinaigre.

— Depuis que je suis né, répondit Neil.

— Alors prends ça et vire-moi cette merde d'emblème du Monster Bunch.

Il faisait chaud. Neil avait posé son blouson à ses pieds. Il s'empara de la lame et trancha précautionneusement le fil de nylon de l'écusson cousu de ses mains, un an plus tôt.

Le Führer sortit de sa poche un patch brodé des mots *South Devon*. C'était le symbole de son accession au statut d'aspirant Vandale, un pas supplémentaire vers l'appartenance au gang, mais il ne pourrait en porter les couleurs qu'après avoir accompli de basses œuvres pendant plusieurs mois et obtenu, lors d'un scrutin anonyme, les suffrages des dix-neuf membres adoubés.

— Merci, dit Neil.

Lorsqu'il tendit la main pour s'emparer de l'écusson, le Führer le retira vivement.

— Dirty Dave dit que tu es un type bien, sourit-il. Il s'est fait un max de fric grâce au stock de clopes que tu l'as aidé à détourner. Mais il fallait qu'on se renseigne sur toi. Qu'on vérifie tes antécédents. Ton parcours scolaire, tes employeurs, les types que tu as rencontrés en centre de détention...

La CLGCM avait travaillé dur pour créer de toutes pièces le passé fictif de Neil. Infiltrer un groupe vassal comme le Monster Bunch était chose facile, mais toute nouvelle adhésion au club des Vandales faisait l'objet de vérifications minutieuses. Un dossier exhaustif était transmis à la maison mère, aux États-Unis. Au moindre doute, des enquêteurs privés étaient chargés d'enquêter sur le passé de la recrue.

— Je n'ai rien à cacher, Führer, assura Neil.

— Les gars qu'on a chargés d'étudier ton cas affirment que tu as bien bossé au garage automobile et que tu es allé en taule à la période indiquée. Ils ont aussi perquisitionné ta piaule en ton absence, et tout a l'air nickel.

Neil se réjouit intérieurement. Tout semblait avoir parfaitement fonctionné. Depuis le début de l'opération, craignant que son appartement ne soit cambriolé ou que l'un de ses compagnons de run, resté dormir chez lui à la suite d'une soirée trop arrosée, ne découvre une preuve compromettante, il avait conservé ses notes et les documents susceptibles de trahir sa véritable identité dans une cache secrète aménagée sous un placard de la cuisine.

Mais il n'était pas pour autant rassuré. Pourquoi le Führer l'avait-il conduit dans un lieu isolé, alors qu'il aurait pu discuter de sa promotion au club-house, en vidant quelques pintes de bière ?

Il ne parvenait pas à percer la psychologie de sa cible. Donnington était un quasi-psychopathe qui adorait mettre ses interlocuteurs mal à l'aise afin d'établir sa domination. Neil ne savait pas sur quel pied danser.

— C'est toujours difficile d'enquêter sur un type qui se fait appeler Smith, expliqua le Führer. C'est le nom de famille le plus courant dans le pays. Il ne doit pas y avoir beaucoup de Eustace Von Hasselhoff ou de Ralph Donnington dans le pays. En revanche, dans l'hypothèse où tu serais un flic infiltré, tu aurais sans doute choisi un patronyme courant, comme

Smith, Jones ou Edwards. Les fichiers de l'administration grouillent de Neil Smith. Difficile d'y retrouver ses petits.

Neil sentit son cœur s'emballer. L'hypothèse formulée par le Führer le mettait mal à l'aise. Mais les indics et les Services secrets avaient permis le démantèlement de nombreux gangs aux quatre coins du monde, si bien que les bikers nourrissaient fréquemment des soupçons injustifiés visant tel ou tel membre de leur organisation.

— Personne n'a jamais réussi à pénétrer les Vandales, poursuivit le Führer. Ni au Royaume-Uni, ni ailleurs. Et il va sans dire que si nous découvrions une taupe dans nos rangs, elle connaîtrait une mort lente et douloureuse.

— Je suis clean, assura Neil. Je traîne avec les bikers de la région depuis deux ans. Si tu veux tout savoir sur ma vie d'avant, tu n'as qu'à demander. Si tu penses qu'il est trop tôt pour que je devienne aspirant, j'attendrai. Tu sais que je veux faire partie du club, mais je te respecte, et je comprends ta prudence.

Le Führer se tourna vers Neil, le saisit par les épaules puis l'attira vers lui, si bien que les deux hommes se retrouvèrent pratiquement nez contre nez.

— Avoue, dit-il. Tu es un flic. Je sais que tu es un flic.

En dépit de l'effroi que lui inspirait la situation, Neil lâcha un bref éclat de rire.

— Tu te plantes complètement. Je suis clean, je me tue à te le répéter. Je le jure, sur la vie de ma mère, sur mon honneur de scout, tout ce que tu voudras. Qu'est-ce que je pourrais dire de plus ? Sans me vanter, je pense que j'ai fait du super bon boulot en tant que trésorier du Monster Bunch. Vu le fric que je leur ai fait gagner, je mérite largement d'être admis chez les Vandales.

— Tu es un flic, répéta le Führer avant de lâcher les épaules de son interlocuteur et de reprendre sa position initiale sur la banquette.

Neil perçut une intonation inquiétante dans la voix du criminel. Ce dernier aurait pu depuis longtemps se contenter des gains générés par ses activités légales. Mais rien n'égalait, à ses yeux, le plaisir de régner par la terreur, de menacer ses débiteurs ou de gifler une serveuse sous prétexte qu'elle avait commis une erreur en prenant la commande. Cette fois, à en juger au ton de sa voix, il ne plaisantait plus.

— Tout ça me fait bien marrer, Neil. Tes potes flics ont dû passer un temps fou à truquer les archives : sécurité sociale, administration fiscale, fichier des délits routiers, bureau de la pénitentiaire. Mais ils ont tout fait foirer pour une simple histoire de bécane.

Teeth sortit un automatique de la boîte à gants et fit claquer la culasse pour faire monter une balle dans le canon.

— Tu as perdu ta langue, Neil ? lança-t-il en dévoilant ses mâchoires édentées dans un sourire malveillant.

— Allez, mon pote, murmura le Führer. Joue un peu avec moi. Demande-moi comment on a su que t'étais un flic.

Si son adversaire disait vrai, Neil savait qu'il n'avait aucune chance de survie.

— Je ne sais pas ce que tu crois avoir découvert, mais je te jure que ce sont des conneries, dit-il. Allez, pour rigoler, dis-moi de quoi il s'agit.

— Tout ça remonte à trois ans. Un gang minable a importé quatre Harley volées depuis le Canada afin de les démonter et de les revendre en pièces détachées. Mais les deux responsables du trafic ont été arrêtés et condamnés à deux ans de cabane. Les propriétaires ont été remboursés par leur compagnie d'assurances, et les motos saisies ont été vendues aux enchères en Angleterre au lieu d'être rapatriées. Trois d'entre elles ont été achetées par un revendeur d'occasion. La quatrième est devenue propriété de la police métropolitaine et mise à disposition du poste de police de Hornsey qui, comme par hasard, abrite le quartier général de la CLGCM.

— Et alors ?

— Et alors le numéro de châssis figurant dans le catalogue de la vente aux enchères correspond à ta bécane.

Neil sentit son sang se glacer dans ses veines. Ses collègues avaient-ils pu passer tant d'heures à peaufiner sa couverture avant de l'envoyer en mission d'infiltration sur une moto achetée d'occasion et dont n'importe qui pouvait vérifier l'origine sur simple consultation d'un document accessible au public ?

— Je crois que les détectives privés auxquels nous avons eu affaire ont bien mérité leur chèque. Tu n'es pas d'accord avec moi, Neil Smith ? Mais tu préfères peut-être que je t'appelle Neil Gauche, sergent de la police du Leicestershire, actuellement détaché auprès de la CLGCM ?

Neil comprit qu'il était désormais inutile de nier l'évidence. Pendant deux ans, il avait vécu dans la crainte que sa véritable identité ne soit exposée. Il s'était imaginé cette scène un million de fois. Ce moment tant redouté était arrivé. Sa bouche était sèche, son esprit désespérément vide.

— Sors de la bagnole, dit le Führer en tirant un pistolet automatique de la poche intérieure de son blouson. Je ne voudrais pas saloper mes sièges.

Neil descendit du véhicule et évalua ses chances de prendre la fuite dans les champs de maïs qui encadraient le chemin de terre. Hélas, Teeth avait déjà quitté la voiture. Il se tenait prêt à l'abattre comme un chien au moindre geste suspect.

— Avance, les mains sur la tête, ordonna le Führer en désignant le champ.

Neil avait envie de pleurer. Il était censé contacter son supérieur hiérarchique à six heures du matin. Dès que ce dernier prendrait acte de sa disparition, il lancerait les recherches. Si ses assassins abandonnaient son corps parmi les plants de maïs, les policiers le retrouveraient au bout de quelques jours. Mais le Führer avait sans doute pris d'autres dispositions. Peut-être le ferait-il enterrer dans un endroit sauvage, à plusieurs centaines de kilomètres du lieu de l'exécution ? Peut-être ordonnerait-il à ses hommes de le découper en morceaux et de les livrer à des animaux affamés ? Retrouverait-on un jour sa dépouille, ou bien sa disparition resterait-elle à jamais une énigme digne d'inspirer romanciers et cinéastes ?

Neil pensa à sa mère, âgée d'une soixantaine d'années. Elle jouerait les pleureuses devant les caméras, c'était écrit d'avance, sans préciser aux journalistes que leurs rapports étaient glacials. Depuis son départ pour l'université, il ne l'avait vue qu'une à deux fois par an. Il n'avait ni femme ni enfants, et c'est pour cette raison qu'il avait été sélectionné, mais il avait toujours eu l'intention de postuler à un poste plus tranquille, à l'issue de la mission, afin de mener une vie normale, avec emprunts, épouse et morveux.

Les trois hommes atteignirent une clairière aménagée au centre du champ.

— À genoux, Neil, dit le Führer en vissant un silencieux sur l'extrémité de son arme. Tu te rends compte des ennuis que tu nous causes ? Dès qu'ils apprendront que tu t'es fait buter, ça va chauffer pour les Vandales.

— Alors laisse-moi en vie, gémit Neil d'une voix tremblante. Tu es intelligent. Si tu me liquides, tu auras tellement de flics au cul que tu ne pourras plus mener ton business.

— Je dois leur envoyer un message clair. Désolé, mais il faut que tu meures, petit.

Une guêpe bourdonna à l'oreille du policier. Il pouvait sentir l'herbe fraîchement tondue sous ses genoux. *C'est trop con*, pensa-t-il.

Le Führer pressa le canon de l'arme sur sa nuque…

16. Miracle

Dès le lendemain au réveil, Dante avait définitivement cessé de s'inquiéter au sujet de son intégration à la population de CHERUB. La fête d'anniversaire lui avait permis de briser la glace. Le gâteau dévoré jusqu'à la dernière miette, les convives s'étaient rendus en ville à bord d'un des minibus, avaient disputé quelques parties de bowling, puis étaient allés dîner au *KFC* qui avait remplacé le *Chicken Deluxe* après la faillite de la chaîne de restauration rapide.

Dante paressa au lit sans se soucier de l'heure tardive. Comme le prévoyait le règlement, on lui avait accordé une semaine de congé avant de reprendre les cours et l'entraînement. Lorsqu'il se présenta au réfectoire, ses camarades avaient déjà fini leur petit déjeuner. Assis côte à côte dans un coin de la salle, James Adams et Kerry Chang commentaient la rubrique musicale du *Guardian*. Dante préféra ne pas s'immiscer dans leur conversation.

Il posa sur son plateau une assiette de bacon, des galettes de pommes de terre et un paquet de corn-flakes au miel, puis il se dirigea vers une table inoccupée.

— Tu fais la gueule ? lança James.

— Non, mais je pensais que vous préfériez rester seuls.

— On est juste amis, tu sais, précisa Kerry.

Dante n'était pas très convaincu. Ils étaient littéralement collés l'un à l'autre. Le bras de Kerry était posé sur le dossier de la chaise de James, comme si elle brûlait de glisser une main dans son dos.

— Vous n'avez pas cours ? demanda-t-il en mordant dans sa galette.

— Un trou dans notre emploi du temps, expliqua James. Nos responsables de formation n'ont encore rien remarqué, alors on en profite.

— Pourvu que ça dure, ajouta Kerry, tout sourire, en chassant les miettes du T-shirt de son ami d'un geste qui ressemblait fort à une caresse.

— Bande de tire-au-flanc, gloussa Dante. J'ai presque quatorze ans. J'ai bien peur qu'ils ne commencent à me faire bûcher sur certaines épreuves du bac.

— Ça te pend au nez, confirma James. Prie pour ne pas tomber sur l'histoire. Les épreuves sont interminables, et ils te forcent à lire d'énormes bouquins à mourir d'ennui.

— J'aime bien l'histoire. Les batailles, et tout ça.

— Moi aussi, dit Kerry. James est un surdoué des maths. Les réponses lui viennent naturellement. Alors forcément, dès qu'il s'agit de faire un effort, il panique.

— Je risque d'avoir de gros problèmes en langues étrangères, expliqua Dante. J'ai étudié le français et l'espagnol pendant douze mois avant le programme d'entraînement initial, mais je suis resté loin du campus pendant trois ans, et j'ai dû me contenter des cours du collège minable où j'ai suivi ma scolarité.

— T'es mal, c'est clair. Moi, j'apprends l'espagnol, le français, le japonais et le mandarin depuis l'âge de six ans. Je pourrais décrocher une excellente note dans chacune de ces disciplines et être admise à l'université de mon choix sans forcer mon talent.

— Et toi, James ? J'imagine qu'avec ton niveau dans les matières scientifiques, tu n'as pas à t'inquiéter pour tout ça.

— Oh, c'est un petit malin, ricana Kerry. Il a déjà validé haut la main ses épreuves de maths et de physique.

— Trop facile, ajouta James.

Son amie lui donna un soufflet à l'arrière du crâne.

— Ferme-la, espèce de sale frimeur.

James menaça de lui planter un index entre les côtes. Elle éclata de rire.

— Essaye un peu, pour voir, et je te casse les doigts.

— Vous êtes mignons, tous les deux, sourit Dante. Ça me fait penser qu'il faut que je me trouve une copine.

— On est juste amis ! protesta Kerry.

— Mais bien sûr, ironisa Dante avant d'engloutir une tranche de bacon pliée en quatre.

— Je voulais te dire un truc, hier, mais je n'en ai pas eu l'occasion, avec tout ce monde, dit James. Tu connais Terry Campbell ?

— Le responsable des services techniques, confirma Dante. Le savant fou à la barbe blanche.

— Lui-même. On s'entend bien tous les deux. Tu sais, je suis vraiment branché motos, et il y a une vieille Harley à l'atelier automobile que j'aimerais bien retaper. Terry dit qu'elle t'appartient.

Dante hocha la tête.

— C'est celle de mon père.

— Tu accepterais de me la vendre ? Je t'en offrirai un bon prix.

Dante haussa les sourcils.

— Ah non, je suis désolé. Notre maison a brûlé, la nuit de sa mort, et c'est la seule chose qui me reste de lui.

— Il était motard ?

Dante se figea.

— C'est compliqué, et pour être tout à fait honnête, je préfère ne pas parler de ma famille.

— Pas de souci, dit James. Tous les agents ont un passé

difficile, et je comprends que tu n'aies pas envie de te replonger dans des souvenirs douloureux.

Estimant que le moment était venu de changer de sujet, Kerry tourna ostensiblement les pages du *Guardian*.

— Et toi, Dante, c'est quoi ton style de musique ?

...

Lorsque Neil Gauche reprit conscience, il aperçut une colonne de fourmis qui se déplaçaient sur son bras, juste devant son visage. Il avait mal au crâne. L'une de ses oreilles sifflait. Le sang s'écoulait d'une coupure courant de sa tempe à son œil droit.

C'était un miracle. Il se souvenait de tout. De la détonation, de la balle se fichant dans le sol à quelques mètres de sa position, puis du coup reçu à la tête, juste avant de perdre connaissance. La semelle d'une botte, peut-être. La crosse d'une arme, plus probablement. Pourquoi l'avait-on épargné ?

Le Führer avait-il été sensible à ses arguments ? Avait-il échafaudé cette mise en scène dans le seul but de le terroriser ? Neil explora le contenu de ses poches et réalisa que son mobile et son portefeuille étaient restés dans la Mercedes.

Il roula sur le dos puis s'assit. Le soleil venait à peine de se lever. Les brins d'herbe et les cailloux sur lesquels il avait reposé six heures durant avaient laissé leur empreinte sur ses joues et ses bras nus.

Les plants de maïs s'élevaient à hauteur de poitrine, si bien qu'il ne voyait que le ciel et la cime des arbres dressés aux abords du champ. Son haleine était terrible, conséquence d'une soirée passée à se goinfrer de nourriture tex-mex arrosée de bière et de tequila.

Neil avait perdu beaucoup de sang. Malgré son état de faiblesse, il parvint à se mettre debout. Il aperçut une maison à deux cents mètres en contrebas. Ses nouveaux propriétaires avaient investi beaucoup d'argent dans sa restauration, mais Neil en reconnut la silhouette et la disposition. Il en avait longuement étudié les clichés figurant dans les rapports de police.

C'était la maison où les membres de la famille Scott avaient été assassinés. En organisant cette fausse exécution en ce lieu maudit, le Führer avait envoyé à la police un message clair : ils n'avaient rien contre lui ; il se tirerait d'affaire, quoi qu'ils entreprennent pour le coincer.

— Espèce de pourriture, marmonna Neil avant de se diriger vers la demeure.

...

Tandis que Neil Gauche et deux membres de son équipe patientaient aux urgences de l'hôpital régional du Devon, tous leurs collègues du CLGCM furent mis en état d'alerte et reçurent l'ordre de se présenter au poste de police de Hornsey avant neuf heures.

En psychologue expérimenté, Ross Johnson se laissait rarement déborder par ses émotions. Ce matin-là, pour la première fois, il se sentait totalement dépassé. Une femme sergent à la silhouette élancée entra dans son bureau et le trouva figé devant la fenêtre.

— Café, dit-elle en posant un gobelet sur la table.

— Merci, Tracy. Je veux que vous contactiez Scotland Yard. Il est évident que les Vandales ont fait appel à des enquêteurs privés. S'ils savent que la moto de Neil a été livrée ici, il est probable qu'ils surveillent nos moindres faits et gestes. Nous devrons changer de locaux aussitôt que possible. N'importe quel endroit fera l'affaire. Je me fous qu'il s'agisse d'une cave infestée de rats. Nous ne pouvons pas superviser une mission d'infiltration au vu et au su de nos ennemis.

— S'ils sont si bien informés, ils doivent également avoir découvert l'identité de George Kahn, fit observer Tracy.

— C'est à craindre.

— Je vais appeler le service de l'intendance dès l'ouverture et tâcher de trouver une solution de repli. Que va-t-il se passer maintenant ? Nous pourrions arrêter le Führer pour coups et blessures, ou pour port d'armes illégal.

Ross secoua la tête.

— Encore une fois, nous aurons les pires difficultés à démontrer sa culpabilité. Je suis certain qu'il a déjà fait disparaître toutes les preuves. C'est un expert en la matière. Nous ne retrouverons jamais les armes, et je parie qu'une douzaine de témoins sont prêts à déposer à la barre pour assurer qu'ils se trouvaient avec lui au moment de l'agression. Sans parler de l'efficacité de ses avocats...

— Bon sang, ce type se croit au-dessus de la loi, soupira Tracy. Et pour l'erreur de procédure concernant la moto ?

Ross avala une gorgée de café.

— Neil aurait pu y passer, mais je n'ai pas l'intention d'appliquer la procédure disciplinaire standard, car ce n'est pas le moment de plomber l'ambiance dans le service. Mais je veux que l'agent qui a acheté la Harley et l'a remise dans le circuit sans modifier le numéro de série se dénonce, et qu'il prenne ses responsabilités. Si c'est quelqu'un de notre équipe, j'exige qu'il présente sa demande de mutation avant la fin de l'après-midi. Je compte sur vous pour faire passer le message.

— Comme vous voudrez, dit Tracy. Et si personne ne se manifeste ?

— Dans ce cas, nous aviserons. Ce n'est pas vous, j'espère ?

— Non, monsieur.

— Dieu soit loué ! Neil et vous êtes mes meilleurs éléments.

— Quand je pense que nous étions à deux doigts de le perdre... dit Tracy. Comment voyez-vous la suite de l'opération ? Neil était censé enquêter sur la filière d'importation d'armes. Il est inutile que George achève la transaction, désormais.

Ross passa une main dans ses cheveux clairsemés.

— Dans quoi me suis-je lancé, Tracy ? J'aurais dû continuer à faire mon boulot de psy, à interroger de jeunes témoins, à gribouiller des rapports et à les transmettre aux enquêteurs de la criminelle. Je vous ai déjà dit que c'était à cause de l'affaire Scott que je me suis lancé dans la lutte contre les gangs de bikers ?

— Oui, le jour où j'ai quitté les stups pour vous rejoindre, confirma la jeune femme. Vous avez hébergé le petit survivant pendant quelques mois, si je me souviens bien.

— Dante était un gamin adorable. Tout ça est absolument tragique. Il continue à échanger des e-mails avec ma fille Tina, de temps à autre.

— Si nous ne trouvons pas rapidement un moyen alternatif d'infiltrer les Vandales du South Devon, il ne nous reste plus qu'à clore le dossier, affirma Tracy. En attendant, monsieur, je crois qu'il serait bon que vous vous adressiez aux collègues pour leur remonter le moral. Ils ont travaillé dur sur cette opération. Ils sont totalement découragés.

Soudain, le visage de Ross s'éclaira, comme si une idée lumineuse venait de se former dans son esprit.

— Plus tard, dit-il. Finalement, la situation n'est peut-être pas aussi désespérée que nous le pensions. Fermez la porte en sortant. Je dois passer un coup de fil important.

Lorsque Tracy eut quitté la pièce, Ross sortit un petit répertoire de la poche intérieure de la veste suspendue au portemanteau. Il l'ouvrit à la page M et décrocha son téléphone.

Une secrétaire du service l'informa que Jennifer Mitchum

avait pris sa retraite, mais un employé des services administratifs du centre Nebraska le rappela aussitôt pour lui communiquer un autre numéro.

Ross et Jennifer échangèrent quelques plaisanteries, puis il l'informa des raisons de son appel.

— Tu m'as rendu service, quand je cherchais un endroit où mettre Dante à l'abri. À l'époque, tu as parlé en termes vagues d'une branche officieuse des Services secrets. CHERUB, si je me souviens bien... Tout ça n'est pas tombé dans l'oreille d'un sourd. Mon enquête est dans une impasse, et je me demandais si cette organisation ne pourrait pas m'aider à rebondir.

17. Invités spéciaux

SIX JOURS PLUS TARD

L'hélicoptère Bell 430 quitta le terrain d'aviation situé au nord de Londres. Après dix minutes de vol, le copilote ordonna à Ross Johnson et à Neil Gauche de se coiffer d'un casque équipé d'une visière opaque.

Ils ne furent autorisés à l'ôter que lorsque l'appareil se fut posé sur la plate-forme aménagée aux abords du bâtiment principal du campus, soixante-quinze minutes après son décollage. Ross effectua un bref calcul : avec une vitesse maximale de deux cent cinquante kilomètres à l'heure, on avait pu les conduire en n'importe quel point de l'Angleterre ou du pays de Galles, et même au sud de l'Écosse.

Éblouis par la lumière du jour, les deux policiers quittèrent l'hélicoptère et se dirigèrent vers l'officier de sécurité en combinaison blanche qui montait la garde devant un bunker de béton semblant remonter à la Seconde Guerre mondiale.

— Attention, les marches sont un peu raides, avertit l'inconnu.

Agrippé à la main courante, Ross descendit l'escalier menant à une construction souterraine comparable au réseau de fortifications victoriennes qu'il avait visitées à l'occasion de vacances sur la côte sud.

Un garde était posté derrière un comptoir. Ross et Neil échangèrent un regard stupéfait.

— Qu'est-ce qu'ils planquent ici ? chuchota ce dernier. Des soucoupes volantes ?

— Bienvenue au campus de CHERUB, dit l'homme en armes. Je vais vous demander de bien vouloir confirmer que vous ne détenez ni matériel d'enregistrement, ni téléphone mobile, ni équipement électronique, prothèse auditive ou stimulateur cardiaque.

— Le pilote nous a tout confisqué avant le décollage, expliqua Neil.

Le garde les passa au détecteur de métaux puis désigna une rangée de cabines.

— Déshabillez-vous. Retirez aussi sous-vêtements, montres et bijoux, puis enfilez les combinaisons orange et les sandales.

Les boxes ressemblaient en tout point à des cabines d'essayage, à ceci près qu'ils ne disposaient pas de rideau permettant de garantir un semblant d'intimité. Tandis que les policiers se changeaient, le garde inspecta le contenu de l'attaché-case de Ross puis glissa clichés et documents dans une mallette en plastique transparent qu'il pesa et étiqueta.

— Ne laissez rien à l'intérieur du campus, dit-il sur un ton mécanique qui démontrait qu'il avait appliqué cette procédure des centaines de fois. Cette mallette sera de nouveau pesée et inspectée avant votre départ. Si l'on vous remet quoi que ce soit, gardez-le à part et présentez-le au contrôle. Et ne prenez *rien* sans autorisation. En pénétrant dans le campus, vous jurez sur l'honneur de ne jamais mentionner son existence. Vous acceptez d'être fouillés à corps si le personnel estime cette procédure nécessaire. Au moindre manquement à ces règles, vous courez le risque d'être arrêtés et détenus pendant une période non définie. Si vous acceptez ces dispositions, signez le formulaire puis dirigez-vous vers le portique à rayons X. Votre contact vous attend de l'autre côté. Je vous souhaite une excellente journée.

En tant que policiers membres d'un service sensible, Neil et Ross étaient rompus aux procédures de contrôle, mais le trajet en aveugle et la démonstration du garde les laissèrent bouche bée. Vêtus de combinaisons informes et de sandales en plastique, ils se traînèrent sous le portique et débouchèrent dans une salle d'attente où patientaient un adolescent et une femme portant des Nike et un sweat-shirt en coton.

— Chloé, je suppose, dit Ross en serrant la main de la femme.

Puis il se tourna vers le garçon.

— Qu'est-ce que tu as grandi ! s'exclama-t-il.

Chloé Blake était la benjamine des contrôleurs de mission de CHERUB. Comme tous les cadres de l'organisation, c'était un ancien agent. Déterminée à demeurer opérationnelle, elle n'avait jamais cessé de participer à des séances d'entraînement aux arts martiaux et aux techniques de combat. En conséquence, elle était restée mince et musclée.

Dante sourit puis serra Ross dans ses bras.

— Désolé pour les combinaisons et les mesures de sécurité.

— Ce n'est pas grave, sourit Neil. Je trouve que le look *prisonnier en transit* me va comme un gant. Vous aussi, vous devez endurer toutes ces tracasseries ?

Dante secoua la tête.

— Les officiers de sécurité procèdent à des fouilles, parfois, quand on revient d'une virée en ville, mais ça n'a rien de comparable avec ce que vous venez de subir. En plus, nous, on sait où se trouve le campus, forcément.

Chloé s'éclaircit la gorge puis consulta sa montre.

— Nous avons rendez-vous au centre de contrôle des missions. C'est à dix minutes de marche. Au fait, Dante, je te rappelle qu'il est interdit d'évoquer les mesures de sécurité en présence de visiteurs.

∴

Lauren Adams quitta le vestiaire des filles, le sac contenant son maillot de bain et sa serviette en bandoulière. C'était une excellente nageuse, mais elle venait de subir une séance d'entraînement de quatre-vingt-dix minutes. Elle avait effectué des longueurs, participé à des épreuves de vitesse pure, enchaîné des mouvements d'aquagym et plongé au fond du bassin pour récupérer des sacs lourdement lestés. Ses épaules et ses cuisses étaient tétanisées.

Son petit ami Rat l'attendait au bout du couloir.

— Tu en as mis du temps, grogna-t-il avant de se diriger vers la sortie.

— Évidemment, répliqua Lauren. Tu as deux centimètres de cheveux sur le crâne. Ils sèchent en trente secondes. Moi, j'ai dû me faire un shampooing pour dissiper l'odeur du chlore, me peigner et me faire un vague brushing pour ne pas ressembler à une sorcière.

— Bon, ça te dit qu'on fasse nos devoirs ensemble ? On pourrait faire un détour par le réfectoire, histoire de piquer quelques pains au chocolat. Ou aller à la bibliothèque, pour compléter notre exposé d'histoire.

— Je ne peux pas. Je t'ai dit que j'avais rendez-vous pour un briefing.

Ils croisèrent un groupe de T-shirts rouges qui cavalaient vers le bâtiment de la piscine, impatients de jouer dans le bassin de détente après une longue journée de cours.

— Tu n'es pas obligée d'accepter la mission, dit Rat.

— À ton avis, pour quelle raison ai-je passé l'après-midi à m'entraîner ? Quel intérêt d'être un agent opérationnel, si c'est pour refuser les missions ?

— Mais on devait aller à la résidence d'été ensemble, pleurnicha le garçon. Si tu pars en opération, ça fout tous nos projets en l'air.

— C'est vrai, c'est nul de rater les vacances d'été, mais en échange, je pourrai aller skier l'hiver suivant.

Rat tiqua.

— Mais pas avec moi.

— Je te signale qu'on n'est pas mariés. Tu sais, j'apprécie qu'on ne soit pas tout le temps collés l'un à l'autre. Depuis qu'on est ensemble, Bethany est sortie avec six garçons. Elle s'emballe, elle s'emballe, et au bout du compte, tout est terminé au bout de trois semaines. Nous, on y va piano, et c'est beaucoup mieux comme ça.

— Ça, c'était avant le retour du beau gosse aux cheveux roux.

Lauren éclata de rire.

— Dante ?

— Qui d'autre ? gronda Rat. Si tu voyais la façon dont tu te comportes en sa présence… *Oh, Dante, tu me fais tellement rire ! Oh, Dante, tes biceps sont hyper fermes ! Oh, Dante, comment ai-je pu vivre tant d'années sans toi !*

— Lâche-moi avec ça, soupira Lauren. Comment peux-tu être aussi jaloux ? Il a passé trois ans loin du campus. Tu ne trouves pas normal qu'on lui réserve un bon accueil ?

— Je ne suis pas jaloux. Mais la façon que tu as de le complimenter en permanence me sort par les yeux. Et maintenant, voilà que tu pars en mission. Et qu'au lieu d'aller à la résidence d'été avec moi, tu préfères skier. Et avec qui, au fait ? Laisse-moi deviner : Poil de carotte !

Ils s'engagèrent sur l'allée qui reliait le bâtiment principal au centre de contrôle des missions. À cette heure du jour, il grouillait d'agents qui se dirigeaient vers le lac pour faire leurs devoirs au soleil, étendus dans l'herbe, ou vers les courts de tennis, raquette à la main.

— Je ne sais pas quoi te dire, marmonna Lauren. Je te croyais plus mature.

— Je *suis* mature, grogna Rat. Mais je n'accepte pas de te voir baver devant un autre et me faire passer pour un crétin.

— Baver ? s'étrangla Lauren. Et peux-tu me dire quand tu m'as vue baver ?

— Je veux juste partir en vacances avec toi. Je ne vois pas de mal à ça.

— Tu changes de sujet, là. Quand ai-je bavé devant Dante, je te prie ? Je n'ai rien à me reprocher. Je n'ai fait qu'être gentille et accueillante avec quelqu'un que je n'avais pas vu depuis des années ! Qu'est-ce que tu me reproches, *exactement* ?

— Un peu tout ! cria Rat. Mais surtout la façon dont tu le regardes, et ce petit sourire d'allumeuse.

— Tu es jaloux ! hurla Lauren en s'immobilisant, les mains sur les hanches. Et *totalement* immature ! Je n'arrive pas à croire que tu m'accuses de te tromper !

— Et moi, je n'arrive pas à croire que tu nies l'évidence. Tu meurs d'envie de sortir avec lui, ça crève les yeux !

Lauren consulta sa montre.

— Je me suis mise en retard pour la réunion. Écoute-moi bien. Je pars en mission avec Dante et mon frère. À notre retour, nous irons sans doute en vacances tous les trois et *peut-être* que j'essaierai de sortir avec lui, parce que je ne supporte pas ta jalousie maladive.

Sur ces mots, elle tourna les talons et se dirigea d'un pas décidé vers le centre de contrôle.

— C'est ça, casse-toi ! s'époumona Rat. Dégage ! Tu peux même coucher avec ce rouquin à la con, je n'en ai rien à foutre !

— Ce rouquin a plus de chances de coucher avec moi que tu n'en as jamais eu, espèce de taré d'Australien ! répliqua Lauren avant de faire volte-face et de lui adresser un doigt d'honneur.

∴

Lorsque Chloé, Dante, Ross et Neil pénétrèrent dans le bureau, ils trouvèrent James étendu sur le sofa, devant la baie vitrée dominant une pelouse hérissée d'antennes satellites.

— Je me suis permis de passer par le réfectoire, dit-il en désignant le plateau posé sur la table basse. Café, sandwiches et gâteaux. Vous n'avez qu'à vous servir.

— Ta sœur n'est pas encore arrivée ? demanda Chloé.

— Non. Elle est censée nous rejoindre dès la fin de son entraînement de natation.

À l'évidence, Dante était ravi d'avoir retrouvé Ross Johnson. Il n'était pas autorisé à lui parler de sa longue mission en Irlande du Nord, mais il ne pouvait s'empêcher de lâcher quelques informations très vagues concernant sa vie au campus. En outre, il le bombardait de questions sur Tina, qui suivait des études de droit afin de devenir avocate.

— Je suis un peu inquiet pour Dante, dit Ross en adressant à Chloé un regard grave.

Cette dernière se servit une tasse de thé puis s'assit derrière le bureau.

— Nous avons visionné ses dépositions datant de 2003. Il a beaucoup grandi, c'est clair, ses cheveux sont plus longs, et son accent joue en notre faveur. Mais, par acquit de conscience, nous lui teindrons les cheveux, ainsi que les poils sur l'ensemble du corps, et nous lui expliquerons comment renouveler l'opération régulièrement, afin que nul ne devine qu'il est roux.

— On a effectué une simulation sur ordinateur, dit Dante en brandissant un cliché en couleur. En gros, je ressemblerai à ça.

— Il sera blond, de façon à se faire passer pour notre frère, précisa James.

— J'adopterai le prénom de John, pour faire simple, ajouta Dante.

— Ça me semble parfait, dit Ross. S'il est vraiment impossible de le reconnaître, je pense que la présence de Dante constituera un avantage déterminant. Il n'a pas mis les pieds à Salcombe depuis cinq ans, mais il en sait davantage sur le Führer et les méthodes des Vandales que n'importe lequel d'entre nous.

— En plus, personne au monde ne désire autant que moi voir cette ordure jetée en prison, s'enthousiasma le garçon.

— Vu ce qu'il m'a fait endurer la semaine dernière, je dois figurer en deuxième position sur la liste de ses ennemis, dit Neil.

— Nous devrons tous subir certaines transformations physiques avant d'infiltrer le gang des Vandales du South Devon, expliqua Chloé. James a seize ans, mais il sera censé avoir un an de plus.

— De façon à justifier mon permis moto et à me lier avec les membres les plus jeunes du Monster Bunch, précisa James, que cette perspective semblait enthousiasmer au plus haut point. J'ai déjà piloté des grosses cylindrées, mais depuis quelques jours, je suis une formation intensive, chaque nuit, sur les routes de la région.

— Lauren n'aura pas besoin de modifier son apparence, ajouta Chloé. En ce qui me concerne, je n'ai que dix ans de plus que James, ce qui signifie que je ne pourrais pas être sa mère biologique, mais je devrais m'en tirer avec quelques mèches grises et des vêtements adaptés à mon rôle.

— En parlant de Lauren, qu'est-ce qu'elle fabrique ? s'interrogea Dante.

À cet instant, Lauren Adams se trouvait à cinquante mètres du bureau. Elle venait de coller son œil au système de reconnaissance biométrique. Elle se sentait à bout de forces, et la longue séance d'entraînement de l'après-midi n'en était pas seule responsable.

Elle était hors d'elle. Elle fréquentait Rat depuis près de

trois ans, et jamais ils ne s'étaient disputés aussi violemment. Elle ignorait si cette altercation signait la fin de leur relation. Elle estimait ne pas s'être comportée de façon condamnable en sa présence, mais elle s'interrogeait sur ses sentiments à l'égard de Dante. Depuis le jour où ils s'étaient l'un et l'autre réveillés dans une chambre anonyme du campus, elle avait éprouvé de l'affection pour ce garçon, de l'attirance pour sa douceur, ses muscles saillants et ses cheveux roux.

— Désolée pour le retard, lança-t-elle avant de poser son sac de sport sur la moquette du bureau de Chloé et de serrer les mains de Ross et de Neil.

— Excuses acceptées, dit la contrôleuse de mission. James, Lauren et Dante, au cours de la semaine écoulée, vous avez étudié tous les dossiers de police concernant les Vandales, mais Ross nous a communiqué des informations complémentaires dont je vous demanderai de prendre connaissance. Pour le moment, il va vous exposer les détails de la mission.

Ross se leva et se dirigea vers le bureau de Chloé.

— Je suppose que vous connaissez déjà la situation. Nous avons passé commande d'un important stock d'armes auprès d'un individu connu sous le nom de Sealclubber, président du chapitre de Londres. Nous espérons que cette demande, dont l'ampleur dépasse de très loin les capacités du gang, conduira les Vandales du South Devon, spécialisés dans le trafic d'armement, à s'écarter de leurs méthodes habituelles et à se montrer imprudents. À l'origine, Neil devait être impliqué dans l'opération, mais sa couverture a sauté.

— Contrairement à Neil, expliqua Chloé, vous ne pourrez infiltrer les Vandales en tant qu'aspirants bikers. Nous devrons adopter une approche moins directe. James, nous te procurerons une moto en mauvais état qui te donnera d'innombrables excuses pour fréquenter le concessionnaire installé près du nouveau quartier général du gang. À l'occasion, je suis persuadée que tu n'auras aucun mal à tisser des liens avec les jeunes motards qui traînent dans le sillage du Monster Bunch et des Dogs of War.

— La moyenne d'âge de ces clubs est sensiblement inférieure à celle des Vandales, expliqua Neil. Ça devrait te faciliter la tâche. Concentre-toi sur les sympathisants les plus modestes. Nous savons que certains d'entre eux gagnent leur vie en travaillant pour les membres adoubés : ils vendent de la marijuana aux élèves des lycées voisins ou effectuent des livraisons à Londres et à Manchester.

— Vous pensez que j'aurai le temps d'être intégré à l'une de ces bandes ? demanda James.

— Non, répondit Neil. L'opération de vente d'armes est déjà sur les rails. Afin de retarder l'échange de quelques semaines, l'acheteur – l'un de nos hommes – va informer Sealclubber qu'il ne dispose pas encore des fonds suffisants, mais nous ne pouvons pas le faire poireauter éternellement. Tu devras rassembler le maximum d'informations en un minimum de temps. Si tu n'obtiens pas rapidement des résultats probants, nous annulerons toute l'opération.

— Lauren et Dante, vous serez chargés d'approcher Joe, le fils du Führer, annonça Ross. Toi, Dante, tu t'efforceras de devenir son ami…

— De le *redevenir*, corrigea le garçon. Comme au bon vieux temps…

— Lauren, ton angle d'attaque sera légèrement différent. Disons que tu devras te montrer sous ton meilleur jour, et tâcher de le séduire.

— Sauf s'il est gay, ricana James. Dans ce cas, ce sera à Dante de s'y coller.

— Beurk, lâcha ce dernier.

— Un peu de sérieux, gronda Chloé.

— Très bien, dit James. Justement, j'ai une question *très*

sérieuse. Nous savons que le Führer est un criminel extrêmement dangereux, mais il a toujours réussi à échapper à la justice. Il n'a même pas été inculpé dans l'affaire du massacre de la famille Scott. Qu'est-ce qui vous fait penser que son fils est au courant de ses activités illégales ?

— J'ai pu constater que Joe était très proche de son père, répondit Neil. Je suis persuadé qu'il en sait long. Reste à trouver un moyen de le faire parler. Impossible de savoir si quelques bières suffiront à lui délier la langue, ou s'il est du genre à se montrer imprudent lorsqu'il s'agit d'impressionner une fille.

— Ne serait-il pas plus simple de planquer des micros dans la maison et au quartier général du Führer ? demanda Lauren.

Neil secoua la tête.

— Inutile. Nous avons placé des mouchards un peu partout, il y a deux ans, et ils sont toujours en place. Les Vandales communiquent au moyen d'un code, que ce soit au téléphone ou dans leur club-house. De plus, toutes les questions importantes sont traitées d'homme à homme, dans des endroits isolés, au bord d'une route ou au milieu des champs.

Ross reprit la parole.

— Neil a mis des années à faire son chemin jusqu'au Führer. Vous n'avez aucune chance d'obtenir un résultat comparable en quelques semaines. Pour être franc, je ne suis pas très optimiste, mais nous devons tenter le tout pour le tout si nous voulons empêcher les Vandales d'inonder le pays d'armes de guerre. J'évalue nos chances de succès à vingt pour cent, mais le jeu en vaut la chandelle, si l'on considère les vies que nous pouvons épargner.

— J'imagine que vous lisez les journaux, ajouta Chloé. Comme vous le savez sans doute, les homicides par arme à feu impliquant des mineurs ont connu une véritable explosion, ces derniers mois.

— Moi, je suis partant, dit Dante.

— Pareil, lança James.

Lauren ne cessait de penser à sa dispute avec Rat. Même en admettant qu'elle ait pu, par mégarde, se comporter de façon *légèrement* provocante en présence de Dante, il avait réagi de façon excessive. Il n'était plus question de passer les vacances d'été avec ce rabat-joie.

— Oh, désolée, j'avais la tête ailleurs, dit-elle. Cet entraînement m'a complètement vidée... Bien sûr que j'accepte la mission.

— Parfait ! s'exclama Chloé. Je vais me mettre immédiatement au travail. Je n'ai que trois jours pour trouver un logement dans la région de Salcombe et régler les détails logistiques de l'opération.

18. Salcombe

Le dimanche matin, James achevait de préparer bagages et matériel lorsque Kerry entra dans sa chambre pour lui dire au revoir avant son départ en mission.

Comme elle semblait un peu maussade, James se décida à aborder la question de leur relation. C'était l'occasion d'en avoir le cœur net.

— Cette opération est liée à une vente d'armes mise en place par la police, expliqua-t-il. Toutes les dispositions sont déjà prises. Selon moi, nous ne resterons pas loin du campus plus d'un mois ou deux. Je suis impatient de te retrouver. On s'entend plutôt bien, en ce moment.

Kerry lâcha un bref éclat de rire.

— Ça a toujours été comme ça, tant qu'on n'est pas en couple.

James glissa son iPod dans une poche latérale de son sac de voyage.

— Mais on a grandi. On est sortis avec d'autres personnes. Je sais qu'on a déjà rompu deux fois, mais je crois qu'on était trop jeunes pour construire quelque chose de solide.

Kerry fit un pas en avant, si bien que son nez frôla le menton de James. Elle portait encore le T-shirt et le pantalon informes qui lui servaient de pyjama. Son parfum était enivrant.

L'imagination de James s'enflamma. Il envisagea de la jeter sur lit et d'arracher ses vêtements, mais il courait le risque d'être battu à mort. Il se contenta de déposer un baiser sur ses lèvres. Kerry ne fit rien pour l'en empêcher. Au contraire, elle passa les bras autour de son cou et laissa ses mains courir sur ses fesses.

Trente secondes s'écoulèrent avant qu'elle ne se dégage et ne recule d'un pas. Ils se regardèrent sans dire un mot, tous deux stupéfaits.

— Pourquoi tu t'en vas ? demanda James.

Kerry haussa les épaules.

— Je ne devrais pas me lancer dans une nouvelle histoire avec toi alors que tu es sur le point de partir en mission.

— De quoi tu parles ? demanda James.

En vérité, il connaissait parfaitement les raisons qui poussaient son amie à interrompre leur embrassade.

— Je parle de ta réputation, répondit Kerry. De ta manie de sauter sur toutes les filles qui ont le malheur de croiser ton chemin. Quand tu reviendras, nous discuterons de notre avenir, mais pas avant.

— Tu veux dire que tu accepterais qu'on se remette ensemble ? Mais... mais si tu pars en mission avant mon retour ?

— C'est ce qui me préoccupe, justement. Je ne veux plus d'une relation longue distance. Je ne veux pas te tromper, et je ne veux pas que tu me trompes. Si ça se trouve, ils vont m'envoyer passer un an en infiltration dans l'entourage d'un beau gosse bronzé et plein aux as, et je ne veux pas manquer ça.

— Mais c'est moi, le beau gosse bronzé, plaisanta James, et tu peux m'avoir tout de suite. J'ai une pleine boîte de Durex, si ça peut te rassurer.

Kerry éclata de rire.

— Tu es craquant, par certains aspects, mais l'homme de mes rêves n'a pas de boutons dans le dos.

— Mes hormones me jouent des tours. Ça prouve que je déborde de masculinité.

— Masculinité ? C'est comme ça que tu appelles le liquide blanchâtre qui perle de ces bubons ?

Elle l'embrassa furtivement puis se dirigea vers la porte.

— Je dois m'occuper des T-shirts rouges au dojo à huit heures et demie. J'ai juste le temps de me changer. Bonne chance pour la mission. Envoie-moi des SMS, d'accord ?

— Promis, marmonna-t-il.

Dès que Kerry eut quitté la chambre, il se précipita vers son bureau, s'empara d'une règle en plastique, la brandit au-dessus de sa tête puis se planta devant le miroir de la penderie.

— Par le côté obscur de la force, je jure solennellement que je coucherai avec la chaste Kerry Chang, quoi qu'il en coûte !

Effaré par son propre comportement, il jeta un dernier regard à la pièce sans cesser de ricaner comme un demeuré, ramassa ses bagages, puis s'engagea dans le couloir menant aux ascenseurs.

∴

Chloé, cheveux grisonnants et vêtements bon chic bon genre, et ses trois agents blonds comme les blés effectuèrent la demi-journée de route jusqu'à Salcombe à bord d'une Range Rover. En dépit de la terreur que lui inspirait la conduite un peu trop sportive de James, elle lui laissa le volant au sortir d'un pub où ils avaient déjeuné, un peu après Bristol.

Ils emménagèrent dans une maison moderne située à une vingtaine de minutes à pied de la plage et du centre-ville. La saison estivale battant son plein, la station balnéaire grouillait de touristes. Le service chargé de l'hébergement de l'équipe avait dû lâcher une petite fortune pour louer et meubler la demeure en accord avec le statut social supposé de la famille Raven.

Chloé Raven, trente-sept ans, divorcée de fraîche date, avait fui Londres et son ex-mari, un financier de la City. James Raven, dix-sept ans, était lycéen. Sa sœur, Lauren Raven, était en quatrième. Contrairement aux règles en vigueur à CHERUB, Dante avait été rebaptisé John afin de ne pas éveiller les soupçons des Vandales. L'ordre de mission faisait de lui le frère jumeau de Lauren.

James aida ses coéquipiers à transporter leurs bagages jusqu'au premier étage.

— Les malles de Sa Majesté, annonça-t-il en déposant les sacs de sa sœur dans une vaste chambre dotée d'un balcon dominant un jardin paysager.

— Merci, mon bon, dit Lauren en se grattant les côtes, étendue sur un matelas nu.

— Tout va bien ? Tu n'as pas décroché un mot de la journée.

— Je suis en pleine dépression, annonça-t-elle sur un ton mélodramatique.

— Ne te mets pas dans cet état. Je suis certain que tout finira par s'arranger avec Rat. Ce n'est pas votre première dispute.

Lauren se dressa d'un bond.

— Qu'est-ce qui te fait penser que j'aimerais que les choses s'arrangent ? Ce type est insupportable. Il me rend la vie impossible, avec sa foutue jalousie.

James esquissa un sourire.

— J'avoue que je le comprends un peu, vu la façon dont tu dragues Dante.

— N'importe quoi ! répliqua Lauren, indignée. Vous, les mecs, vous êtes tous les mêmes. Vous matez les filles, vous accrochez des photos de nanas aux seins siliconés aux murs de vos chambres, mais vous pensez qu'on est des garces dès qu'on se permet de discuter avec vous.

James essayait simplement de la soutenir. Il n'avait aucune envie de s'immiscer dans ses histoires de cœur.

— Eh bien… disons que je suis sûr que ça s'arrangera, d'une façon ou d'une autre.

Lauren croisa les bras, leva les yeux au ciel puis poussa un soupir exaspéré. James préféra battre en retraite. Il avait posé l'un des bagages de sa sœur dans l'escalier, mais il préféra l'y laisser, de crainte de devoir subir à nouveau sa mauvaise humeur.

— Chouette baraque, pas vrai ? lança Dante depuis la porte d'entrée.

Il traversa le vestibule et déposa une glacière dans la cuisine.

— Tu as vu ta moto ? Elle n'a pas l'air en si mauvais état que ça.

— Oh ! s'exclama James. Ça m'était complètement sorti de l'esprit. Où est-elle ?

— Dans le garage.

James se rua hors de la maison et croisa Chloé qui traînait un énorme sac rempli de parapluies et de bottes en caoutchouc.

— Je peux essayer la bécane ? demanda-t-il.

— J'allais préparer du thé et des biscuits.

— Je n'en ai que pour dix minutes, juste histoire de la tester, supplia James.

— D'accord, tu peux y aller, sourit Chloé. N'oublie pas de mettre ton casque et vas-y doucement pour commencer.

Sur ces mots, elle éclata de rire et se dirigea vers la maison.

— Qu'est-ce qui te fait marrer ? s'étonna James.

— Les ados, expliqua Chloé. Tu t'es comporté comme un adulte toute la journée puis, tout à coup, j'ai l'impression d'avoir affaire à un gamin de six ans au matin de Noël.

•••

James avait conduit plusieurs modèles de motos lors d'une mission aux États-Unis, trois ans plus tôt. Terry Campbell l'avait régulièrement autorisé à emprunter les petites routes aux abords du campus, et il avait suivi un stage intensif de six jours sur des chaussées plus fréquentées, mais c'était la première fois qu'il avait l'occasion de rouler seul, en toute liberté.

La Honda 250cc ne développait guère plus de vingt-deux chevaux, mais la loi anglaise n'autorisait pas les conducteurs de moins de vingt et un ans à piloter des engins de cylindrée plus importante. En dépit de sa motorisation relativement modeste, cette moto disposait d'une capacité d'accélération supérieure à la plupart des automobiles et atteignait aisément une vitesse de pointe de cent vingt kilomètres à l'heure. De plus, du point de vue de James, les petites motos étaient plus amusantes à conduire sur les routes tortueuses d'Angleterre que les monstrueux *choppers* des Vandales.

Il gravit une colline et roula à vitesse modérée le long d'une artère bordée de luxueuses demeures, mais, constatant qu'il s'était engagé dans une voie sans issue, il fit demi-tour, poussa sa machine à quatre-vingts kilomètres-heure en passant devant sa nouvelle maison, puis poursuivit sa promenade en respectant scrupuleusement les limitations de vitesse.

Un kilomètre plus loin, il se retrouva coincé derrière un camping-car qui se traînait à quarante kilomètres-heure. La route de Salcombe étant bloquée par les encombrements, il fit demi-tour sur le bas-côté. À cet instant, à une centaine de mètres, il reconnut la maison en faux style Tudor dont il avait étudié les photos figurant dans les dossiers de police. En passant devant le portail, il déchiffra l'inscription en style gothique allemand figurant sur un large panneau de bois : **Le Nid d'Aigle**. Garé au bord de l'allée menant au garage se trouvait un char léger allemand de la Seconde Guerre mondiale dont le canon était tourné vers la route. Une pancarte était fixée à l'avant du blindé : *TOUT INTRUS SERA ABATTU SUR PLACE.*

— Toujours la manière douce, marmonna James avant de tourner la poignée des gaz et de regagner le quartier général de la famille Raven.

∴

Ne se sentant pas le courage de cuisiner, Chloé emmena les agents dîner à l'extérieur. Tandis que la Range Rover roulait dans les rues de Salcombe, les souvenirs se bousculaient dans l'esprit de Dante. Tout lui semblait familier. Les boîtes aux lettres derrière lesquelles il se cachait, enfant, pour surprendre sa mère. La boulangerie où il achetait des beignets et des petits pains à la saucisse. Il reconnaissait même certains des yachts amarrés le long du quai. La route menant au clubhouse des Vandales n'avait pas changé. Soudain, il réalisa qu'il n'avait pas revu ces lieux depuis la nuit où ses parents avaient été massacrés.

— Tout va bien, Dante ? demanda Lauren.

— Ces rues me rappellent mon passé. Rien de grave.

— Habitue-toi à l'appeler John en toutes occasions, dit Chloé. John, on peut rentrer à la maison, si tu préfères.

Dante secoua la tête.

— Non, ça va. Je suis ici pour faire mon boulot, pas pour rester dans ma chambre à ruminer des idées noires.

À l'emplacement de l'ancienne entrée de la propriété des Vandales se trouvait une rampe incurvée permettant d'accéder à un parking situé derrière une résidence baptisée Marina View. Une foule paisible se promenait le long d'une voie piétonne *interdite aux cyclistes et aux skateboarders*. Une douzaine de boutiques proposaient des accessoires de navigation, des planches de surf et du matériel de randonnée hors de prix.

Cuir et Chrome, un vaste magasin dédié aux motos, trônait au centre du complexe. Des engins luxueux étaient exposés dans la vitrine, mais les simples passionnés pouvaient s'offrir toutes sortes d'articles liés aux deux-roues, des jouets aux livres en passant par les puzzles. Le merchandising des Vandales occupait une place importante : T-shirts à vingt-cinq livres, mugs, dessous-de-verre, porte-clés et ours en peluche affublés des couleurs du club.

James, qui avait effectué le trajet en moto, était arrivé avant le reste de l'équipe. Lauren le trouva figé devant la vitrine, les yeux rivés sur une Arlen Ness à vingt-huit mille livres dont la selle était placée à moins de cinquante centimètres du sol et la fourche démesurément longue.

— Je savais que je te trouverais ici, dit-elle. Cet engin ne doit pas être très pratique à manœuvrer.

— Ça doit être l'enfer dans les embouteillages.

— Je suis désolée de la façon dont je t'ai parlé, tout à l'heure, expliqua Lauren. Tu me pardonnes ?

— Mouais, marmonna James en haussant les épaules. On ne peut pas demander à un petit cerveau féminin de fonctionner de façon rationnelle vingt-quatre heures sur vingt-quatre.

— Oh, mais c'est que tu es à mourir de rire… Chloé s'est renseignée sur Internet. Il paraît qu'il y a un bar à tapas génial, là-haut.

À chaque extrémité de la voie piétonne, un escalier permettait d'accéder à une vaste terrasse où des restaurants étaient rassemblés autour d'une fontaine ornementale. La moitié de l'espace était dédiée à des établissements chics dont la clientèle, en ce début de soirée, grignotait des olives en admirant les yachts qui mouillaient dans le port. De l'autre côté se trouvaient un fast-food américain dans le style années 1950 et des kiosques proposant snacks et jus de fruits.

— Martin Donnington, lâcha Dante, avec le plus grand calme, en apercevant le fils aîné du Führer qui patientait devant le stand de crêpes. La dernière fois qu'on s'est rencontrés, on m'a forcé à lui casser la gueule.

Tandis que Chloé négociait une table pour quatre avec le manager du bar à tapas, les trois agents admirèrent le reste du complexe. Sur leur gauche s'élevait le luxueux immeuble Marina View. Ses appartements, disposant d'un balcon et de l'air conditionné, figuraient parmi les plus coûteux de la station balnéaire, connue pour ses prix prohibitifs.

— Je comprends pourquoi le Führer a insisté pour construire cet ensemble, dit James. Ses associés et lui ont dû ramasser des millions.

Dante ne releva pas le manque de tact de son camarade. Cette « insistance » avait causé la mort de quatre membres de sa famille. En outre, il ne pouvait pas lui donner tort. Si son père ne s'était pas opposé à l'édification de cette zone d'activités, c'est là qu'il aurait grandi, avec son frère et ses sœurs, dans le luxe et l'opulence.

Les agents se dirigèrent vers la partie de la terrasse qui dominait le parking. Au-delà se dressait un bâtiment en briques rouges, surmonté d'un logo des Vandales en néons multicolores. Au fronton de l'entrée principale se trouvait un panneau où figurait l'inscription : *Ce qui se passe au club-house ne sort pas du club-house.*

Chloé les rejoignit.

— Il y a quarante minutes d'attente, lança-t-elle. Vous voulez patienter ? Sinon, on peut dîner au restau américain, ou commander une tonne de beignets à emporter.

— On s'est empiffrés à midi, annonça Dante. On n'a pas très faim.

— Il y a plein de jeunes de ce côté, remarqua Lauren en désignant d'un hochement de tête un groupe d'adolescents de son âge.

La plupart portaient des shorts et des chaussures de plage, les autres marchaient pieds nus. L'un d'eux prenait plaisir à exhiber sa planche de surf.

James remarqua une fille un peu plus âgée, penchée à une

balustrade. Il ne pouvait apercevoir les traits de son visage, mais le vent chahutait ses cheveux et sa jupe longue. Sa silhouette l'enchantait.

— Excellente idée, dit-il. Mêlons-nous à la population locale, et tâchons de faire connaissance.

— OK, approuva Chloé. Je vous laisse une heure. Pendant ce temps, je vais jeter un œil aux boutiques et manger un bout au restaurant italien, si j'arrive à trouver une place assise.

Les trois coéquipiers s'éclaircirent la gorge puis tendirent la main, paume tournée vers le ciel.

— Tu manques à tous tes devoirs de mère, sourit James.

Chloé ouvrit son porte-monnaie et remit un billet de vingt livres à chacun des agents.

— Ne dépensez pas tout d'un coup, avertit-elle avant de s'éloigner.

Lauren et Dante se dirigèrent vers le groupe de surfers. James marcha droit vers la jeune fille.

— Salut princesse, dit-il. Où étais-tu passée le reste de ma vie ?

Elle se tourna vers lui et lui adressa un sourire éblouissant. Par chance, son visage était en accord avec le reste de son anatomie.

— Amusant, gloussa-t-elle. On ne me l'avait jamais faite, celle-là.

— Pardonne-moi. C'est un peu lourd, mais je n'ai rien trouvé de mieux. Je m'appelle James, je viens d'emménager et je ne connais personne dans la région. Alors comme tu étais seule...

— Moi, c'est Ashley. J'adore ton accent de Londres.

— Merci. Qu'est-ce qu'une jolie fille comme toi fait toute seule sur cette terrasse, à regarder la mer ?

Elle éclata de rire.

— J'attends mon copain. Il est en train de se garer.

— Oh, s'étrangla James. Et si on fuguait tous les deux avant qu'il ne te rejoigne ?

La fille continua à glousser.

— Excuse-moi, je suis un crétin, dit-il. Tu es au lycée ?

— Oui.

— Tu connais celui de Crossroads ? C'est là que je suis censé m'inscrire.

— C'est le mien, figure-toi. Sans doute le seul établissement correct de la région, mises à part les boîtes pour gosses de millionnaires.

— Je croyais que tout le monde était riche, dans le coin.

— Pas vraiment. La plupart des maisons du port et du centre-ville ne sont que des résidences secondaires pour cadres londoniens. Sinon, il n'y a ni plus ni moins de riches qu'ailleurs. Le père de Julian est juge et il vit ici, à Marina View.

— Julian, c'est ton copain ?

Ashley hocha la tête.

— Tiens, le voilà. Il est dans l'escalier.

James se pencha par-dessus la rambarde et constata avec soulagement que Julian était accompagné de cinq filles et de trois garçons. Ainsi, peut-être pourrait-il sympathiser avec le groupe et demeurer en compagnie d'Ashley.

— On va au restau américain, expliqua-t-elle. L'ambiance et la cuisine ne sont pas terribles, mais tu peux te joindre à nous, si ça te dit.

James hocha la tête. Julian, un grand échalas aux cheveux bouclés, déposa un baiser sur les lèvres d'Ashley, puis fit tourner un porte-clés Fiat autour de son index.

— Salut Ash, grommela-t-il. Désolé, mais une espèce de sous-doué a mis dix minutes pour entrer dans sa place de parking, et ça a provoqué une file d'attente d'un kilomètre.

— Je te présente James, dit la jeune fille. Il vient d'emménager à Salcombe, et il va s'inscrire à Crossroads. Tu dînes avec nous, James ?

— Si ça ne dérange personne...

Julian, qui n'était pas né de la dernière pluie, ne se montra pas très enthousiaste.

— Salut James, lâcha-t-il avant de se tourner vers sa petite amie. Tu as trop bon cœur, Ash, il faut toujours que tu ramasses les cas sociaux...

Sur ces mots, il passa un bras autour de la taille d'Ashley, de façon à bien signifier à son rival qu'elle lui appartenait, puis l'entraîna vers le restaurant.

19. Kit de bridage

LUNDI

Dante connaissait Joe Donnington depuis sa naissance, et ils étaient restés amis jusqu'à la nuit des meurtres. Il avait vainement essayé d'imaginer quelle avait pu être sa réaction au moment où il avait découvert que son père était responsable du massacre.

Dans les jours qui avaient suivi le drame, Dante avait nourri l'espoir que son camarade prendrait son parti et confirmerait sa déposition. Mais ses espoirs étaient restés vains : Joe admirait et craignait son père. Il l'avait vu humilier et menacer son frère pour avoir craché sur les couleurs des Vandales. Se rendre au poste de police sans son consentement aurait été suicidaire.

Joe avait désormais treize ans, mais il ressemblait beaucoup au petit garçon que Dante avait connu. Ce constat l'inquiétait au plus haut point. Il craignait d'être identifié, en dépit des encouragements des experts de CHERUB. Selon ces derniers, quatre ans, une nouvelle identité, un changement d'accent et une autre couleur de cheveux le mettaient totalement à l'abri d'une telle mésaventure.

Le collège n'exigeait pas le port de l'uniforme, si bien que chaque bande d'élèves était libre d'adopter son propre style vestimentaire. Les camarades de Joe portaient des polos de marque, des bermudas ou des jeans, des Vans ou des

173

Converse. Au premier jour de classe, Dante, qui avait pris soin de revêtir un T-shirt Adidas et un pantalon Diesel, constata qu'il n'avait pas été inscrit dans la même classe que son ancien ami. Seule Lauren avait eu cette chance, car les règles de l'établissement excluaient que les membres d'une fratrie partagent les mêmes bancs. Il ne pouvait plus que se reposer sur sa sœur d'emprunt pour se lier avec sa cible ou son entourage.

Lors de la réunion de rentrée, cette dernière étudia brièvement la foule des élèves, puis s'adressa à un groupe de filles qui discutaient amicalement avec Joe et les membres de sa bande, dans un angle de la salle.

— Excusez-moi, dit-elle en brandissant l'emploi du temps que lui avait remis son professeur principal, un quart d'heure plus tôt. Je suis en quatrième 8C, et Mr Brankin m'a conseillé de m'adresser à des anciennes, parce que j'ai du mal à m'y retrouver.

— Je suis dans ta classe, dit une fille en passant langoureusement une main dans ses cheveux. Je m'appelle Anna. J'adore tes chaussures.

— Moi, c'est Lauren. Je les ai achetées dans une boutique de Covent Garden. On y trouve toutes les éditions limitées de Nike, et des fringues exclusives qui ne sont jamais distribuées dans les grands magasins.

Elle jeta un regard furtif aux garçons de la bande et constata qu'ils louchaient sur ses jambes et sa poitrine. La situation était embarrassante, mais c'était exactement l'effet qu'elle avait souhaité provoquer en choisissant un short et un blouson cintré.

Deux élèves s'écartèrent afin qu'elle puisse se joindre au groupe, puis chacun, y compris Joe, la salua et se présenta par son prénom.

Un individu de haute stature se tenait près de Lauren. Le dos voûté, il dominait d'une tête la plupart de ses camarades et riait de bon cœur à leurs plaisanteries. À l'évidence, il n'appartenait pas au noyau dur de la bande mais faisait de son mieux pour s'y intégrer.

— Salut, je m'appelle Chris, dit-il à Lauren. Ça te dirait de coucher avec moi ?

Les garçons éclatèrent de rire. Une fille prénommée Jane lui donna un coup de pied dans la cheville et le traita de *porc sexiste*. Lauren brûlait de le passer à tabac, mais un tel comportement risquait de compromettre ses chances de s'intégrer au groupe. Elle se contenta de s'emparer du sac à dos Reebok posé aux pieds de Chris et de le jeter par la fenêtre.

— Va chercher, bon chien ! dit-elle, un sourire maléfique aux lèvres.

Chris lui lança un regard noir.

— T'es malade ou quoi ? bredouilla-t-il. Pourquoi tu as fait ça ?

Constatant que ses amis riaient désormais à ses dépens, il rougit jusqu'à la racine des cheveux et se précipita vers la porte anti-incendie afin de récupérer son sac.

— Bien joué, ricana Jane.

— Chris a fait la même proposition à chacune de nous, l'année dernière, gloussa Anna.

Au retour du garçon, Joe semblait avoir oublié qu'il avait ri à sa blague stupide, quelques minutes plus tôt.

— Tu vas nous coller encore longtemps ? lança-t-il.

Chris était le plus grand de la bande, mais Joe en était manifestement le leader. Ses amis firent bloc autour de lui afin d'interdire à l'importun de les rejoindre.

— Il... il faut que j'aille aux toilettes, balbutia le garçon avant de tourner les talons.

Lauren saisit la chance qui s'offrait à elle de présenter son coéquipier à ses nouveaux amis.

— John, viens par ici ! cria-t-elle avant de se tourner vers Jane et Anna. C'est mon petit frère.

Dante, tout sourire, se joignit au groupe.

— Comment se fait-il que tu sois le petit frère de Lauren, alors que tu es toi aussi en quatrième ? demanda Anna.

— On est jumeaux. Je suis plus jeune qu'elle d'exactement seize minutes.

— J'aime bien ton accent irlandais, dit Jane. Mais pourquoi Lauren parle-t-elle comme une parfaite Londonienne ?

— Je me suis fait virer de l'école, alors mon père m'a envoyé dans un pensionnat irlandais pendant deux ans et demi.

Joe le dévisagea longuement.

— Ta tête me dit vaguement quelque chose, dit-il. On s'est déjà rencontrés ?

Dante sentit son cœur s'emballer, mais une telle situation avait été envisagée lors de la préparation de la mission.

— Je ne sais pas. Tu as vécu à Londres ?

Joe secoua la tête.

— Non. Tu ressembles un peu à un copain que je n'ai pas vu depuis des années. Mais il était roux, et il a de bonnes raisons de ne jamais remettre les pieds dans la région.

Lorsque la cloche annonçant le début des cours retentit, Dante entraîna Lauren à l'écart du groupe.

— Bien joué, petite sœur, chuchota-t-il à son oreille.

— Reste calme et confiant. Vas-y doucement, sans te faire trop remarquer, et fais en sorte que ce soit eux qui aient envie de devenir tes amis.

Dante, qui avait suivi la même formation que sa coéquipière, était tenté de lui signaler qu'il connaissait son métier, mais elle avait réalisé un exploit en parvenant à entrer en contact avec leur cible avant la première heure de classe.

...

Lors de sa journée d'inscription au lycée de Crossroads, James choisit des unités de maths et de physique qu'il avait déjà étudiées afin de se rendre la vie plus facile et de pouvoir se focaliser sur son travail d'infiltration. On lui fit passer un test d'évaluation où il prit soin d'introduire intentionnellement quelques erreurs.

À l'heure du déjeuner, il retrouva plusieurs élèves rencontrés la veille à Marina Heights. Installés sur une pelouse, ils dégustaient des salades et des sandwiches préparés à la maison. Ils se moquèrent gentiment de lui, car il était le seul à se contenter d'un hot-dog au goût douteux et d'une portion de frites tièdes achetés au self-service du lycée.

James s'assit près d'Ashley et gratifia son petit ami de sourires provocateurs. Il ne la trouvait pas spécialement à son goût, mais il se savait séduisant, et taquiner Julian lui procurait un plaisir indicible. En outre, sa position lui permettait de tenir à l'œil un certain Nigel, dont l'aspect et le comportement avaient éveillé son attention.

En dépit de la température élevée, Nigel portait des bottes et un blouson de cuir noir. Crossroads était situé à l'écart de toute agglomération. Les élèves qui ne souhaitaient pas emprunter les bus scolaires disposaient de leur propre moyen de transport. Des Ford et des Citroën d'occasion étaient garées sur le parking. Un local couvert abritait les deux-roues.

Trônant au milieu des bicyclettes, des mobylettes et des scooters d'importation chinoise, la Honda 250cc de James avait de quoi impressionner. À l'issue du déjeuner, il proposa fièrement à Nigel de lui montrer sa petite merveille. Ce dernier lui présenta Ben, l'heureux propriétaire d'une Kawasaki 600cc, et sa petite amie Daisy. C'était un élève de terminale qui gardait un paquet de cigarettes sous l'une des manches de son T-shirt et arborait un étrange bouc triangulaire.

— J'ai jamais compris comment tu pouvais rouler en 600, à ton âge, dit Nigel. C'est carrément illégal.

Ben lâcha une réponse évasive, comme s'il s'agissait là d'un grand mystère. James, qui dévorait tous les magazines spécialisés depuis plusieurs années, savait parfaitement à quoi s'en tenir.

— Il a posé un kit de bridage, dit-il. Mais il n'empêche que l'assurance doit coûter un bras.

— Un kit de bridage ? répéta Nigel.

— C'est un dispositif qui limite la puissance du moteur, expliqua James. Avant vingt et un ans, le permis ne nous autorise pas à conduire des motos de plus de trente chevaux, mais rien ne nous empêche de nous offrir une énorme bécane, pourvu qu'elle soit équipée d'un kit de bridage.

Nigel considéra la Kawasaki de Ben.

— Du coup, elle n'est pas plus rapide que la mienne ?

Ben éclata de rire.

— James n'est pas loin de la réalité, dit-il. Mais je vous prends tous les deux quand vous voulez. J'ai déjà fait une pointe à deux cent dix sur l'autoroute.

— Comment ça ? s'étonna Nigel.

— Il suffit d'acheter une moto et de faire poser le kit de bridage chez le concessionnaire. Dès qu'il t'a remis le certificat de limitation, tu demandes gentiment au mécano de dévisser deux écrous, et ça désactive le système.

— Pas con, gloussa Nigel.

— Mieux vaut ne pas se faire pincer par les flics, avertit James.

Ben haussa les épaules.

— Il y a un risque, évidemment. Mais désolé, quand tu as roulé sur une moto puissante une fois dans ta vie, il n'y a plus moyen de faire marche arrière.

— Et tous les concessionnaires acceptent de faire ce genre de bidouillage ?

— Tous les vendeurs d'occasion. Pour les autres, ça dépend. En général, il suffit de se présenter dans une boutique et de faire comprendre au vendeur que tu es prêt à lâcher un paquet de fric dans l'achat d'un gros cube, pourvu qu'on bricole un peu ton kit de bridage. Je n'en connais pas beaucoup qui renonceraient à une vente pour respecter la législation.

— Tu as acheté ta 600 chez *Cuir et Chrome*, n'est-ce pas ?

— Ouais, répondit Nigel.

— J'ai visité leur showroom, hier soir, dit James. Ils ne proposent que des *customs* à vingt mille livres, des bécanes pour vieux débris pleins de fric qui ont besoin d'une grosse cylindrée pour compenser leurs problèmes de virilité.

Nigel rit à gorge déployée.

— C'est le paradoxe des motos puissantes et des voitures de sport : tu bosses toute ta vie en espérant t'offrir un bolide, mais le jour venu, tu es chauve, obèse, et tu as l'air d'un guignol.

James, Ben et Daisy éclatèrent de rire. Les gloussements de la jeune fille avaient quelque chose d'étrange. James considéra ses yeux vitreux et supposa qu'elle avait tiré quelques bouffées sur un joint.

— La showroom est réservée aux touristes et aux vieux friqués de Salcombe, expliqua Ben. Mais il y a un atelier près du club-house des Vandales, et un entrepôt plein de motos d'occasion.

— J'ai croisé quelques membres du club, hier soir, dit James. Ils me font un peu peur, ces types.

— Il vaut mieux éviter de leur marcher sur les pieds, mais ils sont corrects, précisa Nigel. Selon mon grand frère, ils sont toujours prêts à offrir un verre aux jeunes qui s'intéressent aux bécanes et qui ne leur manquent pas de respect.

— En plus, c'est des super mécanos, ajouta Ben. Ils sont motivés par leur passion des motos, pas par l'argent. Si tu n'as pas beaucoup de fric, ils te trouveront toujours une bonne bécane, et tu ne te ruineras pas en service après-vente.

— Je confirme, ils sont sympas, approuva Nigel. Mon frère les connaît bien, parce qu'il fait partie du Monster Bunch.

— Du quoi ? demanda James, l'air faussement étonné.

— Du Monster Bunch. C'est un gang de bikers. Ils roulent avec les Vandales, mais ils sont plus jeunes et beaucoup moins regardants sur le recrutement.

— Mon cousin est membre de ce gang, dit Ben, et il m'a recommandé aux responsables de *Cuir et Chrome*. Ils m'ont fait des super facilités de paiement et ils m'ont même trouvé un petit job, afin que je puisse régler les traites.

— Alors, si j'ai des réparations à faire sur ma Honda, vous me conseillez de descendre à Marina Heights ? demanda James.

Ben hocha la tête.

— Pourquoi, tu as un problème ?

— Un souci avec le frein avant, mentit James. Quand je l'actionne brusquement, il ne se passe rien, puis il se bloque et ça fait de la fumée.

— Je ne pensais pas que les 250 avaient besoin de freins, ricana Ben.

— Elle monte à cent quarante, protesta James. Je n'ai pas cours cet après-midi. Je crois que je vais aller à Salcombe et montrer ça à un mécano.

Nigel consulta sa montre.

— Je peux venir avec toi ? Je n'ai rien d'autre à faire, et je suis impatient d'en savoir plus sur cette histoire de bridage…

20. ER5

Marina Heights se trouvait à une demi-heure de route du lycée de Crossroads. Nigel ouvrit la voie afin de faire découvrir à James les raccourcis qu'il avait l'habitude d'emprunter. En ce lundi, à deux heures de l'après-midi, le complexe était presque désert. Ils garèrent leurs motos aux limites du parking, derrière la zone piétonne.

Casque à la main, ils passèrent devant le néon éteint du club-house des Vandales. Il flottait autour du bâtiment une odeur douceâtre de nourriture avariée. James remarqua que des caméras vidéo étaient braquées dans toutes les directions, que des barreaux obstruaient les fenêtres et que de solides plots de béton prévenaient toute attaque au moyen d'une voiture-bélier.

— Qu'est-ce que tu penses des Vandales ? demanda James.

— Ils sont un peu flippants. J'ai vécu ici toute ma vie, pourtant je ne suis jamais totalement rassuré quand je croise leur route.

— Tu les as déjà vus à l'œuvre ? Je veux dire, en train de faire les trucs que la police leur reproche ?

— Non, mais ils font souvent parler d'eux dans les journaux locaux. Un type s'est fait éclater la tête sur le trottoir, il y a quelques semaines. Il y a un angle mort, là-bas, une zone qui ne se trouve pas dans le champ des caméras. Comme par hasard, c'est là que ça s'est passé.

— C'est un coin à éviter, si je comprends bien.

— En général, ils sont plutôt cool avec les gens de la région. Ils organisent même des journées portes ouvertes afin de récolter des fonds pour les œuvres de charité. Il ne faut pas les contrarier, c'est la seule règle à suivre. Pour être honnête, je les préfère aux bikers de carte postale, comme Ben.

James resta perplexe.

— Je le trouve plutôt sympa.

Nigel haussa les épaules.

— C'est sûr, mais il ne pense qu'à son look. Il suffit de le regarder une seconde pour comprendre qu'il doit passer des heures à se tartiner les cheveux de gel et à se tailler la barbe. Et il a toujours un paquet de clopes coincé dans la manche de son T-shirt.

— Comme James Dean ?

— Exactement. Les vrais bikers se foutent royalement de leur aspect. Ils fument, ils se droguent, ils s'envoient des filles immondes, ils pilotent des motos monstrueuses et défoncent tous ceux qui les regardent de travers. Quand j'aurai dix-huit ans, mon frère me recommandera au Monster Bunch. Avec un peu de chance, je participerai à mon premier run cet été, si je me trouve une bécane digne de ce nom.

— Qu'est-ce qui ne va pas avec ta moto ?

— Les gangs roulent en formation à une vitesse allant de cent trente à cent soixante kilomètres-heure. Il est impossible de participer à un run sur une 250. Même si on arrivait à suivre le rythme, les vieux se foutraient de notre gueule du début à la fin. À notre âge, on est condamnés à l'autocar ou au camion de matériel.

— J'ai lu des trucs sur ces virées, dans des magazines, dit James. Ça a l'air génial. Et ton pote Julian, ça ne le branche pas ?

— Tu parles. On a grandi ensemble, mais on n'a plus grand-chose en commun. Son père est juge. Il lui refile plein d'argent de poche mais en échange, il le tient en laisse. Le jour où Julian a plié la bagnole qu'il venait de lui offrir, son père l'a privé de sorties pendant un mois. Même chose la fois où sa mère a trouvé des joints sous son matelas.

James et Nigel dépassèrent le club-house et marchèrent jusqu'au hangar qui abritait l'atelier de réparation. C'était un local d'une propreté étonnante. Les outils étaient rangés dans des coffres à tiroirs montés sur roulettes. Les ponts hydrauliques permettaient de hisser les motos à une hauteur telle que les mécaniciens pouvaient travailler debout. Une mini-chaîne portable diffusait du Lynyrd Skynyrd à plein volume.

Au fond de l'atelier se trouvait un espace d'exposition dont les murs étaient décorés de pièces détachées aux chromes rutilants. Trois Harley-Davidson à divers degrés de démontage étaient suspendues à mi-hauteur, dont un engin barbouillé de peinture noire mate au réservoir orné du logo des Vandales.

Lorsque James s'approcha du véhicule, il se trouva confronté à un individu au torse nu et prodigieusement poilu.

— Si tu ne veux pas te faire refaire le portrait, ne pose jamais la main sur la moto d'un Vandale ! aboya l'inconnu.

— Je ne l'ai pas touchée, bredouilla James.

Le jean de l'homme était maculé de taches de cambouis et raidi par la crasse. James le dévisagea brièvement et reconnut le biker surnommé Heartbreaker dont il avait étudié les photos anthropométriques dans les dossiers de la police. À l'évidence, il n'avait pas pris de bain depuis des décennies et se parfumait à l'huile de vidange.

— Si vous êtes ici pour acheter une bécane ou des pièces de rechange, adressez-vous à Rhino, en haut des marches.

Rhino. Encore un nom familier. C'était un motard de trente-huit ans connu des services de police pour divers délits mineurs. Il était associé aux Vandales depuis longtemps, mais avait toujours refusé d'en devenir membre au nom de son honneur de biker solitaire. En outre, il méprisait les conflits internes qui gangrenaient le club.

James et Nigel croisèrent deux mécaniciens vêtus de combinaisons turquoise, gravirent une volée de marches et trouvèrent Rhino assis derrière un bureau, le torse gainé dans un T-shirt AC/DC. Derrière lui se trouvait un vaste local dont le carrelage blanc était zébré de traces de pneus. D'innombrables véhicules d'occasion étaient exposés là, des choppers Harley aux Ducatti de compétition en passant par les scooters Lambretta roses et les quads.

Lorsque James eut exposé son prétendu problème de frein, Rhino lui remit une carte de visite et l'invita à se mettre en contact avec l'atelier afin d'obtenir un rendez-vous. Nigel examina une douzaine de motos comparables à celle de Ben. Elles n'avaient que quelques milliers de kilomètres au compteur et leur prix ne dépassaient pas deux mille livres.

— Hé! mais j'te connais, lança Rhino à son adresse. Tu es le petit frère de Will. Alors, tu en as marre de rouler en 250?

Nigel hocha la tête.

— Je jette juste un œil pour le moment.

— Pas de problème, prends ton temps, sourit le biker.

James tomba en arrêt devant une Kawasaki 500 ER5 à mille huit cents livres et appuya de tout son poids sur la selle pour en éprouver la suspension.

— C'est la moto idéale pour quelqu'un de ton âge, argumenta Rhino. Maniable, cinquante chevaux, elle monte facilement à cent soixante.

— Mais avec le kit de bridage, ne te fais pas trop d'illusions, précisa Nigel.

L'homme leur adressa un sourire complice.

— Entre toi et moi, c'est juste une formalité. On posera le kit et on te fournira le certificat, mais je te garantis que tu ne sentiras pas la différence, si tu vois ce que je veux dire.

— C'est parfaitement clair, gloussa James. Mais je n'ai pas mille huit cents livres, désolé.

— On peut sans doute s'arranger. Je pourrais reprendre ta

vieille bécane pour quatre cents livres, à titre d'acompte. Restera mille quatre cents, à régler sur trois ans. Je te ferai un crédit à taux zéro. Les mensualités ne devraient pas dépasser quarante livres.

— Vous pourriez nous prêter de l'argent, alors qu'on est mineurs ? s'étonna Nigel.

— Il faudra que vos parents signent les papiers, évidemment, pour respecter la procédure officielle. Toutes nos motos sont garanties. Vous avez visité l'atelier ? Avant d'être mises en vente, elles sont entièrement démontées et testées. Cette Kawa a à peine trois ans et moins de six mille kilomètres, autant dire que dalle. Pourtant, son ancien propriétaire l'a payée trois fois le prix que je te propose.

James sourit. Il s'imaginait déjà filant sur l'autoroute aux commandes d'une 500cc.

— Je vais en parler à ma mère.

— J'aurai besoin d'une moto plus puissante pour participer au run d'été, ajouta Nigel, les yeux brillants d'excitation. Mais l'assurance doit être inabordable.

À ces mots, le visage de Rhino s'éclaira, comme si le vendeur cédait la place au passionné.

— Un run d'été ? Avec qui ?

— Avec le Monster Bunch, j'espère. Mon frère a dit qu'il leur parlerait de moi dès son retour de l'université, dans quelques semaines.

— Will roule toujours sur ce vieux Sportster 883 ?

Nigel hocha la tête.

— Il a investi un fric fou dans les réparations, mais elle a toujours quelques pannes à répétition.

— Ici, nous avons une politique à long terme, expliqua Rhino, retrouvant ses réflexes commerciaux. Vous êtes encore des adolescents et vous n'avez pas beaucoup d'argent, mais votre passion pour les motos durera toute votre vie. Ce que je veux, c'est que vous sortiez d'ici satisfaits, avec une super bécane entre les jambes. Plus tard, quand vous aurez les moyens, j'espère bien que vous reviendrez chez nous pour vous offrir une bonne vieille Harley. Et là, on vous saignera à blanc.

James et Nigel éclatèrent de rire.

— Vous connaissez Teeth ?

— Non, mentit James, qui avait longuement étudié le dossier de cet important membre des Vandales.

— J'ai entendu parler de lui, dit Nigel.

— C'est le bras droit du Führer, expliqua Rhino. Il s'occupe de la zone piétonne, du personnel de nettoyage, de la maintenance, du restau américain et des stands de vente à emporter. Il propose des petits boulots aux jeunes motards, et il paye un minimum de six livres par heure. Il cherche des gens pour travailler le samedi, et tous les jours de la semaine pendant les vacances scolaires. En vous accrochant, vous pourriez rembourser vos bécanes en un été.

— C'est super dur de trouver du boulot à Marina Heights, grommela Nigel. Tous les jeunes de la ville se disputent ces postes, sans parler des surfers fauchés qui débarquent pendant la saison.

— Mais au cas où ça vous aurait échappé, Marina Heights appartient aux Vandales. Nous sommes des bikers, vous et moi. Si nous faisons affaire, j'irai parler à Teeth, et vos noms seront placés en tête de la liste des postulants. Tout ce que vous avez à faire, c'est de choisir une moto, de persuader l'un de vos parents de venir signer les papiers, et nous ferons le reste. Avec un peu de chance, vous pourriez rentrer chez vous en 500 *dès ce soir*.

James avait la tête sur les épaules, mais il n'avait jamais été confronté à un vendeur aussi expérimenté. La perspective de piloter une moto puissante et débridée tout au long de la mission le mettait dans tous ses états.

— Je suis dingue de cette ER5, dit-il à Nigel lorsqu'ils eurent quitté la concession. Tu vas pouvoir t'en offrir une ?

— Je ne crois pas. Une moto ne vaut pas deux mois d'été passés à nettoyer les toilettes, à servir des hamburgers et à gratter les chewing-gums collés sous les bancs publics. En plus, je me fais un peu de fric en refourguant de l'herbe à des bourges comme Julian. Ça ne me rapporte que trente ou quarante livres par semaine, mais ça me permet de financer ma consommation personnelle et l'assurance de ma moto sans trop me fatiguer.

— Cool. Mais pourquoi tu n'investis pas dans une nouvelle bécane ?

Nigel ricana.

— Si je me pointe à la maison avec une 500, ma mère risque de se poser pas mal de questions sur mes sources de revenus.

— Pas faux.

— Au fait, si tu cherches quelque chose à fumer, tu n'as qu'à demander.

James secoua la tête.

— J'ai tiré deux ou trois fois sur un joint, et je n'ai vraiment pas trouvé ça génial.

— C'était sans doute de la camelote, expliqua Nigel. Mon herbe est *d'enfer*. Elle est cultivée ici, dans le Devon. Cent pour cent naturelle, taux de THC monstrueux.

— OK, je m'en souviendrai, au cas où, dit James en enfourchant sa moto. Qu'est-ce que tu fais, maintenant ?

— Je vais rentrer prendre une douche et bosser un peu sur mon devoir d'histoire. Je dois retrouver des potes, ce soir, sur la plage. Si tu n'as rien prévu, file-moi ton numéro, et je t'enverrai un texto pour te tenir au courant.

21. Fraise-chocolat

Lorsque les agents eurent regagné la maison, Chloé annonça qu'elle avait passé l'après-midi à faire des courses, et que s'ils voulaient dîner, ils n'avaient qu'à piocher un plat cuisiné dans le congélateur.

Lauren et Dante jetèrent leur dévolu sur une barquette de poulet au curry. James choisit de se faire réchauffer des lasagnes.

— Tu ne dînes pas ? demanda Lauren à Chloé en déposant son assiette sur la table basse du salon.

La jeune femme était installée dans un profond fauteuil de cuir, fesses sur les talons.

— J'ai grignoté quelques tapas à Marina Heights.

— C'était bon ?

— Très. Et un mec a engagé la conversation. Il portait une Rolex en or, et il m'a proposé de passer une journée en mer sur son yacht.

— Oooh, Chloé n'a pas perdu de temps pour se trouver un petit ami ! ricana Dante en sauçant son plat à l'aide d'un morceau de naan.

— Tu peux parler, sourit Lauren. Tu ne t'es pas gêné pour flirter avec Anna, dans le bus.

À ces mots, James s'anima.

— C'est qui cette fille ? demanda-t-il. Elle est bien roulée ?

— Pas mal.

— Comment ça, pas mal ? Sur une échelle de un à dix ?

Lauren poussa un soupir exaspéré.

— James, je te signale que tous les garçons ne sont pas comme toi et ne considèrent pas *tous* les filles comme des objets.

À sa grande surprise, Dante répondit sans détour à la question de son coéquipier.

— Six et demi, sept. Mais sans comparaison avec la fille avec qui je suis sorti quand je vivais en Irlande.

Sur ces mots, il plaça ses mains en coupe sur sa poitrine afin de suggérer le volume de la poitrine de son ex-petite amie. Lauren sentit son cœur se briser.

— Bon sang, tu es pire que mon frère, maugréa-t-elle avant de se plonger dans la lecture du programme télé.

— Ben quoi ? s'étonna James.

— Elle a raison, gronda Chloé. Je ne vais pas supporter très longtemps ces conversations idiotes. Faites preuve d'un peu de respect. Ça vous plairait qu'on discute publiquement de vos attributs masculins ?

James gratta le fond de sa barquette.

— Bon, d'accord. Changeons de sujet. Si le budget de la mission le permet, j'aurais besoin de deux mille livres de rallonge pour acheter une nouvelle moto et payer l'assurance.

Lauren manqua de s'étrangler.

— Une nouvelle moto ? Celle-là ne te suffit pas ?

— Je vais sans doute être invité à un run avec le Monster Bunch. Nigel dit que j'aurai besoin d'une bécane capable de rouler confortablement à cent vingt, cent trente kilomètres-heure.

En vérité, James aurait usé de n'importe quel prétexte pour posséder la Kawasaki. Il avait volontairement omis quelques détails importants : Nigel n'avait en aucune façon suggéré qu'il pourrait être invité, et il avait fixé la vitesse de croisière requise pour participer à un run à cent soixante kilomètres-heure.

— Quelle cylindrée ? demanda Chloé.

James fut soulagé qu'elle ne rejette pas d'emblée sa requête.

— Cinq cents centimètres cubes devraient faire l'affaire. J'en ai repéré une super, avec moins de six mille bornes au compteur.

— Tu t'es déjà renseigné ! s'exclama Chloé. Je te signale que tu étais juste censé parler aux mécanos d'un petit problème de frein. De toute façon, je ne vois pas comment je pourrais accéder à ta demande. J'ai déjà dû adresser un rapport au comité d'éthique afin que tu obtiennes l'autorisation de rouler à moto avant l'âge légal.

— Mais les motos les plus puissantes sont les plus sûres. Par exemple, par jour de pluie, si tu es aveuglé par un camion qui soulève des gerbes d'eau, tu dois pouvoir te sortir de cette situation dangereuse en un seul coup d'accélérateur.

— Ne te fais pas d'illusions, James.

— Moi, je vote pour sa proposition, ricana Lauren. Achète-lui une énorme moto de course, qu'il se prenne un mur à deux cent cinquante kilomètres-heure. Comme ça, tout l'héritage de notre mère me reviendra le jour de mes dix-huit ans.

— Pourquoi tu ne la fermes pas, si tu n'as rien de plus intelligent à dire ? grinça James avant de s'adresser de nouveau à Chloé. Je suis responsable, tu le sais. Je te jure que je ne prendrai aucun risque. En plus, si je prends un crédit, Rhino a dit qu'il parlerait à Teeth pour qu'il me trouve un job d'été à Marina Heights. C'est l'occasion idéale de se rapprocher du club-house des Vandales.

Chloé s'accorda quelques secondes de réflexion. James réalisa qu'il aurait dû privilégier cet argument, mais il avait foncé tête baissée, hanté par son désir de posséder une nouvelle moto.

— Oui, là, je vois mieux l'intérêt de la manœuvre, admit la contrôleuse de mission.

— Cool, dit James. La concession ferme à dix-neuf heures. Il faut que tu viennes signer les papiers.

— Même pas dans tes rêves ! Je ne prendrai pas seule la responsabilité de laisser un agent de seize ans foncer à deux cents à l'heure sur l'autoroute. Je dois présenter cette demande à la directrice et aux membres du comité d'éthique.

...

La plage était située à quelques kilomètres du centre de Salcombe. James était tout excité à l'idée de passer la soirée sur le rivage. La vingtaine de lycéens rassemblés sur la plate-forme de béton qui émergeait du sable avaient l'habitude d'y traîner, d'y chahuter et d'y flirter au soleil couchant.

Nigel remit un sachet d'herbe à deux d'entre eux en échange de quelques billets. C'était une modeste transaction, car les acheteurs avaient dépensé l'essentiel de leur argent de poche au cours du week-end.

James répondit patiemment aux questions de ses nouveaux camarades concernant Londres, les hôtels bon marché et les meilleurs endroits où faire du shopping. Julian et sa petite bande auraient aimé passer quelques jours dans la capitale au cours de l'été, mais ils n'avaient aucune solution d'hébergement. De plus, chacun avait prévu de partir en vacances à l'étranger en famille, et leurs calendriers semblaient incompatibles. De toute évidence, cette escapade était condamnée à demeurer à l'état de projet.

James s'assit entre Ashley et Caitlyn. Cette dernière, une adolescente potelée aux cheveux raides et bruns, n'avait pas de petit ami. Il envisagea quelques instants de la séduire, mais il estima qu'il était plus raisonnable de se concentrer sur les objectifs de la mission pendant un jour ou deux avant de tenter sa chance avec l'une des filles de la bande. En outre, les regards noirs que lui lançait Julian chaque fois qu'Ashley riait à ses blagues l'amusaient au plus haut point.

Lorsque le soleil disparut de l'horizon, le vent se leva et le groupe décida de rejoindre Marina Heights. Ashley monta à l'arrière de la Honda. Hors de lui, Julian interpella James dès son arrivée sur le parking.

— C'est complètement irresponsable. Elle ne portait pas de casque.

— C'est une grande fille, Jules.

— Pour être tout à fait franc, je préférerais que tu te casses.

— Eh bien, quant à moi, répliqua James en caricaturant le ton snob de son interlocuteur, je pense que c'est toi qui devrais foutre le camp.

Ashley poussa un profond soupir et se glissa entre les deux garçons.

— Nom de Dieu, vous n'allez pas vous battre pour une balade de deux minutes en moto ?

— Tu sais que je joue au rugby ? poursuivit Julian. Si j'étais toi, je me méfierais.

Les garçons qui avaient effectué le trajet avec Julian descendirent de sa voiture. Conscients que seule la jalousie motivait le comportement de leur ami, ils l'encouragèrent à se calmer.

— Je n'ai aucune envie de m'embrouiller avec toi, dit James avant de tourner les talons et de se diriger vers l'escalier menant aux restaurants de la terrasse.

Mais Julian lui porta un coup de poing entre les omoplates.

— Arrête ! hurla Ashley. Tu agis comme un gamin !

James n'avait pas été ébranlé par l'attaque, mais il ne pouvait pas la laisser impunie sans passer publiquement pour un lâche. Il se retourna vivement, saisit Julian par le col et le plaqua contre la Fiat.

Conscient qu'il serait inévitablement exclu du groupe s'il faisait usage de la force, il glissa une main dans la poche de son adversaire, s'empara de ses clés de voiture et les lança sur le toit du club-house des Vandales. Le trousseau dévala la pente métallique et s'immobilisa au contact d'une plaque de mousse.

— Si tu portes encore une fois la main sur moi, je te démolis, gronda-t-il.

Julian se sentait dépassé par la force physique de son rival.

— Merde, gémit-il, comment je vais les récupérer ?

— Tu n'as qu'à frapper à la porte et demander aux Vandales de te prêter une échelle, ricana James.

Ashley secoua la tête avec mépris puis se dirigea vers l'escalier. James craignait que les membres de la bande ne le considèrent désormais comme un voyou, mais au moment où il emboîta le pas de la jeune fille en compagnie de Nigel, il entendit plusieurs garçons éclater de rire. Caitlyn le félicita pour la façon dont il avait mis un terme à l'incident sans répondre au coup qui lui avait été porté.

Parvenus en haut des marches, ils pénétrèrent dans le restaurant américain. La salle était pleine aux deux tiers. Un groupe de lycéens qui dînaient à une table proche de l'entrée leur adressèrent des signes amicaux. Nigel glissa une pièce de monnaie dans le vieux jukebox et sélectionna un succès des années cinquante.

— J'ai un truc à régler, dit-il. Prends-moi un cheeseburger, des frites et un Coca.

— Je t'invite, James, lança Ashley. Pour te remercier de la balade en moto.

La commande effectuée, ils s'assirent côte à côte dans un box. La jeune fille posa une main sur sa cuisse. James appréciait son vernis à ongles noir et le léger duvet qui recouvrait ses avant-bras.

— Tu devrais parler à Julian, dit-il. Je viens d'arriver en ville. Je ne veux pas me fâcher avec tout le monde.

— Qu'il aille se faire foutre. Il se comporte comme si je lui appartenais. *Tu sais que je joue au rugby ?* Tu l'as collé contre la bagnole comme s'il ne pesait pas plus lourd qu'une brindille.

— Je fais un peu de muscu, du karaté et du kick-boxing, sourit James. Je suis non violent, je ne me suis pas battu depuis l'âge de douze ans, mais il vaut mieux éviter de me chercher des poux dans la tête.

Nigel et Caitlyn s'installèrent sur la banquette opposée.

— Heu… on ne garde pas une place pour Julian ? s'étonna James.

Nigel éclata de rire.

— Ses clés de voiture sont sur le toit du club-house des Vandales, et la main de sa copine traîne sur ta cuisse. Je ne suis pas sûr qu'il insiste pour se joindre à nous.

— Mais c'est ton ami.

— Un ami qui me doit deux cents livres. Il ne paye jamais sa marchandise. Si je ne le connaissais pas depuis l'école primaire, j'aurais déjà chargé un membre du Monster Bunch de lui casser les rotules.

— En plus, son père est juge, fit observer Caitlyn.

— Oui, ça joue sans doute, ricana Nigel.

Caitlyn n'avait rien commandé, mais elle se rapprocha de ce dernier dès que la serveuse eut déposé la commande sur la table, et chipa quelques frites dans son assiette. James réalisa que la soirée était en train de tourner au double rendez-vous amoureux. Il était indécis. D'une part, il gardait à l'esprit les objectifs de la mission et les mots échangés avec Kerry. De l'autre, Ashley était plutôt sexy, et son sens de la morale ne résistait jamais plus de quelques secondes à la proximité d'une jolie fille.

Leur repas achevé, les quatre amis se promenèrent sur la terrasse. Il faisait nuit. Dans la baie, les voiles blanches reflétaient la lumière lunaire. Des bougies se consumaient sur les tables des établissements chics. Soudain, il aperçut Dante, assis devant l'un des stands de restauration rapide. Il serrait une fille dans ses bras.

— Comment vous êtes mignons, plaisanta Nigel. N'oublie pas le couvre-feu de neuf heures, Anna.

Cette dernière se libéra de l'étreinte de Dante.

— Tu ne veux pas aller voir là-bas si j'y suis? grogna-t-elle.

James rit à gorge déployée.

— Ta petite sœur sort avec mon petit frère? Quel spectacle touchant.

— Laissez-les tranquilles, dit Ashley. Ça se voit que vous êtes frères, tous les deux. Vous avez la même forme de visage.

— Neuf sur dix, lâcha James avec un sourire oblique avant de s'éloigner.

Dante réprima un fou rire puis passa son bras autour de la taille de sa nouvelle petite amie.

— Ça vous dirait de finir la soirée chez moi? proposa Nigel. Ma mère n'est pas là. Je roulerai un pétard et on pourra délirer tranquillement.

À ces mots, James se raidit, car le règlement de CHERUB interdisait formellement à ses agents de consommer des stupéfiants. Par chance, Ashley déclara:

— Pas question de me défoncer ce soir. J'ai un examen de stats demain matin. J'ai récolté un C au premier trimestre, et je ne peux pas espérer m'inscrire dans une université digne de ce nom avec une telle moyenne.

— Moi, je dois être en forme pour mon premier jour de cours, ajouta James.

— Et moi, ça me dirait bien de tirer sur ton joint, sourit Caitlyn.

Nigel était ravi du tour que prenaient les choses. Il voyait déjà le tableau: Caitlyn et lui, seuls, complètement dans les vapes. Avec un peu de chance, ils termineraient par une séance de galipettes à l'horizontale.

Avant de suivre ses camarades dans l'escalier menant au parking, James lança un dernier regard vers la terrasse. Dante et Anna s'embrassaient à pleine bouche. Lauren était assise sur un muret, en compagnie d'un groupe de jeunes de son âge au nombre desquels figurait Joe Donnington. Elle semblait heureuse. Tout compte fait, tous les agents étaient parvenus à s'intégrer à la faune locale. La mission ne pouvait pas mieux débuter.

Il dévala les marches et se porta à la hauteur d'Ashley.

— Je ne suis pas trop mauvais en statistiques, si tu as besoin d'un coup de main. Chez toi ou chez moi, comme tu veux.

— Tu es vraiment bon, ou c'est un prétexte pour t'incruster ? gloussa la jeune fille.

— Oui, vraiment bon, confirma James en se penchant en avant, bien décidé à déposer un baiser sur ses lèvres.

— Hé ! James ! hurla Nigel avant qu'il n'ait pu mettre son projet à exécution. Viens voir ça !

James traversa le parking au pas de course et crut que sa moto avait été badigeonnée de peinture rose. En s'approchant, il réalisa qu'une glace au chocolat et à la fraise avait été consciencieusement étalée du garde-boue arrière au guidon. Le cornet avait été écrasé sur la selle. Des filets de liquide sucré dégoulinaient jusqu'au moteur.

— Julian, gronda-t-il. Si je l'attrape… Sa bagnole est encore là ? Je vais la réduire en miettes.

— Non, il s'est tiré, dit Caitlyn.

Nigel hocha la tête.

— Il vit à Marina View. Il est sans doute passé par son appartement pour chercher un double des clés. Et ses parents possèdent un parking sécurisé.

— Je vais aller chercher des serviettes en papier au stand de beignets, dit Ashley.

Nigel s'accroupit pour examiner la moto.

— Si j'étais toi, je rentrerais en vitesse pour nettoyer tout ça. Si tu laisses sécher, tu auras les pires difficultés à ravoir la peinture. En plus, ça risque d'endommager les circuits électriques.

— Merde, lâcha James.

Caitlyn passa les bras autour du cou de Nigel.

— Je ne vois pas très bien comment je pourrais t'aider, dit ce dernier. Ça te dérange si on vous laisse ?

James lui adressa un hochement de tête.

Les deux tourtereaux s'enfuirent comme des voleurs au moment où Ashley dévalait l'escalier, une pile de serviettes à la main. Elle aida James à nettoyer les pièces les plus accessibles.

— Julian est un vrai connard, soupira-t-elle. Je suis vraiment désolée.

— Je vais devoir rentrer chez moi pour finir le boulot. Je te proposerais bien de te raccompagner, mais tu vas salir ta jolie robe.

— T'en fais pas pour moi. Je prendrai un taxi. Au pire, j'en ai pour un quart d'heure de marche.

James jeta une boule de papier saturée de glace fondue dans le caniveau.

Ashley sortit son téléphone de son sac en osier.

— On a toute la vie devant nous, dit-elle. Donne-moi ton numéro. Je t'appelle demain, d'accord ?

22. Le musée des horreurs

La pluie battait les fenêtres de la chambre de James. Étendu sur son lit, il portait le T-shirt et le caleçon qui lui servaient de pyjama. Il tenait son portable contre l'oreille. Ashley se trouvait à l'autre bout du fil.

— De quelle couleur ? demanda-t-il, un sourire béat sur les lèvres. Noir ? C'est hyper sexy. Tu sais ce que j'aimerais ? Me jeter sur ton lit et…

Lauren fit irruption dans la pièce.

— Arrête de raconter des horreurs à ta copine et descends immédiatement.

— Il faut que je te laisse, dit James avant de couper la communication. Eh, personne ne t'a appris à frapper avant d'entrer ?

— Et toi, personne ne t'a appris à fermer la porte à clé quand tu te chauffes au téléphone avec ta petite amie ? Dépêche-toi. Chloé veut nous parler avant que Dante et moi ne partions au collège.

James enfila un jean et un T-shirt propre, dévala les marches menant au rez-de-chaussée et trouva Chloé devant la cuisinière, occupée à préparer des œufs brouillés.

— Ça fait six jours que nous sommes ici, dit-elle en sortant quatre assiettes du placard. Il est temps de faire le point. Lauren, où en es-tu avec Joe ?

— On est juste amis pour le moment. Comme il n'a pas de copine, j'ai envoyé quelques signes encourageants, mais je crois qu'il est intimidé par les filles, en dépit de sa grande gueule.

— Le week-end arrive à grands pas, fit observer Chloé. Je pense qu'il est temps de te dévoiler et de lui montrer clairement qu'il t'intéresse.

Lauren hocha la tête.

— Je suis d'accord. Le problème, c'est qu'il est toujours entouré des crétins de sa bande.

— Débrouille-toi. C'est ton objectif principal. La mission ne peut pas traîner en longueur, je te le rappelle. Je préfère qu'on force un peu les choses, quitte à prendre des risques, que de n'aboutir à rien. Et toi Dante ?

— J'ai du mal à approcher Joe. Je ne suis pas dans sa classe. J'ai discuté avec lui deux ou trois fois, mais il a toute une petite cour autour de lui, et ce n'est pas facile d'arriver jusqu'à lui.

Lauren posa les assiettes d'œufs brouillés sur le bar.

— Tu passes beaucoup de temps avec Anna, dit Chloé sur un ton lourd de reproches. Tu privilégies la mission ou ton plaisir personnel ?

— Anna me plaît, répliqua Dante, piqué au vif, mais je n'oublie pas l'opération. Souviens-toi pour quelles raisons j'ai été sélectionné. Je te rappelle que j'ai quelques atouts dans ma manche.

— D'accord, d'accord, dit Chloé en levant les mains au-dessus de sa tête. Crois-tu que nous pourrions tirer profit de ta relation avec Anna pour permettre à Lauren de se rapprocher de Joe ? Par exemple, tu pourrais glisser à son oreille qu'il ne laisse pas ta sœur insensible, puis organiser un double rendez-vous, sous prétexte de faire du shopping. Je pourrais même vous accompagner à Exeter, au cinéma, où tu voudras.

— Ça pourrait marcher, approuva Lauren.

— Très bien, reprit Chloé. Dante, je te fais confiance pour

travailler dans ce sens dès aujourd'hui. Et de ton côté, James, comment ça avance ?

— Je vais au lycée, je traîne avec mes potes à Marina Heights ou sur la plage. Si j'avais six mois devant moi, je pourrais établir des connexions et infiltrer l'organisation des Vandales. Mais avec si peu de temps, j'ai l'impression de me battre avec un bras attaché dans le dos.

— Ne recommence pas avec ton histoire de Kawasaki, grogna Lauren.

— Et Nigel ? demanda Chloé. Il vend de la drogue. Nous savons que les Vandales contrôlent le trafic local. Tu ne t'es jamais demandé qui sont ses fournisseurs ?

— Je ne peux pas le cuisiner à ce sujet au bout de quatre jours. En plus, je lui ai dit que je ne fumais pas. Ça serait hyper louche.

— Tu pourrais lui dire qu'un de tes amis à Londres est intéressé, suggéra Dante. À partir de là, soit il s'occupe personnellement de la transaction, soit il te met en contact avec quelqu'un de son réseau.

— Ça pourrait marcher, approuva James. Mais il ne faut pas compter remonter très haut dans la hiérarchie. Peut-être un membre du Monster Bunch. J'insiste : si nous voulons faire vite, la stratégie que je vous ai détaillée lundi reste la meilleure.

Lauren leva les yeux au ciel.

— James, tu rêves d'une moto de frimeur depuis que tu es rentré d'Arizona, il y a trois ans. Tu n'as rien d'autre en tête.

— N'importe quoi. Je vous ai expliqué le fonctionnement de la combine. On se pointe, Chloé raconte qu'elle n'a pas les moyens et qu'il me faut un job pour payer les traites. Rhino parle à Teeth, qui me trouve un boulot minable à Marina Heights, là où les Vandales et les membres des autres gangs passent le plus clair de leur temps.

— Tu ne peux pas postuler à l'un de ces emplois, comme tout le monde ? demanda Dante.

— On est dans le Devon, bon sang. À Londres, n'importe qui peut décrocher un job dans un fast-food, mais ici, le taux de chômage est le plus élevé du pays. Rien qu'à mon lycée, une centaine d'élèves feraient n'importe quoi pour décrocher un boulot à mi-temps.

— J'ai parlé de ton plan à Zara, dit Chloé. Elle a dit que la décision me revenait, et que je devais m'assurer que tu te comporterais de façon responsable aux commandes d'une moto aussi puissante.

— Alors allons-y, merde ! hurla James en se frappant rageusement les cuisses.

La contrôleuse de mission eut un mouvement de recul. Il avait atteint un âge où il était capable d'intimider les adultes – surtout les femmes –, mais elle ne s'attendait pas à une telle réaction.

Chloé était un ancien agent. L'effet de surprise causé par la réaction de James s'étant dissipé, elle reprit ses esprits, marcha droit dans sa direction et plaqua une main sur sa poitrine.

— J'ai lu ton dossier, James Adam ! rugit-elle. Tu es un bon élément, mais tes prises de décisions laissent parfois à désirer. Si je te laisse monter sur cette moto, rien ne me dit que tu ne vas pas péter les plombs et commettre un acte stupide et irraisonné. Et moi, ce choix pourrait me coûter mon boulot. Et vu que je vis sur le campus, je perdrais également mon logement et la plupart de mes amis !

— Désolé d'avoir haussé le ton, bredouilla James. J'essaye juste de te faire comprendre que je ne suis pas motivé que par cette foutue bécane. Tu as peut-être raison. Rien ne prouve que ce boulot me permettra de faire avancer la mission. Mais ce que je sais, c'est que les Vandales règnent sur Marina Heights, et que si je travaille là-bas le soir et le week-end, je serai en position favorable pour surveiller leurs activités. Si je me contente de traîner avec Ashley et Nigel, c'est perdu d'avance.

Chloé secoua longuement la tête.

— OK, lâcha-t-elle. Tu as cours ce matin, mais je t'accompagnerai à Marina Heights en fin d'après-midi, et nous appliquerons ton plan. Mais à la moindre connerie, je te raccompagne au campus.

James déglutit avec difficulté puis esquissa un sourire embarrassé.

— Je reconnais que tu es plutôt doué pour embrouiller les gens, lança Lauren. Je crois que tu pourrais vendre des frigos aux Esquimaux !

∴

Le plan de Chloé ne tarda pas à porter ses fruits. À la sortie des cours, Joe s'assit à côté de Lauren dans le bus scolaire et trouva le courage de lui prendre la main. Elle posa la tête sur son épaule et constata avec amusement que son corps était moins ferme que celui des garçons du campus. En outre, son innocence avait quelque chose de charmant. Il n'avait plus rien du petit chef de bande qui roulait des mécaniques devant ses copains. Ses mains moites et sa diction hésitante démontraient que sa vie amoureuse se limitait à quelques séances de flirt lors de fêtes d'après-midi.

Joe, Lauren, Dante et Anna débarquèrent du bus à la station située à un kilomètre du centre de Salcombe.

— Qu'est-ce qu'on fait ? demanda Joe.

— John et Lauren vivent à dix minutes d'ici, dit Anna. Leur mère est vraiment cool.

Lauren, dont l'objectif prioritaire consistait à s'introduire dans la maison du Führer, s'empressa de faire une contre-proposition.

— Je suis passée devant chez toi, dit-elle à l'adresse de Joe. J'ai vu ce tank garé sur la pelouse. On peut entrer dedans ?

— La trappe s'ouvre, mais c'est complètement rouillé à l'intérieur.

Lauren serra la main du garçon et gémit comme une fillette de cinq ans.

— Allez, montre-le-moi...

Joe céda aussitôt.

— Ma mère est sans doute à la maison, mais elle est plutôt sympa. Le seul truc, c'est que c'est un endroit un peu... embarrassant.

— Ah bon ? Comment ça ?

— Tu n'as jamais entendu parler de mon père ? Il se fait appeler le Führer. Il a de bons côtés, mais il collectionne plein de trucs en rapport avec le IIIe Reich. On a des tapis décorés de croix gammées, et il y a un buste d'Hitler sur la cheminée.

— Le musée des horreurs, gloussa Anna.

— Il y a un peu de ça, confirma Joe.

Lauren l'embrassa dans le cou dans l'espoir de vaincre ses réticences.

— Personne ne choisit ses parents, dit-elle. Notre père est un vrai salaud.

— Un abruti de première, ajouta Dante. Il a trompé notre mère avec quatre filles différentes avant qu'elle ne se décide à le plaquer.

Dopé par les baisers de Lauren, Joe retrouva de son assurance.

— Très bien, sourit-il. Si vous insistez, je vais vous faire visiter le nid d'aigle. J'ai aussi une X-box et une méga collection de DVD.

La route de campagne encombrée ne disposant pas de trottoir, ils marchèrent en file indienne jusqu'au portail de la demeure puis admirèrent le char d'assaut sous toutes ses coutures. Enfin, ils entrèrent dans la vaste villa où le Führer et sa famille avaient emménagé grâce aux millions amassés lors de la construction de Marina Heights. La mère de Joe les accueillit dans le vestibule.

Marlène Donnington avait toujours été bien en chair, et les choses ne s'étaient pas améliorées au cours des cinq dernières années. Son maquillage outrancier et son bronzage artificiel n'arrangeaient rien à l'affaire. Mais Dante avait toujours apprécié sa gentillesse. Son visage lui rappelait les jours heureux, les après-midi barbecue et les nuits passées sous la tente.

— Quel plaisir de rencontrer tes amis, Joe! s'exclama Marlène. Je suis désolée de vous embêter, mais si vous vouliez bien vous déchausser... Voulez-vous des chips et du Pepsi? Je peux vous préparer des sandwiches au jambon, si vous préférez.

En ôtant ses Converse, Dante réalisa qu'il gardait en mémoire le goût délicieux des sandwiches de Mrs Donnington. Elle ne lésinait pas sur le beurre, alors que sa mère, par souci d'économie, s'était toujours contentée de margarine.

— Oui, volontiers, dit-il. Je meurs de faim.

— Je suis végétarienne, expliqua Lauren.

— Moi aussi, ajouta Anna.

— Tu peux préparer quelque chose de spécial pour les filles? demanda Joe.

— J'ai l'impression qu'il y a de plus en plus de végétariens, de nos jours, s'amusa Marlène. Allez, montez, je vous apporte ça dès que c'est prêt.

Les quatre amis s'engagèrent dans l'escalier menant à l'étage.

— Ta mère est vraiment trop sympa, dit Anna.

La maison était bien tenue. Elle aurait pu abriter la famille d'un riche cadre du secteur financier, exception faite des portraits de bikers qui ornaient les murs et des objets relatifs à l'Allemagne nazie exposés un peu partout.

— Ton père est vraiment un fan d'Hitler? demanda Lauren.

— Non, il est juste passionné d'histoire, répondit Joe.

— J'ai entendu dire que les Vandales n'acceptaient que les Blancs, dit Anna.

— Comme dit Lauren, on ne choisit pas ses parents. Mon père a des habitudes bizarres. Certaines me plaisent, comme les motos et les runs, d'autres me sortent par les yeux.

Dante s'interrogeait sur les sentiments partagés que Joe éprouvait pour son père. Le massacre de sa famille en était-il la cause, ou se dressait-il contre l'autorité parentale comme tout garçon au début de l'adolescence ? Quoi qu'il en soit, il se réjouissait que son ancien ami se montre critique envers les agissements criminels des Vandales. En revanche, s'il prenait manifestement ses distances par rapport au Führer, il semblait exclu de lui soutirer des informations exploitables.

— Voilà, c'est ma chambre, dit Joe.

La pièce était parfaitement ordonnée, car un immense placard intégré lui permettait d'y entasser ses affaires. Il disposait d'un grand lit, d'un canapé, d'un PC capable de faire tourner les jeux les plus exigeants et d'un immense écran LCD encadré d'enceintes surround.

— Eh bien, tu ne t'embêtes pas ! lança Dante. Ces enceintes doivent être hyper puissantes.

— Je confirme, gloussa Joe en sortant de son placard un DVD de Green Day. Tu veux écouter ce que ça donne ?

— Wow, j'adore la chanson *American Idiot*.

Joe glissa le disque dans le lecteur. Les avertissements concernant le piratage défilèrent à l'écran. Lauren se laissa tomber sur un pouf. Anna et Dante prirent place sur le canapé et s'embrassèrent jusqu'à ce que les premières notes jaillissent de la sono.

— Bon sang ! c'est *tellement* fort ! hurla Lauren, sans parvenir à se faire entendre.

Dante secoua frénétiquement la tête en grattant une guitare imaginaire. Joe lâcha la télécommande, sauta sur le lit et se mit à danser comme un possédé. Lauren le rejoignit.

Main dans la main, ils sautèrent sur le matelas, comme s'il s'agissait d'un trampoline, à une hauteur telle que leurs cheveux frôlaient le plafond.

Au troisième bond, Joe se réceptionna au bord du matelas, si bien que l'un de ses pieds glissa dans le vide. Emporté par son poids, il bascula et atterrit lourdement sur Dante et Anna. Lauren prit son élan et sauta au sommet de cette montagne de corps.

À cet instant précis, Marlène fit irruption dans la pièce, chargée de sandwiches, de sodas et de chips.

— Baissez cette musique de sauvages ! aboya-t-elle.

Elle posa le plateau sur la table basse, ramassa la télécommande et chercha longuement le bouton de volume. Lorsqu'elle parvint enfin à mettre fin au vacarme, on n'entendait plus que les rires un peu embarrassés des quatre adolescents.

— Désolé, dit Joe.

— Vous n'êtes qu'une bande de fous furieux, sourit Mrs Donnington. Je ne vous empêche pas de vous amuser, mais par pitié, fais en sorte qu'on n'entende pas cette cacophonie jusqu'à la cuisine.

23. Le bon air de la campagne

Les Vandales comptaient des chapitres dans vingt-trois pays. Tous leurs membres portaient les mêmes couleurs et obéissaient aux règles établies par le quartier général du club, à Long Beach, Californie. Ils devaient posséder une Harley-Davidson et suivre un long processus de recrutement. Ils payaient une importante cotisation, assistaient à la réunion hebdomadaire, participaient à un ou deux runs obligatoires par an et contribuaient généreusement au fonds d'aide mutuelle de l'organisation.

En vertu du même règlement, chaque chapitre devait compter au moins six membres, dont un président, un trésorier, un sergent d'armes, et posséder un quartier général disposant d'une salle commune, d'un atelier de mécanique et de chambres destinées à l'accueil des visiteurs. En effet, tout Vandale adoubé disposait du droit de pénétrer et de séjourner dans tous les club-houses de la planète.

Chaque club-house reflétait la santé financière de son chapitre. En Argentine, ce n'était guère qu'un amas de cabanes en tôle ondulée. À Long Beach ou dans le South Devon, les Vandales avaient eu recours à des architectes réputés, fait installer un système de sécurité ultra-perfectionné et aménagé des chambres confortables équipées de l'air conditionné.

Le chapitre de Londres était établi dans un pub situé au bord de Regent's Canal, près de la gare de King's Cross. Le bâtiment avait été acheté dans les années 1960 pour quelques centaines de livres, époque où le quartier était encore parsemé de terrains vagues, stigmates des bombardements de la Seconde Guerre mondiale. Désormais, l'établissement aux fenêtres murées et au toit équipé de caméras de surveillance voisinait avec de petits immeubles de bureaux et des hôtels bon marché. De temps à autre, des touristes s'écartaient du sentier qui longeait le canal pour photographier les motos garées devant la façade de briques ornée du logo des Vandales.

Le chapitre était placé sous surveillance vidéo vingt-quatre heures sur vingt-quatre, sept jours sur sept. Pikey, un vieux biker qui avait perdu un poumon à la suite d'une pneumonie, quittait rarement le poste de contrôle aménagé sous les combles. Il examina le visage qui venait d'apparaître sur son écran de contrôle, lança quelques mots dans un micro, puis se pencha par-dessus la balustrade qui dominait la salle de bar.

— Patron, il y a un Paki devant la porte ! hurla-t-il. Il dit qu'il a rendez-vous avec toi.

Sealclubber empestait l'alcool et le tabac. Il avait joué au poker jusqu'à trois heures du matin et passé la nuit sur un matelas, dans son bureau, sans même prendre la peine d'ôter ses bottes.

Dès qu'il entendit le bourdonnement de la serrure à commande électrique, l'agent en mission George Khan poussa le portail blindé et pénétra dans le pub aux murs défraîchis et à la moquette constellée de trous de cigarette. Seuls le billard et la machine à sous semblaient récents. Le comptoir avait été démonté afin de ménager davantage de place pour les convives. Officiellement, nourriture et boissons étaient gratuites, mais nul n'omettait de glisser une honnête contribution dans l'urne prévue à cet effet, de crainte d'être passé à tabac.

— On avait des rats, au début, mais ils se sont fait la malle, expliqua Sealclubber. Je crois qu'on était trop crades pour eux. Je vais te demander de soulever ton T-shirt et de baisser ton short.

Tous les étrangers qui recevaient la permission d'entrer dans le club-house pour discuter affaires étaient soumis à une fouille intégrale. Les deux Vandales installés à la table voisine considérèrent le nouveau venu d'un œil soupçonneux. George s'exécuta, démontrant clairement qu'il ne portait aucun dispositif d'enregistrement.

— Pose tes clés et ton téléphone sur la table, ordonna Sealclubber avant de l'inviter à franchir la petite porte donnant sur son bureau.

Les murs de la pièce étaient entièrement recouverts de photos, d'articles de presse et de messages manuscrits. Un matelas d'une saleté repoussante était posé dans un angle. L'air empestait la sueur et le tabac froid.

— On peut parler sans risque ? demanda George en s'asseyant dans le fauteuil défoncé placé devant une table jonchée de documents administratifs.

— Ce bureau reste fermé à clé quand je suis absent, expliqua Sealclubber. Une fois par semaine, on passe les locaux au détecteur de micros. Je travaille ici depuis 1983, et je n'ai jamais eu de problème.

George sortit plusieurs liasses de billets de banque.

— Je n'ai que quarante-deux mille livres, bredouilla-t-il.

Sealclubber se pencha en arrière.

— On avait dit soixante-trois, gronda-t-il. On parle d'un marché de six cent mille livres, et vous n'êtes pas foutus de ressembler dix pour cent du paiement ?

— La somme n'est pas un problème, mais il est difficile de réunir tout ce liquide discrètement sans déclencher les procédures de contrôle anti-blanchiment.

Sealclubber fit claquer sa langue contre son palais.

— Je descends dans le Devon *aujourd'hui*. J'ai promis à mon contact que je lui remettrais la somme convenue.

— Je suis désolé pour ce contretemps, dit George, mais tout sera réglé dans les jours qui viennent. Vous aurez le reste mardi, je m'y engage. Je rajouterai cinq cents livres pour compenser les trajets non prévus.

— Cinq cents livres, plus les frais, dit Sealclubber. En comptant les billets de première classe et les transferts en taxi, ça montera facilement à mille.

George savait qu'il était victime d'une manœuvre d'extorsion, mais il n'était pas en situation de protester.

— J'apprécie votre souplesse, dit-il.

Sealclubber saisit une bouteille de bourbon Rebel Yell à moitié vide, sur son bureau, et s'en versa une rasade dans un verre sale.

— Vous ne buvez pas d'alcool, vous autres ? demanda-t-il.

— Non, je vous remercie.

— Il faut de tout pour faire un monde. Vous avez conscience que ce léger contretemps retardera la livraison de quelques jours ?

George était enchanté. Grâce à sa manœuvre dilatoire, les agents de CHERUB disposeraient de quelques jours supplémentaires pour mettre en place l'opération.

— Ce sont des choses qui arrivent, ajouta Sealclubber, mais mes contacts risquent de se montrer moins compréhensifs. Si ça se reproduit, ils pourraient bien élever leurs tarifs, ou disparaître en gardant la marchandise. Personnellement, ça ne me fait ni chaud ni froid. C'est entre eux et vous. Moi, je ne suis qu'un intermédiaire.

— Je sais.

— Vous me remettrez quarante mille livres supplémentaires dès que nous aurons convenu d'une date pour l'échange, et le solde à la livraison.

— Ça me va.

— Parfait. Je dois recevoir mes associés avant de partir pour le Devon, et comme je ne suis pas censé laisser les gens de couleur entrer dans cet établissement, je vous demanderai de ne pas trop traîner.

Avant de se lever, George simula une quinte de toux, cracha dans son poing fermé un morceau de chewing-gum contenant un micro miniaturisé puis le colla discrètement sous sa chaise. En quittant la pièce, il remarqua que ses clés et son portable avaient été légèrement déplacés. Dès qu'il se fut éloigné du pub, il constata qu'on avait composé le dernier numéro figurant dans son historique, mais tous les contacts et les SMS stockés dans la mémoire de l'appareil fourni par CHERUB étaient factices.

Il pianota le #611042#, le code permettant de basculer sur l'application de surveillance audio, puis il longea tranquillement le canal en écoutant Sealclubber et Pikey discuter dans le bureau du club-house.

— Quarante-deux mille, dit Sealclubber. Je suis tenté de ne rien dire au Führer et d'empocher le cash.

— Tu ne sais même pas qui sont ces Pakis, objecta Pikey. Si ça se trouve, on risque de voir une armée de bronzés débouler de Birmingham.

— Arrête, c'est un gamin. Il n'a rien dans le froc, c'est évident.

— Mais pour qui travaille-t-il ? Tout ce qu'on sait, c'est qu'ils sont capables de réunir six cent mille livres. Si on a affaire à des trafiquants de drogue, je doute qu'ils soient impressionnés par une poignée d'alcoolos en blouson de cuir.

— Tu as raison, ricana Sealclubber. Ramassons notre commission et laissons le chapitre du South Devon se démerder. Tu viens avec moi à Salcombe ?

— Non, je vais rester ici, dit Pikey. Ces jours-ci, dès que je monte sur une moto, j'ai l'impression qu'un sadique joue du xylophone sur mes lombaires.

.·.

Rhino adressa à Chloé un sourire enjôleur et feuilleta le formulaire orné de l'en-tête de la société de crédit Midland Retail.

— Cet organisme jouit d'une excellente réputation, dit-il.

— Alors je ne risque pas de voir des motards débarquer chez moi pour me casser les genoux en cas de retard de paiement ? plaisanta la contrôleuse de mission.

— Je vous le promets, ricana Rhino.

Chloé appliqua sa signature au bas du contrat.

— Encore deux petits autographes au verso, et un dernier sur la demande d'assurance.

James, qui se tenait en retrait, se fendit d'un sourire éclatant lorsqu'un mécanicien fit rouler la 500cc de ses rêves au bas d'une rampe mécanique.

— Si vous pouviez ne pas être trop regardant sur le kit de bridage... lui glissa-t-il à l'oreille.

L'homme lui adressa un clin d'œil complice.

— Alors comme ça, vous venez de vous installer dans la région ? demanda Rhino.

— Oui, mon mari et moi sommes séparés depuis peu, expliqua Chloé. Comme j'ai obtenu une pension plutôt confortable, j'en ai profité pour quitter Londres, et respirer le bon air de la campagne.

— C'est marrant, vous avez l'air un peu jeune pour être la mère de James.

— Vous me flattez. Il faut croire que mes cheveux gris ne se remarquent pas tant que ça.

— Les Vandales organisent une fête à leur club-house, ce soir. Ça vous dirait que je vous fasse entrer ? Je vous garantis que vous serez dépaysée...

Chloé entrevit là une occasion inespérée de faire avancer

212

la mission, mais elle devait se cantonner au rôle de l'ex-épouse d'un *trader* de la Bourse de Londres. Par souci de réalisme, elle ne pouvait envisager sans inquiétude de se rendre à une telle soirée. Elle afficha une moue embarrassée.

— Allez quoi, lâchez-vous, insista Rhino. Quand avez-vous fait la fête pour la dernière fois ?

Chloé éclata de rire.

— J'avoue que ça ne date pas d'hier. Allez, soit. J'imagine que cette sauterie sera moins ennuyeuse que mes soirées cocktail à Primrose Hill…

24. Ascension professionnelle

— Alors, elle te plaît, ta petite bombe japonaise ? demanda Teeth.

— Je n'ai pas encore pu l'essayer, répondit James. Ils sont en train de monter le kit de bridage.

— J'espère qu'ils ne se montreront pas trop regardants.

— Ça, il n'y a pas de risque.

Ils se trouvaient dans la salle de repos du personnel de Marina Heights, sur la mezzanine qui séparait les deux étages du bâtiment. La pièce, dépourvue de fenêtres, disposait de quelques tables, de chaises, d'un réfrigérateur, d'un évier et d'une machine à café. Durant l'été, la plupart des employés préféraient prendre leur pause à l'extérieur.

— Ton salaire de base s'élèvera à cinq livres de l'heure. Sept à partir de vingt heures, et huit après minuit. Si tu as un problème de planning, n'attends pas le dernier moment pour m'en parler. Le samedi et deux soirs par semaine, ça te dirait ?

— Oui, bien sûr. En quoi consiste le boulot ?

— Tout le monde commence en bas de l'échelle, au nettoyage : toilettes, containers à ordures, poubelles publiques. Ensuite, tu pourras être serveur dans l'un des stands de restauration rapide. Si tu fais tes preuves, tu peux espérer travailler au dîner ou devenir manager d'un stand de vente à emporter pour neuf livres cinquante de l'heure.

— Cool. J'ai déjà travaillé chez *Deluxe Chicken*, alors j'ai un peu d'expérience dans la restauration.

— Super. Je tâcherai de m'en souvenir.

James, qui en savait long sur Teeth, décida de le caresser dans le sens du poil.

— Votre visage me dit quelque chose... Vous n'êtes pas catcheur ?

Le visage de l'homme s'éclaira d'un sourire.

— Ça alors, tu es au courant ?

— Quand j'étais petit, j'adorais regarder le catch à la télé, le matin, en prenant mon petit déjeuner. Vous, vous étiez... Gumdrop McGlone, c'est bien ça ?

— Mais je n'ai participé qu'à trois combats télévisés. Tu as une sacrée mémoire, fiston.

— Vous avez laissé tomber ?

— Non. Je me produis dans des clubs de vacances, mais avec mes responsabilités professionnelles, je ne peux pas m'absenter plusieurs semaines d'affilée pendant l'été. En plus, je commence à me faire vieux. J'ai dirigé un club de boxe et d'arts martiaux pour les jeunes pendant quelques années, mais j'ai laissé tomber le jour où un type a voulu me traîner en justice parce que son fils s'était cassé un bras à l'entraînement. En plus, il existe de nouvelles lois qui empêchent les anciens prisonniers de travailler au contact des enfants. Et je ne te cache pas que mon casier est plutôt chargé.

— C'est trop bête, soupira James.

— Tous mes postes sont occupés pour le moment, annonça Teeth, mais si tu veux commencer tout de suite, je peux te trouver un petit job.

James était impatient d'étrenner sa nouvelle moto, mais il tenait à faire bonne impression.

— Tout ce que vous voulez. Je ne suis pas du genre à me rouler les pouces.

Teeth lui confia un badge magnétique, un talkie-walkie, un bleu de travail et un nettoyeur à eau sous haute pression, puis il l'accompagna jusqu'au parking souterrain de la résidence Marina View. Il s'immobilisa devant un pan de mur couvert de graffitis *Eklipz 08*.

— On a retrouvé le type qui a fait ça et on lui a collé une bonne raclée, dit-il. Mais maintenant, il faut effacer ces foutus tags.

Après avoir montré à James où brancher le flexible, Teeth lui expliqua comment faire disparaître les inscriptions.

— Tu vois, la peinture glisse le long du mur, mais comme le béton est poreux, il faut insister. Vu la taille du graffiti, il faudra compter quatre ou cinq heures. Fais une pause de quinze minutes à la moitié du boulot, puis viens me trouver dès que tu auras terminé.

James abaissa une visière en Plexiglas devant ses yeux et se mit à l'ouvrage. À l'instant même, le talkie-walkie suspendu à sa ceinture se mit à grésiller.

« *Ici Stand de beignets à équipe de nettoyage numéro un. Un gamin a dégueulé sur la voie piétonne. Magnez-vous de nettoyer tout ça avant que les touristes ne pataugent dedans. Terminé.* »

∴

James acheva sa mission de nettoyage à trois heures et demie. Les locaux de la direction étaient situés derrière les restaurants. Il y trouva Teeth assis à un bureau encombré de paperasse. Martin, le fils aîné du Führer, se tenait à ses côtés.

— Tiens, c'est le gamin dont je t'ai parlé, dit l'homme.

Martin était plus grand et plus mince que James. Il portait un jean moulant noir et une chemise bleue à manches courtes agrémentée d'une fine cravate au nœud lâche. Ses cheveux étaient tartinés de gel fixant et dressés sur sa tête, à la mode *emo*. Il lui tendit une main grêle.

— Salut, lança-t-il. Tu t'es bien amusé ?

— J'ai passé quatre heures et demie à effacer ces tags. C'était l'extase.

Teeth se pencha vers un écran de contrôle pour vérifier le travail effectué par James.

— Tu t'en es sorti comme un chef, dit-il.

— Il paraît que tu viens de t'offrir une nouvelle moto, poursuivit Martin. Alors, quel effet ça fait de rouler sur une bécane digne de ce nom ?

— Aucune idée. Je n'ai pas encore eu le temps de l'essayer.

— L'assistante de Martin vient de nous appeler pour nous annoncer qu'elle était malade, expliqua Teeth. Il y a un monde fou, le samedi soir. En plus, ce soir, les Vandales organisent une fête ouverte au public. Martin a besoin de quelqu'un pour l'aider au stand de crêpes entre dix-huit heures et minuit. Tu es partant ?

James haussa les épaules.

— Je devais voir ma copine, mais on n'avait rien prévu de précis, alors je pense qu'elle comprendra.

— Dans ce cas, ne perdons pas de temps, dit Martin. Comme ça, je t'expliquerai les ficelles et tu pourras tester le matériel avant l'heure d'affluence.

— Pas de problème. Mais si je dois servir les clients, il vaudrait peut-être mieux que je repasse chez moi pour prendre une douche et me changer.

— Profite bien de ta première balade en 500, lança Teeth.

James regagna les vestiaires du personnel en toute hâte, se débarrassa de sa combinaison et dévala les escaliers menant à la concession. Le mécanicien secoua un trousseau de clés sous son nez.

— Elle est prête, sourit-il. Mais sois prudent. Je m'en voudrais de ne pas l'avoir bridée si tu te manges un arbre dès ta première virée.

James enfila sa combinaison en cuir sur sa tenue d'été, boucla la jugulaire de son casque et se mit en selle. Au premier coup de kick, il comprit que son nouvel engin n'avait rien de comparable avec la modeste Honda sur laquelle il avait rejoint Marina Heights le matin même. Son poids était effrayant, le son du moteur assourdissant. Il tourna prudemment la poignée des gaz et remonta la file des véhicules engagés sur la bretelle de sortie.

En ce samedi soir, les rues de Salcombe étaient saturées, si bien qu'il dut rouler au pas derrière un van blanc pendant plusieurs minutes avant d'atteindre la voie étroite qui menait à la zone résidentielle. Là, profitant d'un trafic plus fluide, il accéléra.

Le pot d'échappement produisit un grondement grave et régulier. Sans s'en rendre compte, James atteignit les cent kilomètres à l'heure et dut actionner les freins un peu brutalement pour tourner au coin de la rue où se trouvait la maison. Il refréna son envie d'effectuer une pointe de vitesse et maintint sagement son véhicule à soixante kilomètres-heure. Le vent battait ses jambes gainées de cuir. Le soleil réchauffait son dos. Il se sentait libre et parfaitement heureux.

— Je crois que Teeth t'aime bien, dit Martin.

James avait pris place derrière le stand de vente de crêpes. Il portait un jean, un polo blanc et un tablier brodé au logo de Marina Heights.

— C'est marrant, je me souviens de l'avoir vu à la télé, lorsqu'il était catcheur.

— Ça a dû lui faire plaisir.

Martin déposa une louche de pâte sur l'une des trois plaques chauffantes circulaires, puis la répartit uniformément à l'aide d'une spatule en plastique.

— D'abord, vérifie qu'il y a toujours assez de matière

grasse pour éviter que la pâte n'attache. Ensuite, laisse cuire la crêpe jusqu'à ce que la surface se solidifie, puis retourne-la.

Les deux garçons passèrent en revue les divers ingrédients. Le stand proposait une grande variété de garnitures, de la glace à la banane au chili con carne. Il disposait également d'une machine à café, d'une bouilloire et d'une vitrine réfrigérante où étaient stockées les boissons fraîches.

— Il fait une de ces chaleurs, grogna James en s'épongeant le front d'un revers de manche.

— Tu t'y habitueras, le rassura Martin.

Il déposa la crêpe sur le plan de travail plastifié où les garnitures et les sauces étaient ajoutées.

— OK, prends la spatule et fais un essai. Je ne veux pas te mettre la pression, mais la fille qui tient ce poste d'habitude ne nous donne pas satisfaction. Si tu t'en sors correctement, tu pourrais la remplacer de façon permanente. Et crois-moi, c'est beaucoup mieux que de déboucher des toilettes à longueur de journée.

James huila soigneusement la plaque puis fit couler la pâte. En l'étalant, il en fit tomber quelques gouttes sur le sol.

— Tu en as mis *un peu* trop, expliqua Martin, mais ce n'est pas mal. Maintenant, il faut que tu la retournes avant qu'elle ne brûle. Pour l'instant, la surface brille, tu vois ? Dès qu'elle est mate, il faut se dépêcher.

— Ah, ah ! lança Julian, qui se tenait devant le stand. Je vois que tu es en pleine ascension professionnelle !

— Salut, ducon, répliqua James en levant brièvement la tête pour jauger son rival.

— Ne quitte pas la plaque des yeux, avertit Martin. Vas-y, passe la spatule en dessous et retourne la crêpe.

— Je t'ai vu en train de nettoyer des graffitis, tout à l'heure, dit Julian sur un ton supérieur. Moi, je n'ai pas besoin de travailler, parce que mes parents ne sont pas des clodos.

— Tu ne veux pas nous lâcher ? lâcha Martin.

Julian lui adressa un sourire malveillant.

— Oh, mais c'est qu'il mordrait… Au fait, ton père est au courant que tu es *gay* ?

— Je n'ai pas honte de ce que je suis.

— Tiens, j'ai aperçu ta nouvelle moto, James, poursuivit Julian. Je crois que je vais m'offrir une glace et y jeter un coup d'œil de plus près.

James était déterminé à réussir sa première crêpe. Après l'avoir déposée délicatement sur le plan de travail, il passa une main par-dessus le comptoir, saisit brutalement Julian par le col et lui cogna la tête contre la vitrine où étaient exposés les ingrédients.

— Si tu touches à ma bécane, je te colle la tronche sur cette plaque chauffante, gronda-t-il avant de relâcher sa victime.

Julian réajusta nerveusement sa chemise et recula sans trahir la moindre émotion.

— Passez une bonne soirée, dit-il.

— Compte sur moi, répliqua James. Après mon service, je vais m'envoyer ton ex. Je ne risque pas de m'ennuyer.

Martin sourit jusqu'aux oreilles.

— Julian est un vrai connard. S'il s'en prend de nouveau à ta moto, informe Teeth. Le parking est placé sous surveillance vidéo, et les Vandales n'aiment pas trop les petits malins qui s'attaquent aux deux-roues.

— Je m'en souviendrai, dit James. Alors, comment est ma crêpe ?

— Très correcte. Juste un peu molle au centre, parce que tu as mis trop de pâte. Mais je préférerais que tu sois un peu moins violent avec les clients…

∴

220

Les Vandales du South Devon organisaient une fête ouverte au public chaque troisième samedi du mois. Pour les chapitres moins fortunés, ces soirées étaient l'occasion de faire entrer un peu d'argent dans les caisses grâce à la vente de nourriture, de boissons et de stupéfiants. Pour ceux de Salcombe, c'était avant tout une opportunité de soigner leurs relations avec la communauté locale.

En effet, le secret qui régnait autour du club-house, ses portes closes, ses caméras de sécurité et le ballet incessant des grosses cylindrées étaient susceptibles d'effrayer les habitants. En outre, la police du Devon présentait régulièrement le club comme une menace pour la sécurité publique.

Grâce à ces festivités, les touristes et les citoyens de Salcombe pouvaient découvrir les Vandales sous leur meilleur jour. Ils proposaient de la nourriture et des boissons gratuites, et permettaient même aux enfants et aux adolescents de se rassembler à l'arrière du bâtiment. La soirée s'achevait à minuit par un feu d'artifice puis, leurs invités ayant quitté les lieux, les bikers reprenaient leurs activités habituelles.

Dès vingt et une heures trente, des enceintes placées aux quatre coins du terrain commencèrent à diffuser du rock. Lauren arpentait tranquillement la voie piétonne en compagnie de Joe, Dante, Anna et d'une dizaine d'adolescents. Elle avait du sable plein ses chaussures, conséquence d'une heure passée à jouer sur la plage. Une crêpe à la banane et aux noix lui brûlait les doigts.

— Pas mauvais, dit-elle. Je n'aurais jamais cru James capable de réussir à faire cuire quoi que ce soit...

— Je ne suis pas sûr qu'il ait apprécié que tu l'appelles *serveur* et que tu claques les doigts en passant ta commande, gloussa Joe.

Sachant qu'on ne leur servirait pas d'alcool au club-house,

tous les membres de la bande, âgés de treize à quinze ans, s'étaient enivrés sur le rivage avant de regagner Marina Heights.

Lauren s'était contentée d'une bière, mais Joe et Dante avait siroté de la vodka. Craignant de ne pas être admis par les Vandales, ils s'efforçaient de marcher en ligne droite et suçaient des pastilles à la menthe de façon à masquer leur haleine alcoolisée.

Leurs craintes étaient sans fondement. Dès qu'ils se présentèrent aux abords du club-house, un Vandale prénommé Fluffy vint à leur rencontre et serra affectueusement Joe dans ses bras.

— Ton père veut te parler, dit-il. Il est dans son coin habituel.

Joe lança un regard inquiet à ses camarades. Il craignait que cette convocation n'ait un rapport avec les insultes qu'il avait lancées au visage d'un professeur, en début de semaine. La direction du collège avait-elle adressé une lettre au Führer ?

À l'exception de Lauren et de Dante, tous les adolescents du groupe connaissaient le club-house. L'immense salle principale, aussi neutre que les murs extérieurs, ressemblait à un gymnase : un parquet ciré, des tables pliantes recouvertes de victuailles, des chaises alignées le long des parois et une petite estrade où officiait un DJ. Des enfants se tortillaient devant une rampe d'ampoules multicolores.

Le bar où étaient disposées les boissons gratuites était surmonté de pancartes invitant les visiteurs à soutenir le club en achetant des billets de tombola. En dépit du comportement policé des Vandales, seul un inconscient aurait osé quitter le club-house sans répondre favorablement à cette suggestion.

Près de l'entrée, Lauren eut la surprise de trouver un groupe de personnes âgées, assises sur des chaises en plastique, qui tapaient des pieds et martelaient le sol de leurs cannes. Quelques bikers, choisis parmi les membres les plus jeunes du Monster Bunch et des Dogs of War, veillaient à ce qu'elles ne manquent de rien. À l'évidence, l'idée de passer la soirée du samedi en compagnie de vieillards ne les réjouissait pas, mais le Führer leur avait donné l'ordre d'adopter un profil souriant. En effet, un journaliste du journal local avait annoncé sa venue, et cette cohabitation entre motards et seniors serait du meilleur effet.

Joe, qui s'était absenté quelques minutes pour s'entretenir avec son père, rejoignit ses camarades alors qu'ils s'apprêtaient à franchir la double porte située à l'autre extrémité de la salle, afin de se mêler aux jeunes de leur âge qui chahutaient à l'extérieur.

— Il veut te voir, chuchota-t-il à l'oreille de Lauren.

Cette dernière haussa les sourcils.

— Pour quelle raison ?

— Je ne sais pas, mais c'est le boss, ici, alors tu ferais mieux de ne pas le faire attendre.

Il prit sa petite amie par la main et l'entraîna dans l'angle de la salle où les invités se restauraient. Dans la foule, Lauren aperçut Chloé, assise sur une banquette en cuir, en grande conversation avec Rhino.

— La voilà, annonça Joe.

Le Führer était avachi dans un fauteuil, devant une table circulaire. C'était un homme de petite taille, dont la moustache évoquait sans nul doute possible celle d'Adolf Hitler. Un long manteau de cuir noir était posé sur le dossier. Tous les bikers qui l'entouraient le considéraient avec déférence.

Parmi eux, Lauren reconnut plusieurs membres adoubés de Londres et du South Devon, des Vandales portant les signes distinctifs des chapitres australiens et sud-africains, ainsi que des vétérans des Dogs of War.

— Voici la première petite amie de mon fils, lança fièrement le Führer. Il était temps !

Teeth s'esclaffa bruyamment.

— Et Martin ? Qu'est-ce qu'il attend pour te présenter la sienne ?

— Cette petite pédale ne peut pas être de mon sang, grogna le Führer. Selon moi, Marlène a dû se payer du bon temps avec le facteur quand j'avais le dos tourné.

Au comble de l'embarras, Lauren et Joe ne savaient plus où se mettre.

Le Führer désigna l'individu corpulent assis à ses côtés.

— Tu te souviens de mon pote Sealclubber, Joe ? demanda-t-il. C'est le président du chapitre de Londres.

— Bien sûr, répondit le garçon. Ravi de vous revoir.

— Nous nous demandions lequel de nos club-houses était le plus chouette, expliqua Sealclubber. Le nôtre, avec ses trente-cinq ans d'histoire, ou ce tas de briques sans âme ?

— Il faut reconnaître qu'ils se démerdent mieux que nous, fit observer un autre Vandale de Londres. Ils sont tous pleins aux as.

— Eh bien, fiston, s'exclama le Führer. Je ne t'ai jamais vu aussi calme. Qu'est-ce qui se passe ? Tu es timide ? Dis à ta copine d'approcher et d'embrasser son futur beau-père.

Lauren s'avança et posa un baiser sur sa joue. Il embaumait la lotion après-rasage, mais ce parfum bon marché ne parvenait pas à masquer l'odeur fétide de Sealclubber.

Le Führer sortit son portefeuille et remit à son fils deux billets de vingt livres.

— Payez-vous du bon temps, sourit-il. Tu es jolie comme un cœur, Lauren. Je suis ravi d'avoir fait ta connaissance.

Joe fourra l'argent dans la poche de son pantalon, prit Lauren par le bras et l'entraîna à l'écart.

— Je suis désolé, grommela-t-il. Je ne savais pas ce qu'il avait en tête.

— Ça va, j'ai connu pire.

Le Führer se dressa d'un bond, décocha un crochet dans

les airs et hurla à pleins poumons, de façon à ce que toute l'assistance profite de sa sortie :

— Vas-y mon fils ! Fais-la grimper aux rideaux de ma part !

Les bikers partirent d'un rire tonitruant. Le visage écarlate, Joe et Lauren rejoignirent leurs camarades derrière le bâtiment.

25. Tiède

James exerçait ses fonctions au stand depuis douze jours. Il maîtrisait désormais la cuisson des crêpes à la perfection, parvenait à servir cappuccinos et lattes sans se brûler le bout des doigts avec la buse vapeur et jouait à la perfection l'employé débordé chaque fois que Teeth ou l'un de ses collègues managers cherchait quelqu'un pour nettoyer une table ou vider une poubelle publique.

En outre, il avait tissé des liens d'amitié avec Martin. Hélas, il ne tarda pas à découvrir que ce dernier entretenait les pires relations avec son père. Malgré les heures passées à bavarder de tout et de rien dans le kiosque, James n'était pas parvenu à lui soutirer la moindre information digne d'intérêt.

Martin avait quitté le lycée sans formation afin d'échapper aux mauvais traitements qui lui avaient été infligés en raison de son homosexualité. Depuis, il travaillait à Marina Heights sept jours sur sept dans l'espoir de mettre de côté de quoi faire le tour du monde.

Le Führer n'acceptait pas les préférences sexuelles de son fils, mais sa mère l'avait toujours protégé. De plus, son appartenance à la famille Donnington lui avait permis d'obtenir ce poste de manager du stand de crêpes, ce qui lui assurait un salaire décent et des conditions de travail enviables, en comparaison du surmenage dont étaient victimes les employés du restaurant américain ou du vendeur de *fish and chips*.

— Alors, comment ça va avec Ashley ? demanda Martin.

En ce début de soirée, le ciel avait viré au violet. Posté à l'extérieur du stand, il fumait une cigarette roulée. James, qui tentait vainement d'échapper à la chaleur produite par les plaques de cuisson, était accoudé au comptoir, le visage collé au minuscule ventilateur qui trônait au-dessus de la vitrine des boissons.

— Elle est sympa, dit James. On se marre bien.

— Vous couchez ensemble ?

— Non, malheureusement. Elle a beau fumer de l'herbe le samedi soir, elle se confesse le dimanche matin et ses parents lui ont lavé le cerveau avec toutes ces histoires débiles sur l'amour et le mariage.

Martin lâcha un bref éclat de rire, jeta son mégot par-dessus la rambarde de la terrasse, puis regagna son poste derrière le comptoir.

— Au moins, je ne suis pas le seul à être condamné à l'abstinence.

— On pourrait peut-être se rendre service, plaisanta James. Allez, arrache tes vêtements, on va s'éclater.

— Oh, quand tu veux !

Une pièce tinta dans la tirelire destinée aux pourboires. James se retourna et découvrit une femme d'environ trente ans qui tenait une petite fille dans ses bras.

— Cette discussion est tout à fait inappropriée, dit-elle en fronçant les sourcils.

— Oh, je suis navré, bredouilla James.

Simulant une quinte de toux, il plaça la main devant sa bouche afin de masquer un sourire.

— Qu'est-ce qui vous ferait plaisir ?

— Vous vendez des glaces ?

James désigna la file d'attente qui s'était formée devant le stand voisin.

— Il va falloir vous montrer patiente, dit-il.

La femme considéra les boîtes de crème glacée exposées en vitrine.

— Et ça, c'est quoi ?

— Je peux vous en servir dans une crêpe chaude, si ça vous dit.

— Laissez-vous tenter, c'est délicieux, ajouta Martin. Malheureusement, nous n'avons pas de cornets.

— Vous ne pourriez pas me servir dans une tasse à café ?

James et Martin échangèrent un regard circonspect.

— Impossible, dit ce dernier. Je ne saurais pas combien vous facturer.

La femme secoua la tête avec consternation.

— Vous auriez sans doute davantage de clients si vous serviez de la glace, fit-elle observer avant de se traîner sans enthousiasme vers le stand voisin.

— C'est précisément la raison pour laquelle on n'en vend pas, grosse vache, chuchota Martin.

Sur ces mots, il bâilla à s'en décrocher la mâchoire et s'étira longuement.

— Je peux prendre une pause ? demanda James.

— Pas de problème, répondit son camarade en consultant sa montre. Il n'y a personne, de toute façon. Je te laisse une demi-heure, mais jette un œil de temps à autre pour vérifier que je ne suis pas débordé.

— Merci boss, dit James, tout sourire, en poussant la porte du stand.

Son visage s'assombrit lorsqu'il aperçut Noelene, l'une des assistantes de Teeth, postée sur la première marche de l'escalier. Vêtue d'un polo rouge moulant, elle l'observait d'un œil soupçonneux, les mains posées sur les hanches. Son caractère autoritaire et l'entrain qu'elle investissait dans son travail lui valaient l'hostilité des jeunes employés de Marina Heights.

— Où vas-tu comme ça ? demanda-t-elle.

— Ben… je prends ma pause.

— Oh non, je ne crois pas, ricana Noelene en tendant vers le restaurant américain un ongle au vernis coordonné à son polo. Nous avons une importante commande à livrer au club-house des Vandales dans les plus brefs délais. Le moment est mal choisi pour se prélasser.

— OK, soupira James. Je vais m'occuper de la livraison.

— Je n'aime pas trop ton attitude, James Raven. Et remonte-moi ce pantalon, on voit ton caleçon. Nous ne sommes pas dans un skatepark, jeune homme.

Il entra dans le restaurant. La salle était comble et bruyante. Il adressa un signe de la tête à deux adolescents qu'il avait vus traîner en compagnie de Lauren et de Dante. L'air embaumait l'huile de friture. Devant la porte des cuisines, il trouva un chariot roulant où étaient entassées des boîtes contenant des nuggets, des cuisses de poulet grillées, des hamburgers et des plats chinois que les employés de l'établissement étaient allés chercher en toute hâte au restaurant asiatique, à l'autre extrémité de la terrasse.

Le chef surgit des cuisines et déposa sur le chariot trois cartons à pizza.

— Magne-toi, lança-t-il. Si la bouffe arrive froide, tu risques de prendre un bon coup de pied au cul.

— Je vois le tableau, répondit James.

Le club-house était tout proche, mais le chariot roulant ne lui permettant pas de passer par les escaliers, il dut emprunter la rampe tortueuse située à l'arrière du bâtiment puis parcourir toute la voie piétonne.

Cinq minutes durant, il patienta en compagnie de sympathisants, de membres de gangs associés et de filles à motards à l'entrée de l'arrière-salle où les Vandales tenaient leur réunion.

Lorsque la porte s'ouvrit enfin, James découvrit le Führer installé à l'extrémité d'une longue table.

— Entre, mon garçon ! rugit-il.

Un épais nuage de fumée de cigarette flottait au plafond. Une vingtaine de Vandales participaient à la rencontre. Il aurait pu s'agir d'un comité de direction comme les autres, exception faite de la tenue vestimentaire des participants, ainsi que des armes et des instruments de torture médiévaux qui décoraient les murs.

Les roues du chariot s'enfoncèrent dans l'épaisse moquette verte. James reconnut Teeth puis nota la présence de Sealclubber et de deux membres des Vandales de Londres. Sans l'ombre d'un doute, ils étaient venus livrer une partie du paiement.

Le Führer se leva, sortit de sa botte un couteau dont la lame dépassait vingt centimètres et s'approcha de James.

— Tout est là ? demanda-t-il. Et est-ce que c'est chaud ?

Un autre Vandale brandit à son tour une arme blanche.

— Je ne sais pas… bredouilla James. Je ne travaille pas aux cuisines. Mais j'ai fait aussi vite que j'ai pu.

Il avait beau se raisonner, se répéter que les bikers n'étaient pas assez fous pour massacrer un adolescent sous un prétexte aussi futile, la vue de ces hommes armés lui flanquait la chair de poule.

Le Führer souleva le couvercle d'un carton, piqua la lame de son poignard dans une part de pizza hawaïenne et en mordit l'extrémité.

— Tiède, dit-il avant d'empoigner James par le col de son polo.

Tous les motards présents dans la pièce soupirèrent de concert.

— Bute-le ! cria l'un d'eux.

Ses compagnons, incapables de réprimer un fou rire, achevèrent de persuader James qu'il s'agissait d'une blague de mauvais goût.

Le Führer promena sa lame devant ses yeux.

— Je te pardonne, rugit-il, mais ma prochaine fois que tu nous livres de la bouffe, tu as plutôt intérêt à être essoufflé.

Sur ces mots, il planta son couteau dans le mur de plâtre auquel James était adossé.

— Tends la main, ordonna le Vandale qui se tenait près du Führer.

James s'exécuta docilement, puis l'homme lui remit quelques billets et une poignée de pièces de monnaie. Au total, le pourboire s'élevait à une vingtaine de livres.

— Amuse-toi bien, dit l'individu.

— Pour être franc, tu ne t'en es pas trop mal tiré, s'esclaffa le Führer. Les gars, vous vous souvenez du gamin qu'on a forcé à se mettre à genoux ? Comme il nous suppliait de l'épargner ?

Les bikers gloussèrent comme des demeurés. James posa les boîtes sur la table puis se dirigea vers la porte en poussant son chariot vide. Lorsqu'il rejoignit la salle principale, tous les individus installés au bar le dévisagèrent.

— Ils t'ont mené la vie dure ? demanda une jolie fille vêtue d'un bustier rose fluo. Ils aiment bien s'amuser avec les livreurs.

James n'appréciait pas le traitement que lui avaient réservé les Vandales, mais son ordre de mission exigeait qu'il se lie avec la communauté des bikers. Il se devait de trouver leurs plaisanteries irrésistibles. Il haussa les épaules, décocha un sourire et se dirigea vers la sortie.

Un jeune homme au visage vaguement familier déboula des toilettes pour hommes. Il portait un pantalon noir étroit, une longue écharpe et un trois-quarts en cuir orné du logo du Monster Bunch.

— James ? demanda l'inconnu. Je suis le frère de Nigel.

James hocha la tête. Les traits de son interlocuteur étaient singulièrement semblables à ceux de son camarade.

— Will, c'est ça ? Tu es revenu de la fac ?

— Oui. Hier matin. Avec les potes, on va faire une balade jusqu'à Cambridge. Nigel m'a dit que tu serais peut-être intéressé.

— Sûr. Je n'ai encore jamais participé à un run. Mais ton frère n'a qu'une 250, alors je pense que c'est râpé.

— Je lui ai trouvé une place dans la voiture d'un copain, mais il paraît qu'il a déjà prévu quelque chose pour ce week-end. Il m'a dit que tu étais cool, alors tu pourrais tailler la route avec le Monster Bunch, si ça te dit. C'est l'occasion de rencontrer les membres de la bande.

Outre l'intérêt évident de cette balade en moto pour la mission, James y voyait une occasion d'éprouver sa nouvelle Kawasaki.

— OK, je suis partant, dit-il en s'efforçant de modérer son enthousiasme. Il faudra que je demande l'autorisation à ma mère, mais ça ne devrait pas poser trop de problèmes.

26. Mission accomplie

Lauren, Joe, Dante et Anna ne se quittaient plus. Ils s'étaient rendus en train à Exeter pour faire du shopping, ils étaient allés au cinéma et Joe avait passé un dimanche à initier Lauren au surf. En semaine, ils se contentaient d'aller au collège et de faire leurs devoirs ensemble.

Lorsque le temps était clément, ils traînaient sur la plage, après les cours, en compagnie de camarades de classe. Les touristes passaient leur chemin à l'approche de cette petite bande turbulente. À la nuit tombée, ils rejoignaient Marina Heights.

Pour éviter la route longue et sinueuse qui permettait d'accéder aux hauteurs, ils préféraient s'enfoncer dans les dunes, enjamber un muret puis, au mépris des panneaux DANGER - CHUTE DE PIERRES, emprunter un sentier désaffecté qui grimpait à flanc de colline.

En raison des accidents qui s'étaient produits les années précédentes, les parents défendaient formellement à leurs enfants de fréquenter cette voie escarpée mais, à l'exception de certaines filles dont les chaussures légères ne permettaient pas un tel exercice, les membres de la bande ignoraient délibérément cette interdiction.

Comme à l'ordinaire, les garçons, lancés dans une compétition impitoyable, avaient pris de l'avance. Lauren, Anna et trois de leurs amies gravissaient la pente à pas prudents. Leur conversation tournait autour du physique avantageux de leur professeur d'arts plastiques.

— Mr Zipf est canon, c'est clair, admit Anna, mais je le trouve un peu louche. Vous avez vu comment il se comporte avec les filles de terminale ?

— C'est un mec comme les autres, expliqua Lauren. Juste un sac d'hormones recouvert de poils.

Ses camarades éclatèrent de rire.

— Moi, je préfère largement ton frère, annonça une fille prénommée Penny.

— Ça, c'est l'effet tablier, gloussa Anna. Il n'y a rien de plus sexy.

— Ne parlez pas de mon frère de cette façon, protesta Lauren. Ça me donne envie de vomir.

Dante, Joe et deux autres garçons patientaient quinze mètres plus loin, assis sur la glissière de sécurité qui séparait le sentier de la route.

— On crève la dalle, gémit Dante. Bougez-vous les fesses !

Lauren s'apprêtait à répliquer vertement lorsqu'elle sentit son portable vibrer dans sa poche. Elle sortit l'appareil et constata que Rat venait de lui adresser un SMS : *Pourrait-on AU MOINS en parler ?*

Elle ignorait encore si cette relation avait un avenir. Quoi qu'il en soit, elle avait décidé de laisser Rat mariner jusqu'à son retour au campus. Elle effaça le message sans y répondre.

Les neuf adolescents enjambèrent la glissière métallique, croisèrent la voie d'accès à Marina Heights, puis traversèrent la large pelouse qui bordait une partie de la voie piétonne. L'un des garçons grimpa sur son skateboard au nez et à la barbe des agents de sécurité.

— Frimeur ! lança Joe en passant un bras autour de la taille de sa petite amie.

— Il faut que j'aille aux toilettes, annonça Anna. Tu m'accompagnes, Lauren ?

— D'accord. Joe, on se retrouve sur la terrasse ?

Les deux filles se détachèrent du groupe et remontèrent la promenade.

— Toi, tu as quelque chose à me dire… dit Lauren.

— Déboutonne le haut de ta chemise, dit Anna. Mets ta poitrine en valeur.

Lauren réalisa que sa camarade l'entraînait droit vers Nigel et son ami Julian.

— Pour quoi faire ?

— Je dois emprunter de l'argent à mon frère. Les scientifiques ont démontré que les garçons perdaient trente points de QI à la vue d'un décolleté plongeant.

— Et pourquoi tu ne te dénudes pas, toi ?

— Je te rappelle que Nigel est mon frère. Ça constitue une exception à la règle.

Sans enthousiasme, Lauren libéra deux boutons de sa chemise. En s'approchant, elles surprirent des bribes de conversation.

— Tu n'as pas vraiment besoin de cet argent, disait Julian. Et puis, je te rembourserai bientôt, c'est promis.

— J'ai besoin de quelqu'un qui possède une voiture, répondit Nigel. Si tu acceptes, j'effacerai la moitié de ta dette, et je t'offrirai quinze grammes d'herbe. C'est un excellent deal.

— Je ne sais pas trop. J'ai besoin de temps pour réfléchir…

Les paroles de Nigel, qui gravitait dans le cercle des bikers, et les atermoiements de Julian éveillèrent l'attention de Lauren. Hélas, Anna leur coupa la parole.

— Salut, lança-t-elle.

— Tire-toi, gronda son frère. Je t'ai déjà dit que tu n'aurais rien.

— Allez quoi, supplia Anna. Je suis complètement à sec.

Nigel se tourna vers Lauren.

— Reboutonne-toi, dit-il avec un sourire amusé. Il y a plein de vieux pervers qui te reluquent.

Le visage écarlate, Lauren réajusta sa chemise. Anna porta un coup de poing inoffensif à l'épaule de son frère.

— Nigel, si tu ne me prêtes pas vingt livres, je dirai à maman où tu planques ton stock, et je l'informerai que tu sèches les cours pour dealer avec ton copain Julian.

Le garçon lui lança un regard noir.

— Comment tu sais que je sèche les cours ?

Un sourire éclaira le visage de sa sœur.

— Quand tu prends une commande sur le bloc près du téléphone, tout apparaît en creux sur la feuille suivante. Du coup, je sais où et à quelle heure tu avais rendez-vous, aujourd'hui.

— Oh, merde ! s'étrangla Nigel. S'il te plaît, dis-moi que tu as fait disparaître ce papier avant le retour de maman.

— Oui, rassure-toi. Il faut s'entraider, entre frère et sœur. Tu n'es pas d'accord ?

La mine sombre, Nigel tira un portefeuille de la poche arrière de son jean et remit à Anna deux billets de dix livres.

— Il faut que j'y aille, Nigel, dit Julian.

— Tu restes ici, espèce de lavette. Je ne plaisante pas, mon vieux. Si tu reviens sur ta promesse, je me retrouve dans la merde jusqu'au cou. Je risque d'être obligé de revendre ta dette à Dirty Dave, et là, je te garantis que t'auras intérêt à passer à la caisse sans discuter.

Lauren était intriguée par les mystérieuses activités de Nigel et de Julian, mais Anna ne pensait qu'à l'argent.

— Je peux garder la monnaie ? ironisa-t-elle.

— Allez, bouge, grogna Nigel. Au fait, Lauren, je ne pourrai pas aller au lycée demain. Pourrais-tu demander à James de photocopier le cours de maths ?

— Bien sûr.

— OK, j'en suis, lâcha enfin Julian. Maintenant, lâche-moi un peu, s'il te plaît.

Lauren essayait vainement de démêler le sens de ces échanges.

— Il fait quoi demain, ton frère ? demanda-t-elle à Anna en gravissant les marches menant à la terrasse.

— Un Vandale lui a demandé d'effectuer une livraison à Bristol. Julian était censé l'accompagner en voiture, mais il s'est désisté à la dernière minute.

— Tu n'as pas peur qu'il finisse en prison ?

— Ça arrivera sans doute un jour ou l'autre. Tant pis pour lui, je pourrai prendre sa chambre. Elle est plus grande que la mienne.

Lauren s'esclaffa.

— Tu n'as pas de cœur ! Non, sérieusement, tu crois que c'est grave, ses histoires ?

— Possible. Mon frère Will a fait des petites bêtises, mais il n'est jamais allé aussi loin… Et pour répondre franchement à ta question, oui, j'ai peur pour Nigel, mais je ne suis pas en situation de lui faire la morale. Alors, pourquoi me rendrais-je malade pour des choses que je ne peux pas contrôler ?

Lauren ne parvenait pas à lier avec précision ces nouvelles informations à la mission, mais elle était impatiente d'en informer les autres membres de l'équipe.

— Je reviens dans une seconde, dit-elle en se dirigeant vers le stand de crêpes où officiait son frère. Il faut que je transmette le message de Nigel à James avant que ça ne me sorte de l'esprit.

Profitant de l'absence de Martin, Lauren brossa un rapide résumé de la situation. James en profita pour lui préparer deux crêpes au chocolat et à l'ananas.

— Une voiture ? Ça, c'est un détail intéressant. Nigel est un petit dealer sans envergure. Il n'est pas nécessaire de posséder une voiture pour livrer quelques grammes de cannabis.

— Je vais continuer à cuisiner Anna, dit Lauren. Tu crois que tu pourrais prendre cinq minutes de pause pour avertir Chloé ?

— Noelene est tout le temps sur mon dos, mais je verrai ce que je peux faire.

•••

James téléphona à Chloé depuis les toilettes du personnel. Cette dernière accueillit avec enthousiasme les informations concernant Nigel et Julian, puis s'empressa de mettre un terme à la communication afin de contacter Ross Johnson. Dix minutes plus tard, elle rappela James pour l'informer qu'elle l'attendait sur le parking.

— Oooh, tu pues la pâte à crêpe, dit-elle en fronçant le nez lorsqu'il se glissa à ses côtés à l'avant de la Range Rover.

— C'est ce que dit Ashley chaque fois qu'on se retrouve.

— Est-ce que ton badge de sécurité te permet d'accéder au parking souterrain de Marina View ? demanda la contrôleuse en plaçant un petit sac en papier sur les genoux de James.

— Affirmatif.

À l'intérieur du paquet, il trouva un boîtier noir disposant de deux boutons, un flacon contenant une pâte brunâtre, un outil semblable à un pistolet à agrafes et un petit parallélépipède gris.

— Des questions sur le matériel ? demanda Chloé.

— C'est quoi cette gelée marron ?

— De la terre de notre jardin mélangée à du jaune d'œuf. Tu en barbouilleras les plaques d'immatriculation pour les rendre illisibles.

— Je vois. Au fait, Sealclubber était avec le Führer au clubhouse, tout à l'heure. Je suppose qu'il lui a remis le fric versé par George.

Chloé hocha la tête.

— Tu penses bien. George a rencontré Sealclubber à Londres. Il dit que les premières armes devraient être livrées très prochainement.

— Alors, comment va-t-on procéder ?

— Neil Gauche et un contrôleur adjoint suivront la voiture de Julian, avec l'assistance d'une unité de la police du Devon. Ils écouteront les conversations à l'intérieur du véhicule cible et ils interviendront si la situation est favorable.

— OK, dit James en ouvrant la portière. On se retrouve à la maison.

— File. Je suis censée raccompagner Dante, Lauren et plusieurs de leurs amis dans cinq minutes.

James descendit de la Range Rover, puis remonta la promenade d'un pas vif. Il était vingt-deux heures dix. Les boutiques du rez-de-chaussée ayant fermé leurs portes, la plupart des touristes avaient déserté la zone piétonne pour se rassembler sur la terrasse. Deux employés du nettoyage achevaient leur service. Étendus sur la pelouse entre deux rosiers, deux adolescents s'embrassaient passionnément.

James s'immobilisa devant une étroite porte aménagée entre deux magasins et glissa son badge de sécurité dans le lecteur qui en contrôlait l'ouverture. Il s'engagea dans un couloir au sol et aux murs de béton qui courait derrière la zone commerciale. Des sections de tuyau et des câbles électriques pendaient du plafond.

Il ne s'était rendu en ces lieux qu'une seule fois, le jour où Teeth l'avait chargé d'effacer le graffiti. Il poussa une seconde porte, dévala un escalier métallique et déboucha dans le parking sécurisé situé sous la résidence Marina View.

Là, il n'eut aucune difficulté à repérer la Fiat rouge de Julian garée à côté de la Jaguar XF de son père.

James sortit le boîtier noir de la poche arrière de son jean et enfonça l'un des boutons. Le dispositif avait été programmé par Chloé de façon à émettre un signal correspondant au véhicule de Julian. Un voyant vert clignota et les portières se déverrouillèrent en produisant un claquement sec.

James se glissa derrière le volant puis, à l'aide de l'agrafeuse, planta trois micros espions semblables à des aiguilles dans le capitonnage du toit. Il jeta un regard anxieux par-dessus son épaule avant de sortir de la voiture et d'actionner à nouveau le boîtier.

Il s'agenouilla devant le pare-chocs avant, glissa une main sous la carrosserie et y fixa l'objet gris grâce à sa base aimantée. C'était à la fois une cellule de géolocalisation et un amplificateur favorisant la transmission du signal des micros espions.

Enfin, James dévissa le couvercle du pot contenant le mélange d'œufs et de boue, y plongea deux doigts et en recouvrit partiellement trois caractères de la plaque d'immatriculation avant. La calandre de la voiture se trouvait à quelques centimètres de la paroi du parking. Les chances que Julian découvre la manœuvre étaient négligeables.

James s'essuya les mains dans une serviette en papier de la crêperie, plaça cette dernière dans le sac et se dirigea vers l'escalier. Il adressa un hochement de tête amical à un membre de l'équipe de nettoyage, puis rejoignit les vestiaires du personnel afin de récupérer son casque et sa tenue de motard. Avant de quitter les lieux, il adressa un SMS à Chloé : *mission accomplie.*

27. Carte blanche

Julian et Nigel quittèrent Marina Heights à vingt heures trente, sans se douter une seule seconde que deux véhicules suivaient leur trajectoire en prenant soin de conserver un kilomètre d'écart. Le premier, une voiture de patrouille de la police du Devon, avait à son bord deux officiers en uniforme ; à l'intérieur du second, Neil Gauche, agent du CLGCM, et Jake McEwen, contrôleur adjoint de CHERUB, écoutaient les conversations transmises par les micros espions placés dans la Fiat.

Si les rapports entre Nigel, revendeur de drogue à la petite semaine, et Julian, son débiteur, étaient souvent orageux, les deux garçons semblaient avoir enterré la hache de guerre. Leur amitié remontait à l'école primaire. Ils évoquaient sur un ton détendu les soirées pyjamas, les fêtes d'anniversaire, les sorties en camp scout et les marathons PS2 de leur enfance.

La circulation était fluide. Ils atteignirent Exeter en quatre-vingts minutes via l'A38, puis ils s'engagèrent sur l'autoroute M5. Julian conduisait sur la voie centrale sans dépasser cent dix kilomètres à l'heure.

— Comment ça va, avec Caitlyn ? demanda Julian.

C'était une journée ensoleillée. La radio diffusait *How Soon is Now* des Smiths.

— Elle est complètement dingue, sourit Nigel. Elle passe

241

son temps à taper dans mon stock d'herbe, mais j'ai des compensations, si tu vois ce que je veux dire.

— Je vois… Et James Adams, tu le fréquentes pas mal, non ?

— Je reste le plus souvent avec Caitlyn, mais on traîne ensemble de temps en temps. Ce type est un vrai génie des maths, tu savais ça ? En quelques heures, il a réussi à me faire comprendre des trucs qui m'échappaient depuis des années.

— À cause de lui, j'ai tout gâché avec Ashley.

Nigel hocha la tête.

— La prochaine fois qu'un type tournera autour de ta copine, je te conseille de vérifier qu'il n'est ni troisième dan de karaté, ni expert en kick-boxing, avant de jouer les machos.

— Tu déconnes ?

— C'est ce qu'il prétend, et vu sa carrure, je n'ai aucune raison de mettre sa parole en doute. À vrai dire, je n'ai pas envie de vérifier.

— Nom de Dieu, gémit Julian en donnant un coup de poing sur le volant. Il n'y a que sur moi que ça pouvait tomber, un truc pareil.

Alerté par un reflet coloré sur le pare-brise, Nigel regarda par-dessus son épaule et constata qu'une voiture de patrouille leur collait au pare-chocs arrière, gyrophare allumé.

— Tu as dépassé la limite de vitesse ?

Julian désigna le compteur.

— Pas une seconde. Je roule à cent dix depuis qu'on est sur l'autoroute.

— C'est sans doute un contrôle de routine. Arrête-toi et essayons de garder l'air détendu.

Julian, qui avait obtenu son permis de conduire six mois plus tôt, ignorait quelle faute il avait pu commettre. Il ralentit, se déporta sur la voie de gauche derrière un camion-citerne Shell puis s'immobilisa sur la bande d'arrêt d'urgence.

Une voix jaillit du haut-parleur fixé sur le toit de la voiture de police :

— Éteignez le moteur et posez les mains sur le volant.

Un policier d'origine indienne quitta le véhicule et se dirigea vers la Fiat. Nigel baissa sa vitre.

— Savez-vous pourquoi nous vous avons demandé de vous ranger ? demanda l'homme.

Julian secoua la tête.

— J'ai respecté la limitation de vitesse. Les voitures qui m'ont doublé roulaient deux fois plus vite.

— Veuillez prendre vos papiers et descendre du véhicule.

Le policier se plaça à l'avant de la Fiat et fit signe à Julian d'approcher. Dès que ce dernier le rejoignit, il découvrit la plaque minéralogique souillée de boue.

— Je ne sais pas comment ça a pu arriver, bredouilla-t-il. Ça vient de se produire, sans doute, sinon je l'aurais remarqué.

L'officier gratta la plaque du bout de sa botte.

— C'est sec, dit-il. Ça doit dater d'au moins deux jours.

— J'ai un grattoir dans la boîte à gants. Je vais enlever ça immédiatement.

— Allez-y. Mais je vais être obligé de vous dresser une contravention.

— Pour un peu de boue sur une plaque minéralogique ?

— On ne peut pas faire d'exception. Des tas de chauffards rendent leurs plaques illisibles pour tromper les radars automatiques.

Le second policier les rejoignit au pas de course.

— Le véhicule n'est pas recherché, dit-il avant de chuchoter à l'oreille de son collègue.

Ce dernier étudia le permis de Julian puis le considéra d'un œil suspicieux.

— D'où venez-vous ? demanda-t-il.

— De Salcombe.

— Vous n'êtes pas au lycée ?

— La journée est consacrée aux révisions.

— Et vous révisez en roulant ? Où est-ce que vous allez ?

— À Bristol, voir des amis.

— Il y a eu un vol avec violence à l'aéroport d'Exeter, ce matin. Les deux responsables ont pris la fuite à bord d'un véhicule de couleur rouge du même type que le vôtre. Vous avez quelque chose à dire à ce sujet ?

— Pourrions-nous fouiller votre voiture ? demanda le second policier en se baissant pour examiner les cartons ornés de l'inscription *Josie Fleurs* alignés sur la banquette arrière.

— Nous n'avons rien à voir avec cette histoire, protesta Julian.

Nigel sentit son cœur s'emballer.

— Selon les témoins, poursuivit le policier indien, les suspects correspondent à votre signalement. Dix-huit à vingt ans, un blond et un brun.

En réalité, le braquage de l'aéroport n'avait jamais eu lieu. Il avait été inventé de toutes pièces afin de justifier ce contrôle.

— Vous êtes sûr que vous me dites toute la vérité ? insista l'officier.

Julian secoua énergiquement la tête.

— C'est n'importe quoi. On a dix-sept ans, et on n'a pas mis les pieds du côté de l'aéroport.

— Alors il n'y a aucune raison de s'inquiéter. En revanche, nous avons besoin de votre autorisation pour fouiller le véhicule.

— Et si je refuse ?

— Nous serons contraints de vous conduire au poste de police pour interrogatoire au sujet de votre implication dans l'affaire de ce matin. Nous devrons appliquer une longue procédure, et je ne vous cache pas que ça prendra des heures.

Julian remit les clés au policier. Ce dernier ordonna à Nigel de descendre de la voiture et de poser les mains sur le toit, puis il considéra les cinq longues boîtes posées sur la banquette. Il remarqua que les angles en étaient légèrement affaissés, comme si leur contenu était anormalement pesant.

Il enfila une paire de gants en latex et souleva l'un des couvercles de carton. Alors, il découvrit quatre AK47 en pièces détachées.

∴

Vingt minutes plus tard, Julian et Nigel, les mains menottées dans le dos, privés de leur ceinture et de leurs lacets, patientaient dans une salle d'interrogatoire.

— J'exige de parler à un avocat ! cria Julian dès que Jake McEwen entra dans la pièce. Je suis mineur. J'ai des droits.

Le contrôleur adjoint claqua brutalement la porte.

— Tu n'as qu'un seul droit, celui de la fermer, gronda-t-il. Quant à moi, j'ai carte blanche, s'il me prend l'envie de fracasser ta jolie tête bouclée contre la cloison.

McEwen, vingt-deux ans, était un ancien agent de CHERUB. En temps normal, il conduisait des recherches, rédigeait des rapports de mission et remplissait des tâches administratives jugées ingrates par ses collègues plus expérimentés. Cependant, son comportement agressif et sa carrure de boxeur professionnel conduisaient les autorités du campus à lui confier quelques missions de terrain, lorsqu'il était nécessaire d'exercer une pression physique et psychologique sur un suspect.

— Vous êtes dans la merde jusqu'au cou ! tonna-t-il. Vous avez quel âge ?

— Dix-sept ans, répondit Nigel.

Julian se tourna vers son complice.

— Cet interrogatoire est illégal. Nous n'avons pas d'avocat, et l'entretien n'est pas enregistré.

McEwen se plaça derrière le jeune homme, le saisit par les cheveux et lui cogna violemment le front contre la table.

— Je porterai plainte, gémit Julian. Mon père est juge. C'est une violation des droits de l'homme !

— Chaque fois que tu prononceras le mot *droit* en ma présence, je te le ferai regretter. Nous sommes dans un immeuble de bureaux, pas dans un poste de police. Le temps que tu déposes ta plainte, nous aurons disparu avec tout le mobilier, et tu n'auras aucun moyen de remonter jusqu'à moi. Les deux policiers qui ont procédé à votre arrestation nieront vous avoir rencontrés. Je peux faire de vous ce que je veux. En résumé, je suis Dieu le Père.

Julian et Nigel échangèrent un regard angoissé.

— Vous savez ce qui se serait passé si nous étions restés dans la légalité ? poursuivit McEwen. Nous vous aurions appréhendés. Sur le conseil de vos avocats — fournis par les Vandales, cela va sans dire —, vous auriez déclaré que vous ne saviez pas ce qui se trouvait dans ces boîtes, puis vous l'auriez bouclée. Vous auriez plaidé coupable de simple détention d'armes, et vu que vous êtes de gentils garçons bien proprets au casier rigoureusement vierge, vous auriez récolté trois à six mois dans un établissement pour mineurs. À votre sortie de taule, le Führer vous aurait refilé quelques milliers de livres à titre de dédommagement.

— Vous ne pouvez pas vous asseoir sur la loi, mon vieux, dit Julian.

— Je ne suis pas ton vieux ! hurla McEwen.

Il saisit son interlocuteur par le col, le souleva dans les airs et le laissa retomber sans ménagement sur la table.

— Et je crois bien t'avoir demandé de la fermer, ajouta-t-il.

Il reposa Julian sur sa chaise. Le jeune homme, le nez en sang, baissa la tête en signe de soumission.

— Deux possibilités s'offrent à vous, continua McEwen. Vous n'êtes que des gamins qui jouent les livreurs pour des trafiquants d'armes. Vous ne nous intéressez pas vraiment. Ce que nous voulons, ce sont des informations : qui vous a procuré les kalachnikovs, dans quelles conditions, combien vous payent ces salauds et par quel biais vous remettent-ils l'argent. Bref, tous les détails de votre arrangement. Si vous vous mettez à table, on vous laissera remonter dans la Fiat et effectuer la livraison. Tant que vous jouez franc jeu avec nous, personne ne saura rien de ce petit incident.

— Si les Vandales découvrent qu'on les a balancés, on est morts, dit Nigel.

— Bien sûr que non. Si nous devenons associés, nous ne vous laisserons pas tomber.

— Et l'autre possibilité ? demanda Nigel.

McEwen lui adressa un sourire diabolique.

— Comme je vous disais, vous ne nous intéressez pas vraiment. Si vous refusez de collaborer, nous nous contenterons de saisir les armes, de vous garder ici cinq ou six heures, puis de vous escorter jusqu'à Salcombe.

Les deux garçons s'accordèrent quelques secondes de réflexion afin de méditer les paroles de McEwen et d'en mesurer toutes les implications.

— Mais ils penseront qu'on a piqué les armes ! s'étrangla Nigel. Au mieux, ils nous tortureront pendant des heures pour savoir ce qui s'est passé.

McEwen éclata de rire.

— Rien ne vous empêche de leur parler de moi, de leur expliquer que vous vous êtes fait pincer par un agent secret, qu'il vous a cuisinés dans une salle d'interrogatoire clandestine, puis qu'il vous a laissés vous tirer sans vous inculper du moindre délit. Je suis certain qu'ils vous croiront sur parole.

Nigel se massa les tempes.

— On ne leur fera jamais avaler un truc pareil.

McEwen souleva les sourcils.

— Ah, tu crois ?

— C'est dégueulasse, soupira Julian. On vit dans une société de droit et...

— Lâche-nous un peu avec ton foutu droit ! l'interrompit Nigel. On est pas en fac, pauvre loser.

— Loser ? s'indigna son complice. Et tu peux me rappeler qui a monté ce coup foireux ? Comment ai-je pu accepter de participer à un truc aussi énorme pour rembourser deux cents misérables livres ?

— Mesdemoiselles, je ne voudrais pas vous brusquer, mais je préférerais que vous vous crêpiez le chignon un peu plus tard, ironisa McEwen. Le moment est venu de prendre une décision.

— Je peux avoir un Kleenex ? gémit Julian, dont le nez ne cessait de saigner.

— Il a raison, admit Nigel. Je suis seul responsable. J'ai insisté pour qu'il m'accompagne.

— Mais je m'en balance complètement, de vos histoires de couple, ricana McEwen.

Il jeta une poignée de mouchoirs en papier au visage de Julian puis sortit de sa poche un enregistreur de poche.

— C'est bon, vous êtes prêts à répondre à quelques questions ?

— Comme si on avait le choix, grommela Nigel.

— Parfait. En ce cas, commençons par le début. Parlez lentement. Épelez tous les noms propres. Et n'oubliez pas que si vous me racontez des salades, je reviendrai vous voir, et je serai sans doute de mauvaise humeur. Alors, qui a pris contact avec vous, au départ ?

28. Run

Le départ du run vers Cambridge avait été fixé à neuf heures. Dès huit heures quarante, lorsque les riches résidents de Marina View ouvrirent leurs volets, ils découvrirent une centaine de bikers rassemblés sous un ciel d'azur.

Les motards vérifiaient leur niveau d'huile et la pression de leurs pneus, graissaient leurs selles et faisaient étinceler leurs chromes. De nombreux sympathisants, hommes, femmes et enfants, assistaient aux ultimes préparatifs. Certains prirent place à bord d'un autocar chargé de bagages, de bouteilles d'alcool et de matériel de cuisine.

Dante, Lauren et Chloé s'étaient levés tôt pour saluer le départ de James. Ce dernier était à la fois surexcité et anxieux. Il n'avait jamais parcouru de longue distance à moto, et il allait devoir se lier à des bikers expérimentés pour contribuer aux progrès de la mission.

Tandis que James cherchait le Vandale qui dirigeait le run afin de connaître sa place dans le convoi, Lauren remarqua Joe et ses parents parmi les participants. Le Führer portait une veste courte plus adaptée aux températures estivales que son épais manteau de cuir. La mère de Joe avait troqué ses vêtements Marks and Spencer pour une tenue convenant à la femme d'un chef biker : un blouson au dos orné de l'inscription *Propriété des Vandales du South Devon*, un T-shirt en Lycra qui laissait entrevoir son ventre proéminent, un jean moulant et des chaussures rouges à talons aiguilles.

— Vous êtes superbe, lança Lauren.

— Superbement embarrassante, marmonna Joe.

Le Führer donna un baiser à son épouse puis il ébouriffa les cheveux de son fils.

— C'est la plus belle femme du monde.

Lauren adressa à Marlène un sourire complice.

— Vous suivez toujours les runs ?

— Je n'en ai jamais raté un, même quand j'attendais ce petit voyou.

Sur ces mots, elle déposa un baiser sur la joue de Joe.

— Maman, gémit le garçon en frottant l'épaisse trace de rouge à lèvres qui barrait sa joue. Tout le monde nous voit.

Marlène dressa l'index.

— Je t'interdis de te disputer avec ton frère en notre absence. Si tu désobéis, tu passeras le prochain run chez ta grand-mère. C'est bien compris ?

— Je serai sage, sourit Joe. Je suis *toujours* sage.

— Mais oui, bien sûr, soupira la femme avant de se tourner vers Lauren. Amusez-vous bien, vous deux. À dimanche.

Joe et Lauren s'écartèrent du groupe puis se dirigèrent vers le restaurant américain qui avait ouvert plus tôt qu'à l'ordinaire afin de distribuer sandwiches et muffins.

— On est liiibres ! s'exclama Joe avant d'embrasser sa petite amie sur la joue. Ça va être le week-end le plus génial de tous les temps !

James se mêla à un groupe de motards rassemblés devant un Vandale surnommé Vomit. C'était un individu étonnamment soigné, à la tête rasée, qui portait des lunettes de soleil de grande marque et un jean Diesel boot-cut. En tant que capitaine de run, il était chargé de l'organisation du déplacement, de la formation du convoi à l'approvisionnement, en passant par le logement, le transport des femmes et la préparation du camion-atelier.

James se glissa entre deux participants et se présenta.

— Raven, James, répéta Vomit en consultant son bloc-notes. Tu rouleras en dernière ligne avec Orange Bob, un sympathisant du Monster Bunch.

Il fouilla dans un petit sac de toile et lui remit plusieurs documents plastifiés.

— Une carte pour te repérer si tu es distancé ou victime d'une panne, ton billet d'entrée à la Rebel Tea Party et une liste de numéros utiles, dont le mien, celui du camion-atelier et ceux de nos avocats. À n'utiliser qu'en toute dernière extrémité, ça va sans dire.

— C'est compris, dit James. Merci beaucoup.

Vomit lui donna une claque amicale dans le dos.

— Conduis prudemment, et passe un bon week-end.

Orange Bob, dix-neuf ans, devait son surnom à son usage immodéré des crèmes autobronzantes. James le trouva en grande conversation avec Will, le frère de Nigel.

— Salut, je suis ton partenaire, lança-t-il, tout sourire.

À cet instant, Vomit ordonna aux bikers de se mettre en place pour le départ. Les femmes, les enfants et les sympathisants venus assister à l'événement saluèrent leurs proches puis se rassemblèrent sur le trottoir. James enfourcha son ER5 et se faufila entre les autres véhicules afin de se placer à l'extrémité de la file, en cent septième position.

L'ordonnancement du convoi était le reflet exact de la hiérarchie au sein de la communauté biker. Le Führer roulerait en tête, accompagné de son capitaine de route. Derrière eux prendraient place les Vandales vétérans, dont Teeth, les membres adoubés, puis les aspirants du club.

Derrière les Vandales s'avanceraient les Dogs of War, puis le Monster Bunch. Ces gangs de rang égal avaient été départagés par tirage au sort. Enfin, les bikers non affiliés fermeraient la marche. Il y avait là des motards respectés comme Rhino, des débutants et même des petites amies qui préféraient faire la route en moto que de prendre place à bord de l'autocar.

À neuf heures précises, un coup d'avertisseur retentit. Le Führer fit rugir son moteur, se dégagea de la longue file de véhicules et se plaça en tête du cortège. Vomit vint se ranger à ses côtés. Teeth se positionna en deuxième ligne, puis le convoi se forma progressivement.

C'était un ballet parfaitement réglé, une tradition immuable du milieu biker. Chacun prenait soin de doser correctement le régime de son moteur afin de ne pas caler, une maladresse qui aurait sans doute valu à son auteur un torrent d'injures et de moqueries. James parvint sans peine à se positionner à côté d'Orange Bob, en queue de peloton. Il abaissa la visière de son casque, chercha Dante et Chloé du regard et leva un pouce en l'air.

Alors, contrairement au plan établi par Vomit, deux Dogs of War arrivés en retard sur les lieux se placèrent derrière lui. James avait désormais l'habitude de conduire sa nouvelle moto au milieu du trafic, mais rouler en formation était une tout autre affaire. Il lui faudrait rester à la hauteur d'Orange Bob et à égale distance des véhicules situés à quatre mètres devant et derrière lui.

Lorsqu'ils se furent engagés sur l'A38, les bikers prirent de la vitesse, à tel point que les arbres qui bordaient la chaussée ne formèrent plus qu'une haie floue. Le son produit par la centaine de motos était assourdissant. Les conducteurs et les passagers des voitures circulant en sens contraire les considéraient avec des yeux ronds. James éprouvait un sentiment étrange où se mêlaient effroi et exaltation. Le cortège roulait à tombeau ouvert. Il aurait suffi qu'un seul participant freine trop brutalement ou qu'un pneu éclate pour que ce parfait ordonnancement se change en un chaos de métal tordu.

...

L'interrogatoire mené la veille par Jake McEwen avait permis de découvrir l'identité du trafiquant de drogue de Newcastle chargé de réceptionner les AK47 et celle de l'individu qui avait rétribué Nigel pour effectuer la livraison.

Ce dernier, un dénommé Paul Woodhead, était un ancien membre des Vandales. Il avait quitté le club après un accident de la circulation et s'était retiré dans un cottage à proximité de Dartmouth, à vingt kilomètres au nord-est de Salcombe. La police n'avait pas entendu parler de lui depuis plus de dix ans. La découverte de sa participation au trafic d'armes mené par le Führer constituait une avancée capitale.

Cependant, McEwen soupçonnait Nigel de lui cacher une partie de la vérité. Il regrettait de n'avoir pu prolonger l'interrogatoire, mais il avait dû relâcher les deux garçons afin qu'ils puissent procéder à l'échange en temps et en heure, sans éveiller les soupçons du destinataire.

À leur insu, Neil Gauche avait installé un dispositif d'écoute clandestine dans leurs téléphones portables et dans leurs portefeuilles. Nigel devait rencontrer Paul Woodhead dès le samedi matin pour se faire remettre le solde du paiement. McEwen avait décidé de le suivre et d'espionner leurs conversations dans l'espoir de glaner des informations concernant de futures livraisons, en particulier sur l'importante commande passée par George Khan au cours de sa mission d'infiltration des Vandales de Londres.

Neil, qui avait rasé sa barbe et coupé ses cheveux, estimait qu'il ne courait pas de risque à se garer à proximité de Marina Heights. Grâce au micro dissimulé dans le portefeuille de Julian, il l'entendait mâcher ses corn-flakes et discuter avec ses parents du concert de musique de chambre auquel ils avaient assisté la veille.

Lorsque Nigel le contacta sur son mobile, Julian salua poliment son père et sa mère puis roula à bord de sa Fiat jusqu'au domicile de son camarade, en périphérie de

Salcombe. McEwen et Neil se trouvaient à bord d'un véhicule banalisé stationné à une centaine de mètres de là.

— Dartmouth, dit Nigel. Je te montrerai le chemin. J'y suis déjà allé en bécane.

— Tu as terminé la nuit avec Caitlyn, hier ?

— Oui, répondit Nigel sur un ton joyeux. Et toi, comment ça s'est passé avec la fille du bar ? Vous aviez l'air de bien vous entendre.

— Elle a vingt-cinq ans, sourit Julian. Elle m'a filé son numéro. Je l'appellerai un peu plus tard, pour l'inviter à dîner.

— Cool.

Lorsque la Fiat se mit en mouvement, McEwen attendit quelques secondes avant de se lancer à sa poursuite. La cellule de géolocalisation placée sous la carrosserie permettait de connaître sa position avec précision dans n'importe quel point du pays, mais le contrôleur adjoint devait demeurer dans un rayon d'un kilomètre et demi pour capter les conversations.

— Je n'ai pas dormi de la nuit, dit Nigel. Ce flic m'a vraiment foutu les jetons.

— Ne m'en parle pas. J'ai des bleus plein les côtes, et j'ai encore du mal à respirer, à cause du sang séché. Je n'ai jamais vu quelqu'un d'aussi puissant. Tu as vu avec quelle facilité il m'a jeté sur la table ? Je pèse quand même soixante-dix kilos, bordel.

— Ce type est un fou dangereux.

Neil et McEwen échangèrent un sourire. Les criminels chevronnés ne parlaient jamais ouvertement à bord des véhicules. Ils évitaient les téléphones mobiles et utilisaient un langage codé. Nigel et Julian n'étaient encore que des lycéens impliqués dans une affaire qui les dépassait. Ils n'imaginaient pas une seule seconde que la Fiat et leurs effets personnels puissent être truffés de mouchards.

— Je suis désolé de t'avoir entraîné dans cette histoire de dingue, lâcha Nigel.

— Ça m'apprendra. À partir de ce jour, je réglerai mes dettes rubis sur l'ongle.

— On n'est pas au niveau, mec. Mon frère a prévu autre chose pour ce soir, mais je vais parler à Paul. Je ne veux plus jamais avoir affaire aux Services secrets. Je vais revenir à mon petit business.

— Parfait. On empoche le fric et on se tient bien tranquilles. Au fond, je m'en sors bien : je n'ai plus de dettes, et je vais m'envoyer en l'air avec une bombasse de vingt-cinq ans.

— Comme au bon vieux temps, conclut Nigel. Sexe, shit et beuveries !

La Fiat ralentit aux abords de la ferme de Paul Woodhead. Neil avait repéré les lieux la nuit précédente. Il suggéra à McEwen de passer devant le portail et de se garer dans un chemin forestier, à quelques centaines de mètres de leurs cibles.

Woodhead accueillit ses complices à la porte de la maison. C'était un homme de haute stature dont le genou gauche, à chaque pas, se pliait selon un angle insolite. Il portait un jean et des bottes en caoutchouc. Ses cheveux fins et rares étaient plaqués en arrière, son front perlé de sueur.

— Il fait une de ces chaleurs, dit-il. Marchons un peu, si ça ne vous dérange pas.

Woodhead était plus prudent que les deux lycéens. Sans prononcer un mot, il les conduisit jusqu'à une grange bâtie au milieu d'un vaste champ.

— Deux cents chacun, dit-il enfin en épluchant un rouleau de billets de cinquante livres. On m'a dit que vous êtes arrivés avec quarante minutes de retard. Qu'est-ce qui s'est passé ?

— Il y avait des embouteillages sur la M5, dit Julian. Ce n'est pas notre faute.

— Pour deux cents livres, vous auriez pu vous lever plus tôt, gronda Woodhead. Maintenant, pour ce soir…

— Justement, l'interrompit Nigel, je voulais vous en parler… Mon frère est parti en virée. Du coup, ça ne va pas être possible…

Woodhead haussa le ton.

— Nous avons une livraison à effectuer, jeune homme, et tu es tout ce que j'ai sous la main. Tous mes gars sont partis pour Cambridge, et c'est bien pour ça que je fais appel à tes services.

— Je suis navré, Paul, mais je ne peux pas.

Neil et McEwen entendirent un fracas assourdissant. Woodhead venait de plaquer Nigel contre un abreuvoir métallique.

— Écoute-moi bien, sac à merde ! On a conclu un accord. Quatre cents livres pour deux heures de route jusqu'à la côte et un peu de manutention sur la plage. Et je te garantis que tu ne me feras pas faux bond, si tu ne veux pas recevoir la visite des Vandales. Tu tiens vraiment à passer les deux prochains mois à l'hôpital, à compter tes fractures ?

— OK, OK, gémit Nigel. Mais mon frère ne pourra pas se joindre à moi.

— C'est sans importance, ton copain le remplacera, dit Woodhead en hochant la tête en direction de Julian.

— Il n'en est pas question, protesta ce dernier. Ces histoires de trafic d'armes me dépassent. Je ne suis pas à la hauteur.

— J'apprécie ton honnêteté, petit. Mais j'ai impérativement besoin de personnel et je n'ai pas le choix. Je te paierai quatre cents livres, toi aussi. Et vu que tu as l'air d'apprécier la fumette, je te refilerai quelques grammes de la meilleure came que tu aies jamais goûtée.

— Je suis désolé, bredouilla Julian. J'ai trop à perdre.

Woodhead se tourna vers Nigel.

— Je te conseille de te montrer persuasif avec ton pote, parce que si vous ne montez pas *tous les deux* avec moi sur ce bateau, c'est toi qui auras de gros ennuis.

— Je pourrais passer quelques coups de fil et trouver quelqu'un d'autre…

— Excellente idée. Pourquoi tu ne passes pas directement une petite annonce ? *Trafiquant d'armes cherche complice de moins de dix-huit ans capable de soulever de lourdes charges. Criminels récidivistes bienvenus.*

— Julian, il faut que tu me sortes de là, supplia Nigel. En comptant ma part et la valeur de l'herbe, on peut se faire plus de mille livres en une soirée. Je t'en prie.

— Si je vous aide ce soir, je ne veux plus jamais entendre parler de vous, gémit Julian.

— Tu as ma parole d'honneur, dit Woodhead. Je n'ai rien contre toi, mon gars, mais cette lopette m'a fait une promesse qu'il est incapable de tenir.

Sur ces mots, il bondit vers Nigel et lui porta un violent coup de poing à l'estomac.

— Espèce de petit con, grinça-t-il.

Sa victime, étendue sur le sol de terre battue, se tordit de douleur.

— Tu as plongé là où tu n'avais pas pied, continua Woodhead. Dès qu'on en aura terminé, je te conseille de ne plus jamais croiser ma route. On se retrouve sur le quai de Kingswear à huit heures précises. Le nom du bateau, c'est *Brixton Riots*.

Julian traîna son camarade jusqu'à la Fiat. Nigel, le souffle coupé, dut faire halte à plusieurs reprises pour rendre tripes et boyaux.

— Dans quelle merde tu m'as foutu ? gronda Julian.

— Excuse-moi, mon pote. Tu m'as sauvé ma vie, sur ce coup-là. Je te filerai les deux cents livres d'hier, et tu pourras fumer autant que tu veux à mes frais pendant deux mois.

Julian boxa le volant.

— Et si on se fait de nouveau pincer par les flics ? Tu tiens vraiment à te retrouver face à face avec l'autre psychopathe ?

Nigel se prit la tête entre les mains.

— Ce cinglé m'a forcé à mémoriser son numéro. On pourrait l'appeler et lui dire ce qui se passe.

— Je ne lui fais pas confiance. Je ne sais ni qui il est, ni pour qui il travaille. Faisons ce que Paul nous demande puis tenons-nous à l'écart des Vandales, du Monster Bunch et de tous ces foutus malades mentaux.

29. La bataille de Stoke Gifford

Le Führer roulait à cent dix kilomètres-heure sur la voie rapide de l'autoroute M5, sans que nul ne s'avise de le dépasser. D'autres bikers s'étaient joints à la procession : des Vandales du North Devon, des membres du Monster Bunch de Plymouth et des motards du Branding Iron, un club de Cornouailles.

James se trouvait désormais au centre d'un cortège qui s'étirait sur un kilomètre. À son passage, les automobilistes lançaient des coups de klaxon et les enfants faisaient des bonds sur les banquettes arrière. Les joueuses d'une équipe de hockey soulevèrent leur T-shirt et plaquèrent leur poitrine nue contre les vitres de leur car.

Piloter une moto était infiniment plus éprouvant que de conduire une voiture. L'ER5 de James ne disposait pas de déflecteurs pour le protéger du vent, et le soleil tapait dur sur son casque intégral, ses gants et son épais blouson de cuir. Aussi se réjouit-il de voir le cortège ralentir à mi-chemin de Cambridge, puis emprunter la bretelle menant à la station-service de Stoke Gifford.

L'apparition soudaine des deux cents motos sema un vent de panique parmi les touristes. Dès qu'ils eurent mis pied à terre, les bikers se précipitèrent vers les toilettes comme un seul homme, puis ils investirent les restaurants du petit centre commercial. À la cafétéria, le Führer retrouva les présidents des chapitres de Cardiff et de Bristol, et six Vandales espagnols du chapitre de Valence.

James se mêla à la foule de motards qui patientait devant le comptoir du *Burger King*. Il ne tarda pas à réaliser qu'il n'avait aucune chance d'être servi dans un délai raisonnable, car les Vandales s'étaient rangés dans la file d'attente en fonction de leur rang hiérarchique. Il battit en retraite vers la supérette dans l'espoir de trouver quelque chose à grignoter.

Une trentaine de bikers qui n'avaient pu accéder au fast-food s'y livraient à un pillage en règle. Après avoir fait main basse sur le stock de bière, ils s'attaquèrent aux articles comestibles, puis renversèrent les rayonnages en braillant comme des demeurés.

Les deux vendeuses s'étaient retranchées derrière le comptoir. Un membre des Dogs of War coiffé d'un casque intégral plaqua l'une d'elles au sol puis jeta des brassées de paquets de cigarettes dans la foule des émeutiers. James était assoiffé. Il réprouvait le comportement de ses compagnons de run, mais compte tenu de son statut hiérarchique, il n'avait d'autre possibilité que de voler à son tour pour se nourrir et se désaltérer avant de reprendre la route.

Il quitta la boutique avec une demi-bouteille de Sprite, un énorme Mars et un tube de mini-Pringles. Il remarqua que plusieurs motards, las de patienter devant les toilettes, s'étaient soulagés contre les distributeurs automatiques de billets du hall d'entrée.

Derrière la vitrine du *Starbucks*, un employé essuyait une pluie de gobelets. Le gérant du *Marks and Spencer* sortit du magasin en courant, le nez en sang, un Vandale de Cardiff à ses trousses. Épouvanté par ce spectacle d'apocalypse, un groupe de retraités quitta le centre commercial en empruntant une porte anti-incendie.

Craignant d'être appréhendé en cas de descente de police, James décida de fuir la zone des pillages et de rejoindre le parking où était stationnée sa moto, mais au moment où il s'apprêtait à franchir les portes automatiques, il aperçut une trentaine d'individus qui chargeaient dans sa direction armés de manches de pioche et de chaînes de moto.

— Mort aux Vandales ! hurlèrent plusieurs d'entre eux.

James se replia dans la supérette mise à sac avant que la meute ne déboule dans le hall d'accueil. Un Dog of War qui patientait devant les toilettes reçut aussitôt un violent coup de chaîne au visage. Le sang jaillit à plusieurs mètres.

— Les Vengeful Bastards ! cria un membre du Monster Bunch.

Comme James l'avait appris en préparant la mission, les Vengeful Bastards, ennemis jurés des Vandales, avaient été fondés par deux anciens membres du club exclus pour avoir violé la règle interdisant la consommation d'héroïne. Ce groupe comptait désormais six chapitres.

Les Vandales et leurs sympathisants jaillirent de la supérette, des toilettes et de la cafétéria en brandissant les objets qui leur étaient tombés sous la main au moment où les cris des Vengeful Bastards étaient parvenus à leurs oreilles. Tout biker était tenu de défendre ses couleurs quoi qu'il en coûte. La moindre manifestation de lâcheté était passible d'un passage à tabac en règle puis d'une expulsion *manu militari*.

Teeth désarma un ennemi d'un puissant direct à l'avant-bras. La chaîne de moto que tenait l'inconnu vola dans les airs, glissa sur le sol et termina sa course aux pieds de James, qui s'en empara.

Bientôt, il apparut évident que les Vengeful Bastards n'étaient pas assez nombreux pour soutenir les assauts des Vandales. L'affrontement tournait à la correction. James s'accroupit derrière le comptoir de la supérette, près des deux employées qui se serraient l'une contre l'autre en sanglotant. Il enfila l'un de ses gants de cuir puis enroula la chaîne autour de sa main. Il disposait désormais d'un coup-de-poing américain qu'il pouvait transformer en lasso métallique si la situation l'exigeait.

— Vous n'avez nulle part où vous cacher ? demanda-t-il.

— Notre manager s'est enfermé dans la réserve, gémit l'une des femmes.

Les Vengeful Bastards ayant été mis hors d'état de nuire, un calme relatif s'installa dans le hall, puis une seconde vague d'assaillants déferla. Cette fois, ils s'étaient scindés en deux groupes : l'un attaqua par les portes automatiques ; l'autre se déploya depuis un restaurant du premier étage où il se tenait embusqué depuis le début de l'incident.

De nouveau, la bataille fit rage. Un homme tituba dans la supérette, un couteau à pain planté dans le dos. L'espace d'une seconde, James crut qu'il s'agissait d'Orange Bob, puis il réalisa qu'il se trouvait en présence d'un Vengeful Bastard à peine plus âgé que lui.

Il allait lui porter les premiers soins lorsque le combat se propagea à la boutique. Deux bikers obèses étaient parvenus à saisir Dirty Dave par les bras. Ils le plaquèrent contre une étagère où étaient exposés des bibelots et des objets souvenirs. L'un des inconnus brandit un marteau dont l'une des extrémités avait été effilée afin d'en faire une arme redoutable.

James bondit de sa cachette et cogna l'homme à l'aide de son coup-de-poing américain improvisé. Dès que ce dernier partit à la renverse, Dave se libéra de l'emprise de son second adversaire et l'envoya valser contre la porte vitrée du réfrigérateur où étaient disposés les rares boissons et sandwiches qui avaient échappé à la razzia.

James se baissa pour ramasser une maquette en laiton du pont suspendu de Clifton et frappa son ennemi à l'arrière du crâne, l'étendant pour le compte. Il envisagea de prêter assistance à Dirty Dave, qui n'était pas parvenu à se débarrasser de son opposant, mais il estima plus urgent de récupérer le marteau avant que quelqu'un d'autre, quel que fût son camp, ne s'en empare.

Au moment précis où il posa la main sur l'outil, un

troisième membre des Vengeful Bastards fit irruption dans la boutique et lui porta un violent coup de poing au visage. Sa tête heurta le comptoir, puis il sentit sa vision se brouiller. Mû par l'énergie du désespoir, il abattit le marteau et le planta dans le genou de son agresseur.

Lorsqu'il tira sur le manche, un jet de sang jaillit de la blessure. L'homme vacilla puis s'écroula lourdement sur le sol en hurlant de douleur. James accueillit un quatrième biker par un uppercut au menton et le propulsa sans connaissance contre un présentoir à journaux.

Il avait mis trois hommes au tapis, mais Dave éprouvait les pires difficultés à terrasser son ennemi. Étroitement entremêlés, les deux combattants étaient incapables de porter la moindre attaque digne de nom.

Tremblant de rage et de peur, James rassembla toutes ses forces pour frapper le biker à l'estomac. Ce dernier se plia en deux, un mouvement réflexe qui permit à Dirty Dave de le cogner en pleine face puis de lui taper la tête contre le réfrigérateur jusqu'à ce qu'il cesse de bouger.

James jeta un coup d'œil à l'extérieur et constata que le carrelage était jonché de blessés. À première vue, les Vandales et leurs associés semblaient avoir remporté la bataille, mais ils avaient payé un lourd tribut. L'affrontement avait été d'une rare violence. De nombreux motards étaient hors de combat. Il était difficile de savoir combien d'entre eux dormiraient le soir même à l'hôpital, et combien atterriraient à la morgue.

Plantés devant les portes automatiques, Teeth, le Führer et leurs officiers braillaient des ordres. James pataugeait littéralement dans le sang. Toutes les vitrines de la supérette étaient brisées et il ne restait pratiquement plus un produit dans les rayonnages.

— Tu t'en es tiré comme un chef, dit Dirty Dave, tout sourire, en lui donnant une grande claque dans le dos. Et tu m'as sauvé la vie.

Réalisant qu'il avait laissé ses empreintes sur le manche du marteau, James prit soin de le glisser dans la poche intérieure de son blouson avant de sortir de la supérette.

— Je veux qu'on quitte le parking en formation, ordonna le Führer. Si vous êtes arrêtés, ne prononcez pas un seul mot avant que nos avocats aient pris contact avec vous.

— Et pour les blessés ? demanda Teeth.

— Faites monter ceux qui peuvent marcher dans l'autocar et laissez les secours s'occuper des autres.

À peine eut-il prononcé ces mots qu'un Vengeful Bastard franchit les portes, l'œil vitreux, une main plaquée sur le ventre. Teeth l'assomma d'un coup de pied en pleine tête. Deux membres du Monster Bunch accoururent en brandissant une brassée de cassettes VHS.

— Excellent travail, sourit le Führer.

— On a été obligés de tabasser le directeur, expliqua l'un des bikers. Il dit qu'il n'y a pas d'autre bande de surveillance. Qu'est-ce qu'on en fait ? On les brûle ?

— Non. Elles pourraient nous être utiles. Débarrassez-vous de vos couleurs, roulez jusqu'à la poste la plus proche et envoyez ces cassettes en recommandé au cabinet d'avocats Burnham, Smith et Greaves, 133 High Street, à Salcombe. Ne laissez pas les flics mettre la main dessus, ou je vous tranche la gorge.

— Compris, répondirent en chœur les deux motards avant de se ruer vers leurs engins.

Sur le parking, les Vandales détruisaient méthodiquement les véhicules des Vengeful Bastards.

— Rassemblement ! brailla Vomit en sortant du centre commercial accompagné d'une trentaine de bikers.

James se tourna vers Dirty Dave.

— On a eu des pertes, dit-il. Comment pourrait-on rouler en formation ?

— Mets les gaz, c'est tout ce qu'on te demande, répondit

Dirty Dave. On doit quitter le comté avant que les flics ne se réveillent.

James ôta la chaîne sanglante enroulée autour de son poignet et la glissa dans son blouson. Plusieurs motos vandalisées reposaient sur le flanc. Trois Harley-Davidson appartenant à des vétérans des Vandales avaient été broyées contre un mur de briques par un trente-tonnes. Aussi ressentit-il un immense soulagement en découvrant son ER5 intacte. Il récupéra son casque dans le compartiment aménagé au-dessus du moteur, puis il se mit en selle.

Il roula au pas de façon à laisser Vomit, le Führer et les vétérans le dépasser. Dirty Dave se plaça à sa hauteur et lui fit comprendre qu'il souhaitait qu'il le précède, en signe de reconnaissance.

James avait la gorge sèche et les phalanges douloureuses. Il contempla le gant déchiré sur sa main droite, puis pensa à la chaîne de vélo et au marteau maculés de sang cachés dans son blouson. Autant de pièces à conviction qui risquaient de le conduire en cellule de garde à vue...

30. L'étoffe d'un Vandale

Lorsque Julian et Nigel se remirent en route pour Salcombe, Neil Gauche et Jake McEwen abandonnèrent leur opération de surveillance et prirent la direction du petit village de Kingswear. En chemin, ils reçurent un appel du centre de contrôle de CHERUB les informant que le *Brixton Riots*, le bateau évoqué par Woodhead, était la propriété d'une société bulgare.

En longeant le front de mer, ils aperçurent huit chalutiers amarrés à un quai de béton. La coque du *Brixton Riots*, mangée par la rouille, avait été grossièrement badigeonnée de peinture bleue. McEwen se gara derrière une rangée de bollards, à quatre-vingts mètres de l'embarcation, puis s'empara d'une petite paire de jumelles Nikon dissimulée sous son siège.

— Personne en vue, dit-il après avoir examiné le bateau et les filets de pêche qui pourrissaient sur le quai.

Il activa le zoom et découvrit une pancarte réalisée au pochoir accrochée à la superstructure du navire : *À LOUER À LA JOURNÉE OU À LA DEMI-JOURNÉE*.

McEwen lut à haute voix le numéro de téléphone figurant au bas de l'affiche. Neil se connecta à la base de données de l'Intelligence Service à l'aide d'un ordinateur portable.

— Ce numéro appartient à un certain Johnny Riggs. Il vit dans les environs. Selon le fichier des incidents bancaires, il a été victime d'une faillite il y a sept ans, et accumulé trois cent mille livres de pertes. Casier vierge, trois points de retrait au permis pour excès de vitesse. Divorcé, il paye une pension alimentaire pour son fils et ses deux filles.

— Un type sans histoires, conclut McEwen. Un pêcheur ruiné qui s'occupe d'un chalutier appartenant à l'une des sociétés-écrans du Führer.

— Qu'est-ce que tu vois ?

— Je n'y connais pas grand-chose aux bateaux, mais des huit, le *Brixton Riots* est le plus dégradé. Pourtant, son antenne radar est toute neuve, et elle est deux fois plus grande que les autres. J'aperçois plusieurs écrans LCD dans le poste de pilotage, et un objet jaune ressemblant à un missile à l'arrière du pont. Il y a une inscription dessus... *Towmaster*.

Neil ouvrit une nouvelle page Google et entra ces informations. Le moteur ne trouva aucun résultat mais suggéra de relancer la recherche sur « AMS Towmaster ». Il cliqua sur le lien, sélectionna la première ligne affichée à l'écran et vit apparaître plusieurs clichés d'un tube jaune semblable à une torpille.

— Systèmes de navigation avancée, Towmaster six cent soixante. Dispositif de détection en mer. Applications : opérations de renflouement, archéologie sous-marine et prospection pétrolière.

— Ainsi, voilà comment ils s'y prennent, dit McEwen en abaissant ses jumelles. Les fournisseurs du Führer larguent la marchandise au large, puis l'équipage du *Brixton Riots* la récupère grâce à ce matériel de détection.

— Comment on procède ?

— Caméras miniaturisées et micros espions. Je vais monter à bord et installer le dispositif. Si je me fais repérer, je dirai qu'on est des touristes intéressés par une partie de pêche en haute mer. On va également placer des caméras sur le quai pour filmer leurs allées et venues. On surveillera leurs activités depuis la voiture, puis on suivra la cargaison jusqu'à son point de livraison.

— On devrait peut-être demander des renforts à la CLGCM. Si on effectue la filature en solo, on a toutes les chances de se faire repérer.

— Je suis de ton avis. On n'est jamais de trop pour mener une opération de cette envergure. Contacte Ross Johnson. S'il est en panne de personnel, je tâcherai de faire venir des gens de CHERUB.

— Et l'équipement de surveillance ?

— Chloé possède une mallette bourrée de matériel électronique, à la maison de Salcombe.

Neil consulta sa montre.

— Il est treize heures, dit-il. Le timing est serré. Il n'y a pas une minute à perdre.

∴

Dante, Joe, Lauren et Anna s'immobilisèrent devant l'entrée du club-house des Vandales. Ils portaient de grands sacs de voyage et tiraient des valises à roulettes. Joe jeta un bref coup d'œil à gauche et à droite, glissa une carte magnétique dans le lecteur encastré dans le mur puis poussa la porte.

L'entrée, faiblement éclairée par les trois lucarnes percées au plafond, était déserte et silencieuse. Leur respiration résonnait en écho contre les murs nus jaunis par la nicotine.

— Il y a quelqu'un ? cria Anna.

Au moment où ils atteignirent le self-service, un Vandale dévala maladroitement les marches menant au dortoir. Vêtu d'un caleçon et d'une veste maculée de taches de pizza, il souffrait manifestement des effets secondaires d'une longue nuit de beuverie. Les quatre adolescents n'ayant rien à faire dans le club-house, Joe décida de passer à l'offensive avant qu'on ne leur demande des comptes.

— Aussie Mike, lança-t-il. Tu n'étais pas censé t'occuper de la sécurité ? On peut entrer ici comme dans un moulin. Un gang ennemi pourrait se pointer et foutre le feu sans être dérangé.

Le biker passa une main dans ses longs cheveux emmêlés.

— Qu'est-ce que vous foutez ici ?

— Je suis Joe, le fils du Führer. Il m'a chargé de vérifier que tu faisais correctement ton boulot.

Aussie se raidit.

— Aaah, d'accord. En fait, je vous ai vus arriver. Je veux dire… je ne sais pas exactement qui vous êtes, mais je vous ai déjà vus traîner dans le coin. De toute façon, on a les fusils à pompe, là-haut, si quelqu'un vient chercher la merde.

— Très bien, dit Joe. On organise une petite fête dans la maison de mes parents. Mon père m'a autorisé à prendre des snacks et des boissons.

— Pas de problème, répondit Aussie Mike en remontant péniblement les marches. Vous n'avez qu'à vous servir.

Les quatre complices échangèrent un sourire malicieux.

— Quel pigeon, ricana Joe en glissant la carte magnétique du Führer dans le lecteur qui commandait l'ouverture d'une porte surmontée de l'inscription *entrée interdite*.

Ils pénétrèrent dans la remise où trônait le gigantesque réfrigérateur aux portes de métal brossé dans lequel les Vandales stockaient les produits périssables indispensables à l'organisation de leurs barbecues. Mais les adolescents ne s'intéressaient qu'aux palettes de bière empilées sur le sol et aux bouteilles d'alcool fort et de vin entreposées sur les rayonnages.

— Vu qu'on sera une vingtaine, dit Dante, en comptant quatre canettes par personne, il nous en faut une centaine.

— Ce n'est pas assez, protesta Joe. J'ai l'intention d'en boire une quinzaine à moi tout seul.

— Déjà alcoolo, à ton âge ? gloussa Lauren.

— Arrête de frimer, railla Dante. Je suis certain que tu ne pourras plus tenir debout après trois canettes.

— Trois canettes de panaché, précisa Anna.

Lauren étudia les bouteilles alignées sur une étagère.

— Du champagne rosé, dit-elle. Tu crois qu'on peut se le permettre ?

— Certainement pas, répondit Joe. Il n'y en a que six, et ça coûte les yeux de la tête. Il faut faire en sorte que personne ne remarque qu'on a pioché dans les réserves. Quelques palettes de bière, deux bouteilles par-ci, deux bouteilles par-là.

Anna souleva le rabat du caddie emprunté à sa grand-mère et le remplit de bouteilles de vodka, de gin et de bourbon. Les garçons firent main basse sur toute la bière que pouvaient contenir leurs bagages. Lauren ouvrit le réfrigérateur et rafla des bouteilles de jus de fruits et de soda.

— Ça va être l'orgie romaine ! exclama Joe avant d'épauler son sac. Oh, bon Dieu, qu'est-ce que c'est lourd…

— Tu m'étonnes, confirma Dante. On n'arrivera jamais à porter tout ça jusqu'au bus.

— Je pourrais piquer la voiture de mon père, suggéra Joe. C'est une automatique. Il me laisse conduire autour de la maison, de temps à autre.

— Pour finir au poste de police ou ruiner la Mercedes du Führer ? Très peu pour moi. Je vais appeler un taxi.

Anna déposa un baiser sur sa joue.

— La voix de la sagesse, roucoula-t-elle.

∴

Faute d'effectifs, la police se contenta de constater les dégâts et de dénombrer les victimes de la bataille de Stoke Gifford. Le convoi, bien qu'amputé de la moitié de ses participants, put poursuivre sa course vers Cambridge sans être inquiété.

Aux environs de Swindon, Vomit décida de quitter l'auto-route afin de faire halte sur le parking d'un supermarché *Tesco*. Pendant que les bikers faisaient le plein à la station-service, les femmes qui effectuaient le trajet à bord des bus investirent le magasin afin d'acheter sandwiches, œufs écossais et tartes aux fruits.

Lors du pique-nique improvisé qui suivit, Dirty Dave décrivit, devant une assistance admirative, la façon dont James lui avait sauvé la vie.

— J'étais persuadé que j'allais recevoir ce marteau en pleine poire quand cette petite terreur est intervenue. Vous auriez dû voir comment il a corrigé le type qui essayait de me faire la peau ! Ensuite, on a massacré quatre de ces salauds. Pas vrai, champion ?

Le biker passa un bras autour du cou de James et le serra affectueusement contre son torse. Surpris par cette effusion, ce dernier lâcha la part de tarte qu'il était en train de déguster. Il n'avait pas le souvenir d'avoir vu Dave se battre, mais il s'abstint de le faire observer et le laissa poursuivre son apologie.

— Ce gamin a l'étoffe d'un vrai Vandale !

Le Führer fendit la foule des motards, saisit James par le bras et l'entraîna à l'écart.

— Qu'y a-t-il ? bredouilla ce dernier.

— Félicitations, petit. Tu t'es battu comme un chef. Du coup, ça m'ennuierait que tu te fasses serrer par les flics. Qu'est-ce que tu as fait de la chaîne et du marteau ?

— Tout est là, dans mon blouson.

— Tu as du cran et tu es malin, dit le Führer. Tu as eu la présence d'esprit de ne pas laisser traîner ces pièces à conviction sur la scène de crime. Donne-les-moi.

— Pour quoi faire ?

— Le camion-atelier va faire un petit détour par la casse d'un ami, pas très loin d'ici. Toutes les preuves incriminantes seront incinérées.

— Très bien. Les voilà.

— Tu auras besoin de tes gants pour rouler, mais tu les jetteras au feu dès qu'on sera arrivés à destination. Ne t'inquiète pas, il y aura plein de stands de vente d'accessoires à la fête. Je t'en offrirai une paire neuve si tu es à court d'argent.

— Merci.

Le Führer était le mal incarné, mais James ne pouvait s'empêcher d'éprouver une certaine admiration pour son sens inné du commandement. Contrairement aux autres bikers, il était organisé, méthodique, toujours en avance sur la police et attentif au moindre détail.

— Écoute-moi bien, mon garçon, c'est important, dit le Führer en pointant l'index dans sa direction. Si tu te fais pincer par les flics, ils essaieront de te faire parler avant l'arrivée de nos avocats. Seuls des aveux de ta part leur permettraient de prouver que tu n'as pas agi en état de légitime défense. Alors boucle-la, compris ?

— Mais c'est vrai, *j'ai agi* en état de légitime défense, fit observer James.

Le Führer lui adressa un sourire oblique et lâcha un éclat de rire.

— Ah bon ? Tant pis. Ça ira pour cette fois, mais j'espère que ça ne se reproduira pas !

31. Striptease

Six heures après son départ de Salcombe, le convoi s'engagea sur la route de campagne menant au lieu de rassemblement. À quelques centaines de mètres, sur une scène dressée au beau milieu d'un champ délimité par des barrières de sécurité, un groupe jouait une reprise d'AC/DC à plein volume.

Postés sur le bas-côté, des policiers portant des dossards fluorescents filmaient le convoi à l'aide de petites caméras vidéo. Vomit avait averti tous les participants qu'ils seraient sans doute fouillés dès leur arrivée, mais les autorités du Cambridgeshire, jugeant l'opération trop longue, avaient préféré se concentrer sur les mesures susceptibles de prévenir tout débordement au cours de la soirée. En outre, l'incident de Stoke Gifford s'était déroulé dans une autre juridiction, et les éléments qui leur avaient été transmis ne permettaient pas de procéder à des interpellations ciblées.

La Rebel Tea Party était organisée chaque année par quatre gangs de bikers de la région de Londres. Deux décennies plus tôt, la première édition avait rassemblé quelques centaines de motards dans une salle communale. Désormais, cette concentration, l'une des plus importantes d'Europe, se déroulait deux jours durant sur une base aérienne militaire désaffectée et attirait plus de vingt-cinq mille participants.

Conformément aux lois qui régissaient le monde des bikers, l'accès à la Rebel Tea Party était affaire de hiérarchie.

La plupart des convives devaient laisser leur véhicule sur un parking situé à l'écart du site, abandonner nourriture et boissons à l'entrée et se soumettre à une fouille méticuleuse. Sans rompre leur formation, le Führer et son convoi pénétrèrent sur la base par le portail réservé aux invités de marque.

Des attractions foraines et des stands de nourriture à emporter étaient installés sur l'ancienne piste de décollage. Les Vandales firent halte pour ôter leur casque, puis fendirent au pas la foule des visiteurs en actionnant leurs avertisseurs.

Un membre du chapitre de Rotterdam jaillit de la foule et tendit au Führer un drapeau nazi. Le chef biker le brandit avec enthousiasme. Des centaines d'appareils photos et de caméras vidéo immortalisèrent cette provocation.

Une annonce résonna dans les haut-parleurs disposés aux quatre coins de la base :

« *Mesdames et messieurs, saluons chaleureusement les Vandales M.C., chapitres du South Devon, de Bristol et de Cardiff, ainsi que le Monster Bunch M.C., le Dogs of War M.C. et les Branding Irons !* »

Le public était composé à quatre-vingts pour cent de passionnés de moto accompagnés de leurs femmes et de leurs enfants, mais plusieurs gangs de criminels assistaient aux festivités. Les bikers qui entretenaient de bonnes relations avec les Vandales et leurs associés levèrent le poing ou applaudirent. Les membres de groupes vassaux croisèrent les bras en signe de respect. Leurs ennemis leur adressèrent des doigts d'honneur et lancèrent des insultes.

Le convoi parada sur trois cents mètres, puis suivit les panneaux indiquant la direction d'Outlaw Hill, une colline herbeuse où avaient été aménagés plusieurs campements destinés à l'hébergement des bikers. Les clubs les plus prestigieux étaient installés au sommet de l'élévation. Un seul groupe, le plus puissant au monde, occupait une position plus élevée que les Vandales. Ses membres avaient marqué leur territoire en formant un cercle de Harley-Davidson et en installant un club-house de campagne équipé de l'air conditionné.

Plusieurs bikers venus de Londres, du nord de l'Angleterre et de chapitres étrangers, ainsi que des motards issus de gangs affiliés avaient déjà investi le camp des Vandales. L'un d'eux remit à James une chaînette à laquelle était suspendue une petite plaque portant l'inscription *Vandales M.C. - Invité*, puis lui indiqua où garer sa Kawasaki.

Les Harley des Vandales formaient autour de leur emplacement un mur de métal que les visiteurs assez braves — ou inconscients — pour s'aventurer dans les hauteurs d'Outlaw Hill pouvaient admirer à leur guise.

Le bus des femmes, le camion du matériel et l'atelier mobile étaient déjà sur place. James récupéra sa tente et son sac de couchage, puis il chercha un endroit un peu excentré où s'installer de façon à se soustraire aux inévitables débordements nocturnes de ses compagnons.

— Eh, mon pote! s'exclama Will, le grand frère de Nigel. On m'a dit que tu avais fait un malheur!

James rejoignit le jeune homme et les trois membres du Monster Bunch qui l'accompagnaient.

— Monte ta tente à côté des nôtres, dit Will en se tournant vers ses camarades, tous massifs et âgés de dix-huit à vingt ans. Je te présente mes potes, Minted, Rhoda et Shampoo.

Après leur avoir serré la main, James planta sa tente, revêtit un short cargo et un T-shirt floqué du logo des Ramones, puis but une bière qui avait passé six heures dans un camion surchauffé.

Lorsque tout le monde fut installé, il descendit la colline en compagnie de Will et de ses complices. Ils traversèrent au pas de course plusieurs camps rivaux, dont la portion de terrain occupée par les Vengeful Bastards.

— Tu vas appuyer la candidature de James au Monster Bunch ? demanda Minted.

— Oui, en même temps que celle de Nigel, répondit Will. Si ça le branche, évidemment.

— Bien sûr, à moins que les Dogs of War ne me fassent une offre plus intéressante, ricana James.

— Écoutez-moi ce petit con, plaisanta Shampoo en lui adressant une puissante claque dans le dos.

— Bon, qu'est-ce qui vous ferait plaisir, les mecs ? demanda Will. On pogotte devant la scène, on va bouffer un truc ou on jette un œil aux stands ?

— Si on allait voir les stripteaseuses ?

— Pardon ? demanda James.

Will éclata de rire puis tira ce dernier par le bras.

— Tu n'as sans doute jamais vu un truc pareil. Alors, c'est une priorité.

— En plus, il vaut mieux profiter du show tant que les spectateurs n'ont pas encore trop bu.

Parvenus au pied de la colline, ils firent halte à une buvette pour acheter des bouteilles de Budweiser bien fraîche et ils se dirigèrent vers une grande tente hexagonale. Ils réglèrent quatre livres chacun à la caisse, puis le colosse du contrôle appliqua sur leur poignet un tampon à encre invisible. Avant de pénétrer sous le chapiteau, James aperçut un panneau portant l'inscription STRICTEMENT INTERDIT AUX MOINS DE 18 ANS placé en évidence au-dessus de la porte.

Le public, exclusivement masculin, avait délaissé les cent cinquante chaises mises à sa disposition dans l'espace faiblement éclairé pour se masser devant la scène où six femmes aux seins nus se déhanchaient mollement sur la musique d'une modeste sono.

— Salut les hommes ! s'exclama un animateur rondouillard engoncé dans une veste en velours, en tenant son micro comme une vedette de la chanson des années soixante-dix. Je vous demande d'applaudir une nouvelle fois nos courageuses candidates. Je vous rappelle que la lauréate recevra cent livres… et c'est à vous de la désigner.

— On dirait qu'on a raté l'essentiel, dit James à ses camarades.

Will secoua la tête.

— Le spectacle dure toute la journée. Striptease, pole dancing, concours amateurs… L'année dernière, il y avait deux Estoniennes tout en cuir armées de fouet. Elles étaient complètement barrées.

— Faites du bruit pour la candidate numéro un ! braille le présentateur.

Une femme grassouillette d'une cinquantaine d'années, affublée d'un porte-jarretelles rouge, fit un pas en avant. La foule observa un silence absolu.

James siffla une gorgée de bière.

— Oh, c'est pathétique, gémit-il.

— C'est fait exprès, expliqua Shampoo. Ils mettent toujours un ou deux cageots pour énerver le public.

Les deux candidates suivantes soulevèrent davantage d'enthousiasme. La quatrième reçut de francs applaudissements, mais une poignée de spectateurs placés derrière James et ses complices lui lancèrent des injures particulièrement salées. Aussitôt, un groupe de bikers s'écarta de la scène et se précipita vers les provocateurs.

— Allons, les gars, on est ici pour s'amuser ! lança l'animateur. Comme disait ma vieille maman, retenez votre respiration et comptez jusqu'à dix.

— Je vais te trancher la gorge ! rugit un géant posté juste derrière James.

Cette menace avait tout d'une bravade, mais une lame brilla dans la pénombre. Des coups furent échangés, sans que nul ne puisse savoir si l'un des combattants avait été blessé.

Will, Rhoda et Shampoo étaient parvenus à se mettre à l'abri, mais James se retrouva pris au piège entre la scène et les belligérants. Pieds, poings et chaises pliantes fendirent les airs. Déterminé à échapper au plus vite au pugilat, James gravit les trois marches menant au podium, mais le présentateur lui intima l'ordre de descendre puis tenta de lui porter un direct au visage.

— J'essaye juste de me mettre à l'abri, protesta-t-il en esquivant habilement le coup.

Constatant que l'individu restait sourd à ses arguments, il dut se résoudre à le frapper sans retenue à la mâchoire.

Les six candidates avaient ramassé leurs vêtements et leurs chaussures avant de trouver refuge derrière l'étroite cloison qui séparait la scène des coulisses. Soudain, les néons fixés aux parois s'illuminèrent. James vit l'un des groupes impliqués dans la rixe quitter la tente en toute hâte. Will et ses amis avaient disparu. À en juger aux couleurs figurant sur leurs blousons, les bikers demeurés sur place appartenaient au Vandales M.C. et à des clubs affiliés. Un membre du chapitre de Londres était étendu sur le sol, une plaie sanglante à l'abdomen.

James sauta derrière la scène, souleva un pan de toile et se glissa hors du chapiteau en compagnie de deux candidates. Alors, une claque retentit dans son dos puis une femme poussa un hurlement déchirant.

— Espèce de traînée ! hurla l'animateur.

James fit demi-tour et jeta un œil à l'intérieur. La candidate numéro cinq, une brunette extrêmement menue, n'avait pas encore quitté la scène. Elle ne portait ni chaussures ni chemise. Le présentateur la tenait par les cheveux.

— Ce n'est pas bien de s'en prendre à une jeune fille sans défense ! lança James en bondissant sur le podium.

Sur ces mots, il donna un violent coup de poing à l'animateur, saisit son poignet libre et lui tordit le bras derrière le dos.

— Laisse-la partir ou je te casse le coude, ordonna-t-il.

L'homme lâcha sa prisonnière et tenta de riposter.

— Tu es trop gros et trop lent, fit observer James avant de frapper son adversaire à trois reprises puis de le pousser hors de la scène d'un ultime coup de pied.

Abasourdi, l'homme atterrit sur les fesses parmi les chaises renversées.

James ignorait l'identité de sa victime, mais ses activités professionnelles démontraient qu'il entretenait des relations étroites avec les organisateurs de l'événement. Mieux valait ne pas traîner sur les lieux.

Derrière le podium, la candidate numéro cinq poussait des jurons en espagnol en cherchant vainement ses vêtements dans un fatras d'accessoires pour pom-pom girls.

— Qu'est-ce qui s'est passé ? demanda James.

— Quelqu'un a piqué ma chemise. Je ne peux pas retourner à mon camping-car dans cette tenue.

James ôta son T-shirt et le lui remit.

— Il est un peu humide, dit-il. Mais c'est mieux que rien.

— Mon héros ! ironisa la jeune femme en enfilant le vêtement.

James la suivit à l'extérieur de la tente.

— Ce type est complètement malade. Il s'en est pris à toi parce que tu voulais récupérer ta chemise ?

Un sourire malicieux éclaira le visage de l'inconnue. Elle sortit un rouleau de billets de vingt livres de la poche de son jean déchiré.

— Je crois qu'il est surtout furieux de s'être fait piquer l'argent du concours.

James éclata de rire.

— Je te raccompagne ? Il vaut mieux que tu ne rentres pas toute seule, avec tous les tarés qui traînent dans le coin.

— Avec plaisir.

En chemin, ils croisèrent trois bikers aux blousons

doublés de gilets fluorescents siglés *sécurité* et une équipe de secouristes portant un brancard. Postés à l'entrée du chapiteau, deux Vandales du chapitre de Londres passaient coup de fil sur coup de fil depuis leur téléphone portable.

— Tu m'as sauvé la vie, dit la jeune femme.

— J'aime bien ton accent. Tu es espagnole ?

— Bien vu, Sherlock, gloussa-t-elle.

— Au fait, je m'appelle James.

— Et qu'est-ce qui pousse un beau garçon comme toi à traîner avec des trolls dans une tente à striptease ?

James était embarrassé.

— Je me suis laissé entraîner par des potes. C'est la première fois, je te promets. Mais j'allais voter pour toi. Tu étais la plus canon des six, et de loin.

— Tu veux que je te fasse visiter mon camping-car ?

— Euh… oui, pourquoi pas.

— Comme ça, je me changerai, et tu pourras récupérer ton T-shirt.

32. Un excellent souvenir

Le Panzer radiocommandé progressait sur la pelouse, à l'arrière de la villa du Führer. Sa tourelle pivota vers le T34 de l'armée soviétique. L'extrémité du canon lança un éclair, puis le jouet émit un son électronique rappelant une détonation.

— Raté ! s'exclama Dante avant d'étudier sa télécommande d'un œil perplexe. C'est quel bouton, déjà, pour bouger la tourelle ?

Joe, qui n'avait nullement l'intention de venir en aide à son adversaire, se concentra sur la trajectoire de son char d'assaut. Réalisant que l'engin ennemi se rapprochait dangereusement, Dante passa la marche arrière et percuta le pied d'une mangeoire à oiseaux. Le Panzer fit feu et manqua de nouveau sa cible.

— Passe-moi ce truc ! rugit Lauren en arrachant la télécommande des mains de Joe.

— Ça y est, j'ai trouvé ! lança Dante.

Il passa la marche avant et fit feu à courte distance. Une voix de synthèse, jaillie du haut-parleur intégré à la télécommande de Lauren, annonça :

— *Tank A, Impact de front. Dommages à quinze pour cent.*

— Quinze pour cent ? C'est rien du tout. Il en est à quatre-vingt-cinq. Encore un obus sur le flanc, et il est mort.

Les jouets n'autorisaient qu'un tir toutes les quinze secondes afin de simuler la manœuvre de rechargement. Sachant que le Panzer de Lauren serait prêt à faire feu avant le sien, Dante passa en marche avant et positionna son char derrière le maigre tronc d'un prunier.

— Ne t'approche pas trop près du bassin, avertit Joe en constatant que le Panzer piloté par Lauren roulait à vive allure vers le blindé ennemi. Mon père me flanquera une dérouillée si l'un de ces chars finit à la flotte.

— À moi, dit Anna en donnant un coup de coude à Dante.

— Nan, répondit ce dernier. T'es nulle, et la situation est plutôt tendue.

Lauren vit une diode verte clignoter sur sa télécommande, signe qu'elle pouvait de nouveau prendre son adversaire pour cible. Elle immobilisa le Panzer afin de viser la partie exposée du T34 de Dante.

— Tu n'as aucune chance ! s'exclama ce dernier.

Sourde à cet avertissement, Lauren fit feu et manqua sa cible.

Dante remit la télécommande à sa petite amie.

— Allez, à toi maintenant. Mais fais gaffe, dit-il, le voyant vient de s'allumer. Ne rate pas ton coup.

Malgré sa situation critique, Lauren ne battit pas en retraite. Au contraire, elle orienta son char droit vers le prunier. Elle était convaincue qu'Anna n'avait pratiquement aucune chance d'atteindre un véhicule en mouvement.

— Oups ! s'écria cette dernière en actionnant accidentellement la marche arrière.

— Le bouton de la tourelle se trouve ici, expliqua Dante en pointant l'index en direction de la télécommande.

— C'est bon, j'ai compris.

Le Panzer se trouvait désormais à moins de quatre mètres de sa cible.

— Tire, maintenant ! cria Dante.

Anna tourna la tourelle vers le blindé ennemi puis enfonça le bouton de mise à feu.

— Trop tôt, s'agaça son petit ami. Le canon n'était pas stabilisé !

La voix de synthèse contredit ce constat.

— *Tank A, Impact de flanc. Dommages à trente-cinq pour cent.*

— Quoi ? s'exclama Joe, indigné. Mais on était pratiquement face à face !

— L'obus a dû passer dans un trou de souris, ricana Dante en caressant affectueusement le dos de son amie. Joli coup, j'avoue.

Consciente que l'ennemi serait bientôt en état de tirer, Anna préféra jouer son va-tout et foncer droit vers sa cible. Lauren eut beau enclencher la marche arrière, le Panzer resta immobile. Le T34 se cabra, le galet de roulement qui entraînait l'une de ses chenilles heurta la tourelle du blindé allemand, puis il bascula sur le dos.

Lauren actionna fébrilement les manettes de sa télécommande.

— Il refuse de bouger, gronda-t-elle.

— Les piles sont à plat, expliqua Joe.

— Tu en as d'autres ?

— Non.

— Victoire ! s'exclama Dante.

Lauren leva les yeux au ciel.

— Redescends sur terre. Ton char est à l'envers.

— Et il a encaissé quatre-vingts pour cent de dommages. C'est nous qui avons gagné.

— Mais nous, nous avons su économiser notre énergie et nos munitions, fit observer Dante.

— Tes piles ont duré plus longtemps parce que tu as mis une heure à comprendre le fonctionnement de la télécommande, et tu n'as pratiquement fait que rouler au hasard sans utiliser la tourelle, répliqua Joe.

— Forcément, protesta Anna. Ce sont les chars de ton père. Tu joues souvent avec. Le combat était déséquilibré.

Lauren épongea son front perlé de sueur et se dirigea vers la maison.

— Je crève de soif. On va boire un coup ?

Joe ramassa le Panzer. Dante replaça le T34 sur ses chenilles puis le fit rouler jusqu'à la véranda. Les quatre amis y trouvèrent Martin, dans un fauteuil de cuir, en train de lire le *Times*.

— C'est quoi, toutes ces bouteilles dans l'entrée ? demanda ce dernier. Vous organisez une petite soirée ?

— Vous n'êtes pas invités, toi et ta bande de tapettes ! lança son petit frère. De toute façon, tu seras à la crêperie.

Lauren avait appris à apprécier Joe, mais elle détestait l'entendre répéter les provocations homophobes de son père. Elle lui tordit violemment l'oreille.

— Arrête de te comporter comme un crétin, dit-elle.

— Ce n'est pas grave, Lauren, la rassura Martin. Il n'y est pour rien. C'est de famille.

Il se leva et considéra son frère avec gravité.

— Si tu fous le bordel dans la maison, papa te tuera, dit-il. Je ne plaisante pas.

— Mais non. Je suis son chouchou, tu le sais bien. S'il découvre que j'ai organisé une fête clandestine, il me donnera une claque dans le dos et balancera une de ses grandes phrases. *Tel père tel fils* ou *les chats ne font pas des chiens*, une connerie dans le genre.

Martin soupira.

— Le plus déprimant, c'est que tu as raison. Mais tu oublies maman.

— Rien à craindre. Elle aboie fort, mais elle ne mord pas. De toute façon, Lauren est là. Elle se chargera de nettoyer les dégâts si nécessaire. Les filles adorent faire le ménage. C'est génétique.

Lauren adressa un doigt d'honneur à son petit ami.

— Le chouchou à son papa et à sa maman ferait mieux d'y aller mollo sur les remarques homophobes et sexistes, parce que sa copine, *elle*, pourrait bien lui flanquer une bonne correction.

∴

Hors d'haleine, James était étendu sur une couchette, à l'arrière du camping-car Volkswagen. Son corps nu ruisselait de sueur. Ses vêtements jonchaient la moquette. La jeune Espagnole était pelotonnée contre lui.

Il souriait d'une oreille à l'autre.

— C'était vraiment génial !

La fille posa un baiser sur son torse.

— C'était la moindre des choses, mon héros. Eh, qu'est-ce que tu as, là, au téton ? Tu t'es fait mordre par une copine ?

— Non. C'est un serpent qui m'a fait ça, il y a à peu près un an.

— Tu mènes une vie mouvementée, on dirait.

— Oui, plutôt, gloussa-t-il en couvrant sa nuque de baisers. Dis donc, c'est un peu embarrassant, mais je réalise que je ne me souviens pas de ton nom.

— Normal, vu que je ne te l'ai pas dit, répliqua la fille avant de repousser James et de s'asseoir au bord de la couchette. Tu n'as pas vu mes chaussettes ?

— Et tu tiens à conserver l'anonymat ? plaisanta James.

— Exactement, répondit-elle en jetant un œil à la montre posée près de l'évier. Il faut que j'aille travailler.

— Tu en as pour longtemps ? On peut se voir après, si tu veux.

— Écoute, c'était chouette, dit-elle en attachant son soutien-gorge. Ça restera un excellent souvenir.

James ravala son orgueil et sa déception.

— Où travailles-tu ?

— Mon père et mon oncle ont un stand mobile de paella.

— Ah. Alors tu passes ton temps à voyager.

— L'été, surtout. On suit tous les grands rassemblements. V2, Reading, Glastonbury, Donnington, le carnaval de Notting Hill, et plein d'autres événements sur le continent. L'hiver, on retrouve toute la famille en Espagne.

— Tu vis sur la route, dit James. Ça a l'air cool.

— Passe-moi mon jean, et habille-toi. Il faut qu'on y aille.

James se pencha vers la cabine où il avait jeté le pantalon de l'inconnue. Il saisit le vêtement et remarqua un triangle bordeaux qui dépassait d'une poche arrière.

— Aha ! s'exclama-t-il en s'emparant du passeport. Voyons voir… Reina Cardinas. Bon sang, même ton nom est sexy.

La jeune femme se précipita sur lui.

— Espèce de fouille-merde, rends-moi ça immédiatement, gronda-t-elle.

— Tu étais mignonne. Tu avais quel âge sur la photo ? Douze ans ? Jolies nattes.

Reina lui arracha le document des mains, puis lui jeta le T-shirt Ramones.

— C'est privé ! protesta-t-elle. Allez, finis de t'habiller et tire-toi. Mon père ne va pas tarder à rentrer.

— Comment se fait-il que tu passes ton temps sur la route ? Tu ne devrais pas être à l'université ?

— Je me suis fait virer de trois lycées, alors mon père a décidé de me prendre avec lui, pour pouvoir me tenir à l'œil.

— Eh bien, c'est une franche réussite, ricana James en enfilant ses baskets.

Reina ne lui rendit pas son sourire. Comprenant qu'il était vain d'insister, il quitta le camping-car et prit la direction d'Outlaw Hill.

33. Troisième Guerre mondiale

Au crépuscule, Chloé gara la Range Rover dans une rue située à quelques centaines de mètres du quai de Kingswear. Elle quitta le véhicule puis frappa à la portière arrière d'un van peint aux couleurs d'une entreprise de nettoyage.

McEwen la fit monter à l'intérieur. Neil Gauche la salua d'un hochement de tête puis se tourna vers la console où étaient regroupés écrans de contrôle et dispositifs d'enregistrement.

— Votre Majesté, ironisa McEwen, qu'est-ce qui nous vaut l'honneur de votre visite ?

— James est en virée dans le Cambridgeshire, Lauren et Dante font la fête dans la villa du Führer, et il n'y a rien à la télé, alors j'ai décidé de faire un saut, pour voir si vous aviez besoin d'un coup de main.

— Sympa, lâcha Neil.

— Quelle est la situation ? demanda Chloé.

— Johnny Riggs est monté à bord du *Brixton Riots* environ une heure après que j'ai mis en place le dispositif de surveillance, expliqua McEwen. Une barge de ravitaillement l'a approvisionné en carburant, puis il a rangé et nettoyé le pont. Paul Woodhead, Julian et Nigel sont arrivés peu après dix-huit heures. Ce dernier a demandé, je cite, *combien de temps ça prendrait*. Riggs a répondu qu'il espérait être de retour au port avant vingt et une heures et en avoir terminé à vingt-trois heures.

— Et pour l'équipement ?

— Tu n'as qu'à jeter un œil, répondit le contrôleur adjoint en désignant les écrans. Il y a des caméras sur le bateau et sur le quai, ainsi que des micros un peu partout. Neil est sorti pour placer une cellule de géolocalisation dans la bagnole de Riggs et dans le van conduit par Woodhead.

— Un van, répéta Chloé. C'est sans doute là qu'ils placeront le chargement.

— Probable. Grâce à leurs radars, les garde-côtes surveilleront la position du chalutier lorsqu'il sera en mer, au cas où ils décideraient de débarquer la marchandise à un endroit que nous n'avons pas prévu. Ce qui m'inquiète, c'est que notre matériel n'est pas adapté pour la haute mer.

— Rassure-toi. Même si on perd le signal, les caméras conserveront les images dans leur mémoire intégrée.

— Mais tu as pensé aux conditions particulières, à l'humidité et la salinité de l'air ?

— Au moins, la mer est calme, fit observer Neil avant de tirer une chaise pliante à ses côtés. Assieds-toi, Chloé. Il nous reste pas mal d'heures à patienter.

∴

Une vingtaine d'adolescents, élèves de troisième pour la plupart, étaient réunis dans la maison du Führer. S'ils avaient passé l'âge des soirées pyjamas et des goûters d'anniversaire, ils n'étaient pas pour autant très à l'aise à la perspective de passer une soirée sans parents, en toute liberté, à boire et à fréquenter des personnes du sexe opposé.

En conséquence, les garçons commencèrent par siffler des canettes de bière en jouant au billard et aux fléchettes dans le vaste salon. Retranchées dans la cuisine, les filles, qui se trouvaient en minorité, élaborèrent des cocktails en s'inspirant d'un livre de recettes appartenant à la mère de

Joe, puis s'installèrent dans les confortables chaises de la véranda pour échanger des confidences et comparer les mensonges qu'elles avaient servis à leurs parents pour se rendre à cette fête clandestine.

Dès qu'il eut englouti deux bières, Dante sentit la tête lui tourner. Il se sépara du groupe pour se rendre aux toilettes et trouva Anna sur le palier du premier étage.

— C'est nul, grommela-t-elle avant d'embrasser son petit ami. Ces gens sont stupides et ennuyeux.

Dante poussa Anna contre le mur, lui rendit son baiser et laissa courir ses mains sur ses fesses. Deux filles firent irruption sur le palier.

— Oooh, Anna ! gloussèrent-elles avant de s'enfermer dans les toilettes.

— Bande de frustrées, grogna Dante.

Anna prit sa main et le tira vers le couloir.

— Trouvons un coin tranquille, dit-elle.

— Tu es drôlement entreprenante quand tu as bu, ricana Dante.

Ils pénétrèrent dans la chambre de Martin. Elle était aussi vaste que celle de Joe, mais plus ordonnée. Une carte du monde ornait l'un des murs. Des punaises colorées marquaient les endroits qu'il rêvait de visiter.

Dante et Anna ressortirent puis poussèrent la porte de la chambre du Führer et de son épouse. Fascinés, ils contemplèrent les monstrueux sous-vêtements féminins et les slips kangourou qui jonchaient le sol.

— Les vieux sont immondes, gémit Anna. Moi, je veux mourir jeune et belle.

Ils pénétrèrent dans la pièce voisine et restèrent figés devant une large baie vitrée donnant sur la campagne. Le ciel était zébré d'orange et de violet. C'était un spectacle à couper le souffle.

Ils se trouvaient dans le bureau du Führer. Dante avait le

sentiment d'avoir remonté le temps, d'avoir été téléporté au quartier général des forces allemandes, en pleine Seconde Guerre mondiale. Un portrait d'Adolf Hitler était suspendu au-dessus de la cheminée. Un mannequin vêtu d'un uniforme de la SS montait la garde dans un angle de la pièce.

— Je crois que le père de Joe n'a pas toute sa tête, dit Anna. Oh, et il a de quoi se défendre, on dirait.

Dante savait que le Führer détenait un permis de possession d'armes. Comme le prévoyait la loi, ses deux fusils à pompe étaient exposés dans une vitrine en verre renforcé, équipée d'un solide cadenas. Sur un râtelier de bois était disposée une collection d'arbalètes sophistiquées.

— L'attirail du parfait petit psychopathe, sourit Dante.

Il saisit l'une des armes et la pointa vers sa petite amie.

— Arrête ! protesta-t-elle en plaçant les mains devant son visage.

— Elle n'est pas chargée, expliqua-t-il en reposant l'arbalète.

La mine boudeuse, Anna posa les mains sur les hanches.

— On ne sait jamais.

Dante comprit qu'elle n'était nullement fâchée. Cette posture provocatrice était une invitation. Sans un mot, ils s'installèrent dans un profond fauteuil club pour s'embrasser et se caresser passionnément.

Soudain, Dante remarqua un cliché encadré suspendu au mur, au-dessus de la vitrine.

Il avait déjà constaté que de nombreuses photographies mettant en scène les Vandales ornaient les murs de la maison et, sur plusieurs d'entre elles, il avait reconnu son père disparu. Mais celle-ci était différente. Tous les membres de la famille Scott y figuraient. Dante n'avait conservé aucune image de ses parents, de son frère et de sa grande sœur. Tout avait brûlé dans l'incendie de la maison. Il n'avait pas revu ces visages depuis presque cinq ans.

Il gardait un souvenir précis du jour où la photo avait été prise, derrière l'ancien club-house, à l'occasion du barbecue d'été. Scotty posait fièrement, au centre, en compagnie des autres Vandales, près de celui qui devait l'assassiner un an plus tard. Les femmes étaient rassemblées sur les côtés, les enfants agenouillés devant les hommes.

Holly n'était alors qu'un bébé sans dents ni cheveux pelotonné dans les bras de sa mère. Dante se tenait contre Joe, son meilleur ami. Comme à leur habitude, Jordan faisait la grimace et Lizzie boudait.

Les souvenirs déferlaient dans sa mémoire. Il avait le sentiment qu'ils ressuscitaient devant ses yeux, avec toutes leurs petites manies. Il se sentait coupable d'avoir oublié, d'avoir trahi sa famille en chassant de son esprit une foule de détails autrefois si familiers.

— Qu'est-ce qui se passe, John ? demanda Anna. Il y a quelque chose qui ne va pas ?

John. Ce prénom le ramena brutalement à la réalité. Il chassa les larmes qui perlaient au coin de ses yeux.

— La bière, répondit-il. Tu appuies sur ma vessie. Il faut que je file aux toilettes.

Sur ces mots, il bondit du fauteuil, courut jusqu'à la salle de bain de la chambre de Führer puis, effondré devant le lavabo, lutta de longues minutes pour ne pas éclater en sanglots.

∴

De retour à Outlaw Hill, James aida ses compagnons à dresser un immense feu de camp au centre du bivouac. Ce brasier n'était pas destiné au chauffage. Comme tous les gangs qui campaient sur la colline, les Vandales tenaient à marquer leur territoire, de nuit comme de jour.

Des rumeurs se mirent à courir, et l'atmosphère se fit électrique. James tendit l'oreille. On murmurait que les

Vengeful Bastards ne s'avouaient pas vaincus, qu'ils préparaient un nouvel assaut afin d'effacer la défaite essuyée dans la station-service. Ils n'étaient pas assez nombreux pour se mesurer aux Vandales, mais ils comptaient un grand nombre d'alliés disposés à leur prêter main-forte.

À en croire les informations qui circulaient, le biker qui avait reçu un coup de couteau dans le chapiteau se trouvait dans un état grave. Les témoins avaient reconnu sur le blouson de son agresseur l'emblème du Satan's Prodigy. Pour quelque raison étrange, les Vandales de Londres et du Nord considéraient ce gang comme un groupe ennemi, mais ceux du South Devon et de Cardiff, à l'inverse, entretenaient avec ses membres de fructueuses relations d'affaires.

Des pourparlers informels se déroulaient aux quatre coins de la colline. Les alliances se nouaient et se dénouaient d'une minute à l'autre. Aux yeux de James, ces tensions ne présageaient rien de bon. Une longue et sanglante nuit s'annonçait.

Lorsqu'il eut achevé de dresser le feu, il se dirigea vers sa tente. Il retrouva Will, Minted et Shampoo, qu'il n'avait pas revus depuis l'incident survenu pendant le concours de striptease amateur, quatre heures plus tôt.

— Ou étais-tu passé ? demanda Shampoo.

James s'allongea dans l'herbe et ôta ses baskets.

— Nulle part, répondit-il en contemplant ses mains noircies par les vieux journaux qui avaient servi à allumer le bûcher. Bon sang, qu'est-ce que je suis sale ! Et je ne vous raconte pas l'odeur.

— On s'en fout, sourit Minted. L'année dernière, il a plu sans interruption. Outlaw Hill était un vrai champ de boue. On en était couverts de la tête aux pieds, et je te laisse imaginer la galère que ça a été pour pousser les bécanes jusqu'à la route.

— Comment ça, *tu n'étais nulle part* ? s'étonna Will. On t'a vu sortir du chapiteau avec une fille. Elle portait ton T-shirt.

James haussa les épaules.

— Ouais. Elle avait paumé sa chemise, alors je l'ai raccompagnée jusqu'à son camping-car pour qu'elle puisse se changer.

— Et c'est tout ? Comment se fait-il que tu aies disparu pendant des heures ?

— Je me suis acheté des gants, expliqua James en écartant un pan de sa tente pour montrer à son interlocuteur la paire flambant neuve acquise sur un stand de fournitures pour motards. Les autres se sont déchirés à cause de la chaîne de moto, quand j'ai dérouillé ce type dans la supérette. Le Führer m'a ordonné de les brûler.

— Vraiment ? ricana Shampoo. Alors comment tu expliques que ton visage soit couvert de rouge à lèvres ?

— C'est vrai ? s'étrangla James en se frottant énergiquement les joues avec la manche de son T-shirt.

— Non, mais tu viens de te trahir ! triompha le jeune homme.

— On t'a suivi, avoua Will. On a attendu un bon quart d'heure, puis on a laissé tomber, vu que tu avais manifestement mieux à faire que de traîner avec des losers dans notre genre.

— Pourquoi tu ne nous as rien dit ? demanda Minted. Moi, si je m'étais payé une partie de galipettes avec une stripteaseuse, je l'aurais crié sur les toits.

— Bon, OK, j'ai couché avec cette fille, admit James en décapsulant une canette de bière. Je suis irrésistible, je n'y peux rien. Toutes les filles se jettent sur moi, et je ne sais pas dire non.

— Et ça va, les chevilles ? plaisanta Will. Franchement, tu es trop fort, mon pote.

À cet instant, une détonation retentit à la limite du campement des Vandales. James et ses camarades se redressèrent et scrutèrent les alentours.

— Oh, merde ! s'exclama Will en découvrant deux Harley-Davidson en flammes. Je crois que la Troisième Guerre mondiale vient de commencer.

Une foule de Vandales accoururent pour déplacer les motos menacées par l'incendie. Les propriétaires des deux machines sinistrées se précipitèrent vers le camion-atelier à la recherche d'extincteurs.

— Ce sont les engins des types dont le pote a été poignardé pendant le concours, remarqua Minted. Ça doit être un coup du Satan's Prodigy.

— Ces mecs sont complètement malades ! s'exclama Will. On est dix fois plus nombreux qu'eux !

— Ils doivent avoir conclu un pacte avec les Vengeful Bastards, supposa Minty.

James esquissa un sourire.

— À moins que les salauds qui ont fait le coup ne souhaitent qu'on *soupçonne* le Satan's Prodigy.

— Possible. Il y a pas mal de mecs tordus dans le coin.

Les bikers dont les Harley-Davidson avaient été incendiées luttaient désespérément contre les flammes. Un pneu éclata sous l'effet de la chaleur. Effrayés par la détonation, les deux hommes reculèrent vivement, se bousculèrent et s'effondrèrent lourdement dans l'herbe.

— Ces bécanes sont foutues, dit Will. Même s'ils arrivent à étouffer les flammes avant que les réservoirs n'explosent, les pièces du moteur ont déjà dû fondre.

Des Vandales accourus à la rescousse armés d'extincteurs parvinrent tant bien que mal à juguler l'incendie. Les sept présidents de chapitre présents sur les lieux improvisèrent une réunion de crise et s'exprimèrent avec une telle fureur qu'on pouvait les entendre hurler à trente mètres.

Sealclubber exigea que chacun s'arme et fonce sur-le-champ vers le camp du Satan's Prodigy. Le Führer lui enjoignit de se calmer et de ne prendre aucune décision tant que les responsables de l'attaque n'auraient pas été clairement identifiés.

— Va te faire foutre ! répliqua Sealclubber. L'un de mes hommes s'est fait planter, deux autres ont vu leurs Harley partir en fumer et tu me demandes de jouer le diplomate ? Moi, je dis qu'on doit riposter immédiatement. Débarrassons la surface de la terre du Satan's Prodigy et des Vengeful Bastards !

Le Führer tenta vainement d'apaiser la colère de Sealclubber. Bientôt, des dizaines de bikers ivres de rage et de bière se rassemblèrent autour de leurs chefs, et il comprit qu'il avait perdu la partie. Par acquit de conscience, on procéda à un vote, et la motion guerrière l'emporta à cinq contre deux.

— Flingues, couteaux, battes ! hurla Sealclubber devant une foule en délire. Équipez-vous, on passe à l'attaque dans cinq minutes !

34. Une très longue journée

Julian et Nigel montèrent jusqu'à la passerelle du chalutier. La lune se reflétait sur une mer d'huile. Il régnait un
calme irréel. Des cannes étaient suspendues aux flancs du
bateau, afin de laisser penser qu'il avait été loué par d'inno-
cents amateurs de pêche nocturne.

— Vous nous avez appelés ? demanda Julian.

Riggs était aux commandes. Accoudé au bastingage, Paul
Woodhead promenait le faisceau d'un puissant projecteur
électrique à la surface des flots.

— Selon le Towmaster, le chargement se trouve tout près
de notre position, expliqua ce dernier. Nous avons envoyé le
signal déclenchant le déploiement des flotteurs. Je voudrais
que vous ouvriez la soute et que vous tiriez la rampe.

Les deux garçons descendirent sur le pont puis soulevèrent une grille métallique. Une épouvantable odeur de
poisson pourri envahit leurs narines.

— Ça y est, je les vois ! s'écria Woodhead.

Une balise gonflable rose fluo émergea dans un panache
d'écume, à trente mètres du bateau.

Riggs augmenta brièvement le régime du moteur, puis il
braqua la gouverne.

— Qu'est-ce que vous attendez ? lança Woodhead à
l'adresse des deux adolescents. L'un de vous pourrait-il avoir
l'obligeance de descendre dans la soute pour mettre la rampe
en place ?

En dépit du dégoût que lui inspirait la puanteur se dégageant de la cale, Nigel, estimant qu'il devait déjà une fière chandelle à Julian, se porta volontaire pour remplir cette tâche ingrate.

Il se glissa dans l'ouverture et posa les pieds dans une couche de vase fétide. L'atmosphère était irrespirable. Il saisit la baladeuse électrique suspendue au plafond.

— Tu vas bien ? demanda Julian.

Craignant d'être pris de vomissements, Nigel préféra garder la bouche close. Il plongea une main dans la boue, souleva une longue planche de bois et en arrima l'extrémité supérieure au rebord de la trappe afin de ménager un plan incliné.

Le chalutier ralentit sa course et se positionna à moins de cinq mètres de la bouée. À l'aide d'une longue perche, Julian y attacha une corde équipée d'un grappin puis en fixa l'autre bout à une poulie reliée à un treuil électrique.

La poupe du chalutier s'enfonça légèrement quand le moteur hissa le chargement posé sur le sable, à cinquante mètres de profondeur. Lorsqu'il émergea, Julian découvrit un parallélépipède de la taille d'un réfrigérateur, recouvert d'une enveloppe de plastique étanche.

Woodhead descendit de la passerelle et se pencha par-dessus le bastingage.

— File-moi un coup de main, ordonna-t-il.

Il saisit le câble et imprima à la caisse un mouvement de balancier afin de la hisser sur le pont. Julian tenta vainement d'attraper le bout, mais le bateau tangua de façon imprévisible et le container heurta la coque, menaçant de lui broyer le bras.

À la seconde tentative, Woodhead contrôla les mouvements du chargement grâce à la perche, et ils parvinrent à le monter à bord.

— Bon Dieu, haleta l'homme, ce que c'est lourd... Tu t'en es bien sorti, petit. Commençons à déballer le matos.

Tandis que Riggs manœuvrait le chalutier vers la seconde bouée, Julian et Woodhead déchirèrent l'emballage de la caisse et inspectèrent les boîtes en carton alignées à l'intérieur.

— Tout est sec, annonça Woodhead. La vache, ça doit faire beaucoup de pétoires…

La plupart des emballages portaient des caractères chinois. Certains étaient vierges, d'autres ornés de photographies et d'informations vantant leur contenu, comme s'il s'agissait de produits de consommation courante.

Julian et Woodhead vidèrent le container et remirent les boîtes à Nigel, afin qu'il les dissimule dans la cale. Cette phase était la plus risquée de l'opération. En ce samedi soir, de nombreux yachts et voiliers de plaisance croisaient dans les parages, et la pleine lune permettait aux hélicoptères des garde-côtes d'y voir comme en plein jour.

∴

Tout biker, même le plus modeste sympathisant, se devait de combattre aux côtés des siens. N'ayant guère le choix, James se joignit à la meute de motards qui, regroupés entre les tentes, brandissaient piquets de tente, marteaux, chaînes de moto et autres armes par destination.

Malgré son vote en défaveur de l'affrontement, le Führer reçut le commandement des troupes en raison du prestige dont il jouissait parmi les siens. Il décida que deux chapitres, dont celui de Londres, mèneraient l'assaut contre le Satan's Prodigy ; quatre chapitres attaqueraient les Vengeful Bastards, dont les effectifs étaient plus importants ; les membres de Cardiff et deux chapitres du Monster Bunch furent chargés de monter la garde dans le camp. Les sympathisants et les motards issus des groupes affiliés se battraient auprès de ceux qui les avaient invités à participer au run.

Par respect pour Will autant que par souci de limiter les risques, James choisit de défendre le campement aux côtés des bikers du Monster Bunch. Ces derniers formèrent un cordon de sécurité dès que les assaillants se furent élancés dans la pente en hurlant comme des possédés. James se positionna à deux mètres de Will, les bras croisés, la chaîne de moto enroulée autour de son poing gauche.

Le Satan's Prodigy était un gang important, mais la plupart de ses membres résidaient dans le nord de l'Angleterre, et seuls deux de ses quatorze chapitres avaient taillé la route jusqu'à la Rebel Tea Party. Lorsqu'ils déboulèrent dans leur camp, les Vandales découvrirent qu'ils avaient plié bagage. C'était une victoire symbolique, mais aussi la promesse d'innombrables affrontements au cours des mois et des années à venir.

Les Vengeful Bastards ne se soumettraient pas aussi facilement. Les Vandales les surpassaient en nombre, mais ils auraient affaire à des ennemis déterminés et lourdement armés.

Les flancs de la colline étaient illuminés par les feux de camp et les phares des motos. De sa position élevée, James assista à un affrontement rappelant une bataille médiévale. On entendait des cris, des grognements et le fracas de morceaux de métal s'entrechoquant.

— On devrait descendre, dit Will, impatient d'en découdre.

James ne partageait pas son enthousiasme. Tout au long de sa carrière à CHERUB, il avait entendu les instructeurs insister sur la nécessité de mesurer avec précision les forces de l'adversaire et de ne passer à l'attaque qu'avec la certitude de pouvoir l'emporter. En outre, il gardait en tête les blessures par arme blanche qui avaient failli coûter la vie à son amie Gabrielle, lors d'un règlement de compte entre gangs[2]. Il était hors de question de se joindre au combat sans protection, en short et T-shirt.

---

2. Lire *Mad Dogs*, CHERUB mission 8.

— Je vais chercher quelques piquets, dit-il. Je te rejoins dans une minute.

James s'isola dans sa tente pour enfiler le jean et le sweat à capuche bleu marine doublé en nanotubes de carbone que lui avaient confié les services techniques de CHERUB. Lorsqu'il se glissa hors de l'abri, il se retrouva pris dans le faisceau de puissants phares de motos. Trois motards étaient parvenus à se jouer du cordon de sécurité en se faufilant entre les toilettes portables placées à l'arrière du campement. Pris au dépourvu, les Vandales de Cardiff se précipitèrent dans leur direction, mais ne purent les empêcher de bombarder de cocktails Molotov la bande de gazon où étaient garées les motos des gangs affiliés. Aussitôt, un mur de flammes s'éleva.

À la vue de ce désastre, la plupart des membres du Monster Bunch quittèrent leur position défensive pour se ruer à l'assaut des incendiaires, mais ces derniers prirent de la vitesse et dévalèrent la pente à toute allure. En arrivant sur les lieux du sinistre, James constata avec un immense soulagement que sa Kawasaki se trouvait à cinq mètres du brasier. Tous les extincteurs ayant été vidés pour éteindre l'incendie des Harley-Davidson, il ne restait plus qu'à sauver ce qui pouvait encore l'être.

— Filez-moi un coup de main ! cria-t-il en soulevant la roue arrière de la moto intacte la plus proche des flammes afin de lui épargner la destruction.

Un Vandale de Cardiff saisit le guidon et l'aida à pousser le véhicule.

— Bien joué, mon garçon, dit l'homme avant de brailler des ordres à l'adresse des motards. Dégagez les autres bécanes ! Il faut à tout prix éviter que le feu ne s'étende.

La manœuvre fut promptement exécutée, mais en l'absence d'extincteur ou de bouche d'incendie, rien ne pouvait plus sauver les motos qui avaient déjà été touchées par le sinistre. Un membre du Monster Bunch tenta vainement d'étouffer les flammes qui dévoraient sa Honda à l'aide d'une couverture. Le jeune homme, âgé d'une vingtaine d'années, dut se résoudre à assister à la destruction de ce qu'il avait de plus cher au monde.

Des cris se firent entendre à l'autre extrémité du camp, puis une nuée de motards à pied déferlèrent sur le territoire des Vandales.

— On m'a poignardé ! hurla une voix.

Les envahisseurs portaient des torches. La couleur bleutée des flammes indiquait qu'elles avaient été imprégnées de pétrole. Les soupçons de James étaient justifiés. Le Satan's Prodigy et les Vengeful Bastards n'étaient pas assez nombreux pour venir à bout des Vandales. Les premières attaques n'étaient que des manœuvres de diversion. À l'évidence, un troisième gang avait été chargé de mener une attaque décisive sur le campement déserté par ses combattants les plus expérimentés.

Les innombrables assaillants s'éparpillèrent dans le bivouac sans que les défenseurs ne parviennent à endiguer leur progression, et incendièrent méthodiquement les tentes.

Les femmes rassemblèrent les enfants éplorés puis se dirigèrent d'un pas vif vers l'autocar. Bientôt, en dépit d'une résistance héroïque, les Vandales de Cardiff et les membres du Monster Bunch qui n'avaient pas été mis hors de combat durent battre en retraite devant la vague d'ennemis.

James se précipita vers sa tente. Cette dernière avait été épargnée, mais la majeure partie du campement n'était plus qu'un labyrinthe de flammes. Il aperçut des réchauds à gaz abandonnés dans l'herbe. Autant de bombes en puissance qui pouvaient éclater sous l'effet de la chaleur et propulser de redoutables éclats de métal dans toutes les directions.

Il plongea sous la tente, saisit son casque, son blouson et son sac à dos, lorsqu'une torche perça la toile et fila droit vers son torse. Les réflexes aiguisés par l'entraînement reçu à

CHERUB, il ramena ses genoux sous le menton, effectua une roulade en arrière, puis resurgit debout à l'extérieur de l'abri.

James se retrouva nez à nez avec l'incendiaire, un biker squelettique dont la silhouette et le visage ridé éclairé par les flammes évoquaient un zombie de série Z. Il le frappa en pleine face à l'aide de la chaîne et lui porta un coup de pied à l'abdomen. L'homme s'effondra sur la tente de Shampoo Junior et lâcha sa torche. Aussitôt, la toile de nylon s'embrasa.

La plupart des tentes alentour étaient désormais la proie des flammes. L'air brûlant, chargé de particules toxiques, était irrespirable. James s'approcha de son adversaire et constata qu'il avait perdu connaissance. S'il l'abandonnait à son sort, il suffoquerait ou brûlerait vif. Il suspendit son casque à un bras, saisit l'homme par les pieds, le tira à l'écart du brasier puis le roula dans la poussière afin d'éteindre les flammèches qui s'étaient propagées à son jean. Enfin, il put examiner les couleurs figurants sur son blouson : *Bitch Slappers, Luton.* L'écusson étant partiellement décousu, il l'arracha d'un coup sec et le glissa dans son sac à dos. Ce trophée lui vaudrait sans nul doute les plus chaudes félicitations de la part des Vandales.

Un coup de feu retentit en bas de la colline. Ce son sinistre balaya les doutes qui s'étaient formés dans son esprit : il lui fallait quitter les lieux au plus vite.

Une douzaine de bikers réglaient leurs comptes non loin de là. James aperçut Shampoo étendu dans l'herbe, aux prises avec trois Bitch Slappers qui menaçaient de le bourrer de coups de pied. Il envisagea quelques instants de lui prêter assistance, mais la situation était si chaotique qu'il courait le risque d'être poignardé dans le dos ou d'être mis *knock-out* par un coup de poing lancé au hasard dans la mêlée.

À l'arrière du camp, deux Vandales de Cardiff armés de machettes protégeaient les femmes et les enfants qui montaient à bord de l'autocar.

James courut jusqu'à l'emplacement où étaient garées les motos des sympathisants et constata que la plupart d'entre elles avaient été renversées et vandalisées à coups de marteau. Sa Kawasaki avait une fois de plus échappé au désastre. Seul un clignotant avait été endommagé par la chute d'une Honda voisine.

James enfourcha son engin et boucla la jugulaire de son casque. Il donna un coup de kick lorsque des cris aigus attirèrent son attention. Jetant un coup d'œil par-dessus son épaule, il vit un Bitch Slapper lancer un pavé dans une vitre latérale de l'autocar.

Une fois la dernière passagère montée à bord, les Vandales de Cardiff se hissèrent sur le marchepied, puis le chauffeur tourna le volant à gauche afin d'entamer une délicate marche arrière.

Le projectile avait ricoché contre le verre renforcé, mais les mères et les enfants assis près du point d'impact poussaient des cris à glacer le sang.

Le Bitch Slapper ramassa le pavé. S'il atteignait une seconde fois la vitre fragilisée, il y avait fort à craindre qu'elle volerait en éclats. James déroula la chaîne, la noua autour de son gant gauche puis, manœuvrant le guidon d'une seule main, se dirigea vers le biker en prenant progressivement de la vitesse. Parvenu à sa hauteur, il le fouetta dans le dos de toutes ses forces. Les maillons de métal tranchants déchirèrent le blouson de cuir épais, le T-shirt et la peau du motard, qui s'effondra comme une masse.

La chaîne poursuivit sa trajectoire et percuta le casque de James avec une telle violence que sa visière se brisa. Désorienté, il perdit momentanément le contrôle de la moto, enfonça les freins et s'immobilisa à quelques centimètres d'un tronc d'arbre.

Le chauffeur du car acheva son demi-tour puis donna un coup de volant à droite pour éviter le Bitch Slapper étendu sur le bas-côté. James glissa la chaîne dans la poche de son blouson puis s'engagea à son tour sur la piste.

Parvenu en bas de la colline, il doubla l'autocar. Ses passagères levèrent le pouce à son passage. Les Vandales de Cardiff postés sur le marchepied brandirent leurs machettes en signe de reconnaissance.

James emprunta la voie de roulage qui longeait deux immenses hangars rouillés puis se dirigea vers la piste désaffectée. Une armée d'agents en tenue antiémeute, débarqués d'un convoi de véhicules de police, avaient investi le tarmac. Les bikers du dimanche et leur famille, impatients de fuir la Rebel Tea Party, formaient une interminable file devant la sortie réservée au public.

James poursuivit sa course le long de la voie qui courait parallèlement à la piste et passa devant un stand miteux flanqué d'un panneau *Paella Cardinas, célèbre dans toute l'Europe*.

Un motard portant un dossard fluorescent contrôlait l'accès au portail que les Vandales avaient emprunté dans l'après-midi.

— Tu pars définitivement ou tu veux une contremarque ? demanda-t-il.

— Je me tire, répondit James. C'est une vraie boucherie, là-haut, et les flics se préparent à intervenir.

Il s'engagea sur la route goudronnée. Le trafic était dense, mais sans rapport avec l'inextricable enchevêtrement de véhicules qui s'était formé sur le parking des visiteurs.

Au fur et à mesure que les effets de l'adrénaline se dissipaient, James réalisa qu'il avait trop bu, et qu'il n'était pas en état de parcourir d'une traite les cinq cents kilomètres qui le séparaient de Salcombe. Il se rabattit à gauche de la chaussée, roula à vitesse modérée jusqu'à un centre commercial perdu en pleine campagne et gara la Kawasaki devant un restaurant *McDonald's*. Il jeta un regard circulaire pour s'assurer qu'aucun rescapé de la Tea Party ne se trouvait sur les lieux.

Ce n'était sans doute qu'une question de minutes, et il était déterminé à éviter une nouvelle confrontation avec un gang de bikers en déroute.

Il sortit son portable et composa le numéro de la cellule d'urgence du campus.

— Garage Unicorn Tyre, j'écoute, dit un homme au fort accent de Birmingham.

— Salut Ranjit. C'est James, agent 12-03. Je suis à une quinzaine de kilomètres de Cambridge. Je voudrais que tu me trouves une chambre d'hôtel dans le coin, puis que tu envoies quelqu'un avec un camion, tôt demain matin, pour me récupérer avec la moto et me raccompagner dans le Devon.

James patienta pendant que Ranjit pianotait sur le clavier de son ordinateur.

— OK. J'ai trouvé deux hôtels à quatre kilomètres de ta position. Un trois-étoiles et un cinq-étoiles. Lequel tu préfères ?

— Quelle drôle de question...

Ranjit lâcha un éclat de rire.

— Je t'envoie le plan de route par e-mail dans une minute sur ton mobile. Tu as besoin d'autre chose ?

— Contacte Chloé Blake et dis-lui que je l'appellerai dès que j'aurai pris une douche.

— Tu as une drôle de voix. Quelque chose ne va pas ?

— Je suis claqué, expliqua James. Ça a vraiment été une très, très longue journée...

35. De parfaits inconnus

L'alcool coulant à flots dans la villa du Führer, la fête prit rapidement un caractère plus débridé. Dès dix heures moins le quart, il devint impossible de traverser la véranda sans piétiner les couples qui s'embrassaient sauvagement sur le sol. Des convives se déhanchaient au son de la chaîne hi-fi installée dans le jardin. À l'intérieur de la maison, l'ambiance était plus sombre. Les garçons qui avaient été éconduits ou n'avaient pas trouvé le courage d'aborder les filles avaient perdu le sens de la mesure. Ils vidaient bouteille sur bouteille et échangeaient des insultes autour du billard.

Joe était dans tous ses états. Les toilettes du premier étage étaient bouchées, quelqu'un avait vomi devant la porte, la propriétaire de la maison voisine s'était plainte auprès de la police du comportement obscène des danseurs aperçus dans le jardin, et il avait surpris deux filles enlacées sur le lit de Martin.

Mais le pire, c'était que l'une d'elles avait invité son cousin plus âgé, qui avait à son tour convié toute une petite bande de lycéens turbulents. De coup de fil en coup de fil, la maison fut bientôt investie par une foule d'étrangers.

— Qu'est-ce qu'on va faire, Lauren ? gémit Joe, assis sur la première marche de l'escalier. Si je leur demande de partir, ils vont me rire au nez…

Des éclats de rire virils retentirent dans le salon. En se penchant, il découvrit un groupe d'individus d'une vingtaine d'années dont les visages lui étaient parfaitement inconnus.

— Mais c'est qui, ces types ? pleurnicha-t-il. Je ne les ai même pas vus entrer !

— Je crois qu'ils sont passés directement par le jardin.

Joe enfouit sa tête entre ses mains.

— Merde... J'ai fait une énorme connerie. On aurait pu passer une soirée tranquille, tous les deux. On aurait bu un peu de champagne, puis on se serait détendus dans le jacuzzi. J'ai tout foutu en l'air.

— Ce n'est que partie remise, murmura Lauren en posant un baiser sur sa nuque. Tu veux que j'aille te chercher quelque chose à boire ?

— Oui, c'est gentil. Ramène-moi une blonde. Foutu pour foutu, autant que j'essaye de m'amuser un peu.

En se redressant, Lauren, prise de vertige, dut se cramponner à la rampe de l'escalier.

— Hou là ! gloussa-t-elle en se dirigeant vers la cuisine d'un pas incertain. Je crois que j'ai un peu trop bu.

Le plan de travail avait disparu sous les emballages de crackers et les verres à cocktail sales. Le tambour de la machine à laver était rempli de bouteilles vides, et la porte du réfrigérateur avait été laissée grande ouverte. Lauren se baissa pour s'emparer d'une canette de bière blonde et d'un panaché.

— Salut beauté, bredouilla un garçon au bouc duveteux avant de poser une main sur ses fesses. Tu sais que t'es plutôt mignonne, toi ?

Lauren se cogna contre la porte du réfrigérateur, se dressa d'un bond puis fit volte-face.

— Ne me touche pas, pauvre minable, gronda-t-elle en frottant son crâne endolori.

L'inconnu la saisit par les hanches puis se lécha les lèvres d'une manière suggestive.

— Je *sais* que tu en as autant envie que moi, ronronna-t-il.

Lauren planta un index dans son œil gauche, lui arrachant

un hurlement de douleur. Il lâcha sa bière, recula en vacillant puis s'adossa à un placard.

— Espèce de salope, gémit le garçon en titubant vers l'arrière. C'était une blague, bon sang…

— Va jouer aux billes, tête de nœud ! lança Lauren en claquant la porte du réfrigérateur.

À cet instant, un fracas de verre brisé retentit dans le salon. Accouru sur les lieux, Joe trouva ses camarades aux prises avec le groupe d'adolescents plus âgés. Deux garçons se disputaient une queue de billard, et une vitre avait été brisée au cours de l'échauffourée.

— Eh, qu'est-ce qui se passe ? demanda Joe avant de se planter courageusement devant l'individu à la silhouette épaisse qui avait pris son ami à partie.

— Ces branleurs refusent de nous laisser jouer.

— Ces *branleurs*, comme tu dis, ce sont mes potes. T'es qui, toi, au fait, et qu'est-ce que tu fous chez moi ?

L'inconnu poussa Joe des deux mains.

— C'est quoi ton problème, petit con ?

— Je te prends quand tu veux, gros lard.

Lauren, Dante et un groupe de fêtards d'une vingtaine d'années observaient la scène d'un œil anxieux.

— Bon, on peut jouer, ou il faut qu'on botte le cul de ces morveux ? demanda l'un des importuns.

— Est-ce que vous savez seulement chez qui vous vous trouvez ? s'exclama l'un des amis de Joe. Si vous cherchez la merde, le Führer vous y plongera jusqu'au cou.

— Et il est où, l'oncle Adolf ? ricana le garçon à la taille épaisse. Enfoiré de raciste. Sans doute en train de lyncher des types dont la tête ne lui revient pas, avec ses copains du Ku Klux Klan !

Joe cogna son adversaire en plein visage. Il n'avait pas bénéficié des leçons de Teeth depuis quelques années, mais il n'avait rien perdu de sa force de frappe. Sa victime s'effondra lourdement sur la moquette, inconsciente. Un murmure parcourut l'assistance.

— Je pense que tous ceux qui n'ont pas été invités devraient se retirer dans le calme, suggéra Lauren.

Les amis de Joe approuvèrent bruyamment cette proposition. La plupart des pique-assiette se dirigèrent vers le vestibule en ricanant et en clamant haut et fort que, tout bien considéré, ils n'avaient rien à faire à *une minable fête de collégiens*. En vérité, ils estimaient que les choses étaient allées trop loin, et ils craignaient d'essuyer les représailles du Führer.

Contre toute attente, alors que la tension semblait être définitivement retombée, un jeune homme de haute stature vêtu d'un maillot de Manchester United pulvérisa une seconde vitre à l'aide d'une queue de billard.

— Espèce de salaud ! hurla Joe en se ruant sur lui.

Hélas, aveuglé par son récent triomphe et les effets de l'alcool, il n'avait pas mesuré la taille et la force de son adversaire. Ce dernier coinça sa tête sous son bras et lui porta un puissant coup de poing à l'arcade sourcilière.

Tandis que Lauren se précipitait à son secours, huit amis de Joe se lancèrent à l'assaut des lycéens. La plupart quittèrent la villa sans demander leur reste, mais cinq d'entre eux semblaient déterminés à tenir leur position. Les coups se mirent à pleuvoir.

Dante secourut un garçon chétif aux prises avec le membre le plus athlétique de la bande. Il le ceintura, le tira fermement en arrière et lui cogna brutalement la tête contre le cadre d'une fenêtre.

Lauren, qui avait bu plus que de raison, tenta de porter un coup de pied à l'individu qui maltraitait son petit ami, mais elle atterrit sur les fesses sans toucher sa cible. Sans se démonter, elle profita de cette position inattendue pour balayer les jambes de son adversaire. Lorsque ce dernier, précipité au sol, eut lâché son prisonnier, elle le frappa impitoyablement à l'arrière de la tête.

Bientôt, les camarades de Joe s'étant battus comme des démons, il ne resta plus qu'un adversaire en état de combattre, un garçon râblé aux cheveux bouclés qui, debout sur le billard, effectuait des moulinets menaçants avec une queue.

— Approchez, bande de nains ! hurla-t-il. Je vais tous vous éclater !

Lauren et Dante échangèrent un regard complice puis se précipitèrent vers l'adolescent. La première le désarma avec une facilité déconcertante. Le second sauta sur le billard et le tacla à la manière d'un rugbyman professionnel. Le menton de sa victime heurta brutalement un angle de la table. Lauren profita de son état d'hébétude pour le saisir par le col et le tirer sans ménagement vers la sortie.

— Allez, mon petit, dit-elle en lui adressant un claque appuyée. C'est l'heure de rentrer chez maman.

Dante, constatant que ses complices continuaient à rouer de coups les deux individus qu'ils étaient parvenus à maîtriser, leur ordonna de les épargner, puis il demanda aux gêneurs demeurés devant la maison d'évacuer leurs blessés.

Le garçon que Lauren venait de mettre à la porte lança une bordée d'injures. Plusieurs combattants récupéraient sur la pelouse. Un lycéen vandalisa un parterre de fleurs, traita le Führer de *saloperie de nazi*, arracha la pancarte **Le Nid d'Aigle** puis la jeta par-dessus une haie.

Lauren inspecta le premier étage pour s'assurer que tous les pique-assiette avaient quitté la villa, éteignit la chaîne hi-fi, puis enjoignit aux filles qui dansaient dans le jardin de rejoindre la véranda et de verrouiller les baies vitrées jusqu'à nouvel ordre. Tous les convives se regroupèrent dans la cuisine. Joe se hissa sur un tabouret de bar, ferma les yeux et s'efforça de ne pas pleurer.

Les filles lui adressèrent des paroles réconfortantes. Lauren, à bout de souffle, put enfin décapsuler son panaché.

— Tout va bien, dit Dante d'une voix apaisante. C'est terminé, il n'y a plus aucune raison de s'inquiéter.

Plusieurs invités entreprirent de ramasser les bouteilles vides. Dante s'arma d'une pelle et d'une balayette, puis se dirigea vers le salon. Alors, il vit une voiture de police remonter lentement l'allée.

∴

Lorsque le *Brixton Riots* se trouva à quai, les quatre complices mirent dix minutes à transférer les armes dans le compartiment arrière de la camionnette de Paul Woodhead.

Faute d'effectifs suffisants, les membres de l'équipe de surveillance se répartirent la tâche. McEwen, au volant de la BMW, et Neil Gauche, à bord du van, furent chargés de filer Woodhead et le chargement. Chloé suivit le véhicule de Riggs jusqu'à un pub tout en écoutant les conversations à bord de la Fiat de Julian.

— J'ai les bras défoncés, gémit ce dernier en prenant place derrière le volant. Je n'ai jamais rien porté d'aussi lourd.

— Je suis désolé de t'avoir embarqué dans ce plan foireux, s'excusa Nigel.

— On s'en grille une ?

— Excellente idée. J'ai besoin de décompresser. J'espère bien ne jamais revoir cet enfoiré de Woodhead.

Chloé entendit le son caractéristique d'un briquet.

— Dis-toi que tu n'as pas perdu ton temps, dit Nigel. Tu t'es fait mille livres en un rien de temps.

— Tu n'es pas obligé de me filer ta part, tu sais.

— Chose promise, chose due. Et puis, tu m'as sauvé la vie. Si tu n'étais pas venu, Paul m'aurait sans doute cassé les jambes.

— Toi aussi, tu m'as sauvé la vie, quand je suis tombé à l'eau. Tu te souviens ?

— Oh ouais, merde ! J'avais oublié. Ça fait combien de temps, maintenant ? Huit ou neuf ans ?

— En fait, je ne veux pas de cet argent sale. Je préfère te rendre ce que je te dois plutôt que m'enrichir grâce au trafic d'armes. Si tu refuses ta part, je la verserai à une œuvre de charité. Bébés africains ou pandas unijambistes, peu importe.

— Trooop mignon, ricana Nigel.

Julian tourna la clé de contact.

Chloé envisagea de les suivre jusqu'à Salcombe, puis elle se persuada que cette filature ne menait à rien. Elle préféra rester stationnée devant le pub pour surveiller les activités de Riggs ou répondre à une éventuelle demande de renforts de la part de McEwen.

— C'est dingue, toute cette histoire, soupira Julian. Évidemment, mille livres, ça peut paraître énorme pour une soirée de boulot. Mais tu as pensé à ce qu'on risque si on se fait pincer ?

— C'est clair, répondit Nigel. On irait tout droit en prison. Mais on est tirés d'affaire, je t'assure. On portait des gants. Les flics n'ont plus aucun moyen de remonter jusqu'à nous.

— À moins qu'ils n'utilisent des chiens pour retrouver ta trace, gloussa Julian. Mec, je ne sais pas si tu réalises à quel point tu pues le poisson, mais je te conseille vivement de brûler tes fringues dès que tu en auras l'occasion.

36. Un mal de chien

Joe accueillit la femme policier sur le seuil de la maison. Son collègue s'entretenait avec les lycéens qui attendaient un taxi devant la propriété.

— Je peux entrer ? demanda-t-elle. C'est une jeune fille présente à la soirée qui nous a contactés. Elle semblait complètement paniquée.

Les policiers connaissaient bien la villa du Führer. Ils y étaient fréquemment intervenus à l'occasion de bagarres, mais ils savaient que le maître des lieux ne conservait jamais rien de compromettant à son domicile. Joe, quant à lui, avait reçu la consigne de se montrer courtois envers les forces de l'ordre et de leur permettre de visiter la demeure si nécessaire.

— C'était rien du tout, dit-il. Il y a eu une petite bagarre, et deux fenêtres ont été cassées.

La femme traversa le vestibule et pénétra dans la cuisine.

— Tout va bien ? demanda-t-elle aux filles regroupées près du réfrigérateur.

Ces dernières hochèrent humblement la tête. Joe se demanda laquelle d'entre elles avait alerté le commissariat local.

— J'espère que cette mésaventure vous servira de leçon, dit la femme policier. Lorsque vous organisez une soirée sans prévenir vos parents, n'invitez que des personnes que vous connaissez bien et en qui vous avez une confiance absolue. Au moindre doute, abstenez-vous.

Son collègue se montra moins compréhensif.

— Il y a un garçon avec un nez cassé devant la maison, annonça-t-il. Aucun de vous ne sait qui a fait ça, j'imagine ?

Supposant qu'il était question de l'individu qu'il avait cogné contre le cadre de la fenêtre, Dante se recroquevilla derrière Anna. La femme s'adressa directement à Joe.

— Je crois que je n'ai jamais rencontré ta mère, dit-elle.

— Pourtant, elle participe au programme de vigilance anticriminalité du quartier.

— Je n'aimerais pas être à ta place quand elle sera de retour. Et maintenant, je pense qu'il serait préférable que chacun rentre chez soi.

Joe, qui avait roulé des mécaniques toute la soirée, était à la fois embarrassé par ce sermon et soulagé de voir des adultes prendre les choses en main.

— Écoutez bien, vous tous, dit la femme en claquant dans ses mains. Je veux que tout le monde ait débarrassé le plancher dans moins d'une heure. Alors appelez vos parents et demandez-leur de venir vous chercher. En attendant leur arrivée, vous aiderez votre camarade à remettre un peu d'ordre dans la maison.

Les adolescents qui habitaient dans le voisinage quittèrent la villa sitôt ce discours achevé. Les autres obéirent docilement à l'ordre qui leur avait été donné. Lauren remplit le lave-vaisselle, Dante mania l'aspirateur et Anna passa la serpillière sur le sol de la cuisine. À vingt-trois heures trente, lorsque les convives eurent pris congé, ils demeurèrent auprès de Joe. En dépit des efforts accomplis, il était impossible de changer les trois vitres cassées, de réparer le tapis déchiré du billard et d'effacer les graffitis obscènes tracés sur le papier peint des toilettes du premier étage.

— On ne s'en sort pas si mal que ça, estima Lauren, assise sur un tabouret de bar, en liquidant la dernière bouteille de panaché.

Sur ces mots, elle se pencha en avant pour embrasser son petit ami, perdit l'équilibre et s'étala de tout son long sur le carrelage. Impressionné par la violence du choc, Dante s'accroupit à son chevet. Contre toute attente, elle partit d'un rire traînant.

Joe l'aida à se redresser.

— T'es trop mignon, bredouilla Lauren en pinçant affectueusement les joues de son petit ami.

— Combien tu en as bu ? demanda Dante en brandissant la bouteille de panaché.

Constatant qu'elle oscillait de façon inquiétante, il la saisit par la taille. Joe passa les bras sous ses aisselles, puis ils l'installèrent dans le sofa de la véranda.

— Il m'en faut encore, gloussa-t-elle. Quelqu'un pourrait-il passer au club-house et me ramener quelques bouteilles ?

Anna se glissa entre les garçons.

— Je pourrais lui préparer un bon café, suggéra-t-elle.

— C'est inutile, soupira Dante. La récolte annuelle du Brésil ne suffirait pas à la faire dessoûler.

— Tu as appelé ta mère ? demanda Joe.

— Pas encore. Elle va être dingue si elle voit Lauren dans cet état.

Sur ce dernier point, Dante disait vrai. Les agents de CHERUB avaient l'autorisation de boire et de fumer avec *modération* chaque fois que ce comportement pouvait faciliter leur rapprochement avec une cible, mais il leur était formellement défendu de s'enivrer afin d'éviter les dérapages, les gaffes et les contradictions liés aux scénarios de couverture.

— On va rentrer à pied, soupira Dante. Avec un peu de chance, l'air frais l'aidera à retrouver ses esprits.

— Je n'ai presque rien bu, hoqueta Lauren.

— Et toi, Anna ?

— J'ai dit à ma mère que je dormais chez Tracy, mais son père est passé la chercher il y a une heure.

— Tu peux rester ici, si tu veux.

— Mais je t'interdis de poser les mains sur Joe, balbutia Lauren.

— Allez, on y va, ordonna Dante en la poussant gentiment vers l'entrée.

— Je peux te prêter une brouette, ricana Joe. Parce que, vu son état, vous n'êtes pas rentrés…

Anna éclata de rire. Lauren zigzagua jusqu'au vestibule en prenant appui sur les murs. Elle assura ses camarades qu'elle se sentait *en pleine forme* et n'avait pas besoin d'aide, trébucha contre le paillasson et roula sur le gazon.

— Oops, gloussa-t-elle. Qui a laissé ça en travers du chemin ?

Dante l'aida à se relever et lui passa un bras autour du cou.

— Bonne nuit, lança-t-il à l'adresse de Joe et d'Anna. On se voit demain, si vous êtes d'aplomb. Sinon, à lundi, au collège.

Son humeur s'assombrit dès qu'il se retrouva seul en compagnie de sa coéquipière. De son point de vue, le comportement de Lauren n'avait plus rien de comique. Elle pesait une tonne, et ses ricanements incessants ne tardèrent pas à lui taper sur les nerfs. Il fit halte sur une portion herbeuse en bordure de la nationale et secoua vivement la main de sa camarade afin de capter son attention.

— Je ne sais pas si Chloé est déjà rentrée à la maison, dit-il, mais si elle te voit tituber de cette façon, je te garantis que tu seras suspendue de missions opérationnelles. Alors essaye de te reprendre, par pitié.

Lauren tira la langue.

— Bla bla bla, chantonna-t-elle.

Dante lui serra les doigts de toutes ses forces et durcit le ton.

— Je ne plaisante pas, Lauren. Je suis très sérieux.

— Tu me fais mal, gémit-elle en essayant vainement de se libérer.

Dante était inquiet. Lauren avait beau être soûle, elle était rompue aux techniques de combat les plus brutales.

— Ton comportement est irresponsable ! rugit-il. Tu veux que je t'abandonne ici ? Ça te pend au nez, tu sais !

— Si tu ne me lâches pas, je te jure que... gronda Lauren sans achever sa phrase.

Soudain, son expression se métamorphosa.

— Oh là là, ce que tu peux être sexy quand tu es en colère ! dit-elle.

Alors, avant que sa victime n'ait pu esquisser un geste, elle passa les mains autour de son cou et posa ses lèvres sur les siennes. Envoûté par ce contact, Dante ouvrit instinctivement les lèvres et l'embrassa à pleine bouche. Au bout de quelques secondes délicieuses, il reprit ses esprits et se déroba.

— Non, dit-il. Imagine que quelqu'un nous aperçoive... On est censés être frère et sœur, je te le rappelle.

Lauren parvint à enchaîner quelques pas sans assistance le long de la route. Dante se tenait tout près d'elle pour s'assurer qu'elle ne perde pas l'équilibre et ne se déporte pas vers la chaussée.

— Tu es vraiment génial, ronronna Lauren. La plupart des mecs auraient profité de la situation.

Une Ford actionna son avertisseur.

— Fais gaffe aux bagnoles ! s'alarma Dante au passage du véhicule.

Il poussa Lauren à l'écart de la route et la laissa trottiner de guingois sur le bas-côté.

Au troisième tiers du parcours, les deux agents s'engagèrent sur la route de campagne peu fréquentée menant à leur lotissement. Lorsqu'il fut enfin certain que sa camarade ne passerait pas sous les roues d'une voiture, Dante commença à s'inquiéter sérieusement de la réaction de Chloé. Parvenus à trois cents mètres de la villa, il eut la surprise de voir Lauren disparaître derrière une haie.

— Qu'est-ce que tu fous ? gronda-t-il, excédé.

— J'ai trop envie de faire pipi. J'en ai pour une minute.

— On est presque arrivés. Tu ne peux vraiment pas te retenir ?

Mais Lauren, toute à son ivresse, resta sourde à ses arguments. Dante entendit un cri aigu, puis un bruit de branches brisées. Il se précipita au secours de son amie.

Elle avait trébuché contre une rambarde métallique s'élevant à hauteur de genou, avait roulé le long d'une pente bétonnée et s'était réceptionnée dans un étroit canal destiné à l'évacuation des eaux de pluie.

— Rien de cassé ? demanda Dante.

Il enjamba la rambarde et descendit prudemment la rampe jusqu'à la tranchée asséchée. Malgré l'obscurité ambiante, le visage de Lauren trahissait une profonde souffrance.

— Je suis tombée sur la main, gémit-elle. Je ne sais pas ce que j'ai, mais ça fait un mal de chien.

. . .

McEwen immobilisa la BMW à cinq cents mètres de la grange désaffectée dans laquelle s'était engouffré le van conduit par Paul Woodhead. L'opération achevée, ce dernier ferma la double porte à l'aide d'un cadenas, revêtit un blouson de cuir, coiffa un casque intégral puis quitta les lieux sur un petit trail Yamaha.

— Qu'est-ce qu'on fait ? demanda Neil, depuis la radio de la camionnette de surveillance.

— Je reste ici. Prends Woodhead en filature. Je pense qu'il va rentrer directement chez lui, mais on ne peut rien laisser au hasard.

— Compris. Je te tiens au courant.

McEwen ouvrit la boîte à gants, s'empara d'une lampe torche, d'un caméscope vidéo et d'un pistolet à aiguilles, descendit du véhicule puis s'approcha de la grange avec un luxe de précautions, l'observant sous tous les angles afin de s'assurer qu'elle n'était pas équipée de caméras. Lorsqu'il se trouva dans le périmètre proche, il balaya vainement le sol à l'aide de sa lampe, à la recherche de fils de fer barbelés et de détecteurs de mouvement.

Les mesures de sécurité étaient extrêmement sommaires. En moins de dix secondes, McEwen vint à bout du cadenas à l'aide de son pistolet à aiguilles, puis il poussa la porte.

— Woodhead est rentré chez lui, fit la voix de Neil dans le talkie-walkie. Il s'est déshabillé et il a disparu dans la salle de bain.

— Parfait. Rejoins-moi en vitesse. Je viens d'entrer dans la grange.

— OK, je te retrouve dans cinq minutes.

McEwen scruta l'intérieur du van à la recherche d'un éventuel système d'alarme, enfila des gants en latex puis ouvrit les portes arrière. Une puissante odeur de poisson assaillit ses narines. Il sortit de sa poche une petite caméra vidéo équipée d'un projecteur et braqua l'objectif vers les caisses contenant l'armement.

— Il y a de quoi mener une bonne petite guerre, là-dedans, annonça-t-il lorsque Neil entra à son tour dans le bâtiment. Grenades, fusils d'assaut et munitions. Il y a même un lance-roquettes.

Neil était stupéfait.

— Mais George n'a pas commandé de lance-roquettes, fit-il observer.

McEwen haussa les épaules.

— Il est sans doute destiné à un autre client, ou à la collection personnelle du Führer.

— Qu'est-ce qu'on fait, maintenant ?

— On va glisser des mouchards miniaturisés dans les cartons afin de suivre leur trace au moment de la livraison. Ils sont moins efficaces que les cellules qu'on utilise pour pister les véhicules, mais ils sont pratiquement invisibles.

— Combien de temps va-t-on devoir attendre ? Des heures, des jours, de semaines ?

— Ça ne devrait pas s'éterniser. Tels que je les connais, les Vandales sont impatients de palper la monnaie.

Il consulta sa montre et bâilla à s'en décrocher la mâchoire.

— Je suis claqué, ajouta-t-il. J'ai hâte que Ross Johnson nous envoie des hommes pour prendre la relève.

— J'ai eu le quartier général de Londres au téléphone. Les renforts sont en route, mais il va nous falloir garder les yeux ouverts encore quelques heures...

37. Fan numéro un

Après avoir passé une nuit délicieuse sur un confortable matelas de plumes, James se fit servir le petit déjeuner au lit puis il regarda les résultats des rencontres sportives du samedi sur une chaîne spécialisée.

Vers huit heures, un camionneur envoyé par le campus vint prendre James et sa moto. En ce dimanche matin, les routes étaient pratiquement désertes. Le véhicule étant immatriculé au nom des Services secrets britanniques, le chauffeur se moquait royalement des limitations de vitesse, si bien qu'il parcourut cinq cent vingt kilomètres en moins de cinq heures. Il débarqua son passager à proximité de Salcombe et l'aida à descendre la Kawasaki le long de la rampe métallique.

James fila seul à travers la campagne ensoleillée sur une chaussée au revêtement parfait. Il avait l'impression d'évoluer au cœur d'un spot publicitaire. Seules une légère migraine et sa visière cassée lui rappelaient ses mésaventures de la veille.

Parvenu devant la maison, il inspecta longuement le contenu de son sac à dos à la recherche de ses clés, puis, en désespoir de cause, dut se résoudre à actionner la sonnette.

Lauren ouvrit la porte. Elle portait un T-shirt Green Day lui appartenant et une paire de chaussures de piscine.

— T'as encore paumé tes clés ? dit-elle d'une voix grave et éraillée.

— Tiens, je me demandais où était passé ce T-shirt. Dis donc, tu as l'air sérieusement déchirée.

Pour toute réponse, Lauren exhiba un bras plâtré.

— Qu'est-ce qui t'est arrivé ? sourit James.

— La fête de Joe était très, très réussie, marmonna-t-elle en se dirigeant vers la cuisine d'un pas traînant.

Elle ouvrit un placard, s'empara d'un tube d'aspirine et laissa tomber deux cachets effervescents dans un verre d'eau.

Quelques instants plus tard, Dante les rejoignit. Il embaumait l'herbe fraîchement coupée, et son torse nu ruisselait de sueur. Il se tourna vers James.

— Ta sœur est allée jusqu'à se casser le poignet pour échapper aux corvées domestiques, grogna-t-il. J'ai dû passer la tondeuse tout seul. Et comme par hasard, tu te pointes au moment précis où j'en ai terminé.

— Sans blague, Lauren, comment tu t'es blessée ?

— Dante va t'expliquer. Moi, je retourne me coucher un moment. J'ai mal au bide. Si Chloé prépare quelque chose pour déjeuner, dites-lui que je n'ai pas faim.

— Il ne faut pas rester l'estomac vide, plaisanta James. Je te préparerai un petit plateau-repas, si tu veux. Qu'est-ce qui te ferait plaisir ? Des betteraves ? du foie cru ? de l'anguille en gelée ?

Lauren lui adressa un regard noir.

— Continue comme ça et je te vomis dans le cou, espèce de crétin.

Les deux garçons attendirent en silence que leur coéquipière gravisse l'escalier menant à sa chambre.

— Tu as manqué quelque chose, dit Dante. Elle s'est enfilé une douzaine de bouteilles de panaché, et elle tenait à peine debout. Sur le chemin du retour, elle s'est isolée derrière une haie pour se soulager, et elle est tombée dans un fossé de drainage.

James éclata de rire.

— Elle qui ne boit jamais une goutte d'alcool ! Elle répète sans arrêt qu'elle déteste ça.

— Finalement, elle ne s'en sort pas trop mal. La douleur lui a permis de retrouver ses esprits avant l'arrivée de Chloé à l'hôpital. Elle a frôlé la sanction administrative.

— Excellent, ricana James. Je vais pouvoir me foutre de sa poire pendant des années. Chloé est là ?

— Oui, elle glande dans le jardin. Elle m'a regardé suer sang et eau sans bouger le petit doigt. D'ailleurs, il est grand temps que je prenne une douche.

James trouva la contrôleuse de mission étendue sur une chaise longue, vêtue d'un short et d'un haut de bikini vert clair. Lunettes de soleil sur le nez, elle feuilletait le supplément mode du *Sunday Times*. Il détailla les informations qu'il lui avait transmises la veille depuis l'hôtel des environs de Cambridge, en éludant les deux heures passées dans la caravane en compagnie de la jeune Espagnole.

— Au bout du compte, je suis sain et sauf. Et j'ai dormi comme un loir.

— Dirty Dave a essayé de te joindre il y a une heure.

James esquissa un sourire.

— C'est mon fan numéro un depuis que je lui ai sauvé la mise, à la station-service. Si je ne fais pas de faux pas, je crois être en mesure de me lier aux Vandales en un rien de temps.

— C'est pour ça que tu es ici, fit remarquer Chloé en saisissant son flacon de crème solaire. Il est temps de passer à l'action.

— Dirty Dave a dit où on pouvait le contacter ?

— Regarde sur le bar. J'ai tout noté sur un *Post-it*.

James composa le numéro sur le téléphone fixe du salon.

— Tu es bien rentré ? demanda le biker.

— Je viens d'arriver. Je suis désolé de m'être défilé, mais c'était un carnage, sur la colline. Je crois que ma mère va me tuer : mon casque est défoncé, l'un de mes clignotants est en miettes, et mon matériel de camping est parti en fumée.

— De notre côté, personne ne t'en veut, rassure-toi.

Marlène, la femme du Führer, était dans le car. Elle a vu comment tu as maté le Bitch Slapper, et elle répète à qui veut l'entendre que tu es un héros.

— Où es-tu ?

— Dans un hôtel proche de Cambridge, avec cinquante des nôtres. On a levé le camp quelques minutes après le départ des femmes. Le Führer est furieux contre Sealclubber. Il dit que la réputation des Vandales est en miettes.

— Il a raison. On n'aurait jamais dû foncer dans le tas sans réfléchir. On s'est fait avoir comme des bleus. Ta bécane n'a pas trop morflé ?

— J'ai eu de la chance. Celle du Führer est bonne pour la casse, tout comme celle de Teeth, une Harley qui n'avait même pas un mois. Ça va être la guerre, à l'intérieur et à l'extérieur du club.

James avait consulté plusieurs dossiers faisant état de conflits ouverts entre gangs de bikers au Canada, aux États-Unis, en Hollande, en Australie et en Scandinavie. On y évoquait des fusillades et des attentats à la bombe responsables de dizaines de victimes. De toutes les nations touchées par le phénomène des bandes de motards criminels, seule la Grande-Bretagne avait été épargnée par ces conflits sanglants. À l'évidence, les incidents de la Rebel Tea Party venaient de changer la donne.

— Pourquoi m'as-tu appelé, Dave ? demanda James. Tu voulais juste prendre de mes nouvelles, ou as-tu autre chose derrière la tête ?

— J'ai une proposition à te faire, en effet. Un truc qui pourrait te rapporter bien davantage que ce que tu gagnes en faisant sauter des crêpes. Mais je préférerais que nous parlions de tout ça en tête à tête. Je serai de retour à Salcombe dans la soirée. Pourrait-on se voir demain, à Marina Heights ?

— Bien sûr. Retrouvons-nous après mes cours, aux alentours de seize heures.

⁘

McEwen et Neil Gauche avaient passé la nuit entière à bord de la BMW, dormant à tour de rôle afin de surveiller la grange. À treize heures, la relève se faisant toujours attendre, Neil contacta son patron, Ross Johnson.

— Chef, ça fait vingt-sept heures qu'on est en service. Il faut vraiment que vous nous envoyiez du monde. Si des types se pointent pour prendre livraison des armes, je doute qu'on soit en état de les filer. On est plantés au milieu de nulle part et on n'a rien mangé depuis hier après-midi.

Neil écouta les explications de son supérieur, puis les transmit à McEwen.

— Il dit qu'il a eu des problèmes parce qu'il n'a pas de quoi payer les heures supplémentaires et qu'il a envoyé six de ses meilleurs flics enquêter sur les affrontements de la Rebel Tea Party. La relève est enfin arrivée, mais ils sont en train de déposer leurs affaires à l'hôtel.

McEwen ouvrit des yeux ronds et arracha le mobile des mains de son coéquipier.

— Écoute-moi bien, espèce d'enfoiré de gratte-papier de mes deux ! hurla-t-il. Je n'ai ni bouffé, ni dormi, ni même pu me rendre aux toilettes depuis des siècles. Je suis coincé dans une bagnole chauffée à blanc sans pouvoir faire tourner la clim, et tu m'annonces que l'équipe de relève se prélasse dans une chambre d'hôtel ? Mais qu'est-ce qu'ils attendent pour se pointer ? Que le room-service leur serve du thé et des petits gâteaux ? D'avoir terminé leur partie de minigolf ?

En tant qu'inspecteur en chef, Ross Johnson n'était pas habitué à ce qu'on lui parle sur ce ton. Comble de l'outrage, son interlocuteur n'avait que vingt-deux ans.

— C'est vous qui allez m'écouter, jeune homme ! rugit-il.

Rouge d'embarras, Neil Gauche se recroquevilla dans son siège.

— Pas de *jeune homme* avec moi, enfoiré de scribouillard, répliqua McEwen. Je te rappelle que tu bosses pour CHERUB, alors il va falloir apprendre à obéir aux ordres. Dis à tes guignols de se ramener immédiatement ou je ferai de ta vie un enfer !

Sur ces mots, il jeta le mobile en direction de son coéquipier avec une telle violence que l'appareil rebondit sur son siège, percuta le plafond de la voiture et s'ouvrit en deux, libérant la batterie de son compartiment.

— Ça soulage ? demanda Neil.

— Ne le prends pas mal, mais j'ai passé l'essentiel de ma carrière à collaborer avec les forces de police, et je suis bien placé pour savoir que l'immense majorité des flics sont des incapables notoires.

Son coéquipier lâcha un profond soupir.

— Ross n'est pas un mauvais gars, expliqua Neil en tentant de reconstituer son téléphone. Il est constamment sous pression parce que nous ne disposons ni du budget, ni des effectifs nécessaires.

McEwen descendit du véhicule pour se dégourdir les jambes. Il découvrit alors une scène si invraisemblable qu'il se persuada que son esprit lui jouait des tours.

Il saisit la paire de jumelles posée sur la banquette arrière et scruta la zone où il avait cru observer des mouvements. Une camionnette de la police était stationnée derrière un bosquet, quelques dizaines de mètres au-delà de la grange. Deux agents en uniforme prirent position à l'abri d'une haie.

— Qu'est-ce qu'ils fabriquent ici ? s'étrangla McEwen. Ils sont en train de foutre en l'air toute l'opération !

Il s'empara de son insigne des services de sécurité et se mit à sprinter à travers champs. Au moment où il atteignait la grange, six policiers se précipitèrent dans sa direction. Une voix jaillit d'un mégaphone :

— Police ! Arrêtez-vous et levez les bras en l'air !

— Vous n'êtes qu'une bande d'amateurs ! brailla McEwen sans ralentir sa course.

L'un des fonctionnaires effectua un tir de sommation. La balle s'enfonça dans la terre, à cinq mètres de sa cible. Désormais, en dépit du caractère isolé de la grange, les habitants des environs qui n'avaient pas assisté au déploiement des forces de l'ordre avaient forcément entendu la détonation.

— Arrêtez-vous ! répéta la voix. Mettez-vous à genoux et placez vos mains sur votre tête.

McEwen poussa un juron puis s'exécuta. Les policiers avancèrent prudemment jusqu'à lui. Le leader du détachement, un sergent à la silhouette un peu lourde revêtu d'une tenue antiémeute intégrale, ordonna à quatre de ses hommes de se diriger vers la grange, puis il dégaina sa matraque.

— Bien joué, les gars, ironisa McEwen en brandissant son insigne. Intelligence Service. Cette grange est sous surveillance. Vous venez de faire foirer une opération de grande envergure.

Le sergent s'empara de son badge puis en étudia la carte d'identification d'un œil suspicieux. Comme la plupart des simples flics, il n'avait jamais rien vu de tel de toute sa carrière.

— Où te l'es-tu procurée, fiston ? ricana-t-il. Tu l'as achetée sur Internet ou tu l'as plastifiée tout seul ?

Au même instant, ses hommes défoncèrent la porte de la grange à coups de bélier.

— Vous venez de faire une énorme connerie, gronda McEwen.

— Passe-lui les menottes et installe-le dans le fourgon, ordonna le sergent à une collègue avant de faire quelques pas vers le bâtiment.

Alors il aperçut un inconnu qui courait dans sa direction en exhibant un insigne plus aisément identifiable.

— Neil Gauche, annonça ce dernier, CLGCM. Cet homme travaille avec moi.

— Chef, il y a un van bourré d'armes et de munitions ! cria un homme depuis la porte de la grange.

Le sergent secoua la tête et considéra Neil d'un œil vide.

— Je ne sais ni qui vous êtes, ni ce que vous fabriquez dans le coin. Tout ce que je peux vous dire, c'est que nous sommes ici sur ordre du chef de la police du Devon. Alors si vous avez des questions, je vous conseille de vous adresser directement à ses services.

Neil désigna McEwen.

— Auriez-vous l'obligeance de libérer mon coéquipier ?

Le sergent hocha la tête en direction de sa collègue. Lorsqu'elle lui eut retiré les menottes, il lui rendit son insigne et sa carte d'identification.

— Intelligence Service ? Vous m'en direz tant. De mon point de vue, vous ne ressemblez pas beaucoup à James Bond. Et pour être tout à fait honnête, vous avez l'air plutôt con.

L'homme partit d'un rire tonitruant.

McEwen le fit taire d'un formidable coup de tête en plein visage.

38. En toute impunité

Zara Asker eut le temps d'achever la préparation du déjeuner dominical, mais pas de le partager avec les membres de sa famille. Elle dut rejoindre de toute urgence l'aérodrome de la Royal Air Force situé près du campus de CHERUB et emprunter un petit avion à destination d'Exeter.

Chloé l'accueillit à sa descente de l'appareil puis la conduisit jusqu'à l'hôtel où elle avait réservé l'une des salles de banquet. De tous les contrôleurs de mission, Chloé était la moins expérimentée. La présence de sa supérieure la rendait extrêmement nerveuse.

— Ross Johnson ne pourra pas être présent, dit-elle en pénétrant dans le hall de l'établissement.

Zara était de méchante humeur.

— J'ai pris l'avion alors que je suis enceinte de sept mois, et il n'a pas pu faire le déplacement depuis Londres ?

— Il est à Cambridge, expliqua Chloé. Les journalistes ne le lâchent pas. Ils veulent tout savoir sur les incidents de la Rebel Tea Party.

— Alors qui représentera la police ?

— L'adjoint de Ross, l'inspectrice Tracy Jollie.

— Elle connaît l'existence de CHERUB ?

— Nous l'avons informée en même temps que Ross et Neil Gauche. Les autres membres de l'équipe sont au courant de la fausse vente d'armes, mais ils ignorent que les Services secrets font partie de l'opération.

329

Les deux femmes s'engagèrent dans le couloir menant aux salles réservées aux fêtes de mariage.

— C'est tout ce que j'ai pu trouver à proximité de l'aéroport, vu le peu de temps dont je disposais, dit Chloé.

— Ça fera très bien l'affaire, répondit Zara, consciente de la nervosité de sa subordonnée. Et les agents ? Comment ont-ils pris la nouvelle ?

— James et Lauren ont suffisamment de missions à leur actif pour savoir que les choses peuvent parfois mal tourner, mais Dante a du mal à encaisser. Il se sentait personnellement impliqué dans l'opération. Il s'était juré de jeter le Führer derrière les barreaux.

Les fenêtres de la salle de réunion donnaient sur l'unique piste en service de l'aéroport. Un rétroprojecteur et un paperboard trônaient à l'extrémité d'une longue table où étaient disposés une thermos, des tasses et un plateau de biscuits.

Les participants patientaient depuis plus de quarante minutes. Neil et McEwen, qui n'avaient toujours pas dormi, tentaient de se maintenir éveillés en faisant fondre des granules de Nescafé sur leur langue. Torturée par la nausée, Lauren était affalée sur sa chaise. James et Dante tuaient le temps en bâtissant un mur de mini-cartons de lait UHT.

Zara serra la main de Tracy Jollie puis s'assit au bout de la table.

— Alors, dit-elle, qu'avez-vous appris au sujet de cette intervention imprévue ? Comment une telle bourde a-t-elle pu être commise ?

— Je me suis entretenue par téléphone avec le chef de la police du Devon et j'ai rencontré l'inspecteur qui a ordonné la perquisition. La nuit dernière, Neil et McEwen ont vu quatre hommes débarquer un chargement du *Brixton Riots*. La manœuvre achevée, ils ont laissé deux d'entre eux, Julian Hargreaves et Nigel Connor, repartir sans surveillance.

— Et pour quelle raison ?

— Manque d'effectifs, expliqua McEwen. Il n'y avait que Nigel, Chloé et moi. Il fallait faire un choix. Nous avons décidé de suivre les armes.

— Selon nos informations, après avoir quitté Nigel, Julian a regagné l'appartement de ses parents à Marina View. C'est à ce moment-là qu'il a commencé à prendre conscience de la gravité de l'acte qu'il venait de commettre, puis à s'inquiéter de la destination des armes et de l'usage que des criminels pourraient en faire.

— Julian n'est pas du genre à se poser des questions de morale, fit remarquer James. Selon moi, il a dû fumer pétard sur pétard, et il s'est payé une énorme crise de parano.

— C'est possible, admit Tracy, mais ça n'a pas beaucoup d'importance. Toujours est-il qu'il a décidé de se confesser auprès de son père. Ce dernier, Jonty Hargreaves, est juge à la cour d'assises. Il a fait ce que tout père aurait fait à sa place : il s'est efforcé de sortir son fils du guêpier où il s'était fourré. Il lui a fait rédiger et signer une déclaration indiquant qu'il avait été contraint de prendre part au trafic pour sauver son ami Nigel menacé par Paul Woodhead. Ensuite, il a contacté le chef de la police du Devon, une vieille connaissance, et a négocié un accord.

— Comment Julian savait-il où étaient stockées les armes ? demanda Lauren.

— Woodhead a sûrement mentionné l'emplacement de la grange lorsqu'ils se trouvaient sur le bateau, dit McEwen.

— Ce matin, à la première heure, Jonty et Julian Hargreaves se sont présentés au commissariat, continua Tracy. Ce dernier a remis sa confession à un agent choisi par le chef de la police. Il a avoué sa participation au trafic, mais son père a conscience qu'il n'a que dix-sept ans, qu'il n'a jamais reçu de condamnation par le passé et que ses aveux permettront la saisie d'un important stock d'armes de contrebande, ainsi que l'arrestation de Riggs et de Woodhead.

Zara hocha la tête.

— Julian plaidera coupable pour quelques accusations mineures devant le tribunal, et le juge lui infligera une peine de principe en échange de ses aveux. En raison de son jeune âge, cette condamnation ne figurera même pas à son casier judiciaire.

Neil soupira.

— Mais la combine de Jonty Hargreaves a ruiné nos espoirs de suivre le chargement jusqu'au lieu de livraison. Une fois de plus, nous ne pourrons pas réunir de preuves de la culpabilité du Führer et de ses lieutenants. Pour couronner le tout, nous avons investi trois cent mille livres dont nous ne reverrons sans doute jamais la couleur. C'est un ratage complet.

À ces mots, Dante frappa du poing sur la table.

— Il est hors de question que ce salaud s'en tire une fois de plus ! rugit-il. Passez-moi un flingue, et je me ferai un plaisir de vous en débarrasser.

— Calme-toi, dit Chloé. Nous voulons tous qu'il finisse ses jours en prison, mais nous savions que cette mission avait peu de chances d'aboutir.

— Vous ne pouvez pas savoir ce que je ressens, insista Dante. Pour vous, le Führer n'est qu'un objectif parmi d'autres. Quel que soit le résultat de la mission, vous ravalerez votre déception et vous passerez à l'affaire suivante. Mais n'oubliez pas que j'ai vu cette ordure abattre froidement quatre membres de ma famille.

Zara s'exprima avec fermeté.

— Dante, je sais que tu as du mal à encaisser cet échec, mais même CHERUB n'est pas au-dessus des lois. Certains gouvernements étrangers n'hésitent pas à liquider ceux dont les activités les dérangent, mais je suis heureuse de ne pas vivre sous leur coupe.

— Je suis navré, murmura Dante avant de se rasseoir. Mon attitude n'est pas professionnelle. Seulement, je ne supporte plus de voir le Führer échapper sans cesse à la justice.

— Je te comprends, et l'incident est clos, l'assura Zara. À présent, j'aimerais en savoir davantage sur les activités de l'équipe de CHERUB au cours de la mission.

— Dante et moi n'avons pas récolté de résultats significatifs, annonça Lauren. Nous avons obtenu le tuyau concernant l'implication de Nigel dans le trafic d'armes grâce à sa sœur Anna, mais, pour être tout à fait honnête, nous avons eu beaucoup de chance. Initialement, nous étions censés nous lier avec Joe Donnington, car nous supposions qu'il en savait long sur les activités de son père. Or, nous nous trompions complètement. Il garde ses distances avec le Führer, et il a honte de son comportement.

— Joe est un type bien, confirma Dante. Il était mon meilleur ami, autrefois, et il le serait sans doute resté si mes parents étaient encore en vie. Au fond, je crois que nous en savons plus long que lui sur les agissements criminels de son père.

— C'est décevant, dit Zara. Et toi, James ?

Ce dernier s'éclaircit la gorge.

— De mon côté, les choses ont mis du temps à se décanter. Si on m'avait interrogé vendredi, j'aurais certainement considéré que je n'avais aucune chance d'approcher les Vandales. Mais le run a tout changé. Dirty Dave m'adore, ses collègues semblent penser que je suis un élément prometteur, et je pense être en mesure d'intégrer officiellement le Monster Bunch avant la fin de l'été.

— C'est rageant, lâcha Chloé. Cette avancée se produit pile au moment où l'opération nous file entre les doigts.

— J'ai rendez-vous avec Dirty Dave lundi après-midi, expliqua James. Il a dit qu'il avait une proposition à me faire, et qu'il y avait moyen de se faire beaucoup d'argent.

— Tu as une vague idée de ce qu'il a en tête ? demanda Tracy.

James secoua la tête.

— Pas la moindre, mais comme il a refusé d'en parler au téléphone, j'en déduis qu'il s'agit d'une combine illégale.

Zara joignit les mains.

— Mes enfants, je suppose que ça ne va pas vous faire plaisir, mais je crois que notre équipe va devoir se retirer.

— Oh, pour l'amour de Dieu… gémit Dante.

— Ne t'en prends pas à moi. Toutes les missions de CHERUB doivent être validées par le comité d'éthique. Votre objectif consistait à infiltrer les Vandales et collaborer avec la CLGCM afin de démontrer leur implication dans le trafic d'armes. Cette opération a pris fin à l'instant où la police du Devon a saisi le stock.

— J'aurais pu y laisser ma peau, lors des affrontements de la Rebel Tea Party ! protesta James. Tout le monde sait que je suis toujours prêt à prendre des risques, mais je ne tolère pas que des gratte-papier sabotent mes efforts. Je suis persuadé que le rendez-vous de lundi pourrait nous permettre de rebondir, et j'aimerais bien qu'on me laisse ma chance…

— Je sais, dit Zara. Les autorités ne comptent pas laisser les Vandales poursuivre leurs activités criminelles en toute impunité. Ce que j'essaye de vous faire comprendre, c'est que la mission qui vous a été confiée est terminée. Dante et Lauren, vous ferez savoir à vos camarades que vos parents sont en voie de réconciliation et que vous partez vivre à Londres chez votre père, à l'essai. Nous conserverons la maison de Salcombe. Chloé continuera à travailler avec Ross Johnson. Peut-être seront-ils bientôt en mesure de monter une nouvelle opération en exploitant les relations que James entretient désormais avec les Vandales.

— Et pour mon rendez-vous de lundi ? demanda James. Je pourrais tout de même m'y rendre, afin de savoir ce que Dirty Dave a à me proposer.

— C'est d'accord, dit Zara.

— Si je comprends bien, seuls James et Chloé resteront ici, grogna Dante.

— Nous pourrons vous réintégrer à l'équipe si besoin est. Cela dépendra de nos progrès dans les semaines à venir.

— Si James parvient à se lier durablement aux Vandales, tous les espoirs sont permis, s'enthousiasma Tracy. Surtout avec la guerre de gangs qui s'annonce…

Zara se leva.

— Bien. L'un de vous a-t-il quelque chose à ajouter ?

Agents et policiers restèrent muets. Zara serra la main de Neil et de Tracy avant qu'ils ne quittent la salle de réunion.

— Je vais raccompagner l'équipe à Salcombe, dit Chloé.

Zara se tourna vers McEwen.

— Toi, tu restes ici. Le chef de la police du Devon m'a informée qu'un de ses hommes avait une pommette fracturée. Il l'a mauvaise, et moi aussi.

McEwen haussa les épaules puis baissa les yeux comme un petit garçon pris la main dans un pot de confiture.

— J'ai agi sous l'effet du stress et du manque de sommeil, plaida-t-il.

— Ah vraiment ? s'étonna Zara, visiblement peu convaincue. Eh bien, j'ai une excellente nouvelle. Je t'accorde six mois de repos au sous-sol du bâtiment principal. Rassure-toi, tu ne risques pas de t'ennuyer. Nous avons pris un peu de retard sur le classement des documents administratifs, ces derniers temps. Il reste environ cinq mille boîtes d'archives à répertorier et à numériser.

39. Casquette en cuir et slip à paillettes

Le lundi, au sortir du cours de mathématiques, James se rendit à l'atelier de *Cuir et Chrome* où il avait pris rendez-vous pour faire changer son clignotant. À l'intérieur du garage, James découvrit douze Harley-Davidson endommagées par le feu. Certaines n'étaient plus que des carcasses noircies. D'autres ne souffraient que de légères déformations des pièces en plastique consécutives à la chaleur.

— Ce n'est pas beau à voir, lança James à l'adresse de Rhino. Il doit y en avoir pour des centaines de milliers de livres de dégâts.

— Et encore, tu ne vois ici que les bécanes qu'on a pu sauver, ou sur lesquelles il reste des pièces à récupérer. Quatre épaves ont fini à la casse.

— C'est tragique. Et la tienne, elle n'a pas trop dégusté ?
Rhino désigna sa Harley Softail jaune.

— Elle a l'air intacte, à première vue, mais la chaleur a fait fondre la gaine des circuits, et je vais devoir la démonter intégralement. J'en ai pour deux ou trois jours de boulot, sans compter le prix des pièces de rechange.

— Toutes mes condoléances. J'ai vraiment eu de la chance.

— Il y a une autre ER5 en exposition. Je vais démonter l'un des clignotants et le replacer sur la tienne, à moins que tu ne préfères attendre la livraison de la pièce…

— Ça ira très bien comme ça. Combien ça me coûtera ?

— Juste le prix du matériel. Le Führer te fait cadeau de la

main-d'œuvre, pour te remercier d'avoir protégé le car des femmes.

— Cool. J'apprécie le geste. Ça prendra combien de temps ?

— Une vingtaine de minutes. Je vais m'en charger moi-même.

— C'est parfait. Moi, je dois voir Dirty Dave. Je peux repasser dans une demi-heure ?

— Bien entendu. Au fait, je n'ai pas vu ta mère depuis une semaine. Tu la salueras de ma part.

James quitta l'atelier et gravit les marches menant à l'esplanade de Marina Heights. Dirty Dave, attablé au soleil à la terrasse d'un restaurant français, lui adressa un signe de la main. Devant lui étaient posés une bouteille d'eau gazeuse et un cendrier rempli de mégots.

Lorsqu'il s'assit, James découvrit un casque jet noir en fibre de carbone posé sur une chaise vide, un accessoire qui offrait moins de protection qu'un casque intégral, mais qu'affectionnaient la plupart des bikers.

— C'est pour toi, annonça Dirty Dave.

Le visage de James s'illumina. Gavé de magazines consacrés aux motos, il savait que ce modèle coûtait plus de trois cents livres.

— Il est sublime ! s'exclama-t-il. Mais c'est trop, je ne peux pas accepter.

Dave haussa les épaules puis tira sur sa cigarette roulée.

— Sans toi, je me serais fait exploser le crâne à coups de marteau, dit-il. Et puis, ne t'en fais pas pour moi. Je paye le matériel hors taxe chez *Cuir et Chrome*. Et de toi à moi, comme toutes les boutiques pour motards, ils se font cent cinquante pour cent de marge sur la plupart des accessoires.

James caressa amoureusement le casque puis contempla son reflet dans la large boucle chromée de la jugulaire.

— À présent, parlons affaires. Tu es toujours intéressé ?

— Bien sûr, s'il y a du fric à la clé.

Dave sourit.

— Je t'ai vu marcher torse nu, à la Tea Party. Tu es drôlement costaud. Tu fais de la muscu ?

— Oui, un peu. Je pratiquais le karaté et le kick-boxing, quand je vivais à Londres.

James tombait de haut. Alors qu'il espérait être recruté pour participer aux activités illégales des Vandales, il semblait désormais évident que Dave s'apprêtait à lui proposer un job de videur dans l'une des boîtes de nuit placées sous leur contrôle.

— Dans mon métier, tout est affaire de jeunesse. Un garçon comme toi peut se faire un maximum de blé.

— Mais c'est quoi, ton métier ?

— Oh, je pensais que tu étais au courant… Je m'occupe de la moitié des clubs de striptease du Devon.

James sentit sa mâchoire se décrocher.

— Je sais ce que tu penses, poursuivit Dave. Mais tous les stripteaseurs ne sont pas gay, tu sais. En revanche, ce job peut faire de toi un homme riche. Tu n'auras qu'à faire quelques pas de danse et à exhiber tes biceps. Je te paierai cinquante livres pour quatre heures de show. Sans compter les pourboires, qui pourront facilement doubler tes gains. Ça fait beaucoup d'argent pour un garçon de ton âge.

James était sidéré.

— Dis-moi que c'est une blague…

— Absolument pas. Je peux te faire visiter mon club de Taunton, si tu es intéressé. Le manager et les autres garçons te trouveront un costume, t'apprendront quelques pas et te montreront comment te comporter avec la clientèle.

James avait connu bien des retournements de situation au cours de sa carrière à CHERUB, mais rien, pas même l'entraînement le plus rigoureux, ne l'avait préparé à une telle surprise. Son visage s'empourpra.

— Oh, murmura-t-il. Je… je ne m'attendais pas à ça. Est-ce que… je pourrais réfléchir un jour ou deux avant de répondre à ta proposition ?

— Je vois bien que tu es embarrassé, dit Dave, et je comprends parfaitement ce que tu ressens. Mais tu passes toutes tes soirées à retourner des crêpes pour trente ou quarante livres. Avec ton corps et ta gueule d'ange, tu pourrais te faire vingt fois plus. Ce serait dommage de ne pas en profiter…

•••

Lauren eut beau se creuser la mémoire, elle n'avait jamais rien entendu d'aussi drôle. En proie à un fou rire incontrôlable, elle glissa du canapé, une main crispée sur son abdomen tétanisé, et se roula frénétiquement sur la moquette.

— Oh mon Dieu, faites que ça s'arrête, gémit-elle entre deux hoquets. Je n'en peux plus, je crois que je vais mourir.

Soucieuse de se comporter en adulte responsable, Chloé avait battu en retraite dans la cuisine dès que son agent l'avait informée de la teneur de son entretien avec Dirty Dave. En dépit de ses efforts, ses gloussements irrépressibles étaient parfaitement audibles depuis le salon.

— Ce n'est pas drôle, protesta James.

— Je te jure que si ! hurla Lauren. Je suis tellement impatiente de rentrer au campus pour parler à tout le monde de tes exploits…

Quelques minutes plus tard, Dante, qui avait fait ses devoirs chez Anna, déboula dans le vestibule.

— Qu'est-ce qui vous fait marrer ? demanda-t-il.

— James a reçu une proposition d'embauche au club gay de Taunton, expliqua Chloé en épongeant les larmes qui roulaient sur ses joues.

Dès que le regard de Dante croisa celui de Lauren, il s'esclaffa à son tour. Cette dernière se hissa sur la table basse et remua lascivement les hanches à la manière d'un gogo-dancer.

— Et tu as accepté, James ? demanda Dante. Je ne veux pas rater ta première. Je te promets que je glisserai un petit billet dans ton string.

— Je pense que c'est la stratégie idéale pour infiltrer les Vandales, sourit Chloé. La mission durera plusieurs années s'il le faut, et si on n'obtient pas de résultats, James aura réglé la question de sa reconversion après son départ de CHERUB.

À cet instant, Lauren perdit l'équilibre et se tordit le pouce en se réceptionnant sur le sofa.

— Bien fait pour toi, ricana son grand frère. Sur ce, il faut que j'aille me changer si je ne veux pas être en retard au boulot.

— Casquette en cuir et slip à paillettes ? gloussa Dante.

Chloé s'éclaircit la gorge.

— Plus sérieusement… Puisque nous savons à présent que la proposition de Dirty Dave n'avait rien à voir avec le trafic d'armes, nous allons nous préparer à lever le camp. Vous direz à vos amis que votre père et moi sommes décidés à nous remettre ensemble, et que nous rentrons à Londres dès le week-end prochain. Mais n'oubliez pas que ça n'a rien de définitif. Il se pourrait que nous soyons de retour prochainement pour une seconde mission.

40. En plein cœur

Le jeudi suivant, à vingt et une heures trente, James entama sa dernière demi-heure à Marina Heights. Il déposa une crêpe fumante sur le plan de travail, y ajouta une boule de glace à la vanille, répartit des quartiers d'orange et des éclats de noix, la replia savamment puis la servit sur une assiette en carton.

— Voilà ! s'exclama-t-il en remettant la commande à un petit garçon de neuf ans.

L'enfant jeta quelques pièces sur le comptoir puis se dirigea vers la table où l'attendaient ses parents et son petit frère. James se tourna vers Martin.

— Tout ça va tellement me manquer ! lança-t-il sur un ton ironique.

— Moi, tout ce que j'espère, c'est que Teeth me trouvera un nouvel assistant aussi mignon que toi.

— Ne rêve pas trop. Objectivement, il n'y a pas plus d'une chance sur un million.

— Ashley n'est pas trop triste que tu rentres à Londres ?

James haussa les épaules.

— J'ai l'impression qu'elle s'en fout royalement. Franchement, c'est sans doute l'une des relations les moins torrides que j'aie jamais vécues.

— Bon, eh bien, je crois que tu peux y aller. S'il y a des gens à qui tu souhaites dire au revoir, profites-en.

— Je dois rendre mon badge à Teeth, c'est tout. Ah si.

J'aimerais bien informer Noelene qu'elle n'est qu'une vieille peau frustrée, mais je ne sais pas où elle est passée...

Tandis qu'il ôtait son tablier, James eut la surprise de voir approcher Will et Nigel.

— Notre petite sœur Anna a le cœur brisé à cause du départ de ton frère, annonça ce dernier. Vous partez quand ?

— Demain. Et pour toi, Nigel, comment ça se passe ?

— Je crois bien que j'ai foutu ma vie en l'air.

— J'ai lu l'article concernant le trafic d'armes dans le journal de lundi, et il y a des tas de rumeurs qui circulent sur ton compte, au lycée.

— Les flics ont débarqué chez moi dimanche matin. Ils m'ont passé les menottes, et ils ont perquisitionné l'appartement. Évidemment, ils ont trouvé mon stock d'herbe et des vêtements qui puaient le poisson. Je n'ai même pas essayé de leur servir un alibi.

— Tu as été inculpé ?

Nigel hocha la tête.

— J'ai été remis en liberté sous caution. Les Vandales m'ont trouvé un as du barreau, mais même si je plaide coupable, je suis pratiquement certain d'atterrir en prison.

— Merde, lâcha James. Tu sais combien de temps tu vas y rester ?

Will prit la parole :

— Entre dix-huit mois et trois ans, selon l'avocat. D'après lui, compte tenu de tout le battage médiatique concernant la recrudescence des armes à feu au Royaume-Uni, ça ne pouvait pas plus mal tomber.

— Et les cent grammes d'herbe qu'ils ont trouvés sous mon matelas n'arrangent rien à l'affaire, soupira Nigel. J'ai déjà été arrêté pour possession de stupéfiants, l'année dernière.

James appréciait Nigel, mais il chercha en vain une parole réconfortante.

— Je suis désolé, dit-il.

— Pas autant que moi.

— Tu n'aurais pas vu cette sale petite balance de Julian, des fois ? demanda Will.

— Non, répondit James. Ni ici, ni au lycée.

— Tu m'étonnes, gémit Nigel. Si j'étais lui, je me ferais tout petit. Il y a pas mal de bikers qui lui en veulent à mort, dans le coin. Mais au fond, tout est ma faute. Je n'aurais jamais dû l'embarquer dans cette galère. Il n'avait pas les épaules. J'aurai dû deviner qu'il paniquerait et qu'il balancerait le morceau à son père.

— Le juge va sûrement se contenter de lui faire les gros yeux, mais il ferait mieux de ne plus jamais croiser ma route, gronda Will. Il paraît qu'un membre des Dogs of War a déjà défoncé la Jaguar de son père à coups de hache d'incendie.

— Ashley a surpris une conversation entre profs, dit James. Selon eux, Julian est déjà inscrit dans un lycée privé pour l'année prochaine.

— Logique, soupira Nigel. Je suppose qu'il a choisi un internat, et vu que son père possède un appartement à Londres, je parie qu'on n'est pas près d'entendre à nouveau parler de la famille Hargreaves.

— Paul Woodhead est un ancien Vandale adoubé, ajouta Will. Avec tout le gang sur son dos, Julian ferait bien de surveiller ses arrières.

James haussa les épaules.

— D'un autre côté, les Vandales risquent d'avoir d'autres chats à fouetter, avec les conséquences de la Tea Party.

— La priorité de mon père, c'est de régler ses comptes avec Sealclubber et le chapitre de Londres, expliqua Martin. Ensuite, il s'occupera de redorer la réputation des Vandales en liquidant les Vengeful Bastards et leurs complices.

Jusqu'alors, en dépit des jours passés en sa compagnie, James n'avait jamais entendu son collègue évoquer les affaires du Führer.

Nigel posa une pièce d'une livre sur le comptoir.

— Sers-moi une crêpe à la banane, aux amandes et au miel, avec supplément chantilly. Je tiens à profiter du temps qu'il me reste. Dans quelques semaines, quand ma condamnation tombera, j'ai le pressentiment que je trouverai plus de cafards que de raisins secs dans mon dessert.

...

Dante acheva d'empiler T-shirts, caleçons et chaussettes dans une grande boîte en plastique bleu, la saisit par les poignées puis s'engagea dans le couloir. En passant devant la chambre de Lauren, il jeta un coup d'œil par la porte entrebâillée et la découvrit étendue sur son lit, le regard braqué sur un mur uniformément blanc.

— Est-ce que ça va ? demanda-t-il.

— Oui, tout va bien, lâcha sa coéquipière d'une voix étranglée.

Dante déposa sa boîte à l'entrée de la pièce et vint s'asseoir à ses côtés.

— Allez, quoi, dis-moi ce qui se passe.

Lauren observa un long silence. Elle était tentée d'inviter son camarade à s'occuper de ses affaires ou de continuer à nier qu'elle était bouleversée, mais au fond, elle brûlait de s'épancher.

— J'étais en train de penser à Joe. Je sais que c'est stupide. Je devrais être habituée, depuis le temps. Combien de fois ai-je entendu les instructeurs répéter qu'il faut à tout prix éviter de nouer des liens affectifs au cours d'une opération ?

— Anna aussi est triste de me voir quitter Salcombe.

Lauren esquissa un sourire.

— C'est marrant. Tous les garçons se vantent de collectionner les aventures lorsqu'ils partent en mission. Imagine un peu qu'une fille tienne les mêmes propos…

— On la traiterait de mante religieuse, ou de traînée, ricana Dante.

— Exactement, dit Lauren. Tu sais, Joe compte beaucoup pour moi, et je n'y peux rien. La première fois que je l'ai rencontré, je l'ai pris pour un abruti, avec sa petite cour, ses fringues de luxe et son attitude arrogante. Mais je me trompais sur son compte. C'est le garçon le plus doux et le plus gentil que j'aie jamais rencontré. Il n'était jamais sorti avec une fille avant moi. Ça le rendait un peu nerveux.

— Moi aussi, je l'aime bien. C'est bizarre que vous ne passiez pas cette dernière soirée ensemble.

— Je sais. Ça me rend dingue. Sa tante vient de subir une opération, et sa mère l'a traîné de force à l'hôpital.

— Ça, c'est vraiment pas de chance. Anna est à son entraînement de natation, mais elle a promis de passer me voir sur le chemin du collège, demain matin.

— Tu as des sentiments pour elle ?

— Un peu, répondit Dante, visiblement embarrassé. Seulement, que ça reste entre toi et moi, j'ai connu une fille, à Belfast. Elle s'appelle Harriet. On est restés ensemble presque un an, mais l'opération s'est achevée si brusquement que je n'ai même pas pu lui dire adieu.

— Oh, c'est tellement triste.

Dante sortit un portefeuille à fermeture Velcro de la poche arrière de son short et en tira la photo d'identité d'une jeune fille aux cheveux bruns, au visage rond et aux yeux noisette.

— Elle est très jolie, dit Lauren. Au fond, j'ai eu de la chance. Après toutes ces missions, c'est la première fois que je craque pour un garçon.

— Tu t'en remettras, et je sais de quoi je parle, dit Dante en lui caressant doucement l'épaule.

Il quitta la chambre, replaça la photo dans son portefeuille puis ramassa la boîte en plastique. En descendant les marches menant au rez-de-chaussée, il repensa à l'information lâchée par Lauren : Joe et sa mère se trouvaient à l'hôpital. Martin travaillait au stand de crêpes de Marina Heights. Mais que faisait le Führer ? Dante déposa ses affaires dans l'entrée, dégaina son portable et se glissa hors de la maison.

Il faisait nuit. Un papillon velu décrivait des cercles autour de l'applique du porche. Dante composa le numéro de fixe de la maison de Joe.

— Qui est à l'appareil ? fit la voix du Führer après une dizaine de sonneries.

Dante sentit son cœur s'emballer. Il raccrocha sans prononcer un mot. Le ciel était noir d'encre. Un vent léger soufflait sur les champs, derrière la maison. Comme la nuit où il avait perdu ses parents, cinq ans plus tôt. Il ferma les yeux et revit le Führer, revolver au poing, penché à la fenêtre de la chambre de Lizzie ; il se remémora sa fuite éperdue dans la campagne, sa petite sœur ensanglantée serrée contre son torse.

L'homme qui avait massacré sa famille se trouvait seul à son domicile. Pour Dante, à la veille de son retour au campus, c'était une chance inespérée d'assouvir sa vengeance. Il fila jusqu'à sa chambre, récupéra le sac à dos rangé sous son lit puis vérifia qu'il contenait tout ce dont il avait besoin.

Il enfila un sweat à capuche, glissa un couteau, un pistolet à aiguilles et une paire de gants en latex dans ses poches ventrales, puis il épaula son sac.

Lauren faisait ses bagages dans la pièce voisine. Chloé rédigeait un rapport de mission dans la salle à manger. Il entra dans sa salle de bain privée et ouvrit le robinet d'eau froide de la douche. De retour dans la chambre, il acheva sa mise en scène en allumant son radio-Anna et disposa des vêtements propres sur son lit.

Dante ouvrit la fenêtre et estima le temps nécessaire à l'accomplissement de son projet. Quatre minutes suffiraient à parcourir le kilomètre qui le séparait de la villa du Führer.

Il s'accorderait six minutes pour régler ses comptes avant d'effectuer le trajet en sens inverse. Au total, il ne passerait pas plus d'un quart d'heure hors de la maison, soit le temps qu'il lui arrivait de rester sous la douche afin de se délasser.

Il enjamba le rebord de la fenêtre et se réceptionna trois mètres plus bas. Son couteau s'échappa de sa poche et tinta sur une dalle de jardin. Il s'écarta de la maison, leva les yeux vers la chambre de Lauren et constata que cette dernière poursuivait son rangement comme si de rien n'était.

Dante s'accorda quelques secondes de réflexion. Grâce à la formation reçue au campus, il se savait capable de liquider le Führer sans laisser le moindre indice derrière lui. Cependant, Chloé et Zara n'étaient pas nées de la dernière pluie. Si elles parvenaient à démontrer qu'il était l'auteur du meurtre, il serait inévitablement chassé de CHERUB.

Il observa longuement Lauren qui s'affairait derrière la vitre. Cette image lui rappelait les derniers instants de Lizzie, ce moment où elle avait couvert sa fuite au sacrifice de sa vie. Malgré les efforts sincères des autorités, le Führer avait commis quatre meurtres en toute impunité. Il coulait des jours heureux dans une luxueuse villa, à la tête d'une fortune colossale, entouré de fidèles prêts à tuer sur ses ordres.

Dante fit volte-face et se mit à courir.

Il traversa la nationale, sauta par-dessus une clôture, puis s'engagea sur un chemin vicinal où il avait la certitude de ne croiser ni piéton ni véhicule.

Il courut ventre à terre jusqu'à la haie ornementale qui délimitait le périmètre de la propriété puis il marcha jusqu'à un portillon métallique permettant d'accéder au vaste jardin du Führer. Craignant de laisser des empreintes de pas dans la terre meuble et les parterres de fleurs, il préféra rejoindre la route et emprunter l'entrée principale. Ce n'est qu'à vingt mètres de l'objectif qu'il se mit à couvert, progressant par bonds successifs derrière les arbustes qui bordaient l'allée.

Seules les lumières de l'entrée, de la cuisine et d'une chambre située à l'étage étaient allumées. En dépit de la tiédeur de la nuit, toutes les fenêtres étaient closes.

Dante contourna la villa jusqu'à la véranda. Constatant que les portes coulissantes étaient fermées de l'intérieur, il jeta un œil par la vitre de la cuisine afin de s'assurer qu'elle était déserte, puis s'arrêta devant la porte de service.

Après avoir enfilé ses gants, il étudia la serrure, fixa une tige métallique à l'extrémité de son pistolet à aiguilles et força le mécanisme en deux pressions sur la détente de l'outil.

Dante se glissa dans la cuisine, ferma discrètement la porte derrière lui, puis consulta sa montre. Six minutes. Il lui fallait désormais localiser le Führer en évitant de se faire surprendre. Il traversa le salon jusqu'au couloir menant à l'entrée principale. Il remarqua que les fenêtres avaient été réparées et que le tapis du billard avait été ôté en attendant son remplacement.

Il gravit lentement l'escalier puis progressa furtivement dans le couloir obscur. Il passa devant les chambres des frères Donnington et se figea à quelques mètres de celle du Führer, dont la porte était entrouverte. Des éclairs bleus et roses illuminaient les murs de la pièce. On pouvait entendre la voix off illustrant un documentaire.

« *L'*USS Ronald Reagan *est le porte-avions de classe Nimitz le plus sophistiqué actuellement en service. Son effectif aérien est composé des pilotes de chasse les plus redoutables de la planète...* »

À la simple idée de se trouver à proximité du Führer, Dante se sentit gagné par la nausée.

Il se glissa dans le bureau situé à l'extrémité du couloir et actionna l'interrupteur. Il contempla à nouveau la photographie prise en 2002, lors du barbecue d'été des Vandales, puis il s'empara d'une arbalète à répétition équipée d'une visée optique. Il introduisit trois carreaux dans le chargeur.

Après avoir éteint la lumière, il quitta la pièce et alla se poster genou à terre devant la chambre. Il poussa légèrement la porte afin d'élargir son angle de tir. Les gonds émirent un léger grincement. Par chance, le Führer attribua ce son à un simple courant d'air. Il ne tourna même pas la tête.

Dante colla son œil à la lunette, visa le cou de son ennemi juré puis bloqua sa respiration. Dès que le premier projectile aurait atteint sa cible, il déboulerait dans la chambre et l'achèverait d'un second carreau en plein cœur.

41. Meilleurs souvenirs

James effectua un détour d'une trentaine de kilomètres pour regagner la maison. Il poussa plusieurs pointes de vitesse sur l'étroite route de campagne non éclairée, et s'émerveilla de voir défiler la chaussée dans le faisceau de son phare. Après s'être offert quelques sérieuses frayeurs, il atteignit son objectif, épuisé et euphorique.

La mort dans l'âme, il remonta l'allée au pas, pénétra dans le garage puis immobilisa la Kawasaki près de la BMW. La moto était liée à son identité d'emprunt. Il était vain de supplier les autorités de CHERUB de la racheter à l'aide de ses économies. À seize ans, il n'était pas près de remonter en selle, surtout sur un engin aussi puissant qu'une ER5.

Il ôta les gants achetés à la Rebel Tea Party et le casque que lui avait offert Dirty Dave trois jours plus tôt, puis se dirigea vers la maison. Une délicieuse odeur de rôti lui chatouilla les narines.

Dans la pénombre, il distingua la silhouette de Dante, assis dos au mur de briques. À la lueur qui s'échappait des fenêtres du premier étage, il semblait bouleversé. En s'approchant, James remarqua l'arbalète sophistiquée posée sur ses genoux.

— Tout va bien ? demanda-t-il. Où est-ce que tu as trouvé ce truc ?

— Chez le Führer. Tu as déjà tué un homme, n'est-ce pas ?

— Oui, lors de ma deuxième mission. Je n'ai pas eu le choix. C'était lui ou moi.

À cet instant, James fit le lien entre l'arbalète dérobée chez les Donnington et la haine qu'éprouvait son coéquipier à l'égard de l'homme qui avait massacré quatre membres de sa famille.

— Dante, qu'est-ce que tu as fait ? s'étrangla-t-il.

— J'ai appris qu'il était seul dans la villa. Je suis entré par effraction et je l'ai trouvé allongé sur son lit. Je l'ai mis en joue et puis… je ne sais pas… Tuer, je crois que ça n'est vraiment pas mon truc.

James poussa un soupir de soulagement, puis il chercha en vain les mots justes. Au fond, en dépit de son adhésion au principe de respect de la loi prôné par CHERUB, il comprenait parfaitement les motivations qui avaient poussé son camarade à souhaiter la mort du Führer.

— J'avais pourtant tout prévu, continua Dante. Je portais des gants, et les mêmes baskets qu'à la soirée de Joe, de façon à justifier la présence de mes empreintes de pas. J'ai choisi une arme personnelle du Führer afin de désorienter les enquêteurs. Zara et Chloé m'auraient soupçonné, évidemment, mais en l'absence de témoin oculaire, elles n'auraient rien pu prouver.

— C'est mieux comme ça, dit James. Moi, je pense toujours au type que j'ai flingué. Je continue à en faire des cauchemars.

Dante se leva péniblement et contempla ses mains avec dégoût.

— Je suis faible, gémit-il. S'il y a une vie après la mort, mon père doit penser que je suis un lâche.

Une photographie étroitement roulée tomba de la poche de son sweat. James la ramassa.

— C'est à toi ? demanda-t-il.

— Je m'en fous. Tu peux la foutre à la poubelle.

James déroula le cliché. Il reconnut le Führer entouré de ses lieutenants. Au premier rang, Joe posait fièrement en compagnie des enfants de son âge. Dante était presque méconnaissable, avec ses cheveux courts et roux, mais une jeune fille placée sur le côté lui ressemblait étonnamment.

— Tu sais, Dante, la clémence dont tu as fait preuve ne fait pas de toi un lâche. Tuer est une chose facile dont il n'y a pas de quoi être fier.

Jusqu'alors les deux garçons avaient parlé à voix basse afin de ne pas attirer l'attention de leurs coéquipières.

— Ne te mêle pas de mes affaires ! s'emporta Dante. Tu ne peux pas comprendre.

— Tu sais pourquoi tu n'as pas pu tuer le Führer ? poursuivit James en brandissant la photographie. Parce que tu es meilleur que lui. Regarde ta sœur et ta mère. Qu'est-ce qu'elles préféreraient, à ton avis ? Te voir ruminer éternellement cette vengeance ou vivre une existence heureuse, malgré tout ?

James avait la vague impression que son discours sonnait un peu faux, mais Dante considéra longuement le cliché.

— Lizzie aurait vingt et un ans aujourd'hui, dit-il. C'est difficile à croire. Pour moi, elle restera toujours une adolescente. Elle était jolie, en fait. Et elle était très drôle, quand elle s'y mettait, quand elle voulait bien cesser de bouder.

James hocha la tête.

— Au fond, on est tous pareils, à CHERUB. Comparé aux autres jeunes de notre âge, on mène une existence extraordinaire, mais je pense que la plupart d'entre nous retourneraient volontiers à leur vie d'avant, s'ils en avaient la possibilité.

— Je n'hésiterais pas une seconde. En tout cas, le Führer va avoir une sacrée surprise quand il entrera dans son bureau.

— C'est sûr, il va se demander où sont passées sa photo et son arbalète.

352

— Oh, s'il n'y avait que ça… sourit Dante. J'ai tiré un carreau sur le portrait du Führer, pile entre les deux yeux, et j'ai gravé *Dante Scott, membre des Vengeful Bastards, avec mes meilleurs souvenirs* sur sa table avec mon couteau de chasse.

James éclata de rire.

— Je donnerais cher pour voir la tête qu'il fera quand il réalisera que tu t'es promené dans sa maison, en sa présence, arme à la main…

— Je n'ai peut-être pas eu le cran de liquider mon pire ennemi, conclut Dante, mais par contre, je sais qu'il ne dormira plus sur ses deux oreilles pendant au moins quelques mois…

42. Chers disparus

James, Lauren et Dante regagnèrent le campus deux jours plus tard. En ce vendredi, à soixante-douze heures du départ d'un grand nombre d'agents pour la résidence d'été, l'ambiance était à la fête.

Aux alentours de dix-sept heures, Rat rejoignit sa chambre après une partie de tennis disputée contre Andy Lagan. Assis sur son lit, il se déchaussa et ôta son T-shirt. Soudain, Lauren jaillit de sa penderie en braillant :

— Je suis de retour !

Sous l'effet de la surprise, Rat tressaillit et bascula sur le dos.

— Tu m'as flanqué une de ces trouilles, gloussa-t-il.

Lauren se jeta sur le matelas.

— J'ai bien reçu tes SMS, dit-elle.

— Dommage que tu n'y aies pas répondu, répliqua Rat sur un ton glacial.

— Finalement, j'ai bien réfléchi, et je crois qu'il y a vraiment quelque chose entre nous. En plus, avec mon poignet cassé, je vais avoir besoin d'un esclave pour porter mes bagages.

— Et qu'est-ce qui te fait penser que j'ai envie qu'on se remette ensemble ? Si ça se trouve, j'ai vécu une histoire torride avec un top-modèle en ton absence.

— Premièrement, mes informatrices infiltrées sur le campus m'ont tenue au courant de tes agissements, expliqua

Lauren en plaquant son ventre contre celui de son petit ami. Deuxièmement, quelle autre fille pourrait supporter une coupe de cheveux comme la tienne ?

∴

Deux étages plus bas, James était étendu sur le canapé de Kerry Chang. Cette dernière, tout sourire, sortit de la salle de bain drapée dans une serviette éponge, puis se laissa tomber sur le lit.

— Alors comme ça, tu n'as trouvé personne pendant la mission ?

— Non, confirma James. Enfin, il y avait bien cette fille, Ashley, mais c'était juste une amie. En plus, elle était plutôt branchée religion. Même si elle m'avait plu, je ne serais jamais parvenu à mes fins.

Kerry lâcha un éclat de rire puis ôta sa serviette, dévoilant des sous-vêtements blancs. Elle caressa lascivement la couette.

— Qu'est-ce que tu fabriques à l'autre bout de la pièce ? Je te fais peur ?

— Ça fait deux ans que je suis en manque de toi, dit James en se levant. Ça me fait tout drôle.

— Tu veux dire que je suis ta drogue ?

— Oui. Tu es irrésistible, et tu crées une forte dépendance.

— Tu te rappelles quand on était partenaires de karaté ? Je gagnais *à chaque fois*, et ça te rendait dingue.

— Aucun souvenir, ricana James. Et puis, à l'époque, je ne mesurais que quelques centimètres de plus que toi. Aujourd'hui, tu n'aurais aucune chance.

— Très bien, Monsieur Muscle, sourit Kerry. Dans ce cas, si tu arrives à m'immobiliser, tu pourras faire tout ce que tu veux de moi.

James sentit le rythme de son cœur s'accélérer.

— Comment ça, *tout* ?

— Tu devras te battre pour le savoir. Bien entendu, si tu perds, c'est toi qui deviendras ma chose. Marché conclu ?

— C'est d'accord, bredouilla James.

Tout fier d'exhiber ses pectoraux, il retira son T-shirt et le fit tournoyer au-dessus de sa tête. Kerry bondit du lit, lui souffla un baiser, puis adopta une posture martiale.

— Tu vas me rendre dingue... soupira James avant de se jeter sur elle.

Il tenta de la saisir par la taille, mais elle se déroba en pivotant vivement sur elle-même et lui fit un croche-patte qui l'envoya rouler sur la moquette. L'instant suivant, James se retrouva ventre à terre, immobilisé par une savante clé de bras.

— Comme au bon vieux temps, soupira Kerry. Tu es peut-être musclé, mais tu es une vraie limace.

— Bon sang, je ne peux plus respirer.

— Est-ce que tu sais à quel point j'ai souffert quand tu m'as larguée ? Si tu me brises une nouvelle fois le cœur, moi, ce sont tes os que je fracasserai.

James, qui avait vu Kerry corriger un homme adulte à coups de batte de base-ball lors d'une opération, savait parfaitement de quoi elle était capable.

— Je te demande pardon, gémit James. Oh, qu'est-ce que ça fait mal...

— Un jour, il est possible qu'on se dispute et qu'on se sépare à nouveau. Ça, je pourrais le comprendre. Mais si tu me trompes encore une fois, tu es un homme mort. Maintenant, c'est à toi de décider si on se remet ensemble, en toute connaissance de cause.

— J'ai mûri, tu sais. S'il te plaît, lâche-moi...

— Soit tu promets que tu me seras fidèle, soit tu dégages de ma chambre.

— OK, je promets.

Aussitôt ces mots prononcés, Kerry le libéra.

— La vache, j'avais oublié à quel point tu étais rapide, se lamenta-t-il.

Elle éclata de rire, déposa un baiser sur sa nuque, le laissa rouler sur le dos et s'assit à califourchon sur son ventre. James peinait à retrouver son souffle. Il pensa qu'il venait de commettre un acte insensé, qu'il fallait être fou à lier pour jurer fidélité à Kerry Chang. Puis il contempla ses jambes fines, ses beaux cheveux noirs, son regard énigmatique et profond. Il n'y avait rien à regretter, car personne au monde ne lui était plus cher.

•••

À vingt heures quinze, Dante entra dans sa chambre du huitième étage en traînant derrière lui un petit matelas en mousse. À sa suite, sa sœur Holly, cinq ans, cheveux longs et roux, était vêtue de l'uniforme réglementaire assorti d'un T-shirt rouge. Elle portait une couette maladroitement roulée en boule.

— Combien de nuits je vais rester avec toi ? demanda-t-elle, tout excitée.

Dante posa le matelas sur la moquette.

— Je ne sais pas, répondit-il. On verra bien. Si ça se trouve, tu voudras retrouver tes copines dans quelques jours.

— Si j'avais un lit au bâtiment junior et un autre ici, je pourrais dormir où je veux.

— De toute façon, on part en vacances lundi.

Holly déposa la couette puis déplia son pyjama. Dante lui lança un oreiller.

— Hooligan ! gloussa-t-elle, répétant un mot en vogue chez les T-shirts rouges.

— Tu veux que je t'aide à te changer ?

La petite fille considéra son grand frère comme s'il s'agissait d'un Martien.

— J'ai cinq ans, fit-elle observer, au comble de l'indignation.

— Oh, excuse-moi. Ça fait un moment qu'on ne s'est pas vus. La dernière fois, tu t'étais coincé la tête dans l'encolure de ton sweat…

Ulcérée, Holly ôta son T-shirt et son short, puis elle exhiba ses mollets.

— Tu as vu mes bleus ? Je me suis fait ça au ski.

— Moi, je n'ai jamais skié, dit Dante. Je crois que je ne serais pas très doué.

— Je pourrais t'apprendre. J'étais la meilleure du groupe des débutants.

Lorsque Holly eut enfilé son pyjama, elle disparut dans la salle de bain pour se brosser les dents. Dante en profita pour rassembler son linge sale et le déposer dans le panier. La petite fille regagna la chambre, lui souffla une haleine mentholée au visage, puis retroussa les lèvres afin d'exposer ses petites dents blanches, un rituel exigé matin et soir par les éducateurs du bâtiment junior.

— C'est propre ? demanda-t-elle.

— Ça me semble parfait. Viens, assieds-toi sur mon lit. Je vais te montrer quelque chose.

Dante déroula la photo volée dans le bureau du Führer.

— Tu sais qui c'est, ce petit garçon ? demanda-t-il en pointant un doigt sur le cliché.

Holly secoua la tête puis plaça une main devant sa bouche.

— C'est toi ?

— Ouaip. Et ce monsieur, là, c'est ton papa.

Holly avait déjà vu plusieurs photos de Scotty prises par les agents de surveillance de la police, mais elle ne gardait aucun souvenir des autres membres de sa famille.

— Et là, c'est ta grande sœur Lizzie. Elle boude, comme d'habitude. Ici, c'est ton grand frère Jordan qui fait la grimace. Et cette dame, c'est ta maman.

Holly examina attentivement le visage de ses proches.

— Et moi, je suis là, dit-elle en posant la tête sur l'épaule de son frère. Maintenant, il n'y a plus que nous deux, et on vit à CHERUB.

Dante pressa la petite fille contre son torse puis déposa un baiser sur son front.

— Je suis fatiguée, bâilla Holly avant de sauter du lit et de se réceptionner sur le petit matelas. Je suis contente que tu sois revenu. On va bien s'amuser à la résidence d'été.

Dante éteignit la lumière principale et regarda sa petite sœur s'endormir. De temps à autre, lorsqu'elle entrouvrait les paupières, il lui tirait la langue, provoquant une cascade de gloussements.

La photo était posée sur le lit. Il contempla avec dégoût le visage du Führer et se remémora les événements de la veille. Pourquoi n'avait-il pas pressé la détente ?

Lorsque le corps informe de son pire ennemi était apparu dans le viseur, un changement s'était produit dans son esprit. Ce n'était plus le mal incarné, le monstre qui, cinq ans durant, avait hanté ses cauchemars, mais un homme entre deux âges qui ne continuait à respirer que parce que lui, Dante Scott, avait décidé de l'épargner.

La mission avait échoué et le Führer avait une nouvelle fois échappé à la prison. Si la chance voulait enfin sourire, Chloé Blake et Ross Johnson rassembleraient des preuves solides et parviendraient à le traîner devant un tribunal. Peut-être finirait-il ses jours en prison. Peut-être serait-il liquidé par un gang rival. Peut-être achèverait-il son existence dans l'opulence.

Dante réalisa avec stupeur que son sort lui était désormais indifférent. Il regarda Holly qui dormait paisiblement à ses côtés. Elle était tout ce qu'il avait, et rien ne pourrait jamais ramener à la vie ses chers disparus.

Il ne s'était pas introduit dans la villa du Führer pour accomplir une vengeance, mais pour tirer une bonne fois pour toutes un trait sur son passé.

Épilogue

L'édition 2008 de la Rebel Tea Party marqua le début d'une guerre de grande ampleur opposant les Vandales, divisés par des luttes intestines, aux Bitch Slappers, au Satan's Prodigy et aux Vengeful Bastards.

Première victime de ce conflit, **SEALCLUBBER**, président du chapitre de Londres, fut assassiné à son domicile. **RALPH DONNINGTON**, plus connu sous le surnom de **FÜHRER**, fut interrogé comme simple témoin par les enquêteurs chargés de cet homicide. Quelques semaines plus tard, il fut élu au poste de président national des Vandales laissé vacant par la victime.

Le Néerlandais **JONAS HAARDEN**, alias **DOODS**, principal suspect dans la tentative d'attentat à l'explosif visant Dante Scott, est toujours en fuite. On suppose qu'il n'aurait pas quitté le Royaume-Uni.

Jugés pour leur rôle dans le trafic d'armes, l'ex-Vandale **PAUL WOODHEAD** et le capitaine de chalutier **JOHNNY RIGGS** écopèrent respectivement de quinze et sept années d'emprisonnement. Dans la même affaire, **NIGEL CONNOR** fut condamné à purger trente mois dans une institution pour jeunes criminels.

JULIAN HARGREAVES plaida coupable des charges retenues contre lui. Il fut relaxé en raison des informations essentielles qu'il avait communiquées à la justice. Victime d'actes de vandalisme et de harcèlement, il a quitté le Devon et poursuit désormais sa scolarité dans un lycée privé de Londres. Son père, le juge **JONTY HARGREAVES,** a vendu son appartement de Marina View.

La police locale estime que les arrestations liées à l'affaire et la saisie du *Brixton Riots* ont eu un effet significatif sur les capacités des Vandales à importer des armes illégales sur le territoire du Royaume-Uni.

MARTIN DONNINGTON est toujours gérant du stand de crêperie de Marina Heights. Grâce à ses économies, il espère passer l'année 2009 à faire le tour du monde.

Son petit frère **JOE DONNINGTON** et **ANNA CONNOR** ont entamé une relation sentimentale peu de temps après le départ de Dante et de Lauren.

Un rapport des affaires internes de la police a vivement critiqué la décision prise par **ROSS JOHNSON** de poursuivre l'opération d'achat d'armes après l'échec de **NEIL GAUCHE**, une erreur de jugement qui s'est soldée par la perte de trois cent seize mille livres.

Le rôle des agents de CHERUB ne fut pas communiqué aux auteurs du rapport. Seule l'intervention personnelle de Zara Asker permit à Ross Johnson de conserver son poste. Il continue à travailler avec **CHLOÉ BLAKE** afin de mettre sur pied une seconde opération anti-bikers.

NEIL GAUCHE a quitté la CLGCM. De retour dans son Leicestershire natal, il est redevenu simple inspecteur.

JENNIFER MITCHUM, ex-membre de CHERUB et psychologue en semi-retraite, continue de temps à autre à étudier le profil des recrues potentielles et à soutenir les agents ébranlés par des opérations délicates.

ZARA ASKER a donné naissance à son troisième enfant, **JONAH EWART ASKER**.

Dans son rapport de fin de mission, le comité d'éthique de CHERUB a condamné l'agression commise par **JAKE McEWEN** sur la personne d'un agent de la police du Devon, ainsi que les conditions de l'interrogatoire de Julian Hargreaves. Il continue à classer et à numériser des dossiers au sous-sol du bâtiment principal. Sur ordre de Zara Asker, il suit des séances de thérapie visant à canaliser son agressivité.

JAMES ADAMS, **LAUREN ADAMS** et **DANTE WELSH** s'envolèrent pour la résidence d'été de CHERUB trois jours après leur retour de Salcombe. Remisée dans l'atelier automobile du campus, la Kawasaki ER5 de James Raven est prête à reprendre du service dès que se présentera une nouvelle occasion de démanteler le gang du Führer.

CHERUB, agence de renseignement fondée en 1946

1941

Au cours de la Seconde Guerre mondiale, Charles Henderson, un agent britannique infiltré en France, informe son quartier général que la Résistance française fait appel à des enfants pour franchir les *check points* allemands et collecter des renseignements auprès des forces d'occupation.

1942

Henderson forme un détachement d'enfants chargés de mission d'infiltration. Le groupe est placé sous le commandement des services de renseignement britanniques. Les *boys* d'Henderson ont entre treize et quatorze ans. Ce sont pour la plupart des Français exilés en Angleterre. Après une courte période d'entraînement, ils sont parachutés en zone occupée. Les informations collectées au cours de cette mission contribueront à la réussite du débarquement allié, le 6 juin 1944.

1946

Le réseau Henderson est dissous à la fin de la guerre. La plupart de ses agents regagnent la France. Leur existence n'a jamais été reconnue officiellement.

Charles Henderson est convaincu de l'efficacité des agents mineurs en temps de paix. En mai 1946, il reçoit du gouvernement britannique la permission de créer CHERUB, et prend ses quartiers dans l'école d'un village abandonné. Les vingt premières recrues, tous des garçons, s'installent dans des baraques de bois bâties dans l'ancienne cour de récréation.

Charles Henderson meurt quelques mois plus tard.

1951

Au cours des cinq premières années de son existence, CHERUB doit se contenter de ressources limitées. Suite au démantèlement d'un réseau d'espions soviétiques qui s'intéressait de très près au programme nucléaire militaire britannique, le gouvernement attribue à l'organisation les fonds nécessaires au développement de ses infrastructures.

Des bâtiments en dur sont construits et les effectifs sont portés de vingt à soixante.

1954

Deux agents de CHERUB, Jason Lennox et Johan Urminski, perdent la vie au cours d'une mission d'infiltration en Allemagne de l'Est. Le gouvernement envisage de dissoudre l'agence, mais renonce finalement à se séparer des soixante-dix agents qui remplissent alors des missions d'une importance capitale aux quatre coins de la planète.

La commission d'enquête chargée de faire toute la lumière sur la mort des deux garçons impose l'établissement de trois nouvelles règles :

1. La création d'un comité d'éthique composé de trois membres chargés d'approuver les ordres de mission.

2. L'établissement d'un âge minimum fixé à dix ans et quatre mois pour participer aux opérations de terrain. Jason Lennox n'avait que neuf ans.

3. L'institution d'un programme d'entraînement initial de cent jours.

1956

Malgré de fortes réticences des autorités, CHERUB admet cinq filles dans ses rangs à titre d'expérimentation. Au vu de leurs excellents résultats, leur nombre est fixé à vingt dès l'année suivante. Dix ans plus tard, la parité est instituée.

1957

CHERUB adopte le port des T-shirts de couleur distinguant le niveau de qualification de ses agents.

1960

En récompense de plusieurs succès éclatants, CHERUB reçoit l'autorisation de porter ses effectifs à cent trente agents. Le gouvernement fait l'acquisition des champs environnants et pose une clôture sécurisée. Le domaine s'étend alors à un tiers du campus actuel.

1967

Katherine Field est le troisième agent de CHERUB à perdre la vie sur le théâtre des opérations. Mordue par un serpent lors d'une mission en Inde, elle est rapidement secourue, mais le venin ayant été incorrectement identifié, elle se voit administrer un antidote inefficace.

1973

Au fil des ans, le campus de CHERUB est devenu un empilement chaotique de petits bâtiments. La première pierre d'un immeuble de huit étages est posée.

1977

Max Weaver, l'un des premiers agents de CHERUB, magnat de la construction d'immeubles de bureaux à Londres et à New York, meurt à l'âge de quarante et un ans, sans laisser d'héritier. Il lègue l'intégralité de sa fortune à l'organisation, en exigeant qu'elle soit employée pour le bien-être des agents.

Le fonds Max Weaver a permis de financer la construction de nombreux bâtiments, dont le stade d'athlétisme couvert et la bibliothèque. Il s'élève aujourd'hui à plus d'un milliard de livres.

1982

Thomas Webb est tué par une mine antipersonnel au cours de la guerre des Malouines. Il est le quatrième agent de CHERUB à mourir en mission. C'était l'un des neuf agents impliqués dans ce conflit.

1986

Le gouvernement donne à CHERUB la permission de porter ses effectifs à quatre cents. En réalité, ils n'atteindront jamais ce chiffre. L'agence recrute des agents intellectuellement brillants et physiquement robustes, dépourvus de tout lien familial. Les enfants remplissant les critères d'admission sont extrêmement rares.

1990

Le campus CHERUB étend sa superficie et renforce sa sécurité. Il figure désormais sur les cartes de l'Angleterre en tant que champ de tir militaire, qu'il est formellement interdit de survoler. Les routes environnantes sont détournées afin qu'une allée unique en permette l'accès. Les murs ne sont pas visibles depuis les artères les plus proches. Toute personne non accréditée découverte dans le périmètre du campus encourt la prison à vie, pour violation de secret d'État.

1996

À l'occasion de son cinquantième anniversaire, CHERUB inaugure un bassin de plongée et un stand de tir couvert.

Plus de neuf cents anciens agents venus des quatre coins du globe participent aux festivités. Parmi eux, un ancien Premier Ministre du gouvernement britannique et une star du rock ayant vendu plus de quatre-vingts millions d'albums.

À l'issue du feu d'artifice, les invités plantent leurs tentes dans le parc et passent la nuit sur le campus. Le lendemain matin, avant leur départ, ils se regroupent dans la chapelle pour célébrer la mémoire des quatre enfants qui ont perdu la vie pour CHERUB.

Table des chapitres

Avant-propos — 5

Rappel réglementaire — 7

Première Partie — 9

1. Une affaire d'honneur — 11
2. Pulsion animale — 23
3. Coup de massue — 35
4. Les ténèbres et la douleur — 43
5. Hôtel Bristol Park — 50
6. Joyeux anniversaire — 57
7. Mabel — 64
8. Un petit accident — 74
9. Au-delà de tout doute raisonnable — 81
10. *Une seule* preuve — 90
11. Je ne parle pas aux *Orange* — 96
12. Deux spécimens — 109

Deuxième partie — 117

13. Dans ma tribu à moi — 119
14. Superstar — 124
15. Un message clair — 133
16. Miracle — 141
17. Invités spéciaux — 149
18. Salcombe — 161
19. Kit de bridage — 173
20. ER5 — 181
21. Fraise-chocolat — 188

22. Le musée des horreurs — 198
23. Le bon air de la campagne — 207
24. Ascension professionnelle — 214
25. Tiède — 226
26. Mission accomplie — 233
27. Carte blanche — 241
28. Run — 249
29. La bataille de Stoke Gifford — 259
30. L'étoffe d'un Vandale — 266
31. Strip-tease — 273
32. Un excellent souvenir — 281
33. Troisième Guerre mondiale — 287
34. Une très longue journée — 296
35. De parfaits inconnus — 306
36. Un mal de chien — 313
37. Fan numéro un — 321
38. En toute impunité — 329
39. Casquette en cuir
    et slip à paillettes — 336
40. En plein cœur — 341
41. Meilleurs souvenirs — 350
42. Chers disparus — 354

Épilogue — 361
Historique de CHERUB — 364

James n'a que 12 ans lorsque sa vie tourne au cauchemar. Placé dans un orphelinat sordide, il glisse vers la délinquance.

Il est alors recruté par **CHERUB**, une mystérieuse organisation gouvernementale.

James doit suivre un éprouvant programme d'entraînement avant de se voir confier sa première mission d'agent secret.

Sera-t-il capable de résister 100 jours ?

100 jours en enfer...

Depuis vingt ans, un puissant trafiquant de drogue mène ses activités au nez et à la barbe de la police. Décidés à mettre un terme à ces crimes, les services secrets jouent leur dernière carte : **CHERUB**.

À la veille de son treizième anniversaire, l'agent James Adams reçoit l'ordre de pénétrer au cœur du gang. Il doit réunir des preuves afin d'envoyer le baron de la drogue derrière les barreaux. Une opération à haut risque...

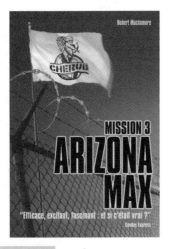

Au cœur du désert brûlant de l'Arizona, 280 jeunes criminels purgent leur peine dans un pénitencier de haute sécurité. Plongé dans cet univers impitoyable, James Adams, 13 ans, s'apprête à vivre les instants les plus périlleux de sa carrière d'agent secret **CHERUB**.

Il a pour mission de se lier d'amitié avec l'un de ses codétenus et de l'aider à s'évader d'Arizona Max.

En difficulté avec la direction de **CHERUB**, l'agent James Adams, 13 ans, est envoyé dans un quartier défavorisé de Londres pour enquêter sur les activités obscures d'un petit truand local.

Mais cette mission sans envergure va bientôt mettre au jour un complot criminel d'une ampleur inattendue.

Une affaire explosive dont le témoin clé, un garçon solitaire de 18 ans, a perdu la vie un an plus tôt.

Le milliardaire Joel Regan règne en maître absolu sur la secte des Survivants. Convaincus de l'imminence d'une guerre nucléaire, ses fidèles se préparent à refonder l'humanité. Mais derrière les prophéties fantaisistes du gourou se cache une menace bien réelle... L'agent **CHERUB** James Adams, 14 ans, reçoit l'ordre d'infiltrer le quartier général du culte. Saura-t-il résister aux méthodes de manipulation mentale des adeptes ?

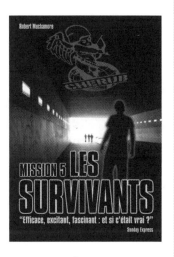

Des milliers d'animaux sont sacrifiés dans les laboratoires d'expérimentation scientifique.

Pour les uns, c'est indispensable aux progrès de la médecine. Pour les autres, il s'agit d'actes de torture que rien ne peut justifier. James et sa sœur Lauren sont chargés d'identifier les membres d'un groupe terroriste prêt à tout pour faire cesser ce massacre. Une opération qui les conduira aux frontières du bien et du mal...

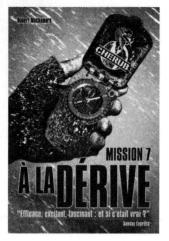

Lors de la chute de l'empire soviétique, Denis Obidin a fait main basse sur l'industrie aéronautique russe. Aujourd'hui confronté à des difficultés financières, il s'apprête à vendre son arsenal à des groupes terroristes. La veille de son quinzième anniversaire, l'agent **CHERUB** James Adams est envoyé en Russie pour infiltrer le clan Obidin. Il ignore encore que cette mission va le conduire au bord de l'abîme…

Les autorités britanniques cherchent un moyen de mettre un terme à l'impitoyable guerre des gangs qui ensanglante la ville de Luton. Elles confient à **CHERUB** la mission d'infiltrer les Mad Dogs, la plus redoutable de ces organisations criminelles. De retour sur les lieux de sa deuxième mission, James Adams, 15 ans, est le seul agent capable de réussir cette opération de tous les dangers…

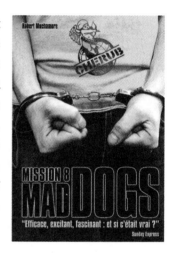

Un avion de la compagnie Anglo-Irish Airlines explose au-dessus de l'Atlantique, faisant 345 morts.
Alors que les enquêteurs soupçonnent un acte terroriste, un garçon d'une douzaine d'années appelle la police et accuse son père d'être l'auteur de l'attentat.
Deux agents de **CHERUB** sont aussitôt chargés de suivre la piste de ce mystérieux informateur…

Le camp d'entraînement militaire de Fort Reagan recrée dans les moindres détails une ville plongée dans la guerre civile. Dans ce décor ultra réaliste, quarante soldats britanniques sont chargés de neutraliser out un régiment de l'armée américaine. L'affrontement semble déséquilibré, mais les insurgés disposent d'une arme secrète : dix agents de **CHERUB** prêts à tout pour remporter la bataille…

Pour raison d'État, ces agents n'existent pas.

Pour tout apprendre des origines de CHERUB, lisez la série Henderson's Boys

Été 1940. L'aventure CHERUB est sur le point de commencer...

Tome 1
L'EVASION

Été 1940. L'armée d'Hitler fond sur Paris, mettant des millions de civils sur les routes.

Au milieu de ce chaos, l'espion britannique Charles Henderson cherche désespérément à retrouver deux jeunes Anglais traqués par les nazis. Sa seule chance d'y parvenir : accepter l'aide de Marc, 12 ans, un gamin débrouillard qui s'est enfui de son orphelinat. Les services de renseignement britanniques comprennent peu à peu que ces enfants constituent des alliés insoupçonnables. Une découverte qui pourrait bien changer le cours de la guerre…

Pour raison d'État, ces agents n'existent pas.

Tome 2
LE JOUR DE L'AIGLE

Derniers jours de l'été 1940.
Un groupe d'adolescents mené par l'espion anglais
Charles Henderson tente vainement de fuir la France
occupée. Malgré les officiers nazis lancés à leurs
trousses, ils se voient confier une mission d'une
importance capitale : réduire à néant les projets
allemands d'invasion de la Grande-Bretagne.
L'avenir du monde libre est entre leurs mains…

Pour raison d'État, ces agents n'existent pas.